KB114676

한백림 新무협 판타지 소설

천잠비룡포
Fantastic Oriental Heroes

天蠶飛龍袍

천잠비룡포 20

한백림 新무협 판타지 소설

초판 1쇄 찍은 날 § 2021년 11월 25일
초판 1쇄 펴낸 날 § 2021년 12월 2일

지은이 § 한백림
펴낸이 § 서경석

총괄팀장 § 노종아
편집책임 § 이민지
디자인 § 시선 스튜디오 이너스

펴낸곳 § 도서출판 청어람
등록번호 § 제387-1999-000006호
등록일자 § 1999. 5. 31
어람번호 § 제2-2894호

주소 § 경기도 부천시 부일로 483번길 40 서경B/D 3F (우) 14640
전화 § 032-656-4452 팩스 § 032-656-4453
http://www.chungeoram.com
E-mail § chungeorambook@daum.net

ISBN 979-11-04-92400-2 04810
ISBN 978-89-251-0108-8 (세트)

한백림 新무협 판타지 소설

천잠비룡포

Fantastic Oriental Heroes

天蠶飛龍袍

20 섬려(閃麗)

청어람
도서출판

목차

제59장 **신마대전** 二
(神魔大戰)

제물론(齊物論)에서 장자(莊子)는 말했다.

언젠가 내가 꿈에 나비가 되었다.

훨훨 나는 나비였다.

나는 스스로 몹시 기분이 좋아 내가 사람이었다는 것을 몰랐다.

이윽고 잠을 깨니 나는 틀림없는 사람이었다.

사람인 내가 꿈에 나비가 된 것일까. 아니면 나비가 꿈에 인간인 나로 변해 있는 것일까.

우주(宇宙)의 진실(眞實)에 대해 생각하게 되었다.

나는, 이 시대를 살아가는 모두는 명확히 존재하는 실체가 맞는 것인가.

내가 기술하는 무림서는 그저 내 눈에 비쳐 나의 글로 쓰인 이야기에 불과할 뿐, 험한 세상 살아간 그들의 진짜 일생(一生)은 아니다.

그들이 그러하듯 나 또한 그러하다.

우리는 어쩌면 누군가의 꿈에 불과할지도 모른다.

언젠가 내가 완성할 무림서가 치열했던 시대의 증거로서 강호인들에게 읽혀지고 기억되길 바라듯, 섭리의 저 너머에서 이 세계를 지켜보는 이들이 존재한다면 제천 십익의 이야기가 한낱 호접지몽일지라도 무의미하지는 않을 것이다.

한백무림서 여담편
한백의 일기, 말년에.

전투 재개의 첫 일격은 역시 발도각이다.

영검존은 가볍게 피했다. 발도각이 허공을 찢었다. 빗나간 각법에 바위가 쩍 하고 갈라졌다.

그것으로 시작이었다.

진즉에 두 고수는 실력을 숨기지 않고 싸웠지만, 일대일의 결투라는 것은 싸움의 의미부터가 달랐다.

변명의 여지가 없는 것이다. 그래서 비무요, 그래서 비검이다. 더 강한 자가 이긴다.

간혹 그렇지 않은 경우가 있다지만, 예외는 그저 예외일 뿐이다.

강하기에 이기고, 이겼기에 강하다. 비정강호의 무공대결이란 종종 이긴 자가 강하다는 결과론으로 귀결되기 마련이었다.

　어느 쪽이든 뜻하는 바는 같다.

　질 수 없다. 그것이 최대의 명제였다. 패배함으로 상대보다 약하다 낙인이 찍힐 수는 없는 법이었다.

　명성이 하늘을 찌르는 대종사라 해도 똑같이 하나의 무인일 뿐이다.

　남아는 당자강이라, 무공 일로를 걷기 시작했으면 종사를 상대로도 해 봐야 안다 정도의 말은 들어줘야 했다. 그래야 진정 고수라 불릴 수 있는 법이었다.

　오기륭이 그렇게 나섰기에, 영검존 또한 자존심을 걸고 싸웠다.

　그럴 때가 있다.

　처음 의도는 그게 아니었으되, 어쩌다 보니 상대의 의중으로 말려드는 순간이다. 영검존은 자존심을 챙기기 위해 검을 든 것이 아니었으나, 터무니없는 호연지기를 상대하다 보니 오기륭처럼 피가 끓어 버렸다.

　영검존은 이곳에 왜 왔는지 잊어버렸다. 그의 눈에는 땅을 찍는 맨발과 쇳소리 나는 철각만 보였다.

　쩌엉!

　불패신룡의 의족이 검존의 영검과 충돌하여 거센 충격파를 일으켰다.

봉우리 위가 쩌렁쩌렁 울렸다.

오기룡도 그와 같았다.

선찬의 지혜와 무공을 이은 우목은 당돌한 조카 같은 존재였다. 공히 호칭을 정돈하자면 사질쯤 되겠지만, 한 방울도 안 섞인 피라도 혈육처럼 느껴지는 녀석이었다.

그를 구하러 여기 왔다.

하지만, 이내, 그 사실을 잊어 갔다.

우목뿐 아니라 선찬의 얼굴마저도 희미해졌다. 그저 목숨을 노리는 검날의 예리함만 느꼈다. 사방에 가득한 죽음 속에서 생로를 찾아가는 투로의 길만이 있을 뿐이었다.

쩌정! 쩌저저정!

연환검이 철신각을 밀어냈다.

허벅지와 골반이 찌릿찌릿 울렸다.

철신각이 있어서 다행이었다. 의족이 아니라 사람의 뼈와 살이었다면 이 검격을 어떻게 방어했을지 가늠이 되지 않았다.

쩌정!

부딪치며 전해 오는 검격에 내공 이상의 신력이 깃들어 있음을 알았다. 등에 진 검령(劍靈)의 힘이었다. 그것은 허상이나 또한 실체였다. 막대한 공력의 원천은 중단전이며, 영혼처럼 붙들린 저 거체가 검로에 힘을 쌓는 발경과 반응하여 괴력의 검공을 완성한다.

주술적인 묘리가 깃든 것으로 보이니, 결국은 사술에 의한 사검(邪劍)이다. 헌데, 명문정파의 정도검공처럼 치우침이 없다. 약점이 보이지 않았다.

쩡! 쩡! 쩡!

진각 발끝이 땅바닥에 푹푹 박히고, 몸 전체가 휘청하며 뒤로 밀렸다. 잡념들이 사라져갔다. 통증도 없어졌다.

쩡!

많은 감각들이 하나하나 의식 저편으로 스치듯 멀어졌다.

시간이 흐르는 것을 느낄 수가 없게 되었다.

몇 합을 주고받았는지 모를 지경이었다. 백 합이 넘어간 뒤부터는 셀 수조차 없었다.

검풍만으로도 쓰라리던 촉감이 무뎌지고, 폭음으로 몰아치던 흙냄새가 일순간에 흩어졌다. 귀가 잘 들리지 않았다. 영검과 철각의 충돌음이 아련하게 가라앉고, 그러면서도 검날이 움직이는 소리만큼은 선명하게 다가왔다.

그 소리를 느끼는 감각은 청각이라기보다는 시각에 가까웠다. 오로지 검만 보였다. 모든 감각이 검로(劍路)에 집중되었다. 그리고 점차 그것은 검이 가는 길이 아니라 검을 움직이는 의지로 인식되었다. 변화하는 의지는 영(靈)으로부터 비롯되어 영검존의 존재 자체로 드러났다.

우우웅!

그 존재에 맞서는 오기륭 또한, 그 전의 그와 다른 무언가가 되었다.

오기륭의 발경이 더욱더 단단하게 구축되었다.

영검존의 검격이 생명선을 가르고 회피가 불가능한 사로를 향해 짓쳐들었다.

빡! 사각!

금속성의 충격과 대신 둔탁한 소리가 들렸다. 깃털처럼 가벼운 절삭음이 뒤따랐다.

영검존의 눈동자가 흔들렸다. 등에 진 검령이 동요로 일렁였다.

검을 막은 것은 의족인 철신각이 아니었다.

반대편 발, 맨육신이다.

정강이에 날이 박혔는데 점점이 피 몇 방울 떨어지는 생채기만 났다. 벤 것은 그저 옷깃일 뿐이다.

각반 하나 대지 않은 맨다리로 검존의 진심 담긴 검공을 막았다.

모두가 경악할 일이다. 그것이 가능한 이는 도도한 대장강에 단 하나 백무한밖에 없다고 하였다.

여기 한 명 오기륭이 마침내 유일무이를 깼다.

그리하여 한 줄기 난데없는 박수 소리가 그 순간을 축하했다.

짝짝짝짝짝짝짝!!

"우와!!"

갈채가 이어졌다.

"대단하잖어!!"

상황과 도무지 어울리지 않는 음성이 그들을 상승의 영역에서 끌어내렸다.

하늘에서 땅바닥에 내팽개쳐지듯.

모든 감각이 일순간에 돌아왔다.

"근데, 늘어져, 늘어져. 너어어무 늘어져!"

바로 앞에서 박수를 칠 동안, 접근하는 것조차 느끼지 못했다.

경박했지만, 아이처럼 들리지 않았다. 홍해아와는 다른 음성이었다. 그 어린 요괴가 그저 요마에 침잠된 광기의 화신이라면, 이 자는 아무나 닿을 수 없는 까마득한 곳에 올라선 난신(亂神)이었다.

그것은.

아래 된 자를 깔보는 초월자의 언어였다.

"언제까지 할 거야? 벌써 저녁이라구!"

그 말처럼, 해가 지고 있었다.

그리 오래 싸웠는지도 몰랐다.

석양 지는 남방산의 산야는 적벽처럼 붉게 물들어 있었다.

그 꼭대기의 붉은 바위 위에서 누구보다 유명한 가면을 쓴 그것이 재주를 넘었다. 발끝으로 땅을 디디고 공중에 앉아 있는 것 같은 이상한 자세를 취했다.

영검존이 고개를 들고 말했다.

"관여하지 말라. 원숭이."

"얼레? 지금 나한테 그냥 원숭이라 한 거야?"

고개를 삐딱하게 비틀면서 물었다. 음성에는 웃음기가 섞여 있었지만, 불가해한 살벌함이 함께했다.

이렇게 말할 수 있는 원숭이 가면이 달리 있을까.

그가 바로 제천대성이다.

영검존이 다시 검을 치켜들었다.

물론, 제천대성을 향해서는 아니다. 오기룡을 향해서였다.

"신마는 신마의 일을 행하라."

신마맹의 제천대성이 통제 불능의 요마라는 것은, 팔황의 권속에 든 자, 모두가 아는 사실이었다. 그렇기에 오히려 그 살기를 무시할 수 있었다.

영검존의 눈에는 오기룡만 보였다. 무공 근본도 구파 심산이 아니요, 변방에서나 통할 법한 불패신룡 잡졸이 그의 검을 막았다. 그의 의족이 신병이기라는 사실은 첫 합에서 이미 알았다. 그걸 부수지 못한 것만으로도 자존심이 상할 지경인데, 검령까지 불러낸 영검으로 뼈와 살을 가르지 못했다.

"나는 승부를 내야겠다."

영검존이 스스로의 의지를 분명히 했다.

일대일로 열 합을 넘길 때부터 이미 수치라 생각했다.

상대는 그보다 무공 경지가 낮았다.

그런데 먼저 무아(無我)에 들어가더니, 영검의 검로를 꾸역꾸역 따라와 한순간도 사선(死線)을 내주지 않았다.

텅!

영검존이 땅을 박찼다.

제천대성이 자세를 풀고 몸을 일으켜도 상관하지 않았다.

그러나.

그는 잘못 생각했다.

제천대성은 그가 아는 것보다 더 감당이 안 되는 괴물 중의 괴물이었다.

쩌엉!

영검존의 검이 튕겨 나갔다.

팔과 어깨가 통째로 뒤로 밀릴 만큼 반탄력이 엄청났다.

영검존의 얼굴이 얼음처럼 굳어졌다.

쇄도하는 기세도 없이 나타났다. 황금색 금고봉에 황금색 진기가 넘쳐났다.

"언제 봤다고 원숭이고, 언제 봤다고 이래라저래라야?"

제천대성이 한 바퀴 몸을 돌렸다.

그는 영검존을 마주 보지도 않았다. 등을 진 채, 고개를 비틀고 그를 보았다. 가면은 가면이기에 그려진 얼굴대로 표정 변화가 없었지만, 영검존은 그 가면의 입이 비웃음으로 휘어지는 것을 느꼈다.

"이게 무슨 짓이지? 맹약을 깰 셈인가?"

영검존이 그를 노려보았다. 대답은커녕, 제천대성은 영검존의 시선을 받아주지도 않았다.

"시끄럽고."

제천대성이 경망되게 앞으로 걸어가 오기륭의 정면에 섰다. 오기륭은 작은 원숭이가 폴짝 뛰어와 태산이 되는 것을 환상처럼 보았다.

"방금 그거 나한테도 해봐."

제천대성은 결코 작지 않았다.

크지도 않고 작지도 않은, 완전한 체격이었다.

그런데도 커졌다가 작아졌다가 마구 변하는 것 같았다.

오기륭은 어떻게 대응을 해야 할지 몰랐다. 꽤나 제멋대로 살아온 인생이지만, 이 제천대성은 그조차도 이해할 수 있는 범주를 벗어나 있었다.

텅.

그래도 확실한 것은, 제천대성이 그들의 적이라는 사실이었다. 오기륭은 혼란한 가운데에도 중심을 잡고, 진각을 밟았다. 왼발이 땅을 찍었다. 철신각이 바람을 갈랐다.

째앵!

경쾌한 금속성이 그의 발을 멈췄다.

어쨌든 족도참격의 경파를 실을 수 있는 일각이었는데, 발끝이 무릎 높이까지도 올라오지 못했다.

"그쪽 발 말고."

출수조차 감지할 수 없었다.

제천대성은 한순간도 움직이지 않은 듯했다.

상대의 실체를 볼 수 없었다.

상대가 없으니, 나도 없고, 애초에 내가 없으니 나를 잊을 수도 없었다.

철신각으로 진각을 밟고, 영검존과의 일합을 떠올리며 혼신의 힘을 실었다.

빡!

오기룡의 무릎이 꺾였다.

제천대성의 무공은 천외천이다. 방금 전엔 아예 아무것도 안 보였지만 이번엔 그래도 금광이 번쩍이는 것은 볼 수 있었다.

"에이! 뭐야! 못 하잖아! 어쩌다 나온 거였어?"

제천대성이 신경질적으로 소리쳤다.

불패신룡 오기룡은, 승과 패를 말하는 게 무의미한 순간을 오랜만에 경험했다.

그는 검존에게처럼 투지를 일으킬 수 없었다.

그래도 싸워야 한다.

오기룡이 몸을 세웠다.

"그는 내 상대다."

영검존이 다시 한 번 제천대성에게 말했다.

제천대성이 몸을 확 돌렸다.

"그래서?"

제천대성의 전신에서 황금빛 진기가 솟아났다.

그가 금색으로 번쩍이는 여의봉을 영검존의 눈앞에서 흔들었다. 영검존은 생각했다. 맹주에게 아직 도전할 수 없듯, 제천대성 또한 이길 수 없다. 그러나 그는 대장강의 검존이다. 겁을 내서 물러설 수도 없거니와, 제천대성과 무(武)를 겨루면 반드시 얻는 바가 있을 것이다.

영검존의 검 끝이 움직였다. 오기룡에게서 제천대성에게로.

"덤비게?"

영검존이 대답했다.

"못 할 것도 없지."

"냐하하하하! 진짜로?"

이상하기 짝이 없는 웃음소리였다.

영검존은 진지했다. 그는 대답 없이 검만 고쳐 쥐었다.

제천대성이 웃음을 멈췄다.

"맹약을 깰 거냐 물은 것이 누구더라?"

그의 목소리가 달라졌다. 원숭이처럼, 흔들흔들하던 신형이 곧게 펴졌다. 경박하던 목소리에 위엄이 실렸다.

영검존은 위축되지 않았다. 부족한 무공은 연성하면 된다. 검 한 번 휘두르지 않은 채, 패배를 자인해서야 백 년이 걸려도 맹주에게 도전하지 못할 것이다.

"맹과 맹은 서로의 행사를 방해하지 않는다. 끼어든 것은 신마다. 저 자는 비검인 내가 죽일 것이다."

영검존이 당당히 마주 받았다.

"그렇단 말이렸다?"

제천대성이 은근하게 말했다.

변화무쌍 위엄은 온데간데없고, 다시금 통제 불가다.

쾅!

제천대성이 발을 들어 땅을 굴렀다.

제천대성의 몸이 하늘로 솟구쳤다. 우르릉, 땅이 흔들렸다.

번쩍이는 금광과 함께 두 손으로 여의봉을 휘어잡았다. 금
고봉 봉첨을 하늘 높이 겨누고, 두 손과 두 팔이 전설의 황금
봉을 찍어 내렸다.

"내가 뭘 하든, 내 맘이다!"

제천대성이 소리쳤다.

여의봉을 오기륭의 발 앞으로 찍었다.

"백, 팔!"

내려치는 여의봉에 잔영이 생겨났다.

한 자루가 백 자루로 늘어난 것 같다. 한 번 내려치는 것인
지, 백팔 번 내려치는 것인지 구분이 되지 않는다.

"이얍!"

쫘르르르르릉!

무시무시한 폭음이 터져 나왔다.

꾸궁!

오기륭의 발밑이 무너졌다.

오기륭의 신형이 휘청, 갈라지는 땅과 함께 흔들렸다.

쩌저적! 쩌저저적!

오기륭이 딛고 선 땅이 남방산 중턱 경사면과 함께 통째로 무너지기 시작했다. 가만히 있다가는 함께 떨어질 지경이라, 갈라지는 땅을 박차고 뛰어올랐다.

제천대성은 그것을 두고 보지 않았다.

빠악!

황금빛이 한 번 번쩍였다.

가슴판 작렬하는 충격이 오기륭의 몸을 허공으로 내던졌다. 부서져 쏟아지는 바윗돌과 함께 그의 몸이 곤두박질쳤다. 터지는 흙먼지가 순식간에 그의 몸을 삼켰다.

"무슨 짓이냐!"

영검존이 분노하여 소리쳤다.

제천대성이 말했다.

"너는 바보다."

"무엇이라?"

"해가 지도록 발목이 잡히고 맹약을 운운해?"

휘리리리링!

여의봉이 빛을 내며 회전했다.

한순간, 여의봉이 멈추었다. 그러고는 춤추는 것처럼 부드럽게 반 바퀴 휘둘러 금색 봉첨으로 무너진 비탈길을 가리켰다.

"이렇게 치워줬으니 원래 꾸미던 거나 마저 해라."

제천대성은 경박하고 경망되어 어떤 일도 함께 행할 수 없을 거라 하였지만, 당대의 새로운 제천대성에 대해서는 팔황

내에서도 평가가 이리저리 엇갈렸다.

이번에는 옳은 말을 하는 쪽이다.

영검존은 무너진 바위를 쪼개고 불패신룡의 목을 확실하게 따고 싶었지만, 너무 많은 시간을 허비했다는 말만큼은 무시할 수 없었다.

지금쯤이면 영검대 융합소환진의 준비가 끝났을 것이다. 아니, 끝나고도 남았다. 무림에 유례없는 검대를 출현시켜 비로소 실전에 투입하려는 이때에 새로운 병대를 이끄는 수장이 한눈을 팔았으니, 변명의 여지 없는 실책이 맞았다.

"이 전투가 끝난 후, 너에게 정식으로 비무를 청하겠다."

그게 마지막 자존심이었다.

제천대성은 받아주지 않았다.

"안 해."

영검존은 당황하지 않았다. 들은 바도 있고, 지금 겪은 바도 있다. 예상 못 한 대답이 아니었다.

그래서 물었다.

"어째서지?"

"더 재밌는 놈들이 많으니까."

제천대성이 무너져 절벽이 된 경사면 앞에 섰다.

그가 눈썹 위에 한 손을 올리고 적벽 시가지를 이리저리 내려다보았다.

"지금 저기만 해도 그래."

제천대성이 히죽 웃었다.

가면의 입술까지 씰룩씰룩 움직이는 것 같았다.

그가 고개를 이리저리 꺾고는 극적인 동작으로 여의봉을 등 뒤에 둘러멨다. 몸을 슬쩍 낮추고, 영검존을 돌아보더니 손목을 휘적휘적 가보라 손짓했다.

"얼른 가봐. 빨리 안 하면 내가 다 정리한다."

퉁!

제천대성이 땅을 박차고 밑으로 떨어져 내렸다.

단운룡이 기다리는 무후사 의협비룡회 총단이 아니라, 적벽 시가지로 각개격파에 나선다. 적측의 최고 전력은 그토록 예측 불허이기에 최강이란 두 글자를 증명한다.

냐하하하하하.

무너진 바위를 타고 웃음소리만 울려 퍼졌다.

＊   ＊   ＊

단운룡의 눈이 번쩍이는 뇌전을 품었다.

제천대성의 출현을 감지한 것이다.

도시 전체가 전장이 되었으니 온갖 기(氣)가 난마로 얽혀 있었다. 이런 수라장에서는 강대한 기 하나가 새로이 나타났다 한들, 특정하여 위치를 잡아내기가 쉽지 않았다.

하지만 제천대성은 특별했다.

세상 만물을 단순히 눈으로 보이는 형상이 아니라 흐르는 기로 인지할 때, 제천대성은 단운룡처럼 거대한 빛덩이와 같았다.

　제천대성이 산비탈을 부숴서 무너뜨렸을 때, 단운룡은 남방산에서 터져 나온 휘황한 빛을 볼 수 있었다.

　제천대성을 감당할 자는 오직 단운룡뿐이었다.

　즉각 전략실에서 뛰어나온 단운룡은 당혹감에 휩싸였다.

　수도 없이 많은 전장과 이치가 무너진 세계들을 보아왔던 단운룡에게 있어, 당혹감이라는 것은 그 자체로 쉽사리 경험할 수 없는 놀라움이었다.

　총단을 비우고서라도 도약을 감행하러 나왔다.

　하지만 그는 그럴 수 없었다.

　눈부신 빛이 하나가 아니었기 때문이었다.　·

　그중 한 개가 비룡각 무인들이 지키는 의협비룡회 총단 벽을 유유히 넘어, 높다란 지붕 위에 섰다.

　"오랜만이다, 번쩍이. 냐하하하하하."

　웃음소리는 기억 속에 있던 것과 똑같았다.

　그것이 등을 굽히고 고개를 쭉 내밀었다. 손가락을 쥐었다 폈다 하면서 반짝반짝 빛나는 모양을 만들었다.

　남방산에서 내려와 시가지를 질주하고 있어야 할 자였다.

　제천대성이었다.

　단운룡은 이제 허실을 알고 진위를 볼 수 있는 경지에 올라 있었다.

그의 앞에 있는 것은 원영신이 아닌, 진짜 육신이었다.

"넌 누구냐."

단운룡이 물었다.

*　　　　*　　　　*

쩌어어엉!

그들의 합은 동수 같기도 했고, 또는 이랑진군이 우위에 있는 것 같기도 했다.

또 어떨 때는 관승이 그보다 강해 보였다. 어느 한쪽이 확실하게 압도하지 못하는 것만큼은 확실했다.

싸움이 길게 이어지는 것만으로도 근거는 충분했다.

쩌엉! 꽈과광!

"백성들 대피 끝났다!"

"사자후 막아!!"

무엇보다 그들의 싸움은, 순수한 일대일의 결전이 아니었다. 승부가 나지 않은 이유 중 하나가 그것이었다.

관승은 종종 이랑진군을 밀어내고 물러나 비룡각 무인들의 싸움을 도와야 했고, 이랑진군은 비룡각 창술 무인들의 합공을 받아내야 했다.

결투 가운데 난전이다.

주위의 가옥들은 열 채 이상이 무너져 버렸고, 담벼락은 성한 곳이 없었다.

"부상자 챙겨라."

관승이 정면 방어를 단단히 굳히며 말했다.

전투불능이 되어 실려 간 무인들만 삼십 명이 넘었다.

여의각 요원들이 튀어나와 쓰러진 비룡각 무인을 들쳐 업고 후퇴했다.

"크아아아! 이 잡것들이!!"

꽈광!

폭음과 함께 분노에 찬 사타왕의 목소리가 들렸다.

저 멀리서 담장 하나가 무너져 내리는 것이 보였다. 사타왕의 푸른 갑옷 이음새에는 비도가 세 자루나 박혀 있었다.

"밀어내! 우측! 비도 던져!"

삼십 명 넘게 쓰러지면서 숫자로 버텼다.

비룡각 무인들과 여의각 요원들이 어우러지며 사타왕을 밀어내고 있었다. 이전의 활약이 대단했다. 비룡각 무인들이 돌진하면, 회피하는 사타왕의 사각에서 비도들이 날았다. 용맹한 비룡각 무인들과 허를 찌르는 여의각 요원들의 연수합격은 대단히 위력적이었다. 사타왕은 숨 돌릴 틈도 없이 수십 명과 싸워야 했다.

"이런 문파를 잘도 일구었군."

터벅. 휘류류류류.

이랑진군이 불 바퀴 일보를 밟으며 관승에게 말했다.

"칭찬할 때인가."

관승이 말하며 일보 나아갔다.

이랑진군의 무공은 변화무쌍 그 자체였다. 형과 식이 수차례 바뀌면서 순간 순간 최적의 투로로 응수해 왔다.

천재다.

관승은 이랑진군의 가면 밑에 어떤 얼굴이 있는지 이미 알았다. 이군명의 연배는 그보다 한참 아래였다. 그럴 수 있다. 연령과 무공이 온전히 비례하지 않음은 그들의 문주가 있기에 잘 안다.

그런 부류다. 이들은 재능으로 경험을 초월한다.

초식 전환에서 예외적인 창조성을 엿볼 수 있다. 가면이 없더라도, 그 연배에서는 발군의 무공을 연성했을 것이다.

"이만큼 가질 수 있는 그릇이라고는 생각하지 않았었는데."

그것은 이랑진군이 아닌 이군명의 목소리였다.

가면 속 이군명의 눈은 관승을 향해 있으면서도 관승만을 보고 있지 않았다.

전설 장수를 닮은 고수들을 밑에 두고, 합심하여 대성요마를 막아낼 수 있는 수하들을 거느렸다.

적벽 꼭대기에 한 남자가 있다.

이군명의 시선이 도시 전체에 드리워진 그림자를 좇았다.

적산 무후사가 있던 곳, 의협비룡회 총단이 슬픈 두 눈에 비쳐 들었다.

"문주와 연이 있음을 안다."

이군명의 사연도 들었다.

금상의 혈사를 생각하면 불공대천이나, 문주나 문주부인이 이군명을 죽이고 싶어 하는 것으로는 보이지 않았다.

똑바로 겨누었던 청룡언월도를 옆으로 비껴들었다.

"물러나면 죽이진 않겠다."

관승의 목소리엔 역시 장군과 같은 위엄이 있었다.

문주와의 과거 때문만은 아니다.

이랑진군은 관승과 오래 싸울 수 있으며, 또한 쉽게 승부조차 내지 못한 강자였다.

전장에서 이탈시킬 수 있으면 그게 옳다.

관승은 무인이 아니라 지휘관으로서 판단했다.

이군명이 대답했다.

"악연일 뿐인 것을."

이군명은 오래전의 자신을 보았다.

적벽이란 공간 대신 시간까지 거슬러 올라갔다.

가문이 신마맹의 권속임을 알지 못하던 그때, 그날 그날 옆에 있던 그녀가 당연했던 그 시절에, 그는 해맑은 열정으로 강호를 주유했었다.

"내 쪽에서 말하지. 나는 저 위에 올라 그들을 봐야겠다. 비켜라."

이랑진군의 음성으로 삼천양인도를 치켜들었다.

관승이 청룡언월도를 고쳐 쥐었다. 기회를 주었음에도 굳이 결판을 내야겠다면 받아줘야 옳았다.

그때였다.

"놀고들 있네."

관승의 붉은 얼굴이 바위처럼 굳어졌다.

아무 기척도 느끼지 못했기 때문이었다.

"지금 담소 나눌 때야?"

휘릭!

담장 위에서 재주를 넘고 땅 위에 내려섰다. 구부정하게 휘적휘적 다가왔다. 구룡보에서 본 적이 있다. 단운룡, 태자후, 헌원력, 삼 대 일로 싸우고도 이기기는커녕 압도당했던 괴물이었다.

제천대성은 똑바로 걸어오지 않았다. 이랑진군에게서 슬금슬금 멀찍이 거리를 두고 돌아왔다. 이랑진군이 제천대성을 돌아보았다.

천신과 요마, 이랑과 오공의 눈이 허공에서 마주쳤다.

"야."

제천대성이 대뜸 말했다.

"저리 가."

제천대성의 의외성은 신마맹이라는 맹회에 묶인 이랑진군에게 있어서도 예외가 아니었다.

반응하지 못하는 이랑진군에게 제천대성이 말했다.

"너랑 나는 사이가 안 좋은 거였잖아. 어디로든 꺼져버려."

손을 휘이휘이 저으며 아무렇게나 내뱉는다.

이랑진군은 이번에도 대꾸하지 못했다. 그는 할 말을 찾을 도리가 없었다. 제천대성은 짜증을 냈다.

"이씨, 못 알아 처먹네. 그럼 됐다! 개가 무서워서 피하냐?"

텅! 파바박!

홀쩍 뛰어올라 담장 위로 올라갔다.

담벼락과 담벼락을 타고 관승의 바로 옆까지 뛰어왔다.

제천대성이 그 위에서 엣헴, 헛기침을 하더니, 원숭이처럼 담장 위에 주저앉았다. 손오공 가면으로 관승을 내려다보며 물었다.

"너지?"

관승이 제천대성을 올려보았다.

"무슨 말이냐."

"오정 죽인 거."

제천대성이 말했다.

관승이 당당하게 답했다.

"그렇다."

"잘했어!"

제천대성이 흔들흔들 몸을 일으켰다.

경박한 움직임과 달리 태산이 흔들리며 치솟는 것 같았다.

"그럼 이것도 받아봐."

여의봉을 두 손으로 잡고 머리 위로 치켜올렸다.

관승의 두 눈에서 불꽃이 튀었다.

"이욥!"

텅!

제천대성이 담장을 박차고 뛰어올랐다.

수직으로 내려친다.

"합!"

관승도 기합성을 냈다.

순간으로 전력을 다해 진각을 밟았다. 땅이 움푹 패였다. 청룡굉화, 용의 아가리가 불을 뿜는다. 언월도 칼날에서 불길 같은 진기가 일어나 머리 위로 충천했다.

꽈아아아아아앙!

꽈릉!

충격파가 사위를 휩쓸었다.

관승의 두 발이 땅을 부수고 밑으로 꺼졌다. 종아리 반이 박힐 정도였다.

양손으로 올려친 청룡언월도가 밑으로 튕겨 나와 관승의 이마를 찢었다. 피가 솟구쳐 코와 수염을 적셨다.

"와! 안 죽고 막았어?"

제천대성이 재주를 넘으며 관승의 앞에 내려섰다.

후우우욱.

관승이 입에서 진기 가득한 공기를 내뿜었다.

이마에서 피가 줄줄 내려와 붉은 얼굴에 얼룩을 냈다.

콰드드득.

관승이 단상을 오르듯, 파묻힌 땅에서 발을 뽑고 올라섰다.

후웅, 후웅.

청룡언월도를 두 번 휘둘러 제천대성에게 겨누었다.

최대 강적을 만난 관승의 전신에서 막강한 기세가 모락모락
피어올랐다.

"정말 재밌는걸! 얘네들 다 한 수가 있잖아!"

제천대성이 상체를 좌우로 흔들며 즐거워했다. 경망된 움직
임이었으나, 관승은 한 치의 빈틈조차 찾지 못했다.

작은 동작 하나에도 무한의 무리(武理)가 담겨 있었다.

"끼얍!"

제천대성이 다시 봉을 흔들었다.

쩌정!

청룡언월도가 뒤로 꽝꽝 팅겨나갔다. 관승의 몸도 휘청 뒤
로 밀렸다.

"그냥 관우 흉내가 아니잖아! 오정이 괜히 죽은 게 아니
네!"

쩡!

황금빛 빛줄기가 한 가닥 위에서부터 아래로 쏟아져 내렸다.

청룡언월도가 땅을 찍었다.

꽈앙!

언월의 칼날이 땅바닥에 깊이 박혔다. 그 칼등을 황금빛 여의봉이 짓누르고 있었다.

"좋아. 괜찮은 무공이야. 더 놀아주고 싶지만, 할 일이 많아서 말이지."

제천대성의 몸에서 은은한 금광이 솟아올랐다.

관승은 언월도를 들어 올려 막으려 했다.

그러나 왼쪽 한 손 여의봉에 눌린 창봉은 미동도 하지 않았다. 청룡굉화창 공력 구결을 있는 대로 끌어올려도 소용없었다.

제천대성이 오른손을 가볍게 내밀었다.

텅.

관승의 몸이 덜컥 떠올랐다.

꿍.

커다란 장수의 몸체가 그대로 쓰러졌다.

그것으로 끝이었다.

제천대성이 돌아섰다.

충격적인 순간이었다.

다급한 목소리가 이어졌다.

"대적 출현이다! 대공께서 쓰러지셨다!"

"지원! 지원 요청해!"

관승의 패배는 전황을 급격히 악화시켰다.

그럴 수밖에 없었다.

든든하게 뒤를 받쳐줄 고수가 없으니, 마음 놓고 공격하기 어렵다. 사타왕을 압박하여 밀어내던 여의각, 비룡각의 합격이 크게 흔들렸다.

"이놈들!"

사타왕이 여유를 찾았다.

뒤로 물러난 그가 큰 숨을 들이켰다.

으허허허허헝!

강력한 사자후가 전면을 휩쓸었다.

내공이 부족한 여의각 요원들이 비도를 놓치고 땅으로 곤두박질쳤다. 근접해 있던 비룡각 무인들도 휘청, 흔들렸다.

제천대성의 몸이 꿈틀, 그쪽으로 돌아갔다.

"시끄러!!"

버럭 지른 고함이 모든 것을 부수었다.

쩌렁!

우르르르르르릉!

사타왕의 몸이 덜컥 뒤로 밀렸다. 음공 고수인 그가 그럴 정도이니, 비룡각 무인들은 버틸 도리가 없었다.

여의각 요원들과 비룡각 무인들이 풀썩풀썩 꼬꾸라졌다. 그들의 코와 귀에서 선혈이 줄줄 흘렀다. 무인들을 이끌고 분투하던 이전도 예외가 아니었다.

관승이 맡고 있던 구획 전체가 초토화가 되었다. 그나마 다행인 것은 백성들을 모조리 대피시켰다는 사실이었다.

"구경났어?"

제천대성이 고개를 돌리면서 한 말은 그러했다.

이랑진군 이군명은 석상처럼 굳어진 채, 제천대성을 보고 있었다.

사타왕의 사자후를 압도하는 강력한 일갈이 이랑진군에게는 아무런 영향을 미치지 않았다.

저 앞쪽만 휩쓸렸다. 이쪽은 아무 피해가 없다.

그 정도 음공을 범위 제한으로, 압축하여 터뜨린 것이다.

"흠. 흠흠흠흠."

제천대성은 말조차 안 나오게 만드는 신기(神技)를 아무렇지 않게 펼치고는, 흥얼거리며 주섬주섬 여의봉을 등 뒤로 묶어 넣었다.

그가 다시 이랑진군에게 대뜸 말했다.

"만날 사람 있다며? 내가 다 뚫어줄 테니 따라오든가."

제천대성이 통통거리는 괴이한 걸음걸이로 앞장섰다.

그러더니 뒤를 흘끗 보며 다시 덧붙였다.

"워허이! 멀찍이서 오라구!"

홀쩍, 날아 뛰어 무서운 속도로 시가지를 가로질렀다.

냐하하, 웃지 않아도 웃음소리가 들리는 것 같았다.

＊   ＊   ＊

꽈아아아앙!

진법과 풍수까지 계산하여 올렸던 담장이다.

아무리 튼튼하게 지어도 소용없었다.

의협비룡회 내원 담벼락이 폭음과 함께 터져 나갔다.

꽈릉! 콰르르르륵!

화탄이 날아가 폭발한 것 같았다.

담백하게 꾸며진 관목 정원이 단숨에 갈려나갔다.

퀴웅!

담장 잔해로부터 황금빛 빛줄기가 일직선으로 뻗어 나왔다. 쇄도하던 단운룡의 몸이 일순간 사라졌다. 빛줄기가 그가 없는 공간을 꿰뚫었다.

분절되듯 잔영이 남았다.

흩어져 떨어지는 나무 파편 사이에서 금광을 둘러친 제천대성이 번쩍 뛰어올라 재주를 넘었다.

꽈광! 꽈릉!

또 한 번 폭음이 터졌다. 땅이 울었다. 백석 바닥 돌판들이 쫙쫙 갈라지며 돌가루를 일으켰다.

"엄청 강해졌구나, 너!"

제천대성이 소리쳤다.

원숭이 가면이 이리저리 흔들렸다.

상체를 숙이며 자세를 잡다가 한순간 방향을 바꿔서 허리를 반대편으로 틀었다. 보보마다 변화무쌍이다. 그렇게 경망되이 움직이면서도 예전처럼 허점이 보이질 않는다.

변함없이 제천대성이다.

그렇다.

변함이 없다.

단운룡이 말했다.

"달라진 게 없군."

퉁퉁 튀어오르다가, 번쩍 뛰어든다. 제천대성이 여의봉을 내려쳐 왔다. 단운룡이 왼발로 진각을 밟았다. 오른발을 대각선으로 쳐올렸다. 마광각이었다.

쩡!

여의봉이 옆으로 튕겨나갔다.

제천대성이 공중에서 휘리릭 돌더니 금빛 잔영을 남기며 부러진 관목 둥지 위에 내려섰다.

"그럼 달라질 게 뭐가 있겠어? 넌 똑같이 질 거야!"

단운룡이 발끝을 내리고 고요히 섰다.

단운룡은 달라졌다. 강건청의 용포 겉감은 화려하여 위엄이 넘쳤고, 보의는 그 안에서 은은한 빛을 더했다.

"그런가?"

그의 발밑엔 파동력장의 동심원이 없었다.

웅웅거리는 천잠보의의 공명도 울려나오지 않았다.

마신이 아니라는 이야기다.

꽝!

단운룡이 먼저 몸을 날렸다.

움직임과 함께 터져 나온 충격파가 사위를 휩쓸었다.

광신마체 음속이다.

제천대성이 몸을 휘돌리며 여의봉을 똑바로 뻗어왔다. 황금빛 봉 전체가 일순 굵어진 것처럼 보였다.

극광추를 때려 박았다.

쩌어어어어엉!

충돌음이 늘어져서 들렸다. 여의금고봉을 감싼 황금빛 진기가 찢어지듯 부서져 나갔다.

위잉!

제천대성이 손을 놓았다.

여의봉이 공중에서 핑그르 돌았다. 진각에 이어 각법이 온다. 음속마광각이 제천대성의 각법과 충돌했다.

꽈아아앙!

구룡보 합전, 음속 영역에서 정면으로 부딪쳤을 때, 단운룡은 상박의 뼈가 박살 났었다.

이번엔 아니다.

단운룡과 제천대성의 다리가 동시에 튕겨나갔다.

제천대성이 허공에서 내려오는 여의봉을 휘어잡고 뒤쪽으로 물러났다.

"어랏? 이것 봐라?"

제천대성이 놀라워하며 고개를 갸웃거렸다.

음속으로 싸웠다.

그러고도 힘의 열세는 없다.

"다시 묻겠다. 너는 누구냐?"

지나온 세월이 오 년이다.

그동안 단운룡은 마신을 열고 광검을 들었다. 하지만 제천대성의 기파는 구룡보 때와 큰 차이가 없었다.

달라지지 않음이 곧, 의구심의 이유다.

단운룡은 그때 제천대성과 싸우며 궁극의 재능을 엿보았다. 경지가 높아질수록 성장 또한 더뎌진다지만, 이보다는 높은 곳에 올라서 있어야 옳다.

그들의 영역에서, 오 년 전과 같음은 유지가 아니라 퇴보다.

단운룡은 직감에 근거를 더해 결론을 확신했다.

이 놈은 제천대성이되 제천대성이 아니다.

제천대성의 무공과 제천대성의 진기를 지녔지만, 그때 단운룡이 싸웠던 그놈과는 다른 자가 분명했다.

"이상한 걸 묻는구나! 나는 나! 제천대성이다!"

제천대성이 손바닥을 쫙 편 채 앞으로 내밀며 극적으로 소리쳤다.

꽝!

충격파가 일었다.

제천대성이 무서운 속도로 짓쳐들었다. 머리부터 돌진해 오며 반 바퀴 돌고, 급격하게 방향을 꺾어 여의봉을 내쳐온다.

마주 받는 손날에 광극진기를 집중시켰다.

쩌정!

음속광검결이 여의봉을 비껴냈다.

공방이 이어졌다. 황금빛 연환봉을 광검결로 하나하나 내
리그었다. 비산하는 진기가 백석 바닥을 파괴했다. 부딪칠 때
마다 발생하는 경파가 무시무시했다.

제천대성은 역시 빨랐다. 음속 영역 안에서도, 순간순간 단
운룡의 속도를 능가할 정도였다.

하지만, 단운룡은 이 속도가 이제 익숙했다.

그는 천하를 논하는 자들과 싸워왔다. 느려도 더 강할 수
있다. 허점 없는 무공에 조금씩 틈을 만들어 갔다.

쩡!

찰나가 열렸다.

삼십 합의 충돌 끝에 공간이 생겨났다.

단운룡의 두 손이 정면으로 모여들었다.

'광뢰포.'

파지직!

막대한 진기가 응축되었다.

제천대성은 당황하지 않았다. 유연하게 발경을 쌓고, 여의
봉 봉첨을 묵직하게 밀어냈다.

광대하게 발산하는 폭뢰와 일점집약의 여의금고봉이 만났다.

콰아아아아아앙!

대폭발이 일어났다. 황금빛 진기가 물결처럼 사방을 휩쓸었다.

"이거 봐! 그래 봐야 안 되잖아!"

의기양양한 목소리가 폭발의 여파를 걷어냈다.

그럴 만했다.

이번엔 밀렸다.

제천대성은 음속광뢰포의 막강한 경파를 여의봉 일격으로 찢어발겼다. 광뢰포를 파훼했을 뿐 아니라, 진기의 포격을 정면으로 꿰뚫고 직접적인 타격까지 입혔다.

"그래, 안 되는군."

단운룡이 말했다.

흙먼지가 걷히고, 단운룡이 두 손을 들었다.

양 주먹을 가슴 앞에 모은다.

파직.

"잘 봤다. 이만 끝내자."

단운룡이 말했다.

우-우-우-웅!

천잠비룡포가 깨어났다.

망가진 땅이 진동했다.

쫭!

발동과 함께 땅을 박찼다. 파동기가 충천했다.

마신이었다.

"이건 뭐얏!"

제천대성의 움직임이 급변했다. 흔들대던 신형이 똑바로 올라오고, 설렁설렁 휘두르던 여의봉이 굳게 잡혔다.

마신 진기를 품고, 극광추가 허공을 뚫었다.

제천대성이 진각을 밟았다. 여의봉이 무서운 기세로 폭사되었다. 금광이 반월의 잔영을 만들었다.

쩡!

짧고 강력한 충격음이 터졌다.

금광이 쪼개졌다. 금빛 빛줄기가 한쪽으로 쏘아져나가 정원석 바위를 부쉈다.

"진짜냐."

제천대성은 이제 웃지 않았다.

손에 들린 여의봉은 반 토막뿐이었다. 나머지 반쪽은 부서진 정원석 바위 사이에 박혀 있었다.

저벅.

단운룡이 다가왔다.

"너……!"

제천대성은 진저리를 쳤다.

보의가 빛나고 있었다. 빛 무리가 비룡을 타고 흘렀다. 그야말로 살아 움직이는 것 같았다. 전신진기가 충만한 단운룡이 천잠비룡포를 입고 마신을 발동했다.

압도적이었다.

  *   *   *

쫘앙!

붉은 보의 둘러친 강설영이 일권을 회수했다.

쓰러진 비검맹 검사는 이미 검날이 반 토막 나 있었다.

그녀가 주위를 둘러보았다.

마지막 적이었다.

시가지 중심부, 그녀의 위치는 적벽 중앙이었다. 사방에 서 있는 적이 보이지 않았다. 모처럼 시원하게 싸워 보았다. 장시간 소모된 진기가 상당했지만 마음은 오히려 가뿐했다.

'헌데……'

고운 미간이 가볍게 좁혀졌다.

적들이 없음은 좋은 일이나, 없어도 너무 없었다.

덤벼드는 자들뿐 아니라, 쓰러진 자들마저 얼마 없었다. 이상한 일이었다. 그녀가 저쪽 소로에서 땅에 눕힌 자만도 열 명이 넘었다. 헌데 지금 저쪽 길에 나뒹구는 자는 병사 둘이 전부였다.

없는 게 아니라 없어졌다. 부상자든, 사망자든 가리지 않고 누군가가 수습해 갔다는 뜻이다.

'그렇게나 동료를 아끼는 자들이었나?'

아니다.

그녀가 여태 싸운 적들은 동료애와 거리가 먼 자들이었다.

병사들은 그나마 조직으로 움직이는 편이었지만, 비검맹 검사들은 개별적 특성이 두드러졌다. 두세 명 합공을 취해 올 때도 검진(劍陣)이 아닌, 개인 기량에 의존한 공격을 펼쳤다. 또한 옆에서 다른 검사가 땅바닥을 나뒹굴어도 눈 하나 깜짝하지 않았다.

전투 불능인 자들을 신속하게 이송하는 광경이 좀처럼 머릿속에 그려지지 않았다. 그건 의협비룡회의 특질이다. 이들은 그들이 휘두르는 검처럼 차갑고 냉막한 자들이었다. 근본이 그러했다.

의아함을 느꼈으면, 다시 한 번 확인해야 한다.

그녀가 땅과 담장을 박차고 뛰어올라 바로 앞 건물 지붕 위에 내려섰다.

역시나 그렇다. 정말 많은 수가 사라졌다. 이 정도면 대대적인 규모다. 이 지역에서만 적어도 세 자릿수가 쓰러졌을 텐데, 막상 시야에 들어오는 것은 이십여 명이 전부였다.

눈을 돌려 여의각 요원들을 찾았다.

여의각 요원들은 상황 파악이 아주 빨랐다. 그녀가 알아챈 것이라면, 이미 그들도 알고 있을 가능성이 높았다. 하지만, 시가전이 전 도시에 걸쳐 수라장으로 펼쳐졌기 때문에 확신은 금물이었다. 단순한 부상자 수습일 수도 있지만, 직감이 그렇지 않았다. 얼른 알려야 한다. 그녀는 감을 무시할 생각이 전혀 없었다.

'저기다.'

서쪽 대로에서 여의각 백의를 입은 무인을 발견했다.

그녀가 막 몸을 날릴 때였다.

직감과 본능이 함께 일어났다. 뛰어내리는 대신 지붕 높은 곳으로 뛰어올랐다. 무시무시한 경력이 발밑에서부터 솟구쳐 올랐다.

꽈아아아앙! 콰르르르륵!

그녀가 밟고 섰던 지붕 한쪽이 그대로 무너져 내렸다.

빛나는 진기가 쏟아지는 기왓장 사이로 비산했다. 그 진기의 색은 휘황한 황금색이었다.

꽝! 꽈앙!

다시 발밑이 터졌다.

강설영은 몸을 날리고 날려 허공에 몸을 띄웠다.

콰과과광!

건물이 통째로 무너지고 있었다. 그리고 그 한가운데에서 하나의 신형이 날아올랐다.

휘리리릭!

재주를 넘으며 부러진 대들보 위에 올라섰다.

한 손에는 황금빛 여의봉, 얼굴에는 원숭이 가면을 썼다.

제천대성이었다.

"어째서?"

길 위에 착지한 강설영은, 또 한 번 의아함을 느꼈다.

그것은 단운룡이 느낀 것과 비슷하면서도 달랐다.

"잘 피하네? 보이지도 않았을 거면서?"

흔들거리며 경박하지만, 절대로 경시할 수 없다. 작은 체구로 막강한 위압감을 자랑한다.

헌데, 이리도 작을 줄 몰랐다. 신체 선이 얇고, 굴곡졌다. 목소리는 더 당혹스럽다.

야하하하. 제천대성이 웃었다.

남성이 아닌, 여성의 목소리였다.

          *   *   *

제천대성이 날아들었다.

강설영은 보의에 담아 둔 힘을 한껏 받아들였다.

꽈아앙!

황금빛 빛줄기가 그녀의 주먹 앞에서 터져나갔다.

제천대성의 체구는 그녀보다도 조금 작아 보였다. 그런데도 천근처럼 무겁게 느껴졌다.

꽈앙! 꽈과광!

그녀의 내력은 이제 천룡기가 아니었다.

협제신기의 내공을 얻었지만, 진기 운용의 섬세한 구결은 물려받지 못했다. 천룡의 도인술로는 제대로 된 공력 발현이 되지 않았다. 단운룡과 함께 또 따로 기가 흐르는 길을 찾았다. 그렇게 걸린 시간이 삼 년이다.

그녀의 협제신기가 소연신이 쓰는 협제신기와 같은 것인지는 알 수 없었다. 사부인 철위강이 도인하는 방식과 유사하지 않을까 짐작만 했다. 그리고 그게 맞다고 생각했다. 그녀는 소연신에게 협제신기를 사사한 것이 아니었다. 그녀의 협제신기는 협제의 진기가 아닌 천룡의 진기였다.

사부, 천룡대제는 협제신기를 원형 그대로 썼을까.

모른다.

어떠한 기예라도 사부의 손을 거치면 극강의 무공이 된다고 하였다. 협제신기가 이미 궁극에 이르러 손 댈 곳이 없었다면 사부는 그 이상 해석을 덧붙이지 않았을 것이다. 다만, 본인이 편한 방식으로 변형했을 수는 있다.

사부의 발경은 언제나 극도의 효율성을 추구했다. 명징하게 강해야만 했다. 정(靜)이든 동(動)이든, 쾌(快)든 완(緩)이든, 허(虛)든, 실(實)이든, 모든 공부가 결국은 절대적 강(强)으로 귀결했다.

협제신기는 그 자체로 충분히 강했다.

무엇이라도 품을 수 있을 만큼 넉넉하고 자유로웠다. 그래서 그녀가 이끄는 길로도 부드럽게 따라와 주었다.

꽈아앙!

이제 그녀가 펼치는 천룡파황권은 극광추와 조금 더 닮아 있었다. 나선형 경파가 파동처럼 진동했다. 제천대성의 여의봉이 옆으로 튕겨나갔다.

파파팟!

제천대성이 무서운 속도로 몸을 뒤집으며 두 발로 연환각을 펼쳐왔다.

빠르게 휘어치는 권격으로 제천대성의 각법을 하나하나 막아냈다. 두 여인 사이의 공간에서 경파의 소용돌이가 일어났다.

콰아아아! 꽈과광!

공방이 무서운 속도로 이어졌다.

제천대성은 가볍고 또한 무거웠다.

오른손으로 여의봉을 뒤로 돌리며 왼손으로 강설영을 따라하듯 주먹을 내쳐왔다.

꽝!

둘의 신형이 반대편으로 튕겨 나왔다.

"야하하하. 언니, 참 세다."

대놓고 그렇게 불렀다.

건들거리듯 땅을 밟으며 경파 충돌의 여파를 해소한다.

아주 작은 움직임 하나까지도 모두 다 무공이다. 강설영은 생각했다. 제천대성은 더 이상 경박해 보이지 않았다.

탕! 파라라락!

갑작스레 재주를 넘으며 여의봉을 휘둘러왔다.

대저 이렇게 기습적인 공격이란, 중량감이 떨어지기 마련이었다. 제천대성의 무공에는 그런 약점이 없었다. 여의봉 끝에 천근만근의 힘이 실려 있었다.

위이잉! 꽈앙!

힘이 다가 아니다. 마지막 순간에 변화까지 일어났다.

중단이 상단으로 상단이 하단으로 바뀌는가 싶더니, 다시 중단 사선으로 올려쳐온다.

회피 불가다. 전신의 진기를 있는 대로 끌어올리고 진각 전 사력을 더해 파황고의 힘으로 내공 방패를 형성했다.

꽝!

몸통을 내주고 반격하려 했다. 틀렸다. 그녀가 그대로 튕겨 나갔다.

콰앙! 콰르릉!

격하게 날아간 강설영의 몸이 담장마저 무너뜨렸다.

온몸이 저릿저릿 울려왔다. 보의에서도 적색 빛 무리가 일렁거렸다.

'역시 강하구나.'

강설영, 그녀가 약해진 것일 수도 있다.

야하하 웃으며 여의봉을 화려하게 휘돌리는 것을 보았다. 겨뤄 이길 상대가 아니라는 생각이 들었다. 이런 생각부터가 문제였다. 그녀는 무공을 잃기 전 그 자신을 아직 회복하지 못했다. 위타천의 발치에서 땅을 기며 목숨을 구걸했던 순간,

그녀는 무적천룡의 자격을 잃어버렸다. 철위강과 소연신이라는 불세출 무인들의 무공을 지니고도, 언니라며 조롱하는 요괴를 상대로 위압감을 느끼고 있었다.

무언가 잘못되었다. 그녀는 천하제일의 강자인 철위강에게 사사한 직계 제자였다.

무공의 근간이 송두리째 바뀐 것, 삼 년 동안 실전 경험이 없었던 것, 전부 다 핑계일 뿐이었다.

그녀가 담장 잔해에서 천천히 일어났다.

여의봉의 타격점과 담장에 들이받은 등줄기 둘 다 격타 순간에는 심상치 않은 통증을 느꼈다. 지금은 아니다. 통증은 굳세게 일어나는 중에 점차 사라져갔다.

웅웅웅웅.

오랫동안 꾸었던 꿈이 그녀를 보호한다.

그녀는 보물이 사실임을 믿기 위해 살았고, 그것이 세상에 존재함을 스스로 창조하여 증명했다.

무가지보 천잠보의다. 보의의 공능이 제천대성의 괴력을 무(無)로 되돌리고 있었다.

"그래, 제대로 한번 싸워보자."

말투 또한 바뀐다.

뜨거운 태양 아래 천잠을 키우고, 삶의 목적이 되었던 보의를 잣으며, 모처럼 양처(良妻)의 나날을 지냈다.

그 전의 그녀는 금상에 위협이 되는 자들은 무력으로 쳐부수던 투혼의 선성천녀였다.

이제 와 불공대천지수, 신마맹과의 결전에 참전했으니, 그녀는 과거의 자신을 불러와 다시금 한 명의 무인이 되어야만 했다.

쫘앙!

그녀의 몸에서 파동경파가 일었다.

부서지는 돌 조각과 함께 그녀가 제천대성에게로 뛰어들었다. 적색 보의의 잔영과 여의봉의 금빛 진기가 화려하게 어우러졌다. 폭음이 그 뒤를 따랐다. 격전의 시작이었다.

＊　　　　　＊　　　　　＊

콰과과과광! 우지끈!

집 한 채가 반파되어 무너졌다.

쿠웅!

거구가 넘어지고, 땅이 울렸다.

제천대성의 여의금고봉에 허저재림 왕호저가 당했다.

비룡각 창술 무인들 삼십 명이 나뒹군 뒤였다.

"뭐, 나쁘진 않았어. 강해질 여지는 있겠네."

제천대성이 빙글 돌며 말했다.

"죽이지 않는 것인가?"

이군명이 이랑진군의 목소리로 물었다.

"아이 씨! 가까이 붙지 말라니까!"

제천대성이 버럭 소리를 지르고 펄쩍 뛰어 물러났다.

"숨통을 끊지 않은 이유가 무엇이냐?"

"뭐? 뭐라? 그, 그 덩치 놈, 안 죽었어?"

제천대성은 못된 장난을 하다 들킨 손오공처럼 말을 더듬었다. 이랑진군이 삼첨양인도를 들어 올리며 강렬한 기파를 피워 올렸다.

"몰라서 묻는 것은 아닐 텐데."

당연한 이야기다. 제천대성 정도의 고수가 생기의 소실을 구분하지 못할 리 만무했다.

제천대성이 다시 한 번 펄쩍 뛰었다.

"아니! 이 놈이나 저 놈이나, 다들 살인에 미쳐 가지고! 굳이 사람을 죽이려고 해! 그냥 막 다 죽여 버리고 싶은 게야? 뭐 가지고 싶은 거라도 빼앗겼어?"

가면 속 이군명의 눈동자가 크게 흔들렸다.

이 미친 원숭이가 뭘 알고 하는 이야기인지 아니면 되는 대로 지껄이는지는 분간할 길이 없었다.

"요마야말로 살심에 빠져 있는 것 아니었나?"

"어쭈? 고귀한 천신 나부랭이시라 이거지? 그렇게 손을 더럽히고 싶으면 직접 하시든가? 죽여! 죽이라구! 다 죽여버려어어! 그냥! 굴러다니는 놈 목숨 빼앗아서 참 기분이 좋기도 좋겠다?"

제천대성이 주먹을 휘두르며 역정을 냈다.

이군명이 이랑진군의 눈으로 주위를 둘러보았다.

신마천신 이랑진군이 되자 죽이지 않고 그대로 두고 온 관승이 자꾸 마음에 걸렸다. 이렇게 살심이 치솟는 것은 이랑진군의 의지인지 아니면 이군명 자신의 욕심인지 알 수 없었다.

그때였다. 발을 동동 구르며 뭐라뭐라 소리치던 제천대성의 움직임이 딱 멎었다.

제천대성의 눈이 홱 돌아갔다. 적산 꼭대기, 의협비룡회의 총단이 있는 쪽이다. 이랑진군의 시선도 저절로 그곳에 멎었다.

"뭐? 벌써?"

제천대성은 쉽게 놀라고 쉽게 화낸다. 또한 아무렇지 않게 짜증 내고 웃기지도 않은 일에 웃는다. 그렇기에 그의 변화는 항상 진짜 같지 않았다.

하지만, 저 목소리는 달랐다. 진심으로 놀란 거다. 그래서 더 생경하게 느껴지는 그런 놀라움이었다.

제천대성이 머리를 벅벅 긁었다.

그가 고개를 휘휘 돌리더니, 한쪽을 바라보며 물었다.

"얼른 나와!"

"네."

그쪽 길에서 홀연히 한 남자가 나타났다.

그는 놀랍게도 제천대성과 똑같은 옷을 입고 있었다. 가면은 쓰지 않았다. 얼굴은 농사꾼처럼 볕에 그을렸고 생김새는 평범했다. 체격은 상당히 좋았다.

지닌바 공력은 백면뢰 이상이다. 청면이나 적면을 크게 상회하지는 않는다. 실전에 투입하기 좋은 정예 무인, 딱 그 정도다.

어찌 눈에 띄지 않고 이렇게 근처에 있었는지는 모르겠지만, 애써 이해하려 들지 않았다. 그럴 필요도 없다. 제천대성은 명실공히 제어 불가의 요마였다. 천신의 눈으로도 꿰뚫어 볼 수 없는 괴력의 난신이었다.

"한 놈 당하겠어."

제천대성이 그렇게 말하고는, 머리를 긁던 손을 정수리로 올렸다. 요괴의 전신에서 성스럽게 느껴지는 금광(金光)이 후광처럼 스며나왔다.

제천대성이 머리카락을 뽑듯, 백회혈로부터 엄지와 검지를 집어 들었다. 그러자 한 가닥 금빛 빛줄기가 실처럼 손가락을 따라 올라왔다. 전신의 금광이 그 한 가닥 빛줄기에 모여들었다.

막대한 기(氣)가 압축되었다. 제천대성의 손끝에서 금빛 진기의 정수(精髓)가 만들어졌다.

같은 옷을 입고 있는 체격 좋은 남자가 품속에서 가면 하나를 꺼내 얼굴을 덮었다.

그것 역시 제천대성의 원숭이 가면과 똑같았다.

"후."

제천대성이 그가 지닌 힘의 정수를 혹 불었다.

금빛 머리카락 같은 진기의 집약체가 날아가 원숭이 가면에 스며들었다.

번쩍!

금광이 일었다.

막강한 기운이 파도처럼 일어나 그의 몸을 덮었다. 가면이, 황금빛 진기가 사람의 몸을 한꺼번에 삼키고, 최강의 요마로 다시 뱉어냈다.

제천대성과 같은 모습을 한 자가 제천대성이 되었다. 제천대성이 한 명 더 생겨난 것이다.

"빨리 가! 그 놈 죽겠어!"

"설마 죽이겠어?"

"모르지! 바보야!"

"알겠어, 서두를게! 냐하하하하!"

말투와 목소리마저 겹쳐 들렸다. 새 제천대성이 무서운 속도로 사라졌다. 의협비룡회 총단 쪽이었다.

알 필요 없다 했지만, 이랑진군은, 나타태자는, 이군명은, 물을 수밖에 없었다. 그럴 만큼 놀라운 기사(奇事)였다.

"그것은 무슨 술수인가?"

"응? 재미 삼아 만들어 봤지! 굳이 입으로 불어 넣지 않아도 되는데, 어때? 그럴듯했지?"

그 말을 듣자는 게 아니다.

천신의 그릇조차 되지 않을 것 같았던 평범한 가면 무인을 강력한 괴물로 만들었다.

"어떻게 가능하냐는 말이다."

"뭐, 안 먹히려고 나누고 나누다 보니, 그렇게도 되더라구. 너도 해 볼래? 아, 아니다. 너는 이미 이중이라 어렵겠다. 자꾸 친한 척 묻지 마! 나까지 헷갈리잖아!"

진지하게 설명해 줄 리 만무하다고 생각했다. 장난처럼 넘어가겠지. 그게 제천대성이다. 헌데, 의외의 대답이 나왔다.

이것은 이군명뿐이 아니라 모든 가면에게 중요한 화두였다. 누군가에겐 치명적일 수 있고, 누군가에겐 절실할 수 있는, 그런 이야기였다.

"심공으로 해결이 가능한 거라면……"

"아, 시끄러. 이랑이라더니 어디서 개가 짖나."

제천대성이 손가락으로 귓구멍을 후벼 팠다.

그가 도망치듯 훌쩍 뛰어 오르더니 지붕 위에 내려앉았다.

이군명이 뒤따라 담벼락 위로 몸을 날렸다. 제천대성이 귀찮다는 듯 손바닥을 딱 들어 올려 막는 시늉을 했다.

"그만."

제천대성이 말했다.

이군명은 그 말을 순순히 따라줄 생각이 없었다.

방법이 있다면 알아야 했다.

그러나.

제천대성이 손가락을 들어 한 곳을 가리켰을 때, 이군명은 더 이상 아무 질문도 할 수 없게 되었다.

"자, 거기까지. 저기 네 님이 계신다. 굳이 저 위까지 올라갈 필요도 없었네. 냐하하하. 재밌게 됐어. 강호는 역시 이 맛이지!"

제천대성은 다 안다.

보이는 것처럼, 난장만을 즐기는 미친 원숭이가 아니다.

스쳐 가는 생각도 그녀를 보는 순간 멈춰 버렸다.

콰과과광!

저 멀리서 건물을 부수며, 화려한 적포를 입은 한 여인이 일권과 함께 내려서고 있었다.

강설영이었다.

"이제 어쩔래? 냐하하하하하하!"

제천대성의 박장대소가 희미하게 들렸다.

이리도 가까이 있다.

도강언에서처럼 닿을 수 없는 곳이 아니라, 부르면 들을 수 있고, 다가가면 만질 수 있는 거리였다.

이군명이 삼첨양인도를 내렸다.

그리고 손을 들었다.

가면을 벗고 이름을 말한다.

"영매."

콰아아아앙!

그녀는 이군명의 목소리를 듣지 못했다.

여의봉이 내리꽂히고, 강설영의 몸이 튕겨나갔다.

동시에, 이군명이 몸을 날렸다.

*   *   *

"둘이서 하나를 못 죽이고 도망을 치나요?"

철선녀가 역정을 냈다.

황풍괴에게 그리도 하대를 했던 그녀는 요마가 여럿이 되자 귀부인 같은 말투를 쓰며 품위를 챙겼다. 그러나 어떤 요마도 그녀를 귀하게 보진 않았다. 이제 와서 지난밤마냥 어조를 달리한들 속지 않는다. 그들은 이미 그녀의 요악한 본성을 충분하게 알고 있었다.

"도저히 못 당하겠는데 어찌하오?"

"그렇게 약한데, 가면과 법구는 어떻게 받은 거죠?"

철선녀의 목소리가 높아졌다. 저러다가 파초선을 휘두를 걸 안다. 금각이 다급하게 말했다.

"은각이 급하다며 요 장군을 구하러 가버렸소! 혼자는 안 되겠더이다. 게다가 창 든 잡졸들이 꾸역꾸역 늘어나서……"

"핑계는!"

철선녀가 날카로운 한마디로 금각의 변명을 끊어버렸다.

그러다가 파초선을 꺼내 들 판이라 황풍괴가 용기 내어 끼어들었다.

"그래도 선녀, 제천대성이 왔으니……"

철선녀의 고개가 그쪽으로 홱 돌아갔다.

"와서 뭐! 그가 뭐든지 다 해결해 줄 것 같나요?"

"도시의 적측 고수 중 셋을 벌써 쓰러뜨렸다고 들었습니다만."

"그래서요?"

철선녀가 가면 속 두 눈에서 표독스러운 빛을 뿜었다.

"잘들 들어요."

금각에 이어 딱 맞추기라도 한듯, 은각이 나타났다. 아마도 철선녀는 은각이 이곳에 거의 다 왔음을 이미 알고 있었을 것이다. 그러니까 이야기를 시작한 거다. 황풍괴가 숨을 들이켰다. 어제 했던 말의 연장이다. 뒤쪽엔 홍해아가 잠든 듯 누워 있었다.

"우리는 그저 요괴의 정(精)이 담긴 가면으로 비롯된, 만들어진 괴물이에요. 우리는 누구도 요마로 태어나지 않았지요. 우리가 이제 와 천신들에 준하는 요신(妖身)을 얻었다고 해서, 그저 그 힘으로 횡포만을 부리는 악마가 될 수는 없는 거예요."

그렇게 말하는 그녀야말로, 그 강력한 힘으로 말미암아 가장 패악질을 많이 하는 요괴였다. 그러나 그 사실을 입 밖으로 내는 요마는 이 곳에 없었다.

"천신이든 요마든 마찬가지예요. 한 세대를 연공해도 얻기 힘든 무력을 불과 몇 년 만에 연성하죠. 그게 무슨 말인 줄 알죠? 간밤에도 이야기했듯, 가면 무인들은 제아무리 강해도 대체가 가능한 재원일 뿐이에요. 소모품이 될 수 있죠. 적합자만 나타나면요."

침묵이 깔렸다.

도취와 광기로 외면했던 진실이 거기에 있었다. 통찰력을 과시하듯 말하는 그녀도 정상은 아니었지만, 간과하기 쉬운 현실임은 분명했다.

"그래서 당신들을 멍청이라 하는 거여요. 저 밑에서 아직도 천지분간 못 하고 해 지기 전에 퇴각하라는 말조차 듣지 않는 사타왕을 봐요. 대성들은 물론이요, 신참이 새 가면으로 치고 올라오는 거 다들 본 적 있죠? 헌데, 마정(魔精)을 타고난 인재를 찾는다면서 직접 발품을 팔다니 제정신인가요? 나와 그이는 적합자 탐색에 동원된 적이 없어요. 왜? 우리가 거부했으니까요? 나보다 더 뛰어난 이능자(異能者)가 내 가면을 빼앗지 말라는 보장이 어디에 있죠? 나례동 삼 년 적공으로 각성하여 강호에 나가 삼십 년 내공 무인을 때려잡으면 물론 기분이 좋죠. 좋고말고요. 모가지 떼는 순간 쾌락이 밀려들어요! 인정해요! 그걸로 부려 먹히는 거예요. 다음 은각 후보? 이미 있죠? 이미 죽은 대성들은? 도가 팔선은? 죽어도 다시 만들면 되니까 죽이는 거예요. 그 꼴이 되고 싶나요? 출중한 무력을 지녔으면서 이름도 얼굴도 없이 객사하고, 그저 다음 적합자에게 나를 넘겨줄 건가요? 생각을 해요, 생각을."

"그래서, 이렇게 도망 온 거 아니오."

꽝! 쩌저적!

금각의 말에 철선녀가 발을 굴렀다. 돌바닥에 금이 갔다.

"맡은 일은 한 다음에, 목숨을 건지기도 건져야지! 죽기 싫으니 도망치고, 급급하여 경동하고, 누가 그렇게 짐승처럼 살라 했나요?"

그녀가 소리를 버럭 질렀다.

금각이 입을 다물었다. 은각도 반박하지 않았다.

지금 그녀가 말한 것처럼, 그들은 맡은 일을 했다. 의협비룡회 고수들을 끌어내 발을 묶고, 진명군 장군을 적시에 빼냈다. 그리고 개죽음 당하지 않고, 집결지로 돌아왔다. 역시 철선녀는 미쳤다. 말하는 건 구구절절 옳으면서도, 또한 성질을 낼 땐 모순된 이야기를 아무렇지 않게 내뱉고 있었다.

"일단 그 원숭이 새끼! 내가 그 놈 뭔가 꿍꿍이가 있는 줄 진즉에 알았어. 죽여야 할 걸 안 죽이고 내버려 둬? 뭔가 있어. 그 괴물 새끼."

말투까지 오락가락이다.

철선녀가 고개를 숙이고 섬섬옥수로 가면의 턱을 받친 채, 중얼중얼 서성거렸다. 잠깐 그러는 줄 알았던 것이 길어졌다. 그녀는 거의 반 다경에 이르는 시간을 돌아다녔다.

"비검맹 쪽 준비가 다 된 것 같습니다만."

황풍괴가 조심조심 그녀에게 말했다.

"알고 있어요!!"

그녀가 신경질적으로 소리쳤다.

철선녀가 몇 번 더 왔다 갔다 하더니, 이내, 누워 있는 홍해아의 옆에 다소곳이 몸을 숙였다. 그녀가 지금까지와 또 전혀 다른 따뜻한 목소리로 속삭였다.

"얘야. 이제 일어나야지?"

언제 그렇게 화를, 열변을 토했냐는 듯 나긋나긋했다. 듣는 모두의 등줄기가 오싹했다.

홍해아는 자는 듯 누워 있었지만, 그가 누운 땅 주위에서는 열기가 모락모락 올라오고 있었다. 일종의 와공(臥功) 운기였다.

몇 번 재촉을 하는데도 홍해아가 전혀 눈 뜰 기미를 보이지 않자, 그녀가 고개를 한 번 비틀었다. 살기가 치밀어 오르는 듯했다. 그렇다고 일장을 내려쳐 홍해아를 억지로 깨우지는 않았다.

그녀가 몸을 일으켰다.

"아이가 깨어나면 총공격에 나설 거예요. 금각 은각 두 분은 다시 내려가 사타왕을 데려오세요. 원숭이가 어떤 술수를 부리려는 건지는 모르겠지만, 일단 적측 고수들을 눕힌 것이 사실이니, 저 기세만 등등한 문파의 괴멸은 기정사실이에요. 다만, 도강언에서 통천이 죽고 이빙이 사로잡혔듯, 적 문주의 저력이 상당해요. 개죽음 당하지 마요. 피받이는 검맹과 흑림에게 맡기고 우리는 지원만 합니다. 알겠지요?"

금각과 은각이 고개를 끄덕이고는, 곧바로 튀어나갔다.

철선녀의 말이 옳음과 별개로 같은 공간에 있기 싫은 것이다.

"명심하겠나이다."

황풍괴만 목소리 내어 공손히 답했다. 그 역시 나가고 싶었으나, 갈 곳이 없었다.

그가 노을 지는 건물 밖을 바라보았다. 적벽 도시에서는 화탄이 오고 가는 전쟁터처럼 폭음이 은은하게 들려오고 있었다. 차라리 저 한가운데 있는 게 낫겠다. 그저 철선녀가 갑작스레 화내지 않기만을 바랄 뿐이었다.

*　　　　*　　　　*

번쩍!

단운룡의 몸에서 빛이 일었다.

제천대성은 반쪽 남은 여의봉으로도 선전했다.

마신의 무공을 열 합 넘게 받아냈다.

꽝! 퍼억!

마신극광추가 기어코 제천대성의 가슴팍에 꽂혔다.

제천대성의 육신에는 구멍이 뚫리지 않았다. 전설에 이르되 화과산의 돌원숭이 손오공은 금강불괴의 육체를 자랑한다 하였다. 하지만 단운룡은 이 일격으로 그 육신을 충분히 부술 수 있음을 알았다.

그래서 진기를 조절했다.

약하게 꽂아 꿰뚫지 않았다. 죽이지 않으려 함이었다.

터엉! 콰아앙!

정타가 들어가 자세가 무너진 제천대성을 광혼고로 직격했다. 육편 대신 폭음만 터졌다.

제천대성의 몸이 뒤쪽으로 튕겨나가 건물 벽에 처박혔다. 튼튼한 건물 외벽이 무너질 듯 흔들렸다.

"체형이 눈에 익다 생각했지."

단운룡이 성큼 발을 옮겼다.

훅, 사라졌다 싶더니 제천대성의 코앞이다.

단운룡이 덥석, 제천대성의 가면을 잡았다.

"아앗! 안 돼!"

어디선가 다급한 목소리가 들려왔다. 가면 속 입에서 나온 음성은 아니었다. 뒤쪽 저 멀리서 들린 경호성이었다.

콰직!

아랑곳없었다.

단운룡의 손아귀에서 제천대성의 가면이 박살 났다.

가면 잃은 제천대성의 백회에서, 금빛 빛줄기가 솟아났다. 그 빛은 실처럼 가느다라면서도 대전 기둥처럼 강대한 기운을 품고 있었다.

단운룡은 그 빛이 하늘로 올라가는 것을 두고 보지 않았다. 본능처럼 광검결을 일으켜 손날을 올려 그었다.

빛이 반으로 잘라졌다.

꿈틀, 휘어진 진기의 금사(金絲)가 요동을 쳤다. 수백 가닥 꼬아놓은 실타래처럼, 금사에서 실 같은 진기가 수십 가닥 풀려나왔다.

그 광경은 현세의 그것 같지 않게 아름다웠다. 풀려나온 금색 진기가 안개처럼 흩어지기 시작했다.

풀썩.

화안금정 금빛 기운을 잃은 제천대성은 더 이상 제천대성이 아니었다.

단운룡은 이미 아는 얼굴을 보았다.

쓰러진 제천대성은 그가 직접 제압해 감금했다가 탈출한 백면뢰의 얼굴을 하고 있었다.

그는, 진겁이었다.

단운룡은 놀라지 않았다.

세상 만물의 기운을 느낄 수 있는 경지에 올라 있었다. 산천과 도시의 기를 보는 그에게 맞서 싸우는 상대의 실체를 해석하는 것은 어려운 일이 될 수 없었다.

제천대성이 예외적인 힘을 지녔을 뿐이다. 지나치게 막강한 힘을 뒤집어썼기에 곧바로 간파하지 못했다.

마신 발동과 함께 확신했다.

아는 자다. 구룡보에서 싸웠던 제천대성이 아니되, 그가 이미 만나고 감지했던 자였다.

그렇기에 그가 진겁이란 사실을 알고도 당황하지 않을 수 있었다.

그저 백면뢰에 불과했던 자를 제천대성으로 만든 그 술수가 신기할 뿐.

과연 제천대성이다.

어떤 신비를 보여주더라도, 그럴 수 있다 수긍할 수 있는 이름이었다.

"으으으으! 무자비한 놈!!"

뒤에서 들린 목소리가 이젠 지척이다.

제천대성이 하나 더 그의 눈앞에 나타났다.

"후우우우우우우웁!!"

머리 위 지붕 모서리에 매달려 얼굴을 내밀고 미친 듯이 큰 숨을 들이켰다. 금빛 안개로 사라지던 가느다란 빛줄기가 몇 가닥 제천대성의 가면으로 빨려 들어갔다.

"으아아악! 이것밖에 안 남다니! 죽인 것보다 더 나빠!!"

제천대성이 펄쩍 뛰어오르며 버럭 소리를 질렀다.

"가짜로는 안 돼. 직접 와라."

단운룡은 무심한 눈으로 그를 올려보며, 나직한 목소리로 말했다.

"이잇!!"

제천대성이 홀쩍 단운룡의 머리 위를 넘어, 땅 위에 내려섰다. 멀쩡한 여의봉을 홍홍 돌려 앞으로 세우더니, 짜증을 토해냈다.

"나는 나고, 또한 각각 모두가 진짜다! 방금 그건 너무했어! 내 금정(金精)을 없애다니! 누가 알려 준 거야? 너, 제대로 혼날 줄 알어!"

꽝!

제천대성이 충격파와 함께 무서운 속도로 달려들었다.

여의봉이 휘황한 금빛을 일으키며 단운룡의 머리 위로 떨어져 내렸다.

쩌엉!

휘두르는 마신광검결 또한 눈부신 빛 무리를 품고 있었다.

여의봉이 튕겨나갔다.

제천대성은 크게 놀란 듯했다. 움찔 뒤로 몸을 날리더니, 발악적으로 소리쳤다.

"이야아아아아! 재미없어, 너!"

쾅! 쾅! 쾅! 쾅!

제천대성이 발을 굴렀다.

백석 바닥이 마구 깨져나갔다. 땅이 갈라지고, 구덩이가 생겼다.

그것으로 그치지 않았다.

제천대성이 난폭하게 여의봉을 휘둘렀다.

단운룡에게가 아니라 발 구르던 땅을 향해서다.

꽈아아앙!

땅바닥에 커다란 구멍이 뚫렸다.

단운룡의 두 눈이 번쩍이는 뇌전을 품었다. 진검을 보고도 놀라지 않았던 눈동자가 가볍게 흔들렸다.

"땅 밑에 숨겨 놓으면 모를 줄 알았지?"

제천대성이 냐하하 웃으며 땅에 만든 구멍으로 빨려들 듯 사라졌다.

단운룡이 성큼, 구멍 위에 섰다. 그는 따라서 밑으로 몸을 날리지 않았다.

"들어갔다. 막아."

대신, 그렇게 말했다.

들릴 것이다.

결국 이것은 지켜야 하는 것을 지키는 싸움이다. 그래도 제천대성이니 얼마나 버틸지는 알 수 없지만, 그는 준비를 충분히 해왔다.

우우우웅.

마신 발동을 멈췄다.

한순간도 힘을 낭비할 수 없다. 이제 곧이다. 진정한 격전이 얼마 남지 않았다.

공기가 변하고 있었다.

자연기를 한껏 들이마시며 짧은 시간이라도 귀하게 운기했다. 최대한 힘을 회복해야 했다.

제천대성은 진정 강하다. 한 가닥 기의 정수로 괴물을 만들었다. 본신에 담긴 힘이 어느 정도일지 가늠이 되지 않았다.

불확실한 승부가 그의 앞에 있었다.

'이번엔 지지 않는다.'

투지가 끓어올랐다.

*   *   *

강설영이 피를 흘리며 일어났다.

관자놀이 근처가 얇게 찢어졌다. 얼굴에 흐르는 피는 썩 보기 좋지 않았다.

그녀는 수세였으나, 죽음의 위기에 처한 정도는 아니었다.

그렇기에 더 이상했다. 갑작스레 나타난 이군명은 지극히 다급한 표정을 짓고 있었다. 이군명의 두 눈에서, 강설영은, 마음 깊은 걱정과 전과 같은 연정을 보았다.

이해할 수 없었다.

그러면서 형언할 수 없는 감정이 밀려들었다.

그것은 슬픔 같기도, 분노 같기도 했다. 추억 같지만 썼고, 반가울 수 없지만 아련했다.

꽈아앙!

제천대성의 여의봉과 이군명의 삼첨양인도가 격돌했다.

이군명은, 그녀를 구해주러 달려들었다.

온 힘을 다해, 그저 저절로 몸이 움직인 것처럼.

쩌정! 쩌저저정!

발밑에 불 바퀴를 두르고 신마의 무공을 전개하며 제천대
성의 여의금고봉을 물리쳤다.

"영매! 측면을!"

동료처럼 같이 싸우자 한다.

이군명의 시간은 대체 어디에 있는 것일까.

그토록 많은 비극과 원한이 있음에도.

강설영은 그렇게 생각하면서, 본능적으로 제천대성의 측면
을 향해 파황권을 전개했다.

물을 여유가 없었다.

입술이 떨어지지 않았다.

제천대성이 하나 더 있음을 알았다.

새로이 나타난 제천대성은 그녀가 상대한 가면과 비할 바
가 아니었다. 무인의 감각이 이 순간 저절로 주먹을 내뻗게 만
들었다.

이군명처럼.

너무나도 당연한 듯이.

꽝! 쩌엉!

두 사람 앞 제천대성의 몸이 뒤쪽으로 튕겨나갔다.

"냐하하하하! 이거 정말 재밌네!"

제천대성의 웃음소리가 등 뒤에서 들려왔다.

꽈광!

제천대성이 날아갔던 그 속도 그대로 몸을 틀며, 즉각 반격

해 왔다.

여의금고봉이 강설영의 중단으로 곧게 짓쳐들었다.

엄청나게 빨랐다. 금빛 광영은 변화무쌍하여 어느 방향으로든 후속타가 들어올 수 있을 것 같았다. 회피도 방어도 둘다 만만치 않았다. 다급히 팔꿈치를 틀어 파황권을 준비했다.

쩡!

삼첨양인도가 번뜩이며 금고봉의 속도를 줄였다.

이러면 충분히 막을 수 있다. 강설영의 주먹이 여의봉의 봉첨 바로 옆을 때렸다.

따앙!

협봉검처럼 찔러오던 여의봉이 측면으로 비껴나갔다.

몸을 돌려 재주를 넘은 제천대성은 야하하 웃지 않았다.

"이러기야? 난 재미없다구!"

그녀, 제천대성이 앙칼진 목소리로 소리쳤다.

꽝! 땅을 구르고 무섭게 달려들었다.

움직임이 전에 없이 사나웠다.

쩌저저정!

여의봉과 파황권, 그리고 양인도가 요란하게 얽혀들었다.

강설영은 이군명과 함께 싸우고 싶지 않았다.

그러나 상대가 제천대성이다.

격전 중에 이군명을 밀어낼 수가 없었다. 제멋대로 끼어들어 삼첨양인도를 전개하는데, 인정하기는 싫어도 덕분에 숨을 돌릴 수 있었다.

협제신기로 운용하는 파황권은 아직 익숙하지 않았다. 그동안 발경 구결을 잘 찾아냈다 생각했고, 실제로도 병사들이나 비검맹 검사들과 싸우면서는 아무 문제가 없었지만, 제천대성과 같은 고수를 상대하려니 보완할 투로가 하나둘이 아님을 알 수 있었다.

그대로 계속 싸웠으면 필패였다.

오늘 싸움에서 얻은 바를 정리하여 다시 싸우면 어찌 될지 모르겠지만, 지금 당장은 이기지 못했을 것이다. 미숙한 무공으로 대적한 것이 용했다.

꽈아앙!

이군명이 뒤쪽으로 쿵쾅거리며 밀려나왔다.

이러면 그녀가 막아줘야 했다.

합을 맞춰 싸워야 하는 상황이 기구하게 느껴졌다. 그녀가 앞으로 뛰쳐나가 파황권을 내쳤다. 경파가 거세게 제천대성의 전면을 휩쓸었다.

"훙!!"

제천대성의 무공이 급격하게 변화했다.

사납게 휘두르던 여의봉을 일순 부드럽게 흔들며 파황권 경력의 파장을 한 올 한 올 걷어냈다. 강유(剛柔)의 조화가 대단하다. 이대로 전진하면 도리어 제천대성의 반격 공간이 생긴다. 한 호흡 늦으면 직격이다. 강설영은 권격을 연환으로 이어가지 못하고 몸을 비틀어 뒤로 물러나야 했다.

"제법!"

예상대로 제천대성의 여의봉이 따라붙었다.

그사이에 자세를 바로잡은 이군명이 강설영의 진퇴에 맞춰 삼첨양인도를 내뻗었다.

쩌엉!

여의봉이 틀어졌다.

콰아아!

다음은 다시 강설영이다.

참으로 모진 운명이었다.

두 사람은 얄궂게도 합이 잘 맞았다.

그녀의 권형이 천룡기를 쓸 때처럼 격해졌다. 이군명은 양인도를 봉술처럼 썼다.

시간을 거슬러, 서로를 잘 알던 때로 돌아간 것이다.

꽈꽝!

제천대성의 자세가 처음으로 크게 흐트러졌다.

"야! 보자 보자 하니까! 누구한테 그걸 휘두르는 거야?"

그녀의 목소리는 앳되고 여렸다. 아무리 신경질적으로 소리를 질러도, 나이를 감출 수 없었다. 이제 겨우 소녀티나 벗었을 음성이었다.

강설영은 퍼뜩 정신을 차렸다.

그녀도 한때 어렸다.

소녀일 때 이군명을 만났고, 오라버니 누이 하면서 가문끼리 교류했다.

이군명도 젊었다.

천잠보의를 찾는다는 얼토당토않은 일에 기꺼이 따라 나서더니, 해를 넘겨 온 강호를 함께 누볐다.

젊은 나이의 두 해란 결코 짧은 시간이 아니다. 둘은 동고동락하며 많은 일을 겪었다. 정이 드는 것도 당연했다. 그리고 그 이후에 아무 일이 없었던 것처럼 착각할 수 있다. 그게 사람이고, 그래서 사람이다. 이제 어른이 된 그녀는 옛 감정에 휘둘리는 자신을 자책하지 않았다.

"너! 옥황에게 말해 버린다!"

아랑곳하지 않고 휘둘러오는 삼첨양인도를 튕겨내며, 제천대성이 다시 소리를 질렀다.

그러자 뒤에서 신나게 싸움 구경을 하던 제천대성이 장난같아 듣기 싫은 웃음소리를 내며, 대신 대꾸하듯 말했다.

"냐하하! 옥황이 쟤를 여기 보내면서 이럴 걸 몰랐을까?"

"앗? 그도 그렇네? 상제력 그 고약한 거!"

남자와 여자의 음성인데, 한 사람이 말하는 것처럼 겹쳐 들렸다.

기묘하고 기괴했다.

정신이 더 들었다.

제천대성들은 옥황상제를 말했다. 이군명은 그들의 권속이다. 신마맹의 이씨 세가는 강씨금상을 습격했고, 강설영은 그 일로 말미암아 부모를 둘 다 잃었다.

이 변화막측한 요괴가 그들의 시간을 과거로 되돌렸을지언정, 지나가 버린 시간으로 이후의 원한을 덮을 수는 없는 일이었다.

"닥쳐라."

쩌정!

이군명은 그 와중에도 제천대성의 말을 일축하며 삼첨양인도를 휘두르고 있었다.

어떻게 저럴 수 있을까.

그녀가 부모를 잃은 것처럼, 이군명도 친형인 이진명을 떠나보냈다. 이진명뿐인가, 강씨 금상을 습격한 동자가면 대부분은 이씨 세가의 가솔들이었다.

가문끼리 서로 죽고 죽인 사이다. 영매라 부르는 것부터가 놀랍다. 동시에 깨닫는다. 제천대성이 저렇게 미친 언행을 보여주는 것처럼, 이군명 또한 정상이 아니라는 사실을 말이다.

"영매! 조심!"

그가 말하며 그녀를 본다. 그의 눈빛이 과거의 그와 같다는 그 사실이, 오히려 그녀의 짐작을 확신케 해주었다.

그는 그때처럼 그녀를 봐서는 안 된다.

그러기엔 그들 둘은 너무 많은 일을 겪었다.

꽈아앙!

그녀가 과거를 삼키고 원한을 삭이며 주먹을 내질렀다.

이어 이군명이 삼첨양인도를 떨쳐내 여의봉의 쇄도를 막았다. 그녀와 그의 합격이 완벽의 경지를 구현했다. 강설영의 신형이 제천대성의 뒤쪽으로 돌아갔다. 그녀의 움직임은 단운룡을 닮아 있었다.

콰아아! 쫘아아앙!

진각에서부터 회전력이 증폭되었다.

파황고 일격이 제천대성의 측면에 작렬했다.

쫘광!

제천대성의 몸이 화탄처럼 쏘아져나가, 다른 제천대성이 밟고 선 담벼락을 뚫었다.

콰르르르륵!

"오호라! 하필 이쪽으로!"

담벼락 잔해 속에서, 제천대성이 비틀 몸을 일으켰다.

"너무 가깝잖아! 멀찍이 좀 떨어져랏!"

그녀가 목소리를 높였다. 금광이 그녀의 전신에 서렸다. 웅웅거리며 일렁이는 형상이 심상치 않았다.

"그만 됐어. 내가 하마."

제천대성은 비키지 않았다.

"야잇! 이렇게 당했는데!"

"시끄러."

일렁이는 금광이 머리 위로 집중되었다. 금빛 광채가 끊쳐럼 가늘어지더니, 이마 위 머리를 한 번 조이듯 감쌌다. 이내 그 기운은 다시 백회 쪽으로 올라와 금실처럼 길게 머리 위로 솟아나왔다.

"두고 보자! 이것들!!"

그녀가 마지막으로 소리쳤다.

진기의 금사(金絲)가 남성의 목소리를 내는 제천대성에게로 이어졌다.

번쩍!

휘황한 빛이 제천대성의 몸으로 옮겨 왔다.

금광을 잃은 제천대성이 풀썩 쓰러졌다. 남아 있는 제천대성이 한 발 나아가 쓰러진 제천대성의 얼굴에서 가면을 벗겨 들었다.

눈 감은 제천대성의 얼굴은 목소리처럼 어렸다. 미약한 공력만 느껴지는 것이 제천대성과 전혀 다른 사람이 된 것 같았다.

"뭐, 음흉한 옥황 놈의 속내는 나도 잘 모르겠고……."

제천대성이 빙글 돌아서서 이군명과 강설영을 보았다.

이군명은 그 와중에도 삼첨양인도를 들어 제천대성을 겨누고 있었다.

강설영은 그도 참 대단하다고 생각했다.

저걸 상대로 버텨서 전의를 불태울 수 있다는 것이 놀랍다. 주먹을 쥐고 어깨를 휘돌리며 다가오는데, 여의봉을 들지 않았음에도 백 개의 여의봉을 휘두르는 것 같다. 그만큼 기파의 압력이 압도적이었다.

"남녀의 정(情)이란 참으로 놀라워. 이중의 반안을 지녔다고 하여 두 개씩이나 가면을 씌웠으니, 남아나는 게 있겠어? 마지막 겨우 붙들고 있는 사람 모습이니까 애처롭다 인정해줄게. 네 마음, 내가 알아주마."

제천대성은 웃지 않고 말했다.

그의 목소리는 맑았다. 은은한 금광이 전신에 서려 있어 무념의 경지를 이룬 도인이나 승려 같았다.

"알았으면, 그녀는 보내줘라."

이군명이 말했다. 그렇게 말하는 그의 목소리도 심지 굳은 청년 협객 같았다. 그는 항상 그랬다. 순수하여 구김이 없었고, 진지하여 착하게 올곧았다.

제천대성이 그들 앞에 섰다. 그가 등 뒤에서 여의금고봉을 꺼내들었다.

숨이 막혔다. 강설영은 제천대성의 기세를 보고, 신마맹의 괴력을 실감했다. 제천대성의 몸에서 금광이 사라졌다. 기수식조차 취하지 않았다.

진심 전력이 아닌 게 이 정도다. 그저 여의봉을 비껴들었을 뿐인데 천장 높이 산더미로 찍어 누르는 기분이 들었다.

"네 마음은 그러한데, 저 여자는 어떨까?"

"뭐?"

제천대성이 여의봉을 들어 이군명을 겨누었다.

"너는 저 여자를 구한다고, 목숨 걸고 달려들었지. 그럼 저 여자도 그렇게 할까?"

이군명의 얼굴이 굳어졌다. 강설영의 얼굴도 그러했다.

꽝!

제천대성이 땅을 박찼다. 여의금고봉이 휘황찬란한 빛을 품고, 이군명의 머리 위로 쏟아져 내렸다.

쩌어어어엉!

이군명이 다급하게 삼첨양인도를 양손으로 치켜올렸다.

그의 두 발이 땅바닥에 깊이 박혀들었다.

땅이 갈라지고, 흙먼지가 피어올랐다. 믿을 수 없는 괴력이다. 제천대성은 한 손으로 여의봉을 잡고 있었다. 이를 악물고 버티는 이군명의 관자놀이에서 혈관이 불거졌다.

후욱!

다른 손이 앞으로 나온다.

텅! 꽈아앙!

그것은 단순하기 짝이 없는 일격이었다.

헌데 석가여래의 손바닥처럼 광대한 힘을 품고 있었다. 이군명은 피하지도 막지도 못했다. 제천대성의 손바닥에 이군명의 몸이 뒤쪽으로 쏘아지듯 튕겨나갔다.

꽈아앙!

이군명의 몸이 날아가 초옥 하나를 허물었다.

잔해 속에서 이군명이 벌떡 일어났다.

이랑진군의 갑옷에 손바닥 모양이 찍혀 있었다. 팔도 비틀려 있다. 그가 성큼성큼 걸어 나왔다. 비틀린 팔에 분홍빛 빛무리가 서렸다. 어깨를 한 번 꿈틀 하자, 팔의 각도가 정상으로 돌아왔다.

"왕모의 은혜를 받았지? 역시 튼튼하네!"

제천대성이 고개를 주억거렸다.

텅!

제천대성이 몸을 날렸다. 여의봉을 휘두르는데, 그 기세가 사나우면서도 부드러웠다. 이군명이 삼첨양인도를 비틀어 막았지만, 제대로 방어했어도 그 힘을 해소할 수가 없었다.

꽈아앙!

이군명의 몸이 다시 날아가 담벼락을 부쉈다.

이번 일격은 험악했다. 안구가 터지고 손가락이 부러졌다. 분홍빛 빛 무리가 상처 부위를 누볐다. 터진 눈에서 선혈이 줄줄 흘렀다. 얼굴이 순식간에 피범벅으로 변했다.

"이래도 안 구할 거야?"

제천대성이 고개를 비틀어 강설영을 보았다.

강설영은 이를 악물었다.

누가 누구를 구하는가.

비틀비틀, 이군명이 걸어와 심첨양인도를 고쳐 잡았다. 그 위치가 그녀의 앞쪽이다. 그는 끝까지 그녀 대신 여의봉을 받아내려 했다. 이군명이 상체를 세우고 당당하게 섰다. 눈에서는 아직 피가 멈추지 않았다. 피눈물 같았다.

"이게 재미있나요?"

강설영이 물었다.

파악이 아무리 안 되는 자라 해도, 이건 알겠다.

그녀와 그의 비참한 사연을 구경거리로 삼아 유희로 즐기고 있었다. 제천대성이 빙글 반문했다.

"글쎄다?"

악(惡)이다. 그러면서 순수했다.

제천대성이 통통 튀듯이 다가와 여의봉을 휘둘렀다. 이군명은 피를 뿌리며 창봉으로 여의봉에 부딪쳤다.

상대가 되지 않는다.

제천대성의 무(武)는 궁극의 표상이다.

이군명의 한쪽 무릎이 풀썩 꺾였다. 공력이 심각하게 진탕되어 움직이지 못할 정도가 되었다. 입에서 핏덩이를 한 움큼 쏟아냈다.

"연정에 미쳐가지고 나한테 덤벼드는 꼴이 재미있긴 하다만, 사실 꽤나 심각한 일이거든. 신화회에서도 옥황과 직통으로 연결되는 고위급 가면을 받았는데, 통제가 안 된단 말이지. 그럼, 본인을 죽이고 갈아 치우는 것이 좋을까? 아니면 그 사랑하는 여자를 죽여 인간의 인연을 과감히 쳐내는 게 좋을까?"

"그녀를… 죽이지 마라……. 내가 신화에 목숨 바쳐 충성하겠다."

피눈물로 말한다.

제천대성이 여의봉을 치켜올렸다.

"이 지고지순한 연심을 봐. 얼마나 불쌍해? 평생 제 가족이 신화회의 소굴인 것도 모르고 살다가 인격을 빼앗겨, 사랑을 빼앗겨, 가족을 빼앗겨. 정말 눈물 없이는 들을 수 없는 인생이지. 나라면 가면을 깨부숴 난장을 부렸을 거야. 그런데도 충성하겠다잖아? 어디 금상 혈사가 애 잘못이야? 대자대비, 불법에서는 자비와 용서를 말하는데, 어때? 이리도 남심을 가져간 어여쁜 처자께서 죄를 사하여 주시는 보살이 되는 건? 그럼 서로서로 얼마나 홀가분하겠어. 삼도천 건너면 이승의 한과 원도 다 한낱 미몽인 것을, 저승 가는 길이라도 사이좋게 손잡고 갈 수 있잖아?"

"내가 영(靈)과 육(肉)을 온전히 바치겠다. 그녀는 살려다오."

이군명이 무릎을 꿇었다. 삼첨양인도도 내려놓았다.

"그렇다잖아. 자, 다시 묻지. 금상의 딸이자, 천룡대제의 제자. 너는 무슨 선택을 할 거야?"

제천대성이 그녀에게 물었다.

강설영이 제천대성을 보았다. 화과산의 돌원숭이 제천대성은 화안금정의 횃불 같은 눈동자를 지니고서 천계와 지옥을 가리지 않고 수라장을 만든 최강의 괴물이라 하였다.

헌데 가면 안으로 비쳐지는 제천대성의 눈동자는 횃불 같지도, 괴물 같지도 않았다.

하염없이 맑고 깊었다.

"제 선택에 따라서 달라지는 게 있나요? 결국은 전부 당신 마음대로 아닌가요?"

그녀가 물었다. 얼핏 광기처럼 보이는 제천대성의 유희에 놀아나지 않았다.

제천대성이 답했다.

"물론 달라지지. 네가 죽을까? 아니면 너 대신 이 친구가 죽을까?"

강설영의 가슴속에서, 섬광이 스쳤다.

그것은 단운룡의 예지와 비슷하면서도 달랐다. 그녀는 머리로 느끼지 않았다. 그녀는 협제의 제자가 아니요, 천룡의 후예였다. 천룡대제 철위강 또한 승부사였다. 그는 계산하지 않았고, 마음이 시키는 대로 살았다.

무릇, 사람이 행하는 모든 일은 선택의 연속인 법이었다.

무공을 익히고 싸워서 이기는 것 또한 그러하다. 절체의 순간에 올바른 선택을 하는 승부사적 재능 없이는 거기까지 강해질 수 없었다.

그녀는 철위강이 제자 삼은 자다. 그녀 안에서 같은 것을 보았기 때문이다. 마음 가는 대로 행동한 결과, 무언가를 이룬다.

그녀는 위타천을 만나고도 살아남았다. 무공을 빼앗긴 채, 피치 못할 죽음 앞에서 유일한 살길을 찾았다. 그것은 타고난 감각이다. 두뇌에서 번뜩인 기지가 아니라 가슴에서 타고난 기질이었다.

"당신은 누구도 죽이지 않을 거예요."

강설영이 말했다. 제천대성의 눈동자에서 금빛이 일렁였다.

그것은 흥미의 빛이었다. 재미있다 박수 칠 때보다 더 선명한 즐거움이었다.

"그걸 어떻게 장담하지?"

강설영은 즉각 대답하지 못했다. 머리로 내놓은 말이 아니었기 때문이다. 먼저 말하고, 그 다음에 생각했다. 왜 그렇게 느꼈을까. 한 숨 쉬고 이유를 찾았다. 그녀가 답했다.

"죽이려면 진즉에 죽일 수 있었을 테니까요."

"그것도 틀린 말은 아니다만, 근거가 좀 빈약하지 않아?"

제천대성의 여의봉은 아직 이군명의 머리 위에 있었다.

떨어지면 죽는다.

이군명은 기(氣)의 올가미에 걸리기라도 한 것처럼, 제천대성이 그녀에게 정신이 팔린 순간에도 힘주어 움직이지 못했다.

"일신에 그만한 무공을 지니고서, 몰아쳐 총단까지 진격하지 않았어요. 그 경이로운 무력으로 처음부터 살수를 펼쳤다면, 적벽은 시산혈해가 되었겠지요. 헌데, 당신은 고작 여기서 그와 나의 원한을 즐기고 있어요."

강설영은 단운룡이 아니었다. 양무의는 더더욱 아니었다.

그래서 그녀는 스스로 무슨 말을 하고 있는지도 정확하게 인지하지 못했다.

느낀 대로 말을 했다.

그리고 앞으로 성큼성큼 걸어갔다.

제천대성이 가까워졌다. 무릎 꿇은 이군명이 발치에 닿을 만큼 가까이 왔다.

"당신은 여기에 왜 온 거죠?"

그녀가 물었다. 그것은 근원에 닿아 있는 질문이었다.

제천대성은 알아듣고도 모른 척 대답했다.

"제천대성은 가고 싶은 곳을 어디든 갈 수 있다."

"제천대성은 그렇겠죠. 그럼, 다시 묻겠어요. 당신은 왜 그 가면을 쓰고 있나요?"

그 질문은 갑작스럽게 내치는 천룡파황권 같았다.

제천대성의 눈에서 금빛 광채가 번쩍 하고 터져 나왔다.

"냐하하하, 재밌네. 너."

그는 언제나와 똑같이 웃었지만, 묘하게도 장난스럽게 들리지 않았다.

그녀는 천룡의 기질로 서서, 가면 없는 제천대성에게 묻고 있었다.

이번엔 제천대성이 답을 찾는 것처럼 말을 멈췄다.

그의 눈에서는 금광이 불처럼 이글거리고 있었다. 그러면서도 당장 휘두를 것 같던 여의봉을 되돌려 어깨 위에 걸친다.

때가 왔다.

이젠 그녀가 모든 것을 분명히 정리해야 할 순간이었다.

"이군명."

그녀가 말했다.

과거의 어떤 감정도 남기지 않았다. 친근한 수식 없이 그의 이름을 직접 불렀다.

이군명이 놀란 눈으로 그녀를 올려 보았다. 그녀는 이군명을 내려다보지 않았다. 그녀는 제천대성만을 직시하고 있었다.

"일어나."

강설영의 몸에서 천룡의 파동이 일어났다. 억눌러 제압하던 제천대성의 기(氣)가 미력하게나마 상쇄되었다.

그가 복잡한 감정이 고스란히 드러나는 얼굴로 이를 악물고 공력을 일으켰다. 가면의 공능이 아닌 본신의 진기였다. 그가 힘겹게 몸을 세웠다.

"나는 당신에게서 이 사람을 구하지 않을 거예요. 물론 용서하지도 않을 거고요."

강설영이 다시 입을 열어 제천대성에게 말했다.

이군명의 두 눈에 잠시 떠올랐던 헛된 희망이 물거품처럼 사라졌다.

"냉랭하다, 냉랭해. 그래도 저 처연한 눈을 봐라. 어떻게든 널 만나야 한다고 하더라구. 나름의 할 말이 있는 모양인데, 좀 들어주는 게 어때?"

대체 무슨 생각일까.

제천대성이 이군명의 마음을 대신 전해 주듯 말했다.

강설영이 고개를 저었다.

그녀가 그때서야 이군명을 돌아보았다. 과거를 마주하는 심경은 담담했다.

시간을 되돌려 예전으로 돌아갈 수 있다면.

누구나 한 번쯤은 그와 같이 이루어질 수 없는 희망을 품는다.

다만, 시간을 돌린다 해도 달라지지 않을 것이 있다.

이군명과의 인연이 그러하다. 그녀가 평온하게 분노를 담지 않고, 있는 그대로의 사실을 말했다.

"광동 이씨 세가의 이군명에게 말한다. 이씨 세가는 신마맹의 권속으로 우리 가문을 급습했고, 믿었던 가문의 배신으로 숱하게 많은 사람들이 죽고 다쳤다. 당신이 그것을 미리 알았든 몰랐든 중요하지 않아. 당신은 어쩌면 잘못한 것이 없다며, 당신 입장을 이야기하고 싶었을지 모르겠지만 이제 와서는 아무 의미가 없는 일이야. 서로 죽이고 싸워서 부모와 형제를 잃었으니까. 당신과 나 사이에 좋은 기억이 있었더라도, 남은 것은 그저 불공대천의 원한뿐이야. 그게 다지. 우리의 인연은 그때 이미 끝났어. 당신은 그걸 받아들여야 해."

"하지만, 나는 아무것도 몰랐다."

"당신은 지금도 아는 게 없는 것 같아. 우리는 신마맹과 싸울 것이고, 결국 당신의 남은 혈족마저 죽이게 될 거야. 이 상황이 이해가 되긴 해? 당신은 날 보는 순간 살리려 할 게 아니라 죽여야 했어."

"어떻게 내가 영매를 죽이겠어?"

강설영이 고개를 들어 하늘을 보았다.

엉망진창이었다.

활기찼던 그들의 도시는 전장이 되었고, 어머니의 목숨을 빼앗은 삼첨양인도는 그녀의 앞에서 여의봉을 막았다.

그가 그녀의 목숨을 구걸한다.

애초에 말이 안 되는 상황이다. 그들은 권과 창을 겨누어 피를 봐야 하는 사이였다. 그런데 이렇게 대화를 나눈다.

가장 이해가 안 되는 것은 왜 제천대성이 이 말도 안 되는 대화를 재미있다 구경하고 있냐는 사실이었다.

그녀는 생각을 접었다.

이유를 알고자 함이야말로 다시없는 심력 낭비일 것이다. 제천대성은 처음부터 불가해의 괴물이었다.

"말이 통하지 않는군. 과거의 당신을 붙들고 이야기해 봤자 그저 억울하기만 하겠지. 난 복수에 굶주린 살인귀가 될 생각이 없어. 정 하고 싶은 말이 있다면, 날 죽일 각오가 되어 있을 때 다시 찾아와."

"나는 그럴 수 없어. 영매."

그런 대답이 나올 줄 알았다. 그리고 이군명이 어떤 가면의 노예가 되더라도, 추억을 잊지 못한 채, 현실을 외면할 거라는 사실도 알았다.

그는 어느 때라도, 같은 선택을 할 것이다.

이군명은 그의 기억 속에 있는 그녀만을 사랑하고 있었다. 지금 현재의 그녀는 그의 눈에 영영 비치지 않을 것이다.

그렇게 망가져만 갈 것이라면, 그녀가 끝내는 것이 맞다.

"그럼, 지금 죽어요."

그녀의 마지막 목소리는 오래전처럼 단호하면서도 따뜻했다.

주먹을 그러쥐었다.

결국 이렇게 될 것을.

협제신기를 움직여 천룡파황권의 권력을 일으켰다.

그녀의 권격이 이군명의 심장으로 향했다.

이군명이 눈을 감았다.

그녀는 천룡대제의 기질로도 그의 마음을 알지 못했다. 그녀는 천룡의 후예이기에 멀어진 사람의 정(情)을 온전히 헤아릴 수 없었다.

'미안하다. 영매.'

이군명은 마지막 한마디를 입 밖으로 내지 않고 삼켰다.

그저 그 말이 하고 싶었다.

그의 잘못이 아니라도, 사과를 해야 했다. 제멋대로 강호에 나선 그녀가 얼마나 부모를 그리워했는지, 그녀가 얼마나 어여쁜 마음으로 식솔들을 아꼈는지, 그는 긴 시간 곁에 있으며 충분히 들었고, 기억했다.

신마맹이 그녀의 가족을 죽였다. 그의 가족이 그녀의 마음을 짓밟았다. 그가 그녀에게 잘못했다.

그녀가 그로 인해 느꼈을 모든 불행들이 미안했다.

가까웠기에 배신감도 컸을 텐데.

그녀의 아픔이, 그에겐 더 큰 아픔이었다. 그녀가 알아주지 않아도, 그의 마음은 그랬다. 세상에 다시없을 멍청한 발상인데도, 그 자체가 그에겐 의미가 있었다.

그래서 그는.

그녀에게 죽음으로 사죄하고 싶었다. 그것이 진정 이곳에 와 그녀를 만나도 싶었던 이유였다.

꽈아아앙!

폭음이 터졌다.

그리고, 이군명 앞에서 금빛 빛줄기가 화려하게 흩어졌다.

"아주 야무지게 때렸어? 정말 죽일 거였나 봐?"

파황권은 이군명의 심장을 꿰뚫지 못했다. 그녀의 주먹이 제천대성의 손아귀에 잡혀 있었다.

"도대체 뭐 하자는 거죠?"

"나는 누구도 죽이지 않을 거라고, 누가 말했더라?"

제천대성이 고개를 비틀며 물었다.

그렇다. 그녀가 했던 말이다.

파앙!

그녀가 있는 힘껏 주먹을 뽑아냈다. 제천대성이 그녀가 힘을 쓰는 데 장단을 맞춰주듯 잠시 버티다가 손을 놓았다.

강설영이 한 발 물러났다.

제천대성이 이군명의 앞을 가로막았다.

"안 돼. 얜 내 거야."

정말 알 수 없는 자다. 강설영의 눈썹이 치켜올라갔다.

제천대성이 고개만 돌려 이군명을 흘끗 보았다. 그가 말했다.

"영과 육을 온전히 바치겠다며. 그녀는 살려줄게. 네가 부탁한 대로."

빠악!

제천대성의 몸이 무서운 속도로 회전했다. 그의 발이 이군명의 머리를 휩쓸었다. 이군명이 땅바닥에 꼬꾸라졌다. 죽이지 않고 의식만 날렸다. 그의 무공은 어떤 과격한 일격에서도 힘의 수급이 완벽했다.

그가 이제 강설영을 보았다.

"당돌한 아가씨. 네가 참으로 즐거운 질문을 했어. 스스로에게 묻고, 해답을 찾는 것을 평생 동안 해왔지. 나는 가면을 왜 썼을까? 그리고 지금은 왜 쓰고 있을까?"

어느샌가 제천대성의 눈동자에서는 금광이 사라져 있었다. 말투조차 달라진 그는 더 이상 통제 불가의 괴물 원숭이 같지 않았다.

"이 놈은 왜 너를 살리려 했을까? 너는 왜 그를 죽이려 했을까? 그 속에 있는 진짜 마음은 자기 자신만 아는 거야. 보는 자는 결코 알 수 없어. 저 하늘의 섭리와 섭리의 이야기를 읽는 자들조차도, 나름대로 살아가는 우리의 마음은 엿보지 못해. 엿보지 못해야만 하지."

강설영은 그의 행동을 이해할 수 없었던 것처럼, 그의 말도 이해할 수 없었다.

다만, 그녀는 가슴속에 일어나는 천룡의 섬광으로 제천대성으로부터 아주 당혹스러운 감정을 전달받았다.

그것은, 제천대성 같은 자가 도무지 느낄 것 같지 않은, 한없이 깊은 무력감이었다.

"당신은… 누구죠?"

그녀는 자신도 모르게 물었다.

"그 또한 같은 질문이야. 나도 알고 싶어. 나는 어디에서 와서 어디로 가는지. 왜 가면을 쓰고 이 제한된 섭리에 묶여 있어야만 하는지."

제천대성이 성큼 걸어왔다. 원숭이처럼 걷지 않았다.

그것이 보법이라면, 천하제일로 곧고 단단한 공부였다.

"말이 너무 길었어. 이런 이야기는 아무래도 저 협제와 해야 할 것 같지만, 그는 쉬이 만날 수가 없는 깨달은 분이라서 말이야. 그나마 그의 광력을 물려받은 네 남편이랑 어울려 봐야겠어."

쫘앙!

다음 일격은 제대로 보지도 못했다. 그녀는 머리 어딘가에서 이군명에게서 터진 것과 똑같은 폭음을 들었다.

눈앞이 깜깜해졌다.

그녀가 땅바닥에 쓰러졌다.

서 있는 자는 제천대성뿐이었다.

그가 말했다.

"구경났어? 나와."

그의 말투가 다시 변했다.

어스름히 노을 져 가는 담벼락 그림자 속에서 한 사람이 모습을 드러냈다. 하늘하늘 도복자루가 부드럽게 일렁였다.

여인이었다. 가면 없는 얼굴은 아름다웠다. 연지 없이도 붉은 입술이 곱다. 턱선이 갸름하여 가는 목선과 훌륭한 조화를 이루었다.

몸매는 야위어 마르지 않았지만, 그렇다고 풍만하게 뚱뚱하지도 않았다. 적당히 굴곡 있는 선이 도복 사이로 고혹적인 음영을 만들었다.

이십 대로 보였지만 눈빛엔 나이보다 깊은 우수가 가득했다. 소중한 것을 잃어본 여인의 눈동자였다.

"하선고?"

"그러는 당신은 여전히 제천대성인가요?"

"묻는 말에나 답해라."

"설이에요. 지금은."

"구분이 쉽지 않아. 그 가면은."

"거짓말하지 마요. 천하의 제천대성이 몰라서 물었을라고."

"누가 제천대성이래?"

"어머, 아니었나요?"

"말장난은 그만하고."

제천대성이 하늘을 한 번 올려보았다. 노을빛이 짙었다.

"그 놈이나 챙겨 가."

고개를 내린 그가 턱짓으로 이군명을 가리키며 말했다.

그녀가 다가왔다. 걸음걸이는 다소곳했지만, 그럼에도 묘한 염기(艶氣)가 흘렀다. 사람을 홀리는 미태가 전신에 가득했다.

"애매하게 발전했군. 요기는 웬 거야?"

"심마를 잡다가 반동으로 나온 거 같아요. 어렵더라구요. 그에 비해 당신 성취는 하루가 다르네요."

"그 실력으로 뭐가 읽히긴 해?"

"금정분신을 세 개나 뽑았잖아요."

"나는 원래 대단하니까."

"거리가 가까워지니 유지가 어려운 것도 확인했구요. 본체로 돌아가려는 성질이 있나 보죠? 합공은 어렵겠어요."

"염탐까지 겸하는 건가?"

제천대성은 대답 대신 물었다. 그녀가 웃었다.

"호호호. 귀여우셔라. 내가 당신을 염탐해서 무엇을 얻겠어요. 아쉬운 건 저인데요."

"일 안 해?"

제천대성이 그녀의 말을 끊었다.

다가온 그녀가 이군명을 번쩍 들어 등에 졌다. 한 손으로는 삼첨양인도까지 챙겼다. 거뜬히 들어 올리면서 엄살을 부렸다.

"너무 무거운데요."

"헛소리 작작하고 얼른 가."

"근데, 이미 두 개인데 또 금정을 입힐 수가 있어요?"

"몰라."

"위험한 거 아닌가요?"

"그만 물어보고 얼른 꺼져!"

제천대성이 역정을 냈다. 그럼에도 그녀는 순순히 사라지지 않았다.

"하기야 상제력이 직접 닿은 가면은 흔치 않으니까 귀하긴 하겠어요. 뭐, 자아를 포기했으면 딱히 충돌이 없을 수도 있겠네요. 그런데, 저 여자는요? 저대로 둘 거예요?"

"냅둬."

"엄청난 법보를 갖고 있는데……."

"저건 못 가져가."

"왜요?"

"냅두라고!"

제천대성은 여의봉까지 치켜들었다.

"몰래 혼자 챙기시려는가 보구나? 그럼 전 갈게요!"

그때서야 그녀가 땅을 박찼다. 멀어지며 말했다.

"약속은 꼭 지키셔야 해요!"

"이미 지키고 있잖아! 가르쳐 준 거나 제대로 익혀!"

그녀가 도시 저편으로 사라졌다.

가면이란 그러하다. 어느 시점에 이르면, 누가 주인인지 가려야 한다. 가면이 지나치게 강력하면, 문제가 된다. 주인이 지나치게 강력해도 문제가 되긴 마찬가지다.

그리고 몇몇은 소망한다. 벗어나 온전한 자아를 찾기를. 누군가에겐 극복해야 할 운명이며, 누군가에겐 순응해야 할 숙명이다.

제천대성이 강설영을 한 번 내려다보았다.

붉은 보의는 탐이 났지만 지나치게 위험한 물건이었다. 가져가 숨기지 못하고, 빼앗겨 그의 소유가 되면, 누구도 그를 막을 수 없게 된다.

제천대성은 그런 사태를 결코 원하지 않았다. 그렇기에 욕심을 접어야 했다.

'멍청한 놈들.'

의협비룡회 놈들은 사천에서 제법 훌륭한 지략을 선보였다. 그러나 똑똑한 척해도, 아는 만큼뿐이다. 알지 못한 것에 대한 대비가 이토록 허술하다.

"멍청한 것들에겐 매가 약이지."

매도 보통 매로는 안 된다.

여의봉으로 조금 더 쳐맞아봐야, 정신을 차리겠다.

제천대성이 땅을 박찼다.

이제 좀 광력을 쓰게 된 모양인데, 부디 성취가 있길 바란다. 그래야 팰 맛도 있을 것이고, 혹시나 운이 좋다면 답에 다가갈 길을 엿볼 수 있을지도 모른다.

그의 몸이 적산 무후사, 의협비룡회 총단으로 쭉쭉 뻗어 나갔다.

단운룡이 그를 기다리고 있었다.

＊   ＊   ＊

"귀명검(鬼命劍)입니다."

흑림의 도사가 고개를 숙이며 목갑 하나를 올려 바쳤다. 고풍스런 목갑에는 귀문(鬼文)이 가득 새겨 있었고, 군데군데가 삭고 갈라져 세월의 흔적이 고스란히 남아 있었다.

콰직. 우지끈.

영검존이 손을 내젓자 목갑이 그대로 부서져 바스러졌다. 흑림의 도사가 움찔 물러나며 두 손을 급히 피했다.

"억제술식이 박힌 봉인갑이라 이리 부수시면……."

"새로 만들어서 가져 와."

영검존이 흑림도사의 말을 무참히 잘라냈다. 그가 목갑 안에 들어 있던 장검을 손에 쥐었다. 검날 길이 두 자 아홉 치에

검병만도 한 자가 넘었다. 길이를 볼 때 제식이나 의장용은 아니고 실전에 쓸 수 있는 검으로 보였다. 상대 병장기와 부딪쳐 생긴 격검흔(擊劍痕)이 검날에 여럿 남아 있었다.

"낡았군."

귀명검을 처음으로 잡은 영검존의 한 마디는 그와 같았다.

"……!!"

흑림의 도사는 놀라움을 넘어 황당함을 느껴야 했다.

오선십계수라귀명검(五善十戒修羅鬼命劍), 통칭 귀명검은 아수라백귀(阿修羅百鬼)에 명령을 내릴 수 있다는 장군령검이자, 인세에 드문 법력기(法力器)였다. 흑림이 보유한 가장 훌륭한 보검(寶劍) 중 하나를 값어치 낮은 골동품마냥 가벼이 말했다. 봉인갑을 일수에 박살 낸 것도 그렇다. 그 또한 무려 육백 년이나 귀명검의 신력(神力)을 버텨 온 보물이었다. 봉인식의 고수가 큰 법력을 들이지 않는 이상, 그와 같은 술식함은 만금을 들여도 만들 수가 없었다.

"무게도 지나치게 무거운 데다가 손질도 제대로 안 되어 있어."

윙, 위잉.

영검존이 귀명검을 휘둘러 바람 소리를 냈다.

어디서 고철을 가져왔냐는 듯, 미간에 내 천(川) 자를 그리고 혀를 찼다.

흑림의 도사는 아무 말을 할 수 없었다.

귀명검은 육도윤회 수라도의 법력을 품은 신검이되, 심지가 금석처럼 강인하고 공력이 태산만큼 드높지 않은 이상 검자루를 쥐는 것만으로 제정신을 잃고 살인을 일삼게 되는 마검(魔劍)이기도 했다.

그 말인즉슨, 상승 검날을 고치는 것조차, 상승 경지의 고수가 해야 한다는 뜻이었다. 검장(劍匠) 중에 그런 이가 흔한 것도 아니요, 행여 그런 자를 찾아 맡긴다 한들 상승 고수인 장인이 탐심을 부릴 경우엔 회수하는 것이 또 문제였다. 날 하나 벼리는 것조차 만만치 않은데 검 관리가 제대로 될 리 만무했다. 그런데 그걸 또 손질이 안 되어 있다며 검 자체를 폄하하는 광경에는 황당하다 못해 질릴 지경이었다.

"이걸로 누굴 벨 수나 있겠나?"

영검존의 질문에 흑림 도사는 기어코 화를 낼 뻔했다.

'검존의 영검 따위와는 비교조차 불가한 신검(神劍)이외다.'

어렵사리 그 말을 삼켰다.

숲의 정예와 서역 마귀들까지 동원하여 애지중지 모셔온 보물을 두고 이런 취급을 당하려니 괜한 분노가 치밀어 올랐다. 그러나 상대는 저 장강의 검존으로 지위와 무공 양면에서 까마득히 높은 위치에 있는 괴물이었다.

더구나 그러한 경지를 입증하듯, 영검존의 눈동자에는 아무런 변화가 없었다. 오만하고 평온하여 귀살기(鬼殺氣)의 폭주는 조짐조차 보이질 않았다.

이는 곧, 귀명검의 힘을 완전하게 제어하고 있다는 뜻이었다. 오래된 명륜자들을 제외하면, 그와 같은 것이 가능한 자는 흑림에도 몇 없었다.

"이걸 꺼냈다는 것은, 준비가 끝났다는 뜻이겠지?"

"그렇습니다."

흑림 도사 정법은 들끓는 마음을 가라앉히고, 생각을 고쳐먹기로 했다.

옹졸한 것은 그 자신이다.

진즉에 운반해 와 보관하고 있었으면서 이제야 영검존에게 준 것은 그가 보물을 넘겨주기 싫어서였고, 검 상태를 무시당한 것에 자존심이 상한 것도 그 자신의 편협함이었다.

어쩌면 지금은 가치를 논할 수 없는 신검(神劍)을 고철검처럼 하대하는 영검존의 기량에 탄사를 보내야 할 순간인지도 모른다.

축생수라 융합술식은 어차피 흑림 단독으로 펼치지도 못한다. 그들에겐 축생과 인신(人身)이 섞인 인귀(人鬼)들이 있으나, 법력 없이 순수한 육신으로 치열하게 투쟁을 해온 수라의 육체는 많지 않았다.

흑림과 검맹의 여건이 맞아떨어졌을 뿐이다.

정법은 사심을 버리고 자신을 비웠다.

그가 나루에 서서 사슬로 연결된 수백 개의 소선을 바라보았다. 소선 위에는 적벽 시가에서 죽은 병사들과 비검맹 검사들의 시신들이 즐비하게 누워 있었다.

숫자가 수백에 달했다.

적벽에서 죽은 것보다 월등히 많았다. 그럴 수밖에 없었다. 평지처럼 띄운 소선들 위엔 이미 부패가 꽤 진행된 시체가 하나둘이 아니었다. 오늘 죽은 것이 아니라 오래전 죽은 시체들이 섞여 있다는 뜻이었다.

시신을 싣고 왔던 전함들이 수심 깊은 강에 정박한 마령선으로 돌아가는 것이 보였다. 마령선은, 영검존의 기함이며, 동시에 수장(水葬)하지 않은 검사들의 시신을 모시는 장의선(葬儀船)이기도 했다. 검사들의 시신이 마령선에서 나와 적벽의 수면 위로 내려진 것이다.

"불러내라!"

정법이 금령을 들어 신호했다.

물이 보이는 언덕 위에서, 형형색색 도복을 입은 정예술사들이 주문을 외우기 시작했다. 그들의 숫자는 수십 명에 달했다. 종소리 같은 저음의 울림이 수면을 진동시켰다.

쏴아아아아아!

물살이 일어났다. 찰랑거리는 수면이 끓어오르듯 요동쳤다.

시체 썩는 냄새에 더해, 비린내가 훅 끼쳐 들었다.

물속에서부터 수백에 이르는 어귀(魚鬼)들이 솟아났다. 요괴들은 움직임이 굼떴다. 물고기라기엔 인간에 가까운 형체가 아주 많았다. 그들 모두는 태초에 요괴가 아니었던 존재였다.

요괴화가 진행되고 있는 인간들이 뱃전을 붙잡고 올라와 검사와 병사들 시체 앞에 웅크려 섰다.

"술식개진!"

정법이 소리 높여 외쳤다.

술식 법력의 서두는 놀랍게도 청량하고 그윽했다. 고승의 독경마냥 고즈넉한 울림이 온 세상을 덮었다. 서광(瑞光)이 노을을 따라 물 위를 비추는 듯했다.

요괴가 되어가는 불행한 영혼들이 제각각 몸을 비틀었다.

움직임은 기괴했으나 묘하게도 고통스러워 보이지는 않았다. 오히려 저주받은 육신에서 벗어나게 되었음을 반기는 것 같았다.

괴이의 육신에서 혼백들이 빠져나왔다.

어떤 것은 희미했고, 어떤 것은 선명했다. 사람의 혼백이어야 했지만 대체로 형체가 온전치 못했다. 축생귀(畜生鬼)의 요력에 망가진 것이다.

그래도 오염된 육체에서 해방된 혼령들은 마땅히 가야 할 곳으로 가야 했다. 어디로 가는지는 몰라도 그들에게 약속된 그곳은 사람을 해치는 요괴가 되어 헤엄치는 물속보다 훨씬 더 나은 곳일 터였다.

"포획 전개!"

정법이 소리쳤다.

흑림의 정예 술사들이 내뱉는 주문 소리가 복잡해졌다.

술식의 벌력이 정반대로 바뀌었다.

아름다운 울림이 사라지고 스산한 바람이 불었다.

승천하듯 올라가던 영들이 덜컥 붙잡히듯 멈추었다.

그들의 형상이 한 번 더 일그러졌다.

이제 그들은 괴로워하고 있었다. 마음껏 날아가는 새들을 억지로 사로잡아 땅으로 끌어내리는 것 같았다. 혼백들이 아래로 내려왔다. 저항하듯 꿈틀거려도 소용없었다.

흑림의 술식은 점점 더 기분 나쁜 울림으로 변해갔다.

"귀령융합!"

사람 같은 혼백들이 시신들로 스며들었다.

해방되었으나 이미 변질된 영혼들은 단순한 시신 빙의 이상의 현상을 일으킬 수 있었다.

주문이 빨라져 절정으로 치달았다.

흑림 술사들 사이에서 쓰러지는 자들이 나왔다. 이것은 아주 위험한 술식이었다. 천년의 세월 동안 몇 번 전개된 적이 없는 술법이며, 이 정도 대규모로 발동된 것은 그 어떤 난세 때에도 유례가 없었다.

"검존께서는 영력을 개방해 주십시오."

정법 또한 술사들처럼 주(呪)를 외웠다. 얼굴이 시신처럼 창백해져 있었다. 그가 지친 목소리로 영검존에게 말했다.

영검존은 무심한 눈으로 그 광경을 바라보고 있었다. 그가 귀명검을 들어 올렸다.

그의 등 뒤에서 검령(劍靈)이 형상을 드러냈다.

검령의 크기가 전과 달랐다.

그저 거인 같았던 영혼의 형상이 집채만 하게 커져 있었다. 그 검령의 힘이 귀명검으로 흘러들었다. 귀명검에서 백색의 광채가 일어났다.

"하명하십시오. 이제 저들은 축생수라귀검병이 되어 검존께서 내리는 명에 따라 강호를 불멸의 공포로 물들일 것입니다."

정법의 서사는 거창했다.

그렇게라도 술법사의 자존심을 말하고 싶었던 모양이었다.

허나 영검존은 만족하지도 흥분하지도 않았다.

그저 나직하게 한 마디만 말했다.

"일어나라."

축생이니 수라니, 결국은 다 인외(人外)일 뿐이다.

이름은 그저 단순한 것이 좋다.

귀검사(鬼劍士)들이면 족하다. 검존 휘하 영검대(靈劍隊)로 죽어, 살아나 검을 들 수 있으면 되는 것이다.

열에 하나둘, 섞여도 일어나지 못하는 시체들이 있었다. 술식 실패였다.

더 일그러지고 괴이해져, 빠르게 썩어 문드러졌다. 일부는 꿈틀거리다가 어귀(魚鬼)들처럼 물속으로 몸을 던졌다. 융합에 실패한 대부분은 비검맹 검사가 아닌, 진명군 병사들이었다.

성공한 육신은 충실히 영검존의 말을 따랐다.

축생과 수라가 융합된 귀병들이 검맹 검사의 육신으로 되살아났다. 일부 병사들도 일어나 충성하듯 영검존을 보았다.

썩어가던 육체가 귀기(鬼氣)로 봉합되었다. 그들 모두가 살아 있는 것처럼 부드럽게 몸을 일으켰다.

흔들리는 물살 위에서, 사백사십 귀검사들이 배 위에 우뚝 섰다.

"귀검사는 검을 들라."

영검존이 명했다.

사백이 넘는 귀검사들이 발검처럼 검을 올렸다.

요기와 검기가 충천했다. 그 기가 장강 강물을 넘어 적벽의 땅까지 횡검(橫劍)의 참격처럼 뻗어 나갔다. 압도적인 귀신 검사의 군대였다.

"선봉으로 일백 검사, 상륙하여 도시를 친다."

영검존이 말했다.

귀명검에서 은은한 백색 기운이 흘러나오고 있었다.

전선 전열에 있는 백 기의 귀검사들이 날듯이 뛰어올라 땅 위에 착지했다. 그들이 각각의 방식으로 검을 들고 영검존 앞에 섰다.

비검맹 검사로 살아 있을 때와 똑같은 모습이었다.

영검존은 그때서야 희미한 웃음을 지었다.

관심이 생겼다.

흑림의 귀병술(鬼兵術)은 전에도 보았지만, 이들은 그런 잡것들과 완전히 달랐다. 요력(妖力)이 섞인 사기(死氣)가 생기(生氣)에 준하는 사기(邪氣)로 발현되었다.

잡스러운 시체는 무엇을 기워 붙여도 치열하게 연마한 검사의 검기(劍技)를 이길 수 없다. 그렇게만 생각했다. 융합술식은 다를 거라는 확언에도 큰 기대는 하지 않았다. 죽었던 검맹의 검사를 다시 일으키는 것만으로도 영검대(靈劍隊) 전력을 한껏 회복할 수 있으니, 그 정도만으로도 충분하다 보았다.

"영검대는 진격하라."

"존! 명!"

그들은 검존의 명에 대답까지 했다.

또 다른 가능성이 보였다.

시신이지만 거기서 더 강해질 수 있을 것 같았다. 전투를 통해서든 수련을 통해서든 검력 향상이 가능하단 이야기다. 그만큼의 이지(理智)가 엿보였다. 그야말로 살아 있는 시체들의 검대(劍隊)였다.

영검대 귀검사들이 적벽을 향해 달렸다.

도시에는 의협비룡회 고수들이 얼마 남지 않았다. 시가로 돌입하는 귀검사들은 거칠 것이 없었다. 제천대성 난입의 여파였다. 위기였다.

*　　　　*　　　　*

장소는 의협비룡회 연무장이다.

초청하듯 기다려 마침내 마주 섰다.

금빛과 함께 제천대성이 나타났다. 빛을 뿜으며 단운룡이 가슴 앞에 주먹을 모았다.

앞에 둔 순간 알았다.

이 놈이 진짜다.

단운룡의 주먹 사이에서 섬광이 일었다.

마신부터 발동하고, 소리 없이 말했다.

'나와라.'

단운룡이 손바닥을 밑으로 했다. 손 아래에서 빛이 모여들었다. 광검이었다.

"냐하하! 곧바로?"

그렇다. 실력 가늠은 무의미하다. 즉각 전력으로 대응한다.

"웃지 말고 덤벼라. 제천대성."

광검을 들었다.

단운룡이 말했다.

제천대성의 손에서 황금빛 진기가 회전하듯 솟아나 여의금고봉을 휘감고 돌았다. 이번에는 놀러 오지 않았다.

꽈앙!

단운룡과 손오공이 서로를 향해 뛰어들었다.

빛의 향연이 화려하게 막을 올렸다.

단운룡의 광검은 색이 분명치 않았다. 백색처럼 보였지만 실제로는 무색이었다. 빛 그 자체를 다룬다는 느낌이었다.

반면, 제천대성의 진기는 색깔이 뚜렷했다. 귀하고 성스러운 금색이었다. 대자대불 부처상의 몸을 칠하는 금빛이 금고봉의 색을 더욱 휘황하게 밝혔다.

"합!"

단운룡이 기합성을 냈다. 힘을 있는 대로 끌어올려 광검을 내려쳤다. 신검합일(神劍合一), 협제의 진산비기가 초월의 파동 검력을 일으켰다.

제천대성의 대응은 말 그대로 눈부셨다.

제천대성의 여의봉에서 나선형의 금빛 진기가 무섭게 회전했다. 꼬이고 꼬여서 전사력을 만든 금색의 공력이 여의봉을 몇 배로 굵어 보이게 만들었다.

콰과광!

폭발이 일어났다. 빛의 파편이 사방으로 터져 나갔다.

검처럼 압축하여 활용성을 높인 대신 위력이 감소되었다고는 하나, 광검은 그 자체만으로 어지간한 절정고수를 일합에 격살할 수 있는 파괴력을 지니고 있었다.

그 광검이 튕겨나갔다.

시간이 멈춘 듯했다.

여의금고봉 금광전사력의 여파가 노을빛 하늘을 일그러뜨렸다. 광검이 위로 치켜올려진 만큼, 여의금고봉도 허공에 고정된 것 같았다.

"와닷!"

괴상한 기합성으로 먼저 연환타를 전개했다.

하늘에 박힌 금고봉에 매달린 것처럼, 제천대성이 몸을 띄우고 돌리더니, 일직선으로 발차기를 날려 왔다.

제천대성의 각법은 스칸다처럼 단순했고, 위타천만큼 빨랐다. 무공의 끝이란 원래 그와 같은지 모른다.

단운룡은 마광각으로 응수하지 못했다. 발경을 구축할 틈이 없었다. 정면으로 부딪쳐 튕겨낼 일격이 아니었다.

훅!

반격이 불가능하다면 회피할 수밖에 없다.

단운룡의 몸이 사라졌다.

"어?"

제천대성이 발이 아무것도 없는 빈 공간을 꿰뚫었다.

그는 놀라움을 감추지 않았다. 보고 느끼는 모든 것이 장난스러운 언어를 통해 즉각 입 밖으로 나왔다.

"위타천 거잖아?"

단운룡이 제천대성의 사각에서 나타났다. 그러나 상대의 측면 배후를 잡고도 틈을 파고들지 못했다.

제천대성의 방어는 완벽했다.

착지와 동시에 황금색 기의 장막을 쳐 어느 방위에서 공격이 들어와도 반격이 가능한 상태가 되어 있었다.

어차피 이 영역이 이러하다.

위타천도 그랬다.

허점을 기대해서는 안 된다. 눈에 보이는 균열이 보일 만한 무공이 아니다. 수 싸움을 통해 유효타가 들어갈 공간을 열거나, 찰나의 승부처에서 예상 못 한 힘으로 압도해야 한다.

어느 하나도 쉬운 일일 수 없다.

단운룡은 망설이지 않고 과감하게 광검을 찔러 넣었다.

의념이 곧 검이고, 검이 곧 의지다.

의식하지 않았기에 깨달음이 담긴다. 협제신검(俠帝神劍)의 오의였다.

"허!"

제천대성은 탄식성 같은 기합성을 냈다. 그의 발이 땅에 박혔다. 발끝이 축이 되어 회전한다.

제천대성은 단운룡의 광검을 가벼이 보지 않았다.

"이웁! 금금(金錦)!"

금광전사로 안 된다. 나선으로 돌아가던 여의봉 금빛 진기가 황금색 비단천처럼 넓게 펴졌다.

촤아아아아아악!

광검이 금빛 비단을 갈랐다. 놀랍도록 무참히 쪼개졌다.

제천대성의 화안에 금정의 광채가 서렸다.

"흐앗챠!"

경쾌하긴 하나 어울리지 않는 기합이다.

광검은 강했다. 막힘없이 나아갔다.

헌데 나아가도 나아가도 끝이 없었다.

제천대성이 물러나며 여의봉을 돌렸다. 봉첨으로 원을 그리는데, 불법 윤회의 영원한 순환이 그 안에 있었다. 인연의 금실이 올올이 합쳐져 금색의 비단이 짜였으니, 투전불승의 깨달음은 하릴없는 불법의 표상이라, 하늘을 덮어 가린다는 부처님의 소맷자락처럼 광대하다. 금빛 천이 한없도록 풀려나왔다.

쩡.

광검은 섭리를 깨고 현현해 마땅한 이치(理致)를 벤다.

광검이 닿을 수 없는 금고봉에 닿았다.

그 울림은 천지가 개벽하는 소리 같았다.

"너 그때 그 놈 맞냐?"

제천대성이 물었다. 그 가벼운 어투에 감탄이 서려 있었다.

"덕분에 많이 배웠지."

단운룡이 대답했다.

"그쯤이면 그냥 습득이 아니라 대오(大悟)인데? 아까 다 보여준 게 아니었어! 세진 건 알았지만 그 기준으로 생각하면 안 되겠다, 너."

제천대성이 거리를 두고 물러났다. 단운룡이 본능적으로 따라 붙었다. 여의봉이 위아래로 움직였다.

출렁!

금빛 진기의 파랑이 한없이 넓어졌다.

"으랴! 금해(金海)!"

넓어지고 넓어지다 못해 일렁이는 금빛 바다가 되었다.

단운룡이 보는 세상은 그러했다.

무공을 익힌 일반인이 그 금색의 해일을 볼 수 있는지는 알 수 없었다.

첨벙!

광검을 내렸다가 휘돌려 뻗으려는데 물에 빠진 것 같은 소리를 들었다. 실제 소리가 아니라 환청이다. 금광기(金光氣)의 밀도가 실제 물웅덩이와 같았다.

기환(奇幻)의 법술이 이럴 것이다. 아니다. 이것은 무공이다. 순수한 무공으로 술법과 같은 감각을 일으킨다. 무가 궁극에 이르면 술처럼 발현하고, 술이 궁극에 이르면 무를 무찌른다.

콰아아! 촤악! 쏴아아아아!

'일검. 충심.'

광검도 그러하다.

이미 깨달아 펼쳤던 순간을 기억한다.

광극진기를 한껏 일으켜 광검을 내질렀다.

순정하고 곧은 일격에 바다가 쪼개졌다.

물살처럼 금기(金氣)가 양쪽으로 밀려났다. 기가 일으키는 파동이 물살이 부서지는 소리를 냈다. 그 소리는 범인의 귀에도 들릴 것이다.

쩌어어엉!

이어지는 마지막 충격음은 사람의 고막을 찢을 만큼 강렬했다.

스르릉.

광검의 검극은 여의봉 봉첨 한 치 앞에서 멈춰 있었다.

협제의 일검이 막혔다.

웅웅거리는 빛의 파동이 온 연무장에 가득 남았다.

단운룡은 놀라지 않았다.

"역시 안 되는군."

이제 한 걸음일 뿐이다.

협제신기 없이 광극진기로 펼쳤다. 제천대성 같은 초월자에 맞서 실전에 구현했고 금빛 절기를 부쉈음에 만족한다. 거기서 더 나아가는 것은 욕심이다.

제천대성이 고개를 비틀었다.

"역시? 날 상대로 여유를 부려?"

그렇게 들릴 수 있겠다.

단운룡은 제천대성이 아니라 소연신을 보았다.

사부의 협제검이 궁금하다.

제자의 검은 지고한 사부의 검, 그 어디쯤 올라 있기에 제천대성의 여의봉과 상대할 수 있는 것인가.

"최선을 다하고 있다만."

단운룡이 답했다.

제천대성이 다시 한 번 고개를 모로 틀었다.

대화를 주고 받을 수 있는 상대를 만난 것이 생소했던 까닭

이었다.

제천대성은 항상 말했지만, 그것은 또한 일방적인 폭력과 같았다.

지금 단운룡에겐 통하지 않는다.

"너 말이다."

원숭이처럼 웅크린 듯 자세가 낮았던 제천대성이 몸을 똑바로 세웠다.

금광이 충천했다. 여의봉이 태산처럼 솟아 하늘을 받치는 것 같았다.

"건방 떨다가 진짜 죽는다."

장난기가 사라졌다.

천상천하 구주사해를 어지럽힌 괴물 원숭이다.

엄청난 기파가 의협비룡회 전각 모두를 눌러 밟았다.

단 한 명을 제외하고는 분명 그랬다.

"제천대성. 구룡보에서 네가 내게 말했다."

부처가 발을 굴러도 단운룡은 당당히 서 있을 것이다.

천잠비룡포, 비룡이 꿈틀거렸다

그는 만근의 금광에도 짓밟히지 않았다.

단운룡이 말을 이었다.

"낭비하지 말고 집어넣으라 했지. 그렇게 뿌려대니 몸이 축나는 거다."

제천대성이 움찔, 고개를 들었다.

가면의 입술이 비틀려 올라가는 것처럼 보였다.

"정말. 넌. 재밌는 놈이로구나."

원숭이의 말투가 아니었다. 목소리는 맑았다. 진심이다.

"후욱."

그가 숨을 들이켰다.

그 한 숨에 세상이 빨려 들어가는 것 같았다.

"보여주마. 너와 나의 차이를."

하늘로 치솟던 금광이 한순간에 사라졌다. 온 세상을 짓누르던 압력이 태산북두 금강의 신체로 압축되었다.

밝게 비추던 금색의 서광이 지워지니, 노을빛마저 없어지는 것 같다.

아니, 실제로 온 세상이 깜깜해졌다.

공허하다.

단운룡의 눈에서 빛이 일었다.

용포를 두르고, 무(無)에서 존재를 만든다.

"금신(金神)."

목소리와 함께 어둠 속에서 금광의 신체가 나타났다.

순수한 제천대성의 힘이다.

막대하고, 막대하다.

단운룡은 소연신에게 배우고, 철위강을 만났다.

힘의 결이 다르다. 사패보다 오래된 힘이었다. 머나먼 과거로부터 태어나 어지러운 현재를 관통하고 수천 수백 가지 모습으로 부활하여 미래까지 이어질 유구한 무력의 상징이었다.

단운룡은 그의 실체를 목도하며, 우주(宇宙)를 열었다.

도약을 펼치지 않았음에도 자연스럽게 그를 따라 들어왔다.

제천대성이 다가왔다.

금색의 불승이 여의봉을 뒤로하고 주먹을 휘둘렀다.

'광신(光身).'

꽝!!

별빛이 비산했다.

단운룡의 발이 제천대성의 주먹을 막아냈다.

"여기까지 따라 들어와?"

제천대성의 빛이 놀라움으로 일렁였다.

'마체(魔體).'

금신의 길과 다른 길을 걸어 이곳에 이르렀다.

그가 배운 광신마체는 단순한 격발형의 잠력 폭발 무공이 아니었다. 그렇게 비약된 마체(魔體)의 내구도는 우주에 이른 끝없는 공허에서 존재를 유지하기 위한 비기(秘技)로 귀결된다.

꽈아아앙!

스칸다의 움직임으로, 단운룡의 몸이 회전했다.

광검이 어둠 속에 빛의 길을 만들었다.

제천대성의 여의금고봉이 우주를 뚫었다.

쩌엉!

세계가 새로이 열리는 것 같았다.

금신과 광신이 부딪쳐 무수한 별을 만들었다.

시간의 흐름이 사라졌다.

우주 안의 그는 마신을 무한대로 발동할 수 있고, 광검을 영원히 들 수 있었다.

그러니, 제천대성과도 대등히 싸울 수 있다.

"하하하하하."

제천대성이 웃었다.

원숭이가 아닌 진짜 그의 목소리였다.

그것은 현실이 아니었으나, 또한 실제의 겨룸이기도 했다.

승부결.

단운룡은 그 순간 깨달았다.

사부가 일생일대의 대적을 만나 겨룬 승부결이 이러했구나.

협제와 천룡은 이렇게 싸웠다.

하지만, 그와 제천대성은 섞여서 뒤바뀌지 않을 것이다.

그들은 아직 완성에 이르지 못하였고, 그렇기에 서로의 궁극을 온전히 이해할 수 없었다.

감동적일 만큼 완벽한 세계 또한 오래지 않아 닫힐 것이다.

"즐겁다. 즐겁도다."

제천대성의 목소리에서 광오가 사라졌음을 느낀다.

단운룡은 기꺼이 동의하며 생각했다.

광신을 일으켜 마체가 되면 몸이 부서진다.

크나큰 부담을 담보하지 않음이 이리도 자유롭게 느껴질

줄 몰랐다.

물론 이 순간이 지나가면, 그것은 피치 못할 족쇄가 되겠으나, 지금만큼은 아니다. 그러니 마음껏 무공을 전개한다. 더 끌어올리면, 후유증을 감당 못 한다. 그리 생각했던 모든 제약을 풀고, 상상 속에서나 낼 수 있었던 그의 전력을 이 순간 끝없이 쏟아부었다.

번쩍.

그럼에도.

뒤로 밀린다.

여의봉과 충돌하여 흩어지려는 광검을 전력을 다해 수복했다. 제천대성은 스스로 말한 대로, 차이를 보여주었다.

제천대성이 더 위다.

더 빨리 들어왔고, 더 먼저 깨달았다.

그렇다면 여기서는 이길 수 없다.

제천대성의 금광기는 지나치게 강력하다. 인간의 육신으로 그만한 기(氣)를 담을 수가 없다. 그 힘을 육체로 제한하자 우주가 열렸다.

선택이 아니라 강제다. 그 자신뿐 아니라 다른 존재까지 끌어당길 만큼, 조절조차 불가능했다.

제천대성이 진기를 뿜어낸 것은 그래서다.

제천대성은 우주에 삼켜지지 않고 세계에서 자신을 유지하기 위해 그 힘을 발산하여 낭비해야만 한다. 금정을 나누어 만들어내는 분신도, 소멸을 아까워했지만 진정 분노하지는 않았다. 생존을 위해 소모가 필연일 만큼 막대한 기(氣)였다.

그러므로, 나가야 했다.

여기는 아직 온전히 단운룡의 영역이 아니었다.

천재성이 동등하다면, 승부를 가르는 것은 경험이 된다.

차이를 좁히려면 도리어 이 우주의 자유에서 벗어나 현실의 속박으로 돌아가야 했다.

깨달아 가는 자로서는 세상에 몸을 묶어두는 것만으로도 벅찬 곳. 아직 단운룡에겐 벅차지 않은 세계였다. 거기로 끌어내려야 했다.

물론, 나가자고 순순히 나갈 제천대성이 아니다.

광도를 연다.

그리고 가두어 함께 도약한다.

그러기 위해, 어떤 강력한 존재마저 붙잡고 봉인할 수 있는 검기(劍技)가 필요했다. 그래서 입 밖으로 소리내어 말한다.

"십검. 봉쇄."

광검이 열 갈래로 갈라졌다.

열 개의 빛기둥이 창살처럼 제천대성을 가두고 박혔다. 휘황한 빛의 감옥에 제천대성의 금빛 진기가 불길처럼 요동쳤다.

"하하하. 정말 신기하다."

제천대성이 감탄했다.

빛기둥 속에서 제천대성이 여의봉을 휘둘렀다.

꽈아아아앙!

폭음이 터졌다.

단운룡이 두 손을 들어 양손 손가락들을 마주했다.

제천대성이 다시 몸을 돌리며 여의봉을 내려쳤다.

꽈아앙!

빛기둥의 빛이 일렁거렸다. 단운룡의 몸이 함께 흔들렀다. 손등에 혈관들이 곤두섰다. 좁은 우리 안에서 날뛰는 맹수마냥 휘두르는 힘이 무지막지했다.

"와다앗!!"

파캉! 꽈앙!

"이래도 안 깨져?"

제천대성이 놀란 목소리로 소리쳤다.

제천대성의 눈빛이 가라앉았다. 지금 다시 보니, 얼굴마저 가면이 아닌 것 같다. 눈을 크게 뜨고 미간을 좁히는 표정들이 그대로 드러났다.

제천대성의 입매가 굳어졌다. 냐하하 웃지 않았다. 금고봉을 머리 위로 올렸다.

흥흥흥흥.

금고봉이 회전했다. 속도가 엄청났다. 금고봉이 금색 원반처럼 변했다.

"여(如)! 의(意)!"

파괴한다.

뜻이 곧 힘이 된다.

금색의 원이 한 줄기 금빛으로 화했다.

제천대성의 전력이 그 일격에 담겼다.

파앙! 콰아아아아아앙!

여의봉이 광검의 기둥을 때렸다.

빛이 폭발했다.

쾨웅!

광파(光波)가 깜깜한 공허마저 밝혔다.

큰 별이 터져 엄청난 광채를 내듯, 빛과 빛이 얽히고설키며 아름다운 장관을 만들었다.

천지가 뒤집어졌다. 빛의 파도가 전방위를 휩쓸었다.

공간 전체가 흔들렸다.

위아래, 앞뒤를 분간조차 못 할 지경이었다.

단운룡은 힘을 끌어올려 광파에 버티고, 감각마저 뒤흔드는 암흑에서 광신(光身)으로의 육신을 자각했다.

그때였다.

단운룡은 깜깜하고도 깜깜했던 공허의 저편에서, 빛이 휩쓸고 간 어둠 속에 한 남자가 서 있음을 보았다.

먼 곳이다.

키가 큰 뒷모습이 보였다.

우주의 어둠 속에, 그들 외의 누군가가 더 있음은 선연한 충격이었다.

원래 거기에 쭉 있었던 것일까.

아니다.

광력의 충돌로 발생한 광파가 그를 드러낸 것이다. 아니, 그를 여기로 부른 것이다.

그 남자가 몸을 돌렸다.

머리는 갈색이다.

높은 코 깊은 눈에 청록색 눈동자가 그들에게 향했다.

칠흑의 공간에 푸른 별빛이 흘렀다.

지금 처음 보는 얼굴이었지만, 누구인지 알 것 같았다.

칠흑의 공간에 푸른 별빛이 흘렀다.

무신(武神)의 기를 느낀다. 저 웅혼하면서도 부드러웠던 무신 허공을 반대로 뒤집어 놓은 것처럼 악마적이고 폭력적이었다. 그러면서도 닮았다.

놀라웠다.

열, 그중 하나.

약속되어 있었던 많은 것들이 까마득한 공허 어딘가에서 섬광처럼 나타났다가 사라졌다.

진천이 말한 약속이 실체가 되어 눈앞에 있음을 알았다.

또한, 놀란 것은 단운룡만이 아니었다.

제천대성이 거칠게 여의봉을 휘둘렀다.

꽈앙!

광파가 공허를 휩쓸었다.

청안(靑眼)의 악마가 희미해졌다. 청록빛 눈동자는 이쪽을 의식했음에도, 흔들리지 않았다. 다른 길을 걸어 완성에 이르려는 그는, 그토록 강력하면서도 잔잔하기 그지없는 마음을 소유하고 있었다.

"이야아아아아압!"

심검에 갇힌 제천대성이 사자후와 같은 기합성을 토해냈다.

여의봉이 금빛의 선으로 변했다. 여의라 외쳤던, 그 일격이었다. 전력으로 내지르는 여의금고봉에 심검의 빛기둥이 터질 듯 구부러졌다.

쿼웅!

이번 파도는 몹시 거셌다. 광력의 해일이 단운룡의 광신을 밀어냈다. 십검이 깨지려 하고 있었다.

"뭐?"

광극진기를 한껏 일으켜서 광력을 유지하려는데, 제천대성의 경악성이 귓전을 파고들었다.

원숭이의 놀란 척이 아니라, 진짜 사람의 경악이었다. 제천대성의 시선을 따라, 단운룡의 눈이 광신의 빛을 뿌렸다.

광파가 휩쓸고 간 저 머나먼 심연에 또 한 사람의 그림자가 생겨나 있었다.

우주의 공허는 모든 감각을 무디게 만들기도, 오히려 선명하게 만들기도 했다.

수십 리, 어쩌면 백 리가 넘을 수도 있다.

거리가 멀어서인지 그는 이쪽을 돌아보지 않았다.

그런데도 그 거리의 사람이, 얼굴이 보였다.

크고 단단한 체구다. 코와 뺨을 수평으로 가로지른 것은 기다란 검상(劍傷)의 흔적이었다.

열에서 둘.

속삭이는 목소리처럼, 깊은 어둠 어딘가에서 인연의 빛줄기가 흘러갔으나, 아직 우주를 이해하지 못한 단운룡은 그 빛을 볼 수 없었다.

즉, 단운룡은 그가 누구인지 알지 못했다.

하지만 제천대성은 달랐다.

"왜? 어째서 여길 들어와? 야! 이거 안 풀어?!"

제천대성이 광분하기 시작했다.

꽝! 꽝! 꽝!

빛기둥이 마구 뒤틀렸다.

그 무엇도 깨지 못할 무적의 봉쇄 검력에 균열이 일어났다.

최초로 연 빛이어서 그렇다.

단운룡은 아직 완전하지 않았다.

또한 깨달았다.

제천대성 또한 아직 완전하지 않다.

넘쳐나는 힘을 주체할 수 없기에 세상을 뒤엎도록 예정되었던 신(神)이며, 우주에 발을 들일 수 있으나 그것을 제 것으로 할 수 없는 한낱 인간일 뿐이었다.

제천대성조차 우주의 섭리는 알지 못했다.

청안의 악마가 왜 보였는지, 백보의 권사가 어디에 있는지, 신도 인간도 이유를 몰랐다.

꽈아아아아앙!

그저 가혹한 운명을 휘둘러 분노할 따름이다.

여의봉의 금광이 뭉개지듯 밝아졌다.

기어코 부서지겠다.

깨고 나오면 제어할 수 없다.

단운룡은 의식을 집중하여 광극의 끝자락을 잡았다.

'도약.'

광도를 열었다.

콰아아아아아아아아아아아.

빛의 파편이 어둠을 찢었다.

심검과 함께 끌어내렸다.

폭음이 그의 의식을 뒤따랐다.

꽝!

미세하게, 제천대성이 더 빨랐다.

심검의 한구석이 쩍 하고 갈라졌다. 벌어진 균열에서 새어 나온 금광력이 단운룡의 광신(光神)을 세차게 밀어냈다.

"……!!"

광도가 비틀렸다.

바로 그들이 있는 곳에 열렸어야 하는 광도가 머나먼 곳, 그가 알지 못한 자가 서 있는 그곳으로 뻗어나갔다.

우웅!

누군가 집어 던지기라도 한 것처럼, 단운룡의 광신이 광도를 따라서 튕겨나갔다.

의식이 잠시 흐려졌다.

화아아아악!

그리고.

갑작스레 눈앞이 밝아졌다.

*　　　　*　　　　*

"오랜만이야."

"얼마 전 아니었나?"

"여기 온 건 오랜만이지."

거대한 바위들이 공중을 떠다닌다.

수원(水原)이 있을 수 없는 공중에서 폭포수가 떨어졌다.

둥실.

구름 조각을 타고, 원숭이가 올라왔다. 그가 근두운 위에 앉은 금빛 원숭이를 보며 절벽 위에 섰다.

별이 보이고 해가 보였다. 눈을 돌리면 달도 보였다.

그는 이제 선계와도 같은 환상적인 풍경에도 더 이상 충격을 받지 않았다.

대신 그는 질문했다.

"그건 뭐였지?"

구름 위의 원숭이가 유연하게 고개를 꺾고 팔꿈치의 털을 골랐다. 빛나는 금색 털이 부드러워 보였다.

손행자, 금색 원숭이가 빛나지 않는 털 한 가닥을 뽑아내며 시큰둥하게 대답했다.

"그러게 함부로 들어가지 말랬잖아."

"따라 들어올 줄 몰랐다."

"광력을 지닌 놈이야."

"그 놈 광력은 아직 덜 됐어. 아직 들어올 경지가 아니었다."

"신(神)이라도 만났나 보지."

원숭이가 구름 위에 드러누웠다. 나른하게 하늘을 올려본다. 하늘은 낮이면서 밤이고, 새벽이며 저녁이었다. 원숭이가 나른하게 하품을 했다.

"그런데 나는 왜 여기 온 거냐?"

"금광을 많이 잃었어. 너도 튕겨 나온 거야."

"왜 여기냔 말이다."

"거기가 원래 그래. 거기가 어떻게 돌아가는지는 섭리도 전부 알지 못할걸?"

"이유를 모른다는 말이로군."

"내가 어찌 알겠어? 나는 그냥 금빛 털이 돋아난 돌원숭이야. 머리도 돌이라구."

원숭이를 잠시 노려보던 그가 원숭이처럼 털썩 주저앉았다.

구름이 둥실 움직여 원숭이와 그의 눈높이를 맞추었다.

원숭이의 눈동자는 금색이었다. 불바퀴처럼 돌아가며 빛을 냈다.

"그러면, 그곳에도 해답은 없는 것인가?"

"그곳엔 모든 것이 다 있지."

"해답도?"

"물론."

"헌데?"

"네가 찾는 답이 그곳에만 있는 것은 아냐."

"하지만, 사바 세상에는 없었다."

"언제인지 알 수 없는 시간에 누군지 알 수 없는 신이 이야기했어. 섭리가 세계의 뼈대를 세우면 섭리를 섭리답게 만드는 의지들이 우주를 풍성하게 만든다고 말이야. 근사하지? 널 이해해. 거기 한 번 발을 들이면, 모든 것을 할 수 있을 것 같지. 실제로도 많은 것이 가능해져. 하지만 거기는 무(武)만의 길이 아냐. 거기는 모든 것과 연결되어 있고, 이름 자체로 모든 것이기에 무(武)와도 연결된 빛의 틈이 있었을 뿐, 삼라(森羅)의 조각은 작대기를 휘두르는 데 힘을 더할 수는 있지만 네가 사는 세상에서 무적(無敵)을 말하기는 쉽지 않아. 왜냐면 만상(萬象)의 의미는 다툼에만 있지 않아서, 거기서는 어떤 강함도 티

끌 같고, 어떤 높음도 바닥 같거든!"

"그곳에 들어가면 무의 궁극에서 오는 자유를 느낀다. 그
조차 허상이란 건가?"

"허상과 실체에 어떤 구분이 있는지는 모르겠어. 공허는 섭
리가 만든 구멍이야. 사바에는 너무 많은 의지가 있기 때문에
세계가 유지되려면 무엇에도 간섭받지 않을 빈 공간이 필요
해. 아무것도 없는 곳에 들어가니까 자유롭지. 하지만 공허는
그 자체로 우주와 닿아 있어서 네가 자꾸 기웃거리면 우주가
널 삼켜버릴 거야."

"나는 네가 무슨 말을 하는지 모르겠다."

"나도 내가 무슨 말을 하는지 모르겠어."

분명한 것은 원숭이가 그보다 많은 것을 안다는 사실이었다.

"그러면 그곳에 들어가는 것으로는 그를 이길 수 없다는
건가?"

"이길 수 있을걸? 그건 그 자체로 모두라니깐?"

"하지만 위험하다?"

"그건 위험이라고 말하긴 힘들지. 인간이 우주를 이해하면
어떻게 될 거 같아?"

원숭이가 물었다.

그의 머릿속에 두 글자 단어들이 스쳐갔다. 그것들은 조금
씩 다르지만 공통적인 의미를 지니고 있었다.

껍질을 벗어나고(解脫), 선계로 올라가(登仙), 신에 이른다(入神).

결과는 단순했다.

죽음(死亡) 또한 두 글자로 이루어져 있었다.

원숭이가 말을 이었다.

"공허는 세계의 모든 곳과 이어져 있지만, 그 안에 발을 깊이 들여놓으면 헤어 나올 수 없어. 언젠가 결국 세계의 의미마저도 없어지겠지. 그런데 막상 사바의 칼부림은 꽤나 난폭하단 말이야. 싸우는 와중에 우주에서 허우적거리다가, 무한한 세계 속의 먼지에 불과한 나를 느끼면 어쩌겠어? 나도 모르게 작대기를 내리고 칼에 맞을 수도 있단 말씀이지. 그냥 퍽 하고 죽는 거야. 섭리는 그런 걸 좋아해. 왜냐면 우리같이 미천한 것들이 함부로 우주에 이르는 것을 별로 원치 않거든."

"가혹하군."

"섭리는 그야말로 고약하고 심술 맞지. 우주엔 무한한 힘이 있으나, 그걸 필요한 만큼만 덜어 쓸 수 있으려면, 우주를 이해하는 깨달음이 필요해. 그건 이미 인간이 아니지. 그러니까, 거길 거들떠보지조차 않는 자가 강한 거야."

그는 고심했다.

장난기 많은 원숭이는 많은 것을 가르쳐 주었다.

"그럼, 나는 어떻게 해야 하는가?"

"네가 외쳤잖아. 여(如), 의(意). 그 느낌을 간직해."

뜻과 같이.

그의 눈이 열렸다.

그 앞에 사바 세상이 열렸다.

어두웠다.

*　　　　　*　　　　　*

하늘은 밝지 않았다.

노을을 집어삼키며 어둠이 오고 있었다. 공허의 하늘처럼
별이 보였다.

그런데도 눈앞이 밝았다.

그의 몸에서 솟아나는 빛줄기 때문이었다.

천잠보의의 빛만이 아니었다.

제천대성의 금색 기운이 그의 몸을 휘감고 있었다.

그것은 십검이 지닌 봉쇄의 공능 때문이었는지도 모른다.

제천대성은 가두어 끌어내지 못했지만, 금광력(金光力) 일부
가 도약을 따라서 끌려 나온 것이다.

금광의 힘은 아주 강력하고 밀도가 높았다.

모양대로 빚으면 사람을 만들 수도 있을 것 같았다.

보의가 웅웅거리며 긴 파동을 일으켰다. 금광이 서서히 흡
수되면서, 천잠보의의 빛이 휘황해졌다. 천잠비룡포, 인혼력의
비룡에 금기가 서렸다. 마신 발동으로 고갈되었던 진기가 순
식간에 채워졌다.

시간을 흐름을 알 수 없었다.

아주 오랜 시간이 지난 것 같기도, 제천대성과 처음 마주친 직후 같기도 했다.

금광력을 흡수하며 눈을 돌렸다.

이상했다.

붉은 벽 없는 강물이 보였다.

놀라움으로 깨달았다.

적벽이 아니었다.

강물 위로 배들이 보였다. 적벽과 비슷하면서도 달랐다.

수십 척의 배들이 부서진 잔해로 수면을 어지럽게 장식하고 있었다.

불가해를 느끼며, 강가를 걸었다. 어스름한 석양과 흔들리는 불빛 사이로, 거대한 전함 한 척이 보였다.

피처럼 붉은 전함에는 거대한 구멍이 뚫려 있었다. 화포에 맞은 것이 아니었다. 불길도, 그을음도 없었다. 고개를 들고, 배 위를 보았다. 붉은 깃발이 펄럭이고 있었다.

혈해(血海).

비검맹 혈검전함, 검존의 기함이었다.

적벽으로 향하는 비검맹 전선 선단의 선두에 있다고 보고받은 이름이다. 하지만, 적벽에 나타난 것은 혈검존의 혈해가 아닌 영검존의 마령선이었다.

'여긴 어디지?'

의문만 남았다.

저벅. 저벅.

그리고 의아함이 가득 찬 마음으로 적의가 담긴 발소리를 들었다.

단운룡이 돌아섰다.

그는 바위와 같았다.

공허의 저편에서 보았던 바로 그 얼굴이었다.

눈매가 뚜렷하여 안광이 형형했다. 머리카락은 짧아서 삐죽삐죽했고, 이마의 계인 자국은 흉터 같았다.

코와 뺨을 가로지른 한 일(一) 자 검상이 희미했다. 세로로 나 있던 상흔은 흔적만 남아 있었다. 공허의 어둠 속에서는 도리어 선명해 보였던 상처가 실제로는 흐릿하여 잘 눈에 들어오지 않았다.

"이제 얼굴까지 바꾼 것인가?"

남자가 물었다. 명백히도 아는 이에게 묻는 질문이었다.

"그게 무슨 말이냐?"

단운룡이 반문했다. 남자는 표정 변화가 없었다. 눈빛만으로도 충분한 분노를 느낄 수 있었다.

전신에는 번민 같은 투지가 가득했다. 단운룡이 전투 중이었듯이, 이 남자도 만전의 전투 태세였다. 한창 격전을 치르던 와중에 단운룡을 만난 것 같았다.

이것은 아마도 오해에서 비롯된 상황이었을 것이다.

또한 문답무용의 순간임을 알았다.

후웅!

남자가 먼저 일권을 내쳐왔다.

묵직했다.

꽈아앙!

단운룡이 즉각 마신을 발동하여 파동기로 일권을 비껴내려 했다. 헌데 폭음이 먼저 터졌다. 단운룡의 몸이 측면으로 튕겨나갔다.

'뭐?'

직선으로 뻗어나가던 권력이 단운룡조차 예상치 못한 위치에서 터졌다. 예지력으로도 감지하지 못했을 정도로 완전히 허를 찔렸다. 타격 조절이 완벽하게 자유자재라는 뜻이었다. 마신의 내공방패와 천잠비룡포의 방어력이 아니었으면, 이 일격으로도 큰 내상을 입었을 것이다. 단 일합으로 인정했다. 엄청난 고수였다.

터엉!

남자가 진각과 함께 땅을 박찼다. 전신에 두른 경파가 만근의 압력으로 다가왔다. 파동기와는 또 다른 힘이다.

'이것은……!'

어딘지 모르게 익숙했다. 금빛도, 광파도 없지만 틀림없었다. 제천대성의 응축된 금신(金身)과 묘하게 겹쳐 보였다.

후욱!

정직하게 뻗은 일권이 중단으로 다가왔다.

느려 보이지만 결코 그렇지 않다.

마신극광추로 마주 밀어냈다. 남자의 두 눈에도 마침내 놀라움이 담겼다.

꽈아아앙!

쩌저저저적!

폭음과 함께 땅바닥에 갈라졌다. 충격파가 어마어마했다. 건물 안이었으면 지붕째로 폭삭 주저앉았을 충돌이었다.

숫구지는 흙먼지를 가르며, 단운룡이 광검결을 전개했다.

응수는 놀라웠다.

남자가 손을 한 번 떨쳤다. 걷어 올라가 있던 팔소매가 풀려나오며 광검의 묘를 담은 수도와 만났다.

촤아아아악!

소맷자락이 펼쳐지더니, 드넓은 기의 파장을 만들었다. 단단한 경기가 파도처럼 펼쳐져 광검결을 감싸 안았다.

카가가가각!

소맷자락이 갈라지는데 금속성이 났다.

또 한 번 기시감이 들었다. 제천대성도 그랬다. 여의봉으로 이와 비슷한 파도의 경력을 일으켰다.

콰아아아!

단운룡의 수도에서 금빛이 아닌 무색의 광검결이 솟구쳤다.

찢어지는 기의 파편이 땅바닥과 하늘을 긁었다. 바람이 태풍처럼 몰아쳤다.

놀라운 공부였다.

단운룡은 순간, 상대방의 무공이 무엇인지 깨달았다.

쩌어엉!

두 사람이 강맹한 충돌음을 남기고 양쪽으로 튕겨 나왔다.

"그 무공은?"

"그 기운은?"

두 사람의 입에서 동시에 다른 목소리가 발해졌다.

천하에 이런 무공은 흔치 않았다. 검공에 준하는 참격을 소맷자락으로 막았다. 통칭 수법(袖法)이라 불리는 이런 공부는 강호에 많지도 않거니와 그중에서도 이런 위력을 낼 수 있는 수법은 달리 꼽기도 힘들다.

소림 칠십이종절예, 반선수다.

폭 넓은 가사 자락이 아니어서, 그리고 지극히 유명한 절기임에도 완벽하게 자기 것으로 만들어서 바로 알아보지 못했다.

"네가 그로구나."

단운룡은 그것으로 첫 일합의 권법이 무엇인지도 알았다.

아라한신권이다.

권법과 수법의 완성도, 투로의 안정성, 태산북두의 정통무공을 극한까지 익힌 자다.

소림 무공의 섭렵자로, 비검맹 전선들의 전장에 서 있다.

그가 달리 누구겠는가.

장풍파랑의 권신 백무한이 그다. 여의각으로부터 숱하게 들어온 이름이었다.

"너는 그가 아니로군."

백무한의 대답은 그러했다.

둘 다 밑도 끝도 없이 말했지만, 백무한은 조금 더 분명한 성격이었다.

"그 금기(金氣)를 어디서 얻었느냐?"

오해의 이유를 알았다.

백무한의 첫 질문은 얼굴까지 바꿨냐는 거였다.

단운룡이 답했다.

"제천대성."

백무한이 단운룡을 직시했다.

단운룡의 전신에서는 제천대성의 금기(金氣)가 본신진기처럼 일렁이고 있었다. 용량이 막대한 나머지 천잠비룡포가 완전히 광구에 담지 못해 흘러나와 발출되는 기운이었다.

"법의의 공능이 놀랍다. 그 기운은 설마하니 죽이고 빼앗은 건가?"

"그럴 리가."

백무한의 얼굴에 처음으로 표정이란 것이 생겼다.

아주 복잡한 감정이 드러나는 얼굴이었다. 추억, 분노, 슬픔, 그리고 안도감까지 찰나의 스쳐감에 긴 세월이 담겼다.

그럴 수 있다고 생각했다.

제천대성 같은 자라면 강호의 누군가와 어떤 극적인 사연이 있더라도 이상하지 않았다.

백무한이 다시 주먹을 쥐었다.

"금광력(金光力)은 외인에 허락된 힘이 아니다. 너는 그것을 가질 수 없다."

핑계다.

단운룡도 백무한도 알았다. 솟구치는 투지가 다른 모든 상황을 지우고, 겨룸의 구실을 찾는다.

"내 이름은 단운룡이다. 천하제일의 협객, 협제 소연신에게 사사했다."

단운룡이 먼저 포권하며 말했다.

"백무한이다. 숭산에서 사부 공선께 무를 배우고, 칠십이 채 수로맹에서 뜻을 세웠다. 내가 오판하여 먼저 공격을 가했으니, 삼초 선수를 양보하마."

백무한이 받아서 포권했다.

양 주먹을 내리고, 철탑처럼 몸을 세웠다.

천하제일 숭산의 자존심이 그와 같다.

단운룡이 미소 지었다.

"자신만만함이 과하군."

이것으로 사패의 후예를 모두 만났다.

겨룸의 기회가 왔음에 사양할 수 없다. 다만, 한 가지 마음에 걸리는 것이 있으니, 적벽의 안위가 그것이다. 단운룡이 말을 이어 물었다.

"한 가지만 묻겠다. 여긴 어디인가?"

"악양 북동 외곽이다."

멀리도 왔다.

그러나, 도약을 쓰면 금방 돌아갈 수 있는 곳이기도 했다.

판단을 잘해야 했다.

그는 문주다.

일개 무인 신분이라면, 절대 놓칠 수 없는 승부지만, 그에겐
수많은 목숨에 대한 책임이 있었다.

아예 동떨어진 곳이라 언제 출발해도 대세에 영향이 없을
만큼 멀었다면 모르되, 악양은 아무래도 위치가 미묘했다. 서
두르면 싸움이 끝나기 전에 충분히 당도할 수 있다. 특히나 제
천대성이 아직 거기에 있다면, 적벽은 속수무책으로 적의 손
에 떨어질 것이다.

광도를 연다는 게 이런 의미일 줄 몰랐다.

이것만큼은 그도, 양무의도 전혀 예상하지 못한 사태였다.

더 큰 문제는.

백무한이 그를 놔줄 생각이 없다는 사실이었다.

"적벽은 걱정하지 말라. 나와 너의 군사(軍師)가 충분히 대
비했다."

그는 단운룡의 생각을 알았다.

누구보다 서로를 잘 읽을 수 있다.

사패는 항상 그랬다.

단운룡에게는 그의 싸움이 있었고, 백무한에게도 그의 싸움이 있었다.

언제나 상대가 우선이었다.

후예로까지 이어지는 그 유구한 업 앞에서, 단운룡이 백무한을 다시 한번 보았다.

존재를 뚜렷이 느낀다. 백무한 뒤에 공선이 서 있었다.

"좋다."

단운룡은 알 수 없는 언젠가 강호의 어딘가에서, 대적 앞에 서 있던 사부의 한 마디를 똑같이 말했다.

"간다."

광검은 들지 않았다.

적어도 지금은 아니다. 단운룡이 땅을 박찼다.

꽈아앙!

파동력을 끌고, 단운룡의 몸이 금빛을 뿌리며 쇄도했다. 왼발을 땅에 밟고 마신마광각을 전개했다.

백무한은 절기를 끌어올려 맞서지 않고, 신묘한 신법으로 단운룡의 각법을 피해냈다.

선수양보라더니, 반격할 위치를 잡고도 출수하지 않았다.

경지에 오른 고수들은 투로가 쌓일수록 발경이 증폭되니 위력 또한 강해질 수밖에 없다. 방해 없이 펼쳐지는 연환격은 무섭다. 하물며 초고수의 발경 중첩은 말할 것도 없다.

유효타가 들어가지 않아도 굳이 초식을 전개해 합을 만드는 것은 그래서다. 흐름을 끊지 않은 채 경력을 축적할 여유를 주면, 같은 경지로는 막기 힘든 필살타가 형성될 수 있다.

백무한의 회피엔 그런 의미가 있다.

엄청난 자신감이다.

단운룡은 일부러 멈추어 균형을 맞추지 않았다. 공선의 제자가 그와 같은 만용을 부린다면, 장단에 맞춰 주리라.

마광각으로 휘어 쳐 내려오는 오른발을 땅에 박고, 허리를 돌려 마신극광추를 뻗었다. 극속으로 이어진 파동기가 마광각의 흐름까지 받으며 공간을 꿰뚫었다.

큐웅!

백무한은 그것도 피했다.

천하에서 가장 경이로운 조화를 품었다는 연대구품의 신법이었다.

공중에 반 자 둥실 떠오른 채, 백무한이 몸을 돌렸다. 크리슈나가 그러했던 것처럼 지극히 빠르면서도 빨라 보이지 않았고, 유연하여 부드러우면서도 강맹하여 단단했다.

백무한의 왼발이 앞으로 나가고, 우수가 뒤로 돌아갔다.

여기서 권격이 와야 한다.

하지만 백무한은 또 멈췄다.

예지했고, 빗나갔다.

선수를 삼초 내주겠다 선언했음을 안다. 그것을 감안해도,

마땅히 그래야 하는 곳에서 그러지 않음은, 광극의 미래시(未來視)를 뒤흔들기에 충분했다.

우우웅!

미래시가 깨졌어도, 마광각 극광추로 이어진 발경의 흐름은 여전했다. 방어초가 없었기에 강력한 파동력을 온전하게 압축할 수 있었다.

단운룡의 두 손이 가슴 앞에서 모였다.

콰아아아!

빛이 폭발한다.

광극진기의 예지처럼, 백무한이 먼저 땅을 박찼다.

그 또한 찰나의 재능이다.

단운룡의 광뢰포를 한 번도 본 적이 없으면서, 연대구품에 능공천상제를 더하여 오장 밖으로 몸을 날렸다.

콰과과과과광!

대폭발이 단운룡의 정면을 휩쓸었다.

백무한은 이미 그 밖이었다.

그것으로 삼초다.

빛의 파동을 뚫고, 단운룡이 쇄도했다. 광검결 빛 무리가 반월의 광영을 남기고 참격으로 작렬했다.

쩌어어엉!

내공을 한껏 품은 중병들이 부딪쳐 깨지는 듯한 소리가 들렸다.

병장기는 없다.

단운룡의 손날이 백무한의 손과 기울어진 십자(十字)로 교차되어 있었다. 마심광검결을 맨손 수도(手刀)로 막았다.

소림절기 관음청강수였다.

"강하군."

백무한이 말했다.

양보는 끝났다. 백무한이 장법을 전개했다. 엄청난 장력이 전면을 휩쓸었다. 이번엔 단운룡이 피해야 했다.

소림 절기 대력금강장은 장법의 총화와 같았다. 장풍비기처럼 확산되는 경파를 흩뿌리면서도 손바닥만큼의 집중타가 동시에 짓쳐들었다.

후욱!

단운룡의 몸이 사라졌다가 나타났다.

사각에서 극광추를 내뻗는데, 백무한의 일권이 더 빨랐다.

아라한신권 권력이 백무한의 반원으로 뻗어 나왔다. 극속무공에 준하는 빠르기다. 극광추와 아라한신권이 만났다.

꽈아아앙!

경력의 충격파가 초근접거리에서 두 사람을 휩쓸었다.

단운룡과 백무한은 물러나지 않았다.

마신의 내구도와 천잠비룡포의 방어력만큼, 백무한의 신체는 금강부동의 이름처럼 단단했다. 단운룡이 보고 느끼는 기(氣)의 세계에서, 백무한의 하단전에 머무른 공력은 일찍이 보지 못한 무상(無上)의 힘을 담고 있었다.

꽈과과과광!

즉각 공방이 이어졌다.

순간에 십여 합의 근접산타가 전개되었다. 소림 무공의 전능자라는 말처럼, 백무한의 무공은 끝없이 깊었다.

첫 세 합에서 흐트러진 예지능의 오차를 바로잡고, 일타 일타 균열을 쌓았다.

마침내, 틈이 생겼다.

"핫!"

단운룡이 기합성을 터뜨렸다. 전사력을 만들어, 빛 무리의 파동기로 광혼고 일격을 밀어쳤다.

정통으로 들어갔다.

꽝!

짧지만 강한 충격이 천지를 휩쓸었다.

"후욱."

등판에 완벽하게 들어간 마신광혼고였다.

백무한은 튕겨나가지 않았다. 반 보 물러나, 숨 한 번 들이키는 것으로 충격을 해소한다.

무적의 방어력이다. 압축되고 압축되어 융합을 일으키는 대능력의 용광로는 충격적일 만큼 강대했다. 대능력의 내공은 그와 같았다.

단운룡은 당황하지 않았다.

전력으로 부딪치며 깨달았다.

백무한은 약속된 자였다.

진천이 말한 열 명 중 하나가 틀림없었다.

확신에는 어려운 계산이 필요치 않았다. 단운룡은 소연신의 제자요, 진천은 진무혼의 아들이다. 그리고 백무한은 공선에게 무공을 사사했다.

팔황에 맞서는 이들을 모은다는 점에서, 사패의 후예라는 신분은 얼마든지 납득 가능한 선택지였다.

백무한은 충분히 강했다.

무력이란 면에서 자격은 차고도 넘친다.

광혼고 직격을 멀쩡히 벼텨내는 괴물이다. 저 정도 내구도를 지녔으면 광검까지 막아낼 수 있을지도 모른다.

'쉽지 않다.'

이 경지에서는 어떤 상대든 마찬가지일 것이다.

단시간에 승부를 내기 어렵다. 다시 말해, 지금의 단운룡으로서는 승리를 잡아내기가 만만치 않았다. 이기려면 목숨을 걸어야 한다. 그의 목숨뿐 아니라 적벽의 안위까지 담보로 잡아야 할 상대였다.

냉정하게 판단하려 했다.

호승심보다 문파가 우선이다.

지금 싸움을 멈추고 돌아가는 것이 옳다. 서로의 강함은 이미 확인했다. 승부결을 위해서는 두 사람 모두 생사의 간극에서야 함을 알았다.

그렇게 생각했다.

백무한도 똑같이 생각했을 것이다.

눈빛이 그랬다.

하지만, 백무한의 입에서는 다른 말이 흘러나왔다.

"전력을 다해 보자."

그는 진정한 무투파다.

백무한이 주먹을 들었다.

"그래. 해 보자."

단운룡이 답했다.

피가 끓었다.

이러면 어쩔 수 없지 않은가.

꽝!

백무한이 진각을 밟고 일장을 내쳐왔다.

단운룡이 마신의 파동을 한껏 일으켰다.

상대는 적수공권이다. 백무한의 몸에는 움직임을 제어할 장비가 존재치 않았다. 자력파동에서 자유로울 뿐 아니라, 장기전에도 적합한 무한의 내공을 지녔다.

어쩌면 최악의 상성이다.

도전만으로도 의미가 있었다.

콰아아아!

대력금강장이 폭풍처럼 밀려들었다. 우수로 광검결을 일으켜 장파의 결을 갈라냈다. 중심축엔 일점의 경력이 더 있다. 좌수를 반 열고 극광추를 내쳤다.

꽈아앙!

두 사람 다 축이 틀어졌다.

백무한이 연대구품의 신법을 전개했다. 만근의 권법장공을 쓰면서 신법은 깃털처럼 가벼웠다. 백무한의 주먹이 곧게 뻗어 나왔다. 아라한신권이었다.

꽈아앙!

단운룡의 등 뒤에서 사람만 한 바위가 산산조각으로 깨져 나갔다. 극속의 신법으로 회피 후, 마광각을 내리찍었다.

파앙!

전력을 다한 백무한은 또 달랐다.

응수가 놀랍도록 빨라졌다.

반선수가 방패처럼 펼쳐지며 단운룡의 각법을 막아냈다. 이어 백무한의 관음청강수가 단운룡의 얼굴을 꿰뚫었다.

스각!

피했는데도, 뺨에서 피가 솟았다.

이제 진심이다.

이건 안 피했으면 머리가 날아갔다.

목숨은 진즉에 걸었다. 그보다 중요한 것은 백무한의 반응이 단운룡의 극속을 따라잡고 있다는 사실이다.

광혼고를 때려박을 수 있었던 것은, 단운룡이 속도에서 앞서 있었기 때문이다. 헌데 그 격차가 줄어들고 있다. 아니, 방금 일합에서는 오히려 백무한이 단운룡을 상회했다.

이유를 알아야 했다. 단운룡은 광극진기를 극한까지 끌어올리며 예지력을 최대로 발동했다.

후웅! 꽈아앙!

아라한신권 연환타를 피해내고, 극광추를 내뻗었다.

백무한은 일위도강으로 단운룡의 중단을 파고들었다. 체격차이는 거의 없다. 그런데도 안으로 들어온다는 느낌을 받았다.

파파팡!

다 막지 못했다.

나한십팔수 전배산운의 일격이 단운룡의 가슴팍을 쳤다.

단운룡의 몸이 뒤쪽으로 튕겨 나갔다.

예지를 넘어서는 움직임이다.

분명히 안으로 들어오는 것도 알았고, 몰아치는 장타가 상체를 노리는 것도 감지했다. 신법 발동이 늦었다. 늦었다기보다는 백무한이 더 빨랐다.

후욱! 파앙!

물러나다가 사라졌다.

단운룡의 신형이 백무한의 측면에서 나타났다.

권격이 확대되었다.

이쪽으로 올 것을 알고 있었다.

아니다.

백무한에겐 단운룡과 같은 예지가 없다.

전방위 방어가 되는 것이다.

위치를 포착함과 동시에 완전한 방어초가 전개된다. 일위도강, 나한십팔수, 연대구품, 금강부동, 아라한신권의 연계가 완벽했다.

태산북두, 철벽의 무공이었다.

퀴웅!

단운룡은 급습을 포기하고 다시 회피를 택해야만 했다.

아라한신권의 권력이 대지를 파헤쳤다.

꽈과과광!

백무한은 틈을 주지 않았다.

진각으로 땅을 터뜨리고, 다시 일위도강을 펼쳐 압박해 온다.

'천년 소림, 하나의 무공!'

마침내 깨달았다.

격전을 통해, 상황을 재조합했다.

제천대성과의 일전부터 백무한과의 싸움이 찰나간에 단운룡의 머릿속에서 해체되고 조립되었다.

그것이 곧 단운룡이다.

그의 무공은 신체가 아닌 두뇌로부터 나온다.

두뇌 능력이 극에 이르자, 인식의 범위가 넓어졌다. 세상의 기(氣)를 읽어 세계의 구조를 해석했다. 인지(認知)가 빛의 끝을 넘어 세계의 이면까지 뻗어나갔다. 그게 우주다.

그러나, 우주에 닿았음이, 무공의 끝은 아니다.

그 위는 그저 궁극으로 의미함이다.

궁극은 강함을 포함하는 모든 것이기에 온전히 강함으로 정의되지 않는다.

완성을 엿보았다는 사실이 오히려 그의 마음에 독을 풀었다.

그 독의 이름은 오만이다.

모든 것을 할 수 있는 것 같음이, 모든 것을 할 수 있음은 아니다. 둘은 사실 아주 멀었다.

예지도 마찬가지다. 예지능은 전투를 용이하게 만드는 도구요, 그 자체로 전투력이 아니다.

깨달음은 그의 정신을 더 높은 곳에 이르게 만들었지만, 그 정신이 온전하게 무공에까지 깃들지 못했다.

그 결과가 이거다. 위타천에게서 얻은 극속의 신법은 너무나도 쉬운 선택이었다.

어지간한 공격은 가볍게 피할 수 있다. 속도에서 확실하게 앞서므로, 연계에 무엇을 붙여도 유효타가 된다.

금광기를 흡수한 것도 그렇다.

아예 연원이 다른 기운이다. 온전히 제 것으로 쓰는 것 같지만, 그렇지 않다. 천잠비룡포의 광구에서 한 번 걸러지고, 단운룡의 몸에서 광극진기로 다시 한 번 재구축된다.

그것이 가능한 것부터가 신공이다.

그러나, 아주 미세하게 시간 지연이 걸린다. 그가 순수하게 운기로 쌓은 광극진기와 다르기 때문이다.

결국 그의 것이 아님에도.

재능을 통해 억지로 짜 맞췄을 뿐, 위타신법과 광신마체는 회피와 공격이 개별적으로 작동하는 별개의 공부였다. 광극진기와 금광력은 광력이라도 원이 달랐다.

백무한이 단운룡보다 먼저 그 사실을 잡아냈다.

그 또한 전투의 천재다.

그래서 이렇게 따라잡힌 거다.

아라한신권과 연대구품은 소림의 요람에서, 천년의 세월로 빚어낸 절기다. 수많은 천재들이 유구한 역사를 통해서 다듬은 보법과 권법이었다. 소림칠십이종절예가 모두 그러했다.

빠악! 콰가가가각!

단운룡의 발이 땅에 고랑을 만들었다.

세상 너머를 봤다. 위타천의 발걸음도 가져올 수 있었고, 크리슈나의 춤도 재현할 수 있었다. 아무거나 골라 써도 상대를 이겼다. 자만하기 딱 좋았다.

그것으로는 안 된다.

순간의 재능으로 넘어서지 못할 세월이 눈앞에 있다.

유한에 사로잡힌 인간의 수명으로 이르지 못할 경지를 백년 이백 년 차곡차곡 쌓아올려 궁극을 넘본다. 선대의 가르침을 충실히 따라가면, 단운룡보다 오성 없는 자도 그곳에 이를 수 있었다. 하물며 전투의 천재인 백무한은 말할 것도 없다.

초월하여 모든 것이 가능한 경지로 도약하는 것이 아니라, 밑바닥부터 하나하나 완성해 올라온 자다. 그리하여 그 또한 모든 것이 가능해진다. 소림 무공의 화신이었다.

'처음부터 다시 해야 돼.'

콰아아!

백무한의 일권이 단운룡의 기반을 허물었다.

하늘에서 떨어지는 뇌격을 맞고, 광구의 성장에 집착했다. 광핵을 끊임없이 돌려 광신마체의 파괴력을 향상시키면, 그것으로 대적들을 무너뜨릴 수 있을 것이라 여겼고, 실제로도 그렇게 했다.

압도적인 힘 하나를 만능자의 능력으로 이리저리 배치해 활용했을 뿐이다.

하나로 엮어야 한다.

힘에 맞는 신법, 힘에 맞는 무공, 힘에 맞는 마음을 쌓아야 했다.

사패.

공선이 그에게 그것을 가르쳤다.

우우우우웅!

단운룡의 손이 땅으로 향했다.

'나와라.'

광검이 그의 손에 잡혔다.

뽑아 올린 광검의 빛에는 금빛이 섞여 있었다. 단운룡은 비룡포에 남은 금광기를 가져와 광검에 모조리 밀어 넣었다. 비룡포 비늘을 따라 새어 나오는 빛 무리가 예전과 같은 순수한 백금색이 되었다.

앞으로 나아갔다.

광극진기가 그를 또 다른 곳으로 이끌었다.

의식이 우주와 현세의 경계에 걸쳤다.

광신마체 보법 섬영에, 위타천의 극속 신법이 깃들었다. 공허의 심연 어딘가로부터 융화의 구결이 샘솟듯이 솟구쳤다.

이미 실전에서 수없이 사용했기에, 기적처럼 하나가 된다.

분절 대신 광영이 남았다.

들어올려 겨누는 금빛 광검이 공간을 열었다.

금강부동 철벽의 방어가 깨진다.

백무한의 눈에서 금광이 치솟았다.

무상대능력이 그의 상단과 중단을 거쳐 증폭되었다. 하단전 기해의 막대한 공력이 그의 두 손에 모였다.

전륜법광이다.

세상을 태우고 밝힐 전륜법왕의 광륜이 톱니바퀴처럼 그의 앞을 막았다.

콰콰콰! 콰가가가가가각!

금빛의 파편이 우주 속 광파처럼 세상을 찢어발겼다.

바위가 부서지고, 땅이 깨졌다.

경천동지의 대격돌이었다.

단운룡은 무한한 힘의 충돌 속에서, 고요하게 자신을 보았다.

비룡포가 찢어지고 있었다.

강건청의 역작이 금광에 휩쓸려 조각 나고, 보의가 손상되어 맨살에 피가 솟았다.

단운룡은 백무한을 보았다.

손에 감은 붕대가 바스러지고 있었다.

거기서, 연환타다.

오른쪽 주먹을 허리춤에 단단히 그러쥐고, 피투성이 왼손바닥을 앞으로 했다.

정말 대단하다.

최고의 상대다.

십보무적, 백무한의 권격이 단운룡을 겨누었다.

그렇다면 이쪽도, 물러날 수 없다.

다시 처음으로.

어째서였을까.

단운룡은 공선의 후예가 꽃피우는 무적의 권격을 마주하며, 철위강이 그에게 새겼던 천룡의 일권을 떠올렸다.

저 소림의 무공은 그가 배우지 못한다.

금광력은 부처의 힘이라, 흡수하고도 온전히 제 것이 아니었다.

하지만, 천룡은 다르다.

그는 천잠비룡포처럼 천룡의 형을 입었고, 협제에게 권각을 배웠다.

공허의 경계에 걸쳐진 그의 의식이 무아(無我)의 경지로 접어들었다.

광검에서 금빛이 씻겨나가듯 사라졌다.

순수한 빛만 남았다. 그리고 그것이 바사비 샤크티처럼, 그의 손에 머물렀다가, 다시 그의 몸 전체로 번져 나갔다.

그의 몸이 빛이 되었다.

공허에서 제천대성을 상대로 펼쳤던 광신(光身)과 같았다.

단운룡은, 이 일전의 진정한 의미를 깨달았다.

그는 예정된 자다.

섭리는 모든 만남을 준비해 두었다.

네 절대자의 힘을 경험하여, 유한한 시간 속에 이룰 수 없는 것을 이룬다.

동시에.

섭리는 백무한에게도 깨달음을 주었다.

백무한은 단운룡과의 만남을 통해, 십보의 한계를 돌파했다. 그의 권격은 그 순간, 수백 년 회자될 전설의 이름을 얻었다.

단운룡의 광신과 백무한의 신권이 서로를 향해 쏘아졌다.

펼치는 순간, 위험을 직감했다.

겨룸의 범주를 넘어서 버렸다.

직격으로 부딪치면 죽는다. 그가 되었든 백무한이 되었든 어느 한쪽은 목숨을 잃을 것이다. 어쩌면 둘 다 죽을 수도 있었다.

단운룡은 찰나와 찰나를 쪼갠, 한없이 짧은 시간 속에서 백무한의 두 눈을 보았다.

눈빛으로 읽었다.

둘 다 같은 생각이다.

이젠 정말 멈춰야 한다.

그저 하나의 무인으로 흔쾌히 싸워 죽어도 상관없다면 모르지만, 둘은 맹회의 수장이었다.

'불가.'

백무한의 눈이 말했다.

이미 시전된 신권(神拳)을 멈출 수 없다.

열 개의 날개가 한 마음으로 통했어도, 돌이킬 수 없는 것은 없는 것이다.

단운룡 또한 마찬가지다.

그 역시 새로운 깨달음을 있는 대로 쏟아부었다.

그저 손을 뻗었다가 되돌리는 것과는 의미 자체가 달랐다.

나아가니 부딪쳐야 한다. 둘 중 하나가 부서져야만 끝날 것이다.

절체절명이다.

아니다.

단운룡에겐 방법이 있다.

'도약.'

살아남아라.

죽어가던 아버지가 말했다.

어린 시절 뜨거운 전쟁터에서 살길을 찾은 것이나, 세계를 넘어선 우주에서 길을 찾는 것이나, 결국 생존이란 측면에서 그의 선택은 동일했다.

광도가 열렸다.

광신(光神)의 힘을 끌고 그 안으로 진입했다.

진입하려 했다.

공허가 눈앞에 펼쳐지고, 감각이 고조되었다.

전투에 집중한 나머지 느끼지 못했던 것들을 느꼈다.

예지력이 최대로 발동되었다. 광력이 백무한의 일권과 부딪치는 순간을 보았다. 광도에 진입하고 있음에도 예정된 힘의 폭발이 뇌리에서 사라지지 않았다.

우주가 그에게 이유를 알려주었다. 그는 이 순간 그의 능력으로 이해할 수 있는 모든 진실을 알 수 있었다.

광신의 실체화가 너무나도 막강했다.

광력을 모두 끌고 갈 수 없다.

단운룡이 도약을 이루어도, 광신의 힘이 백무한을 강타한다는 뜻이다.

그 홀로 사는 길이다.

본체 광신(光神)이 아니기에, 어쩌면 백무한은 죽지 않을 수도 있다.

모른다. 무한의 정보를 지닌 우주도, 이 미래는 가르쳐 주지 않았다.

게다가, 다른 이의 목숨도 있다.

최대치에 이른 감각이 바로 근거리의 기척을 잡아냈다. 급히 이쪽으로 달려오고 있는 자다. 그는 확실히 죽는다. 미완의 광신이라도, 수급 불가의 신권이라도, 둘 다 아직 궁극에 달하지 못했기에, 충돌 순간의 파괴력이 어마어마할 것이다. 대비하지 않고 접근하면 살아날 방도가 없다. 대비해도 죽을 것이다.

살아남아라. 함께.

단운룡은 아버지의 유언에, 그만의 의지를 덧붙였다. 그러려고 했었다.

그는 문주 된 이로 함께 살아가고 있었는가?

아니다.

그는 적벽을 버려두고 여기서 싸우고 있다.

그때도 그랬다.

위타천과 싸우고, 철위강을 만났다. 오늘은 백무한과 겨루고, 공선을 마주했다.

광도가 그를 이끈 길은, 염라를 타도하는 길이었다.

염라와의 일전이 가장 중요하다.

과정의 싸움에서 모두를 살려도, 염라를 이기지 못하면 희망은 없다. 일 년, 한 달, 하루라도 먼저 깨달아 염라마신에 맞설 무위를 갖추지 못하면, 어떤 전투라도 결국 최종적인 절망으로 향하는 관문이 될 뿐이다.

하지만.

결과가 모든 것을 긍정하진 않는다.

홀로 염라를 죽여도 그의 곁에 남은 자가 없다면 그것은 승리가 될 수 없다.

그는 이제 혼자가 아니다.

의협비룡회 또한 일개 문파로 국한될 수 없다.

팔황은 느슨한 연계로도, 사천에 초유의 대파란을 일으켰다. 사해의 동도가 될 수 있는 강호의 모든 이들과 손을 잡아도, 팔황이 몰고 온 난세를 넘긴다는 보장이 없었다.

살아남아, 함께, 이긴다.

단운룡은 협(大俠)의 의미를 새로이 각인했다.

'십검, 봉쇄.'

단운룡의 등에서, 열 개의 광검이 날개처럼 돋아났다.

날개는 빛기둥이 되어 광도로 들어가는 그의 광신을 둘러쌌다.

스스로에게 봉인의 협제검을 쓴다.

백무한에게로 질주하던 광력의 여파가 공허 속으로 모조리 빨려 들어왔다.

우주가 닫혔다.

콰아아아아아!

백무한의 일권이 하늘을 꿰뚫었다.

바람을 가르는 소리 끝에, 격돌의 굉음은 없었다.

밤하늘이 일그러졌다. 별빛처럼 반짝이는 빛 무리만 안개처럼 흩어지고 있었다.

＊　　　　＊　　　　＊

여기서 뭐 하시는 겁니까, 한 남자가 다급히 달려와 백무한의 앞에 섰다.

다그치는 소리를 들었다. 귀로는 들렸지만, 마음에는 닿지 않았다.

투지로 빛나던 백무한의 두 눈이 잔잔하게 가라앉았다.

무공은 때때로, 더 단단한 것을 부술 수 있음보다, 그것을 얼마나 제어할 수 있느냐로 고하가 결정되기도 한다.

백무한은 기어코 주먹을 끝까지 뻗어야만 했다.

하지만, 단운룡은 아니었다.

그 막대한 광력의 여파를 온전히 가두어 출수를 중단했다.

그렇기 때문에, 백무한은 승리를 말할 수 없었다.

충돌을 피한 것은 단운룡이었지만, 회피의 이유를 완전히 이해했다.

그러니 비겼다고도 할 수 없다.

백무한은 스스로에게 가혹한 자였다.

졌다.

백무한이 내린 결론은 그러했다.

*　　　　　*　　　　　*

"어떻더냐?"

"무엇이요?"

"거기."

"공허요?"

"너는 그렇게 인식했구나."

"다를 수도 있습니까?"

"승천이나 피안이나. 깨달은 지성들이 그것을 한 가지 단어로 말하였느냐? 그곳은 하늘일 수도, 그저 언덕 너머일 수도 있지."

"사부는 어떴습니까?"

"나는 기루가 보이더구나."

사부와 제자는 웃었다.

제자는 이 만남이 처음이 아님을 알았다.

"기억이 나지 않더군요."

"아직 나에게 이르지 못했으니까."

"왜 이렇게 가르쳤습니까?"

"섭리를 속이기 위해서였다."

"섭리만 속이려 한 것은 아니었던 것 같습니다만."

"네가 이제 많은 것을 알게 되었구나."

"알게 된 만큼 또 잊을 겁니다."

"그래, 많이 잊어라. 너무 많이 기억하고 있으면, 섭리가 너를 죽일 것이다."

"사부도 다 알지 못하는 거 아닙니까?"

"기어오르지 말거라. 너와 나의 사이엔 아직 우주가 있다."

"우주만큼밖에 없지요."

"그 말도 옳다."

사부가 다시 웃었다.

제자는 사부가 사람처럼 웃는 모습이 좋았다.

"광극은 언제 가르쳐 줄 겁니까?"

"항상 말하지 않았더냐. 나는 이미 다 가르쳤다."

"사부."

"오냐."

"제자는 아직 다 못 배웠습니다."

사부는 왜 제자가 그리 말하는지 알았다. 사부는 제자가 원하는 대답을 해줄 수 없었다. 대신 다른 말을 했다.

"제자가 진정 제자가 되었음은 사부나 다른 이들이 가늠하여 정해주는 것이 아니다. 네가 누구인지는 너 스스로 정하거라. 너는 날 다 이을 필요가 없고, 너는 나와 같을 이유도 없다."

"이미 했던 말입니다."

"잊었다면서."

"몇 가지는 기억해야겠습니다."

제자가 사부 앞에 섰다.

그곳은 공허의 어둠이며, 휘황찬란한 기루이기도 했다.

"제자가 검을 들었습니다. 여기서 이리 움직이면 일검이 됩니다. 곧게 들어갈 때, 광극진기가 날뛰어 힘의 분산이 잘 잡히지 않았습니다."

"손으로 찌르는 게 아니라 마음으로 찌르는 거다. 충심(忠心)은 충심(衝心)이야. 상대의 힘을 무너뜨리는 것이 아니라, 의지를 꺾는 거다."

"그러니까 어떻게 잡냐고요."

"손을 이리 들어 보아라."

"이렇게요?"

"아니, 조금 더 위로. 그래! 그렇게."

"이러면 곧게 들어가는 것이 아니라 찍어 들어가게 됩니다."

"자세 다 잡고 싸우는 게 아니잖느냐. 도약과 광력의 수급을 생각해. 아직 검날이 완벽하지 않으니, 이 정도에서 누르는 게 맞아. 높다 싶으면 상황에 맞춰서 조금 누르면 돼. 이렇게. 검이 다 완성되면 그땐 조금 더 낮춰야지."

사부는 직접 움직이며 세심하게 가르쳤다.

항상 그랬다.

이와 같은 순간들을 잊었다. 그러나 잊지 않았다.

제자는 잊어야 하는 무공을 배웠다. 그리고 잊지 않고 꺼내 들었다.

"경지에 오른 자들은 다 이렇게 수련합니까?"

"아니."

"제천대성은 공허를 능히 오갔습니다."

사부가 다시 웃었다.

오만한 제왕의 웃음이었다. 사부는 세상 모두를 발아래 둔 것처럼 볼 때가 있었다. 지금이 그랬다.

"그 놈이 할 줄 아는 거니까, 나도 할 수 있는 거다. 나는 못 하는 게 없었다. 그리고 남들이 못 하는 것도 한다. 널 이 리 가르치는 것도 그런 거야."

"그런 것이로군요."

제자가 느슨한 말투로 답했다.

사부는 웬일로 화를 내지 않았다.

"너는 어쩔 때 보면 좀 아까워. 나처럼 잘난 사부를 만나서, 너만의 재주를 펼치기가 만만치 않아 보인단 말야. 날 만나지 않았으면, 너는 아마도 더 흥미진진한 삶을 살았을 거야."

"저는 이게 좋습니다. 어렸을 때 고생을 너무 해서요."

"앞으로도 고생길이 훤한데?"

"그런 것도 보입니까?"

"그런 건 지금 너 검 든 자세만 봐도 알아."

"아직 멀었다는 거군요. 헌데, 지금은 언제인지 모르겠네요. 어디까지 온 거죠?"

"잊을 만큼 온 거지."

"뭐 이렇답니까? 염라는 벌써 죽었습니까? 암제는 이미 승천했나요?"

"광극이란 게 원래 그래."

"아니, 이런 무공을 왜 만들어가지고."

"마찬가지 이야기다. 남들 못 하는 거 하려다가 이리된 거야."

"그럼 그 천하제일인 하려는 것도……?"

"비슷한 거지? 그거도 아무나 못 하는 거잖아?"

"나는 다른 거 하렵니다."

"그러든가."

제자는 홀로 서는 협이 아니라, 함께 사는 협을 결심했다.

헌데, 이게 언제 결심한 것인지 알 수 없었다.

결심했지만 잊었고, 결심한 대로 살지도 않았다. 그랬던 때가 있었던 거 같았다. 지금은 제대로 살고 있는지 모르겠다. 이 대화도 몇 번째인지 가늠이 되지 않았다.

눈을 떠 하늘을 넘어서야 했다. 언덕 너머를 봐야 지금 그가 어떤지 알 수 있었다.

공허에서, 기루에서 나갈 때였다.

"늦었군요."

지금이 언제인지도 모르면서, 제자는 늦은 것을 당연하게 말했다.

"그래."

사부도 자연스럽게 답했다.

"아무래도 이제 가야겠습니다."

"또 보자. 다음엔 바깥에서."

제자가 기루 문을 나섰다.

공허가 열렸다. 광도가 이어졌다.

*　　　*　　　*

'저 괴물을 무슨 수로 막으라고.'

의분중도 도강은 이를 갈았다.

의협비룡회 무인들에겐 언제나 제각각의 역할이 있었다.

직접 전투에 투입되는 무인들 외에도 전장의 상황에 따라
스스로 개입 여부를 결정하는 보조 인력들이 많았다. 대다수
의 여의각 무인들이 그러했지만, 개중에는 여의각 정보요원들
의 무공을 상회하는 즉시 전력감의 무인도 필요했다.

도강이 그러했다.

그는 관승과 왕호저처럼 강할 수 없었지만, 이전과 이복보
다는 훨씬 더 무공이 고강했다. 전투 경험이 많으면서도 만용
보다 생존을 우선시했다. 그래서 그는 유사시에 전열에 나서
지 않고 후방에서 퇴각 여부를 판단하는 임무를 맡았다.

그렇게 상정했던 여러 가지 상황들 중에서, 가장 나쁜 쪽이다.

염라마신의 강습처럼, 적측 최고수가 적벽을 누빈다. 도강에겐 악몽과 같다. 동생 도협이 죽었을 때처럼, 각개격파로 대규모 희생이 날 수 있는 형태였다.

그나마 다행인 것은 제천대성이 무차별적인 살육전을 벌이지 않았다는 사실이었다.

그래도 피해가 큰 것은 여전했다. 관승과 왕호저가 쓰러졌다. 오기륭도 생사가 분명치 않다. 그것만으로 적벽 방어의 절반이다. 더불어 저 앞의 강설영까지 무너지고 말았다. 양무의가 예상했던 최악은 아니지만, 극악인 것은 매한가지였다.

"이쪽입니다!"

최대로 경공을 펼쳐, 도요화를 찾았다.

그녀의 얼굴이 그리도 반가울 수가 없었다.

도강은 자신의 무공을 과신하지 않았다. 그는 애초에 죽은 목숨이었다.

그는 관승이 꺾일 때도 그 근처에 있었고, 왕호저가 허무하게 당할 때도 그 옆에 있었다. 패배 직후 도강이 무인들을 모아 두 형님을 안전한 곳으로 모셨다. 그렇게 할 수 있었던 것은, 제천대성이 그리 두었기 때문이다. 제천대성이 염라마신과 같은 자였으면 그는 살아 있지 못했다. 아니, 애초에 이런 상황 자체가 벌어지지 않았을 것이다. 문주를 필두로 전원이 염라마신을 막았거나, 전원이 퇴각했다. 아마도 전자일 가능성이 높다. 후자는 이제 그들 의협비룡회의 선택지가 아니었다. 장렬히 전사하더라도, 적벽은 지켰을 것이다. 그보다 앞서, 염라마신의 습격이 예상된 순간, 문주와 군사들은 그에 맞설 준비를 했을 거라 생각했다. 그들만으로는 이길 수 없을 터이니, 구파에 도움을 청해서라도 방어 전략을 짰을 것이 틀림없었다. 도강은 그만큼, 문주와 문파를 믿었다.

"내상이 크긴 해도, 위험할 정도는 아니에요!"

도요화가 강설영을 안아 올렸다.

적벽을 때려 부수러 왔으면서, 최고 전력들을 죽이지 않는다.

도강은 제천대성의 행동을 이해하려 하지 않았다. 그는 제천대성이 강설영과 이랑진군을 상대로 벌인 괴이한 언행을 직접 목도했다. 제천대성은 진정한 의미의 요마다. 당승전설, 이야기 속 손오공보다 더 이상했다.

원인을 따지고, 진의를 파악하는 것은 그의 일이 아니었다.

도강에겐 지금 일어난 결과가 중요했다.

그리고 앞으로의 일은 더더욱 중요했다.

"적 대군이 몰려오고 있습니다! 북쪽 시가지 외엔 전부 포기해야 해요. 그나마도 막기 어렵습니다. 백성들을 도시 밖으로 대피시켜야 합니다."

도요화에 이어, 우목이 달려와 말했다.

도강의 표정이 어두워졌다.

백성들을 도시 밖으로 이탈시키는 것은, 가장 피하고 싶었던 일 중 하나였다. 집에서 피신하는 것과 도시에서 나가야 하는 것에는 큰 차이가 있었다. 백성들의 심리적 안위와 직결된 문제다. 우목은 냉정히 결정했다.

"지금 당장 전달하십시오! 백성들은 북문으로 내보내고, 발도각주와 청천각주를 내립니다. 시간을 벌어야 해요. 가용 무인들을 총동원합니다!"

최악이지만, 괜찮다.

무력과 지략을 겸비한 인재의 존재는 이토록 든든하다.

도강이 북쪽으로 달렸다.

우목이 도요화에게 말했다.

"곧바로 돌아와 주셔야 합니다. 만부부당의 그 힘이 필요합니다."

"알겠어요."

그녀는 강설영을 들고서 총단 쪽으로 올라갔다.

우목이 방편산을 비껴들었다. 이젠 그가 직접 오원 전사들을 이끌고 싸울 때다.

검은 군대가 몰려온다. 영검대, 귀검사들이었다.

*   *   *

"제천대성의 기가 사라졌다."

영검존이 말했다. 흑림 도사 정법은 크게 놀랐으나, 이내 고개를 저으며 대경한 표정을 수습했다. 그가 대답했다.

"워낙 예상이 안 되는 자이지 않습니까? 기척을 감춘 것이겠지요."

"그렇지 않아. 상대 또한 함께 없어졌다."

영검존의 시선은 적산 위 의협비룡회 총단 쪽에 머물러 있었다.

제천대성은 여덟 맹회 모두에서 경계하고 주목하는 최강의 괴수 중 하나였다. 영검존은 그 제천대성에 밀리지 않고 겨루는 기파를 감지하고, 내심 놀라움을 금치 못했다.

신마맹이란 집단은 가면이라는 기보(奇寶)를 통해, 수련 한계 이상의 무력을 얻는 사마외도의 문파였다. 그들은 비정상적인 무력을 발휘함과 동시에 비상식적인 행동을 일삼아 왔다. 검령(劍靈)의 힘을 그 또한 외도(外道)라는 평가에서 자유로울 수 없었으나, 비기(秘技)의 주인은 누구도 아닌 그 자신이 분명했다. 그는 그의 검을 온전히 지배했다. 외력을 빌려 왔어도 이 경지면 자력(自力)이다. 뼈를 깎는 고행으로 이룬 성취였다.

신마맹 가면무인들은 그렇지 않았다.

고행 없이도 큰 무력을 얻었다. 대가는 자명했다. 가면에 인격을 침탈당하는 사례가 허다하며, 제어하는 것처럼 보일지라도 실상 드러나는 성정은 광인(狂人)에 가까운 자가 많았다. 연합이 꺼려지기로는 첫손에 꼽을 수 있는 맹회였다.

계층 계보와 문파 무공이 정돈되지 않았다. 규합되지 않으니 분란이 가득했다. 그런 면에서 사천 대란에서 보여준 활약은, 그야말로 기대 이상이었다. 다루기 힘든 흉기들을 적재적소에 잘도 썼다. 염라마신의 압도적인 무력과 옥황의 대국적인 지략이 잘 어우러진 결과였다. 수십 년 잠행 끝 출도에 응당한 이유가 있음을 맹회의 두 주인들이 스스로 입증했다.

영검존은 그렇게 신마맹을 인정했다.

그중에서도 제천대성은 특히나 특별한 자였다. 부활한 신마맹의 괴력 무인들 중에서도, 가장 예측이 되지 않으며, 천하의 어떤 고수와도 자웅을 겨뤄볼 만한 무공을 지니고 있었다. 익히 알았던 사실을 방금 전 남방산 꼭대기에서도 다시 한 번 확인했다.

그런 제천대성이 저 위에서 전력을 다했다.

제천대성이 휘두르는 금빛 기운은 노을을 잡아먹고 다가온 어둠마저 몰아낼 만큼 밝았다. 번쩍이는 빛이 적벽 시가에서도 다 보였다.

"설마… 동귀어진… 입니까?"

정법이 물었다.

영검존이 그 자신에게도 던진 질문도 같았다. 강렬한 격돌이 있었고, 폭발이 이어진 끝에 두 기(氣)가 감쪽같이 사라졌다.

믿기 어려운 일이다.

의협비룡회가 요주의 문파라는 경고는 일찍이 받았지만, 정말 제천대성과 맞상대할 만한 고수가 있을 거라고는 상상하지 않았다. 하물며 동귀어진이라는 것은, 더더욱 납득할 수 없었다. 정황상 달리 생각할 여지가 많지 않다는 사실이 그를 더욱더 혼란케 했다.

"상대를 죽이고 이탈했다. 그럴 것이다."

제천대성의 성정에 걸었다.

제천대성이 없어도 어차피 결과는 바뀌지 않는다. 그에게는 영검대 귀검사들의 군대가 있다. 그럼에도, 떨치지 못할 불길함이 느껴졌다.

천의 하나, 만의 하나, 그 반대의 상황이라면?

적측 고수가 제천대성을 죽이고, 기적을 감췄을 가능성도 완전히 배제할 수는 없는 일이었다. 이 적벽이란 곳은, 이례적으로 비검, 흑림, 신마, 단심, 무려 네 개의 맹회가 연합하여 침공을 감행한 도시다. 검맹의 금검, 흑림의 사서, 신마의 옥황, 단심의 홍낭이 하나로 뜻을 모았다는 이야기다. 그 의미를 가볍게 봤음을 깨달았다. 영검존은 불길함의 정체를 자만심에서 비롯된 간과로 보았다.

"홍룡이 접근하고 있습니다. 이제 적들의 저항은 무의미합니다."

"괴물에 기댈 이유가 없다. 그 전에 함락될 것이다."

영검존이 말했다.

정법도 그리 믿고 싶었다. 허나, 그 또한 불안함을 느꼈다.

영검존에게 무인의 감이 있다면, 그에겐 술사의 감이 있다. 홍룡이 와야 한다. 제천대성의 퇴장은 그것이 어떤 형태라도 좋은 일이 아니었다.

정법이 금령을 들어 신호했다.

정예 술사들이 술법을 유지하며 낮은 산길을 따라 이동했다. 축생수라귀검병들을 무적의 병대로 만들기 위해서는 술사들의 보조 술법이 필요했다. 한순간도 방심하지 않는다. 정법의 신호에 따라 술사들의 주문이 귀검사들 사이를 누볐다. 선봉 백 구의 귀검사들이 시가지 중심에 이르렀다. 마침내 실전 투입이다. 전투가 시작되었다.

*　　　　　*　　　　　*

"벌써 왔군."

우목이 오원전사들을 이끌고 최전선에 섰다.

발도각, 청천각, 비룡각 무인들이 섞여 있었다. 투박한 한어와, 남방의 언어가 이리저리 섞여서 들려왔다.

"저걸 이 인원으로 막자고?"

"우리 몇이야?"

"서른둘."

"저쪽은 얼추 봐도 팔구십이 넘어. 백 명 딱 맞춘 건가?"

"저놈들 어째 상태가 이상하다."

"맹획군 귀비혈사대?"

"더 심하다. 귀비산보다 훨씬 위험한 걸 먹은 것 같다."

적들이 심상치 않다는 것을 첫눈에 알았다.

맹획군 운운하는 것부터가 이미 백전의 전사들이라는 뜻이다. 스멀스멀 뿜어내는 기운이 지극히도 위협적이었다. 귀비신단으로 기혈을 격발시켜 괴력을 냈던 혈사대 병사들도 이렇지는 않았다. 비교 불가다. 아주 강해 보였다.

"일단 부딪쳐 보자."

우목은 주저치 않고 선봉에 나섰다.

그들은 주력이 아니라 척후였다. 적측 기량을 확인하는 척후이면서 또한 교전이 가능하다는 판단이 서면 일차 저지선이 되어야 했다.

터엉! 타다다다닥!

우목이 파괴된 시가지를 질주했다.

이미 많은 건물이 부서졌다. 복구하려면 적지 않은 시간과 물자가 들어갈 것이다.

우목은 싸움으로 황폐해진 오원 거리를 기억했다.

몇 번이고 무너졌으나, 포기하지 않고 재건했다. 이곳은 그에게 두 번째 오원이다. 이렇게 만든 대가는 반드시 받아낼 것이다. 검은 머리 휘날리며 두 발로 땅을 찍고, 방편산 검은 날이 밤하늘을 갈랐다.

쩌엉!

적측 선두에 선 검사가 검은 기운을 흩뿌리며 우목의 방편산을 받아냈다.

우목은 그 순간 즉각 깨달았다.

제대로 된 교전은 불가능하다.

일차 저지선도 안 된다.

우목의 방편산이 검날을 찍으며 회전했다. 손아귀로 전해지는 충격이 만만치 않았다.

파캉! 파카카캉!

방편산 칼날이 귀검사의 검날을 밀어냈다.

콰직!

그는 가능하다. 그 혼자만 가능하다.

방편산이 귀검사의 어깨에 박혀 들었다. 뼈가 부서지는 소리가 났다. 이걸 할 수 있는 것은 그 외엔 없다. 다른 전사들은 안 된다. 게다가 귀검사는 한쪽 어깨가 푹 꺼진 상태로도 멀쩡하게 검을 휘둘러 왔다. 발경도 제대로 실려 있다. 매서웠다.

까아앙!

방편산 산대에서 불꽃이 튀었다. 우목의 눈이 날카롭게 빛났다.

"혈사대 때와 같다! 반격 조심해!!"

우목이 소리쳐 경고하지 않아도 전사들은 이미 알았다.

귀비혈사대 무인들은 팔다리가 잘려나가도 개의치 않은 채 충혈된 눈만 희번덕거렸다.

혈사대 따위와 비교할 수 없다. 훨씬 더 강했다.

이기지 못한다.

알면서도 용맹하게 달려 나갔다.

노련한 전사들의 창칼이 귀검사들의 검과 마주했다.

쩡! 쩌저저정!

병장기 소리가 요란하게 얽혀들었다.

전사들은 창칼을 찌르고 날렵하게 후퇴했다.

"물러나라!"

"깊이 들어가지 마!"

그들은 정확히 알았다.

여기가 생사의 간극이다.

한 발만 더 내디뎌도 죽는다.

대규모 전투에 이골이 난 이들이었다.

그럼에도 전사들의 창칼은 단 한 자루도 귀검사들의 육체를 꿰뚫지 못했다.

반격이 문제가 아니다. 아예 상처조차 입히지 못했다. 전사들의 창칼이 속수무책으로 튕겨 나왔다.

"흩어져! 시간을 끈다!"

우목이 소리치며 귀검사의 몸에 박힌 방편산을 뽑았다. 그가 방편산을 거세게 휘두르며 뒤쪽으로 몸을 날렸다.

그러면서 보았다.

귀검사가 몸을 세웠다. 움푹 패여 있던 어깨가 꿈틀꿈틀 요동치더니 멀쩡하게 원래대로 돌아왔다.

"어딜 도망치려고."

귀검사가 말했다.

음산하기 짝이 없는 목소리였다. 등골이 오싹하기엔 우목의 경험이 너무 많았다. 그러나 경각심을 배가시키기에는 조금도 부족하지 않았다.

쩌정!

우목이 방편산을 횡으로 밀어쳤다. 그 혼자뿐 아니라 양옆의 전사들이 몸을 뺄 공간을 만들었다.

"지금!"

우목의 목소리가 사위를 흔들었다.

콰드드드득!

무너진 담벼락 사이에서 요란한 소리와 함께 말 없는 수레 하나가 뛰쳐나왔다.

우지끈! 콰광!

우목과 귀검사들 사이로 달려든 수레가 굉음과 함께 엎어졌다. 바퀴와 나무판이 부서져 나가며 흙먼지를 일으켰다.

"퇴각!"

우목은 더 주저치 않고 결정했다.

전사들은 용기와 만용의 차이를 잘 알았다. 그들이 즉각 몸을 돌려 전속력으로 땅을 박찼다.

쐐애액! 쐐액!

흙먼지를 뚫고, 귀검사들이 짓쳐들었다.

쩡! 쩌저정!

방편산을 종횡으로 휘둘러 쏟아지는 검날을 막았다. 반탄력을 이용하여 땅을 굴렀다. 그가 다시 외쳤다.

"폭파!"

굴러가던 속도 그대로 땅을 박차고 담벼락 사이로 몸을 날렸다.

쉬익!

미세한 파공음이 들렸다.

바람을 가른 그것이 수레 한쪽에 박혔다.

치지지지지직!

심지가 타들어가는 소리가 들렸다. 마군주(魔軍主) 우목 시절과는 이게 다르다. 그들은 더 이상 병기와 물자가 부족하지 않았다.

쫘과과과광!

수레에 실려 있던 것은 화탄이었다.

대폭발이 일어났다.

철벅! 퍼버벅!

육편이 땅바닥을 수놓는 소리를 들었다. 우목은 방심하지 않고, 다시 몸을 날렸다. 이게 최선이다. 적 무력은 전사들을 크게 상회했다. 싸워서 막는 것은 불가능했다. 그러니 시간을 끈다. 무인이 아닌, 전사들의 싸움이었다.

폭음이 신호가 된 것처럼, 황색 바람이 불었다.

신마맹 출격이다.

철선녀가 파초선을 들고, 잠에서 깬 홍해아가 그 뒤를 따랐다. 사타왕 뒤에는 금각과 은각이 있다. 황풍괴가 맨 뒤에서 짙은 황사(黃砂)를 일으켰다.

그들만이 아니었다. 요 장군이 분노하며 남아 있는 병사들을 진격시켰다. 대법(大法)으로 죽은 병사들이 일어나는 것을 보았다.

실전 투입이 성공적으로 마무리된 후에 되살아난 귀병들을 다시 정명군 편제로 돌려받는 것을 약조받았다. 그렇다 해도, 너무 많이 죽었고, 너무 적게 살아났다.

술법에 의해 움직이는 병사들이 그의 휘하에서 얼마나 제어될지도 미지수다. 요 장군은 신념에 따라 달려온 이 출정이, 실패로 돌아가고 있음을 민감하게 감지했다.

요 장군은 팽(烹)이라는 한 글자를 떠올리고, 고개를 거세게 저었다.

그럴 리 없다. 그들은 대명을 바로 세우기 위해 기치를 높인 진정한 명군(明軍)이었다.

기병들이 다시금 시가지를 달리고 보병들이 용감하게 전진했다.

요마와 귀병과 군사가 적벽 토벌을 위해 연합했다.

귀검사 이십이 날아간 폭발지를 넘어, 북쪽으로 향했다.

그 대군 앞에, 두 사람이 섰다.

"이야, 장관이다야."

이 상황이 만족스럽기라도 한 듯, 이를 드러내며 칼을 들었다. 건들건들, 어깨에 칼을 지고 막야혼이 앞으로 걸어 나갔다.

"웃을 때가 아니다."

이 상황이 탐탁지 않으나, 달리 도리가 없다.

침착하게 검을 들고, 엽단평이 막야혼과 함께 걸었다.

"어디 한번 제대로 썰어 보자."

"혼자 흥분하지 마라. 적들은 많고 강하다."

"그러니 혼자가 아니라 같이 싸워야지. 샌님아."

마침내 나란히다.

막야혼과 엽단평이 적들을 향해 몸을 날렸다.

마치 경쟁이라도 하듯, 칼과 검이 속도를 냈다.

몸이 먼저 나간 것은 막야혼이다. 그의 칼이 마천의 용음을 일으켰다.

콰콰콰콰! 후웅! 콰드드득!

엽단평은 한발 늦었지만, 검은 발보다 빨랐다. 청천의 횡참이 적의 몸을 갈랐다.

도가 충타를 뻗고, 검이 횡격을 쳤다.

도검 병장기의 상례가 무너졌다.

베는 것이 도고, 찌르는 것이 검이라 했다. 지금은 반대다.

가능케 하는 것은 검도천신마의 구결이다. 공야천성은 검법에서 도법을 끄집어내고, 도법에서 검법을 뽑아 올렸다.

막야혼의 칼이 귀검사의 심장을 꿰뚫었다.

엽단평의 검이 귀검사의 목을 날려버렸다.

항상 티격태격하며 시도 때도 없이 비무를 해 왔던 두 사람은 이제 와 함께 싸움에 있어 합 또한 완벽했다. 서로를 너무나도 잘 알기 때문이다.

도기와 검기가 하나로 어우러졌다.

충천하는 검도(劍刀)의 기운이 적들의 투지를 빨아들였다. 산개하여 돌진하던 수십 명 귀검사들이 그 둘을 향해 몰려들었다.

콰쾅! 콰가가각!

충돌음이 더 거세졌다.

무너지고 부서진 시가지 한가운데, 막야혼과 엽단평이 쏟아지는 적들을 막았다.

"샌님! 왼쪽!"

"안다! 앞이나 봐라!"

막야혼이 우측으로 튀어나가며 마천용음도를 전개했다.

엽단평이 사보검을 내리그으며 막야혼의 좌후방을 보호했다. 대각선으로 움직이며 전방위에 검격과 도격의 폭풍을 흩뿌렸다. 검날이 마구 부서져나가고, 육편이 하늘을 날았다.

쾅!

막야혼의 칼이 하늘에서 땅으로 내리찍혔다.

귀검사 하나의 몸이 양쪽으로 일도양단되었다. 양쪽에서 막야혼을 향해 검날이 짓쳐들었다. 막야혼의 등 뒤에서 죽립 쓴 엽단평이 뛰어올랐다.

픽! 스각!

좌, 우, 검격으로 머리를 찍고 목을 베었다.

이어 밑에 있던 막야혼이 후방을 빠지며 용음도 횡참을 떨쳐냈다. 배후를 노리던 귀검사의 허리가 반쪽으로 쪼개졌다.

"등!"

"우측!"

두 사람의 말이 짧아졌다.

이제 보이는 모든 곳에 적이 있다.

막야혼과 엽단평의 칼과 검이 톱니바퀴처럼 정교하게 맞물려 돌아갔다.

까아앙! 쩌저저적!

귀검사들은 팔다리가 날아가도 멀쩡하게 달려들었다. 목이 날아간 놈들만 그 자리에 멈췄다. 허리가 갈라져 다리가 없는 놈도 땅 바닥에서 검을 치켜올렸다.

육체 내구도도 강하다. 검격에 실린 힘도 만만치 않다.

하나를 멈추게 하는데, 셋 넷을 죽이는 것과 같은 힘이 들어갔다.

수십 숫자가 세 자릿수처럼 느껴진다. 이 정도 숫자만으로도 어지간한 중소문파는 순식간에 쑥대밭이 되겠다.

콰콰콰! 쩌엉!

그래도, 막야흔과 엽단평은 건재했다.

도검이 몰아치면, 적들이 무너졌다.

두 사람은 더 이상 서로에게 한 마디도 하지 않았다.

눈빛 교환은 애초에 없었다. 어차피 엽단평은 눈을 가렸다. 엽단평은 막야흔의 기를 읽었고, 막야흔도 똑같이 했다.

한 발 앞서 있던 엽단평이 막야흔의 경지를 다음 단계로 이끌었다. 막야흔은 그답지 않게 자신을 내려놓고 엽단평의 검을 따라갔다.

금각에게 당한 패배와 강설영에게 당한 수모는 기고만장함에 대한 철퇴이자, 버려서 얻는 각성의 초석이 되었다.

단단해진 반석 위에 무공의 철탑이 빠르게 세워졌다. 이미 하늘을 찌르며 올라간 검탑이 탑의 구축을 견고하게 만들었다.

'저것 봐라……?'

검령을 등에 진 영검존이 까마득한 거리에서 그 둘을 보았다.

이 도시를 경시하지 말아야 할 이유가 저곳에 또 있다.

귀검사들은 생전에 비검맹의 정예 검사들이었다. 그들이 대법을 통해 검령(劍靈)과 같은 영(靈)의 괴력을 얻었다.

헌데, 단 둘에 막혀 전진하지 못하고 있었다.

놀라웠다.

지략을 잘못 쓴 것이라면 모르되, 더 큰 무력을 무력으로 압도하지 못함은 수치가 아니었다. 귀검사들의 공세가 거세질수록, 검과 칼은 방벽은 더욱더 단단해졌다.

영검존의 두 눈동자에 흥미가 떠올랐다.

막야혼과 엽단평은 물러나지 않고 끝없이 부딪쳤다. 마치 날을 벼리는 담금질 같았다. 검날이 더 강력해졌다. 칼날이 더 예리해졌다.

화악!

이윽고.

막야혼의 칼에서 청명한 기운이 솟아났다.

엽단평의 검에서 흉악한 살기가 일어났다.

검이 도가 되고, 마천이 청천으로 뒤바뀌었다.

콰콰콰콰쾅!

하나와 하나를 더한다고 항상 둘이 되는 것은 아니다.

남만의 폭염을 가르며 내쳐온 칼날이 암천을 비추는 빛을 뿜었다.

중원의 어둠을 가르며 닦아온 검날이 마천을 여는 어둠을 품었다.

하나와 하나가 더해져, 하나가 되었다. 하나가 된 둘은 하나와 하나가 더해진 둘보다 훨씬 더 강했다.

번쩍!

일검에 세 명 귀검사의 몸이 짓이겨졌다.

콰직!

일도에 세 명 귀검사의 목이 허물어졌다.

한 명의 천재가 검도천신마의 무공을 온전히 담는 것은 지극히 어려운 일이다.

두 명의 기재로 공야천성의 무공을 나눠서 합치는 것도 간단한 일은 아니었다.

막야흔과 엽단평이 나란히 섰다.

이만큼 오기까지 오랜 시간이 필요했다.

꽈앙!

도법과 검법이 한 사람에게서 펼쳐지는 것처럼 쏟아져 내렸다.

살문 신화의 재림이다.

젊은 시절 공야천성이 전장에 출현한 것 같았다.

'검도천신마!!'

영검존의 두 눈에 떠오른 흥미가 투지로 변화했다.

그는 사패의 전설을 직접 겪지 못한 세대였다.

그래도 검도천신마는 안다.

검령을 다룬다는 것은, 그가 지닌 의지가 온전히 검을 다루는 데 국한되지 않음을 의미했다. 마음을 나눠야만 가능한 일이었다.

통칭, 양의심공(兩意心功) 계통의 심공을 익히는 자들에게 있어, 검도천신마라는 이름은 구파의 역사가 지우려 해도 잊힐 수 없는 전설이었다. 야심찼던 신성은 지나간 전설들의 무공을 동경했었고, 노련해진 검사는 지나간 시대를 꺾어 새 시대를 열고 싶었다.

영검존이 직접 나서려고 했다.

허나, 먼저 당도한 자들이 있다.

신마맹의 요마들이었다.

"길을 터라!"

요마들이 소리쳤다.

선두에 선 철선녀가 파초선을 휘둘렀다. 마치 그들 몫이라 말하는 것 같다. 입정의협살문과 대격전을 벌였던 과거의 전장처럼, 철선녀의 파초선 광풍이 공야천성의 후예들에게로 짓쳐들었다.

막야혼과 엽단평은 피하지 않았다.

막야혼이 먼저 앞으로 나섰다.

발도.

막야혼의 도가 검처럼 움직였다.

청천신도(靑天神刀)의 일격이 몰아치는 폭풍을 헤집었다.

검참.

엽단평이 치고 나갔다.

암천마검(暗天魔劍)이 도격에 일그러진 바람을 반으로 쪼갰다.

콰아아아아아앙!

장풍처럼 몰아친 풍격이 양쪽으로 갈라져 주위의 건물을 무너뜨렸다. 바람을 일으킨 쪽이나, 그것을 가른 쪽이나, 우열

없이 엄청난 위력이었다.

"둘로 나눈 과거의 찌꺼기 따위!!"

철선녀가 요악하게 소리치며 다시 파초선을 휘둘렀다.

금각과 은각이 빠르게 달려 나갔다. 사타왕도 경공을 펼쳐 속도를 높혔다. 막야혼과 엽단평을 향해서가 아니다. 그들 뒤의 방어진을 향해서였다.

요마 삼 인이 북쪽 시가지로 돌진했다.

하지만 막야혼과 엽단평은 몸을 날려 그들을 막을 수 없었다. 당장 철선녀가 일으킨 광풍이 그들 앞을 휩쓸어 왔기 때문이었다.

콰콰콰콰!

도와 검이 바람을 찢고, 두 사람이 강인하게 버텨섰다.

이번엔 홍해아다.

홍해아가 철선녀의 뒤에서 양손에 불길을 머금었다.

불덩이가 날아들었다.

화르르르륵!

이번엔 엽단평이 먼저 앞으로 나갔다.

무(武)가 극에 이르면 능히 술(術)의 위력을 봉쇄할 수 있다 하였다. 공야천성에 해당하는 말이다.

엽단평은 아직 아니다. 하지만 그에겐 신검(神劍)이 있다.

사보검을 방패처럼 들어 불덩이를 막았다.

화륵! 꽈아아앙!

폭음은 요란했으나 충격은 크지 않았다.

불길이 튀어 엽단평의 몸에 옮겨붙으려는데, 사보검 검면에서 모래알 같은 황색 기운이 일어나 불꽃을 억눌렀다. 밀려오는 파초선의 칼바람은, 막야흔이 베어냈다. 보도(寶刀)가 없이도 바람은 결대로 벨 수 있었다. 둘을 합쳐도 검도천신마의 기량에 준하려면 한참 부족했지만, 그들은 정말 검도천신마처럼 싸웠다. 검으로 할 수 있는 모든 조화를 도로 휘두르고, 도로 할 수 있는 모든 공부를 검으로 이뤄냈다.

"이놈들! 얼마나 버티나 보자!!"

홍해아가 심술맞은 애처럼 소리치며 마구 불덩이를 집어 던졌다. 뒤로 물러선 철선녀가 황풍괴에게 눈짓했다.

황풍괴가 황색 바람을 일으켰다.

파초선이 그 바람을 끌어안기 시작했다.

휘류류류류! 파라라라라락!

세 요마의 옷자락이 마구 흔들렸다. 홍해아의 불길도 넘실넘실 거세졌다.

귀검사들이 썰물처럼 빠져나갔다. 이야기 속 요마들과 검도천신마의 후예들은 황폐해진 고도(古都) 한가운데에서 오래된 세월의 격돌을 재현했다.

"죽어라!"

철선녀의 외침은 그래서 더욱 극적이었다.

황색의 풍도(風刀)가 대도처럼 막야흔과 엽단평의 머리 위로 떨어져 내렸다.

파초선 풍격과는 또 달랐다. 압력이 무지막지했다.

"씨발."

용케 입 다물고 싸우던 막야흔이, 고전적 어구의 흐름을 무참히 박살 냈다.

막야흔의 도가 마천용음도 용음성을 뿜었다.

콰아아아아아!

마천을 뚫는 용의 일격에 바람의 대도가 갈라졌다. 갈라진 바람의 파편은 다시 또 칼날이 되었다. 막야흔의 옷깃이 찢어져 나갔다. 얼굴 살갗과 팔뚝에서도 핏줄기가 솟았다.

"뒤로!"

후웅! 큐우우우우웅!

막야흔의 칼이 마천용음도가 되었다고, 두 사람의 하나 됨이 무너진 것은 아니다. 엽단평의 검이 청천신검이 되었다. 사보검 검날에 모래알 같은 기운이 서렸다. 그의 검이 막야흔에게로 쏟아지는 풍도들을 단숨에 박살 냈다.

파카카카카캉!

바람과 검이 만났는데, 쇠와 쇠가 부딪치는 소리가 났다.

바람 칼날이 마구 부서져 나갔다. 역시나 술법을 상대함에 있어서는 막야흔의 용음도보다 훨씬 더 위력적이었다. 엽단평이 다시 말했다.

"방어는 내가 맡는다!"

사보검은 과연 신검이다.

술법 공격을 깨부수며 법보의 진가를 발휘했다.

청천검이 방어를 굳히고, 용음도가 공격을 가한다.

두 사람이 전진했다.

틈을 주지 않고 홍해아의 화술이 날아들었다.

화르르르르르륵!

불덩이 폭격은 사보검이 상쇄했지만, 잔여 열기가 만만치 않았다. 근접전을 만들어야 했다. 허나, 철선녀는 교활했다. 전진해 오는 만큼 물러나며 막야혼과 엽단평을 끌어들였다.

그것은 곧, 북쪽 방어진과의 단절을 의미했다.

그것 또한 전술이다.

귀검사들이 옆길로 빠져 북쪽으로 진격했다.

콰콰쾅!

세 법술사의 공격은 검도천신마의 무공으로도 완전 방어가 불가능했다. 사보검의 신기(神氣)가 몸을 보호하는데도, 엽단평의 죽립이 타들어갔다. 막야혼의 몸에도 화상이 생겼다.

"풍괴 물러나! 아들! 지금!"

철선녀가 지시하고, 둘이 따랐다.

만만치 않았다. 피해가 누적되었다.

콰아아앙!

그때였다.

홍해아가 던진 불덩이 앞으로 한 남자가 뛰어들었다.

폭발과 함께 불꽃이 사방으로 튀었다.

담벼락을 부수고, 사방이 시꺼멓게 변하는 열염의 작렬 속에서도, 남자는 멀쩡했다.

"숫자는 맞춰야지."

그는 흙먼지를 뒤집어쓰고 있었다.

오기룡이었다.

　　　　　*　　　　　　*　　　　　　*

쏴아아아아아아아아!

장강이 부서졌다.

"준비하십시다!"

장강주유의 밝은 목소리가 뱃전을 울렸다.

수로맹 철선, 철금강(鐵金剛)이 물살을 갈랐다.

적벽의 나루가 빠르게 다가왔다.

"정면에 마령선! 충돌합니다!"

"돌진해! 이쪽이 더 단단하다!"

철금강은 속도를 줄이지 않았다.

충각 돌격을 알아챈 마령선이 급하게 선회했다. 마령선의 선체가 무섭게 가까워졌다.

콰과과과과광!

굉음이 물살 위를 휩쓸었다.

팔황의 네 개가 손을 잡았다.

그러니, 이쪽도 홀로 싸우지 않는다.

흔들리는 뱃마루에서 강인한 여인의 손이 철로 만든 의자를 버텨줬다.

백가화가 잡은 철운거 위에서, 양무의가 별빛 같은 눈으로 적벽을 바라보았다.

꽈광! 우지끈!

마령선은 대형 전함이었다. 철금강은 그에 비해 선고가 낮고 선체 또한 작았다. 대신, 훨씬 더 무겁고 튼튼했다. 철금강 강철 선체가 마령선 선수 쪽 측면에 비스듬히 충돌했다.

함장인 영검존이 없는 만큼, 첫 반응이 다소 느렸지만, 그래도 마령선은 비검맹 최강 전함들 중 하나였다. 늦은 대응이 무색하게도 회피 기동이 놀라웠다.

꽈광! 우지끈! 콰지지지직!

직격이 제대로 들어갔으면, 선체 하단을 뚫어버렸을 일격이었다.

마령선의 움직임이 절묘했다.

철금강 선체가 측면을 긁으며 선수 쪽으로 향했다.

마령선 선고가 일장은 높았다. 아래쪽을 부수며 나아가는 철금강 위로 나무 파편의 비가 내렸다.

"적함! 빠져나갑니다!"

"격침 불가! 깊이 들어가지 못했습니다!"

우지끈! 콰득! 콰득!

마령선은 과연 마령선이었다.

선체 장갑이 겹겹이 중첩되어 있어, 부서진 잔해들이 마구 쏟아졌지만 침몰 시킬 수 있을 정도의 피해는 입히지 못했다.

수로맹 군사, 장강주유 강청천이 소리쳐 명했다.

"어차피 일격으로는 안 돼! 밀고 나가서 지나친다!"

쫓아서 선수를 돌리지 않고, 직선으로 돌진했다.

방심을 틈 탄 기습이었다고는 하나, 충각돌진 일격으로 마령선을 격파한다는 것은 천운과 요행이 따라줘도 쉽지 않은 일이었다.

쫘아아앙! 첨벙! 첨벙!

철금강이 마령선의 측면을 긁고 나와 선수의 해골귀문 장식을 박살 냈다.

충돌 순간 안쪽으로 들어갔던 철노(鐵櫓)들이 날개처럼 튀어나왔다. 강철의 금강선이 속도를 냈다. 마령선이 빠르게 선회하며 측면을 점했다.

포문들이 열렸다.

"적측 화포 옵니다!"

"무시해!"

장강주유가 과감히 소리쳤다.

수로맹 선원들은 단 한순간도 지휘관을 의심하지 않았다.

그들이 더욱더 속도를 냈다.

꽈앙! 꽈과과광!

마령선 쪽에서 폭음이 들렸다.

화탄이 날아온다.

이 각도, 이 거리에선 제대로 맞지 않는다. 첫 발보다 다음 포격이 문제다.

계산대로 마령선의 포격은 철금강을 맞추지 못했다. 수면에서 연이어 물보라가 치솟았다.

장강주유가 성큼성큼 갑판으로 내려가며 선원들을 독려했다.

"나루까지만 가면 된다! 조금만 더 버텨라!!"

철금강이 무모할 정도로 빠르게 전진했다.

"이차 포격 옵니다!"

선원의 목소리가 들려왔다.

자, 이제 위험거리다.

장강주유가 돌아섰다.

"막아주십시오! 이 공격만 물리치면 하선입니다!"

그의 눈이 갑판 한가운데로 향했다.

거기에 그가 있었다. 마침내 손잡았다.

하나가 하나와 만났고, 또 하나가 여기에 함께한다.

난세의 주역이 될 천재 군사들이 만나 이 순간을 만들었다.

어둠이 내린 장강의 하늘 아래, 날개들의 이야기가 펼쳐지기 시작했다.

　　　　*　　　　　*　　　　　*

　도요화가 적산 산길을 전속력으로 주파했다.

　강설영의 몸이 무거워졌다.

　있을 수 없는 일이었다.

　강설영은 체구가 크지 않은 여인이었고, 도요화는 심후한 공력의 내공 고수였다.

　도요화는 이내, 이유를 깨달았다. 업고 있는 등으로부터 진기가 빨려나가고 있었다. 강설영의 보의가 도요화의 내공을 흡수하고 있는 것이다. 강설영의 내상이 보기보다 심각함을 알았다. 내심 그녀가 곧바로 회복하여 적벽 방어전에 참전할 수 있길 바랐지만, 생각처럼 되지는 않을 것 같았다.

　사사사사삭!

　뛰면서 운기하고 아낌없이 진기를 나눠주었다.

　강설영이 잘못되면 안 된다.

　처음 만났을 때부터 마음이 맞았다. 이제는 가족이나 마찬가지였다.

　"이쪽입니다!"

　산길 어둠 속 한쪽에서 익숙한 목소리를 들었다.

　도요화가 빠르게 움직였다.

　은폐된 숲속 공터에 여의각 요원들이 대기하고 있었다. 용부저도 있었다. 사인교와 수레들이 여러 대 준비되어 있었다.

"주모는 괜찮으신 겁니까?"

"일어날 거예요. 다만, 보의가 외기를 흡수하고 있으니, 직접 접촉하면 안 됩니다. 위험해요."

"명심하겠습니다."

도요화는 행여 문도들이 고초를 겪을까, 직접 사인교 안쪽에 강설영을 기대 앉혔다. 그녀가 몸을 일으키며 말했다.

"잘 지켜야 합니다."

"걱정 마십시오."

용부저가 대답했다.

도요화는 경황 중에 당부했지만 그 한마디가 도리어 실례임을 알았다. 강설영은 단운룡의 유일한 부인이자 문도들의 주모(主母)이며 전사들의 왕비(王妃)였다. 여의각 요원들은 도요화의 당부 없이도 그녀를 누구보다 귀하게 모셨을 것이다. 그들이 강설영이 실려 있는 사인교를 들고 바람처럼 협곡을 향해 사라졌다.

"총단은요?"

"위보다 아래가 급합니다."

"알겠어요."

도요화는 길게 묻지 않았다. 그의 판단을 전적으로 믿었다. 그녀가 곧바로 땅을 박찼다.

내공이 꽤 많이 소모되었다. 태극도해로 상단전을 보호하고 무극진기를 일으켰다. 뛰어가면서라도 공력 회복이 필요했다.

'……!!'

다시 적벽으로 뛰어가는데, 기이한 울림이 머릿속을 스쳤다.

그것은 아주 강렬하고 무거웠다.

그녀가 방향을 틀어 강물이 보이는 비탈길로 몸을 날렸다. 빽빽한 소나무 숲 사이로 장강이 보였다.

'저것은!!'

저 멀리 강물 위로, 마령선의 시꺼먼 그림자가 불을 뿜고 있었다. 그 앞으로 조금 더 작은 전선이 적벽 나루를 향해 수면 위를 질주했다. 마령선이 토해내는 화포의 불꽃에, 전선의 금속장갑이 번쩍번쩍 빛났다.

저절로 그 전선에 눈이 갔다. 태극도해가 시선을 돌리지 못하게 했다. 익숙하면서도 무서운 존재가 그 전선 위에 있었다.

사사사삭!

뒤쪽에서 나무를 헤치는 소리가 들려왔다. 그 소리에 퍼뜩 정신을 차렸다.

"뭐 하고 있는 거야."

뒤를 돌아보았다.

아직 친해지지 못한 자. 같은 오원의 전사들조차도 쉽사리 가까워지지 못한 그 남자가 그녀에게 말했다.

"서둘러. 밑에 다 죽는다."

효마였다.

전투 태세로 창을 들고 있었고, 몰골이 말이 아니었다.

왼팔이 피투성이였다. 표범가죽으로 만든 옷 한쪽도 갈기갈기 찢어진 상태였다.

"어떻게 된 거죠?"

"원숭이 귀신 때문에 죽을 뻔했다."

효마가 이를 갈았다.

죽을 뻔했다는 것치고는 뛰는 모습이 멀쩡해 보였다. 팔도 피투성이기는 했지만 거죽만 찢어졌을 뿐 뼈나 관절이 상한 것 같지는 않았다.

"설마… 문주, 문주는요?"

"몰라."

"모른다니요?"

"밑에서 나도 정신없었어. 걱정은 안 해. 당할 놈이 아니니까."

사람도 사람이지만, 효마의 한어 억양은 쉽사리 익숙해지지 않았다. 듣고 다시 생각하여 의미를 찾아야 했다.

효마는 고수였다. 그에게 저 정도 낭패를 보게 만들 수 있는 이는 많지 않았다.

그녀는 효마의 능력을 잘 알았다.

도강언 어취에서 장현걸과 함께 폭탄 요괴들을 죽이며 적측 사병기의 파괴력에 오싹했던 순간이 아직도 생생했다. 또한 그 압박이 갑작스레 해소되었던 순간도 똑똑히 기억했다.

효마 덕이라 했다.

그가 정체불명 사병기의 고수를 물러나게 했다.

싸워서 물리친 것은 아니었지만, 접근하여 전장 이탈을 유도한 것만으로도 대단하다. 그녀는 직접 그 위력을 겪어봤기에, 효마가 해낸 일이 얼마나 어려운 일인지 잘 알았다.

그런 효마가 저리 말한다.

제천대성에게 분신을 부리는 재주가 있음을 들었다. 원숭이 귀신이라는 것은 아마도 그 분신을 의미하는 말일 터였다.

머릿속에서, 상황이 그려졌다.

양무의는 적측의 목적이 신마맹 무인과 가면의 탈환에 있을 거라 예상했다.

본체가 문주와 싸웠다.

그사이에 분신이 지하를 습격했다.

선후관계를 제외하고는 그녀의 추측이 옳았다.

그리고, 그 밑에서 함정을 파고 방어를 맡았던 것이 효마다. 효마가 분신과 싸웠다. 그녀가 짐작을 토대로 다시 물었다.

"만상요술진은 파훼된 건가요?"

"원숭이 귀신이 너무 강했다. 토끼 요술사의 괴상한 함정들을 모조리 박살 내더군. 무공이 굉장했다. 독은 아예 통하지도 않았어."

"백토진인께서는 괜찮으신 거죠?"

"그는 싸우지 않고 요술만 부렸다."

"제천대성은요?"

"암굴에 몰아넣었다. 하지만 곧 뚫고 나올 거다."

듣고 해석했다.

역시 놀랍다. 둘 다 그렇다.

백토진인의 만상요술진은 그저 괴상한 함정이 아니었다. 그것은 그야말로 신묘하기 짝이 없는 진법이었다.

그걸 박살 냈다는 제천대성도 대단하긴 하지만, 그녀는 효마가 더 놀라웠다. 효마는 백토진인의 요술진을 함정 삼아, 사냥할 때처럼 짐승을 굴속으로 밀어 넣었다. 그 짐승이 무려 제천대성이다. 중원의 정통파 무인들로는 절대 불가능한 일이었다.

그녀는 그토록 감탄했지만, 효마 본인의 기파는 햇빛에 눌려 가라앉은 폭풍 같았다.

그는 중원에 온 이래, 연이어 최악의 상대만 만났다.

염라마신에 이어, 도강언의 격사 고수, 그리고 제천대성까지 그야말로 위험천만이다. 구룡보 진격시에 싸웠던 사천당문 충사독신이 도리어 약체였을 정도다. 이제 와 효마가 느끼는 중원은, 사냥 불가의 괴물들이 즐비한 곳이었다.

"그럼 위는?"

"시간 충분히 벌었다. 윗집 대피는 끝났어. 아래쪽 막는 것이 우선이다."

효마가 앞서 달렸다.

도요화는 효마의 목소리에 담긴 감정을 읽고, 또 한 번 놀랐다. 그녀가 아는 효마는 항상 외롭게 숲속을 누비는 산짐 승일 따름이었다. 라고족 사냥꾼들과 무리 짓는 것을 본 적이 있지만, 그럴 때도 그는 혼자 같았다.

그런 그가 명백히 서두르고 있었다. 적벽을 방어하는 데 자기 집을 지키는 것마냥 진심이란 이야기였다.

그녀는 효마의 사연을 몰랐기에, 그 모습이 생소하고 신기했다.

효마는 원래부터 오원 사람이었다. 오원에서 컸고, 오원에서 사냥했다. 단운룡, 대산과 함께 타가군에 맞서 싸웠던 그다. 오원 화니족 홍라와 짝이 되었고 오원 탈환의 대전쟁에서도 창을 들었다.

그는 표범처럼 보이지만 사실 사람이다. 그의 행동에는 항상 다른 구실이 있었지만, 결과는 결국 하나로 귀결된다. 그는 지금도 그러하듯, 함께 사는 사람을 지키기 위해 기꺼이 창을 들고 달리는 자일 따름이었다.

사사사삭! 타다닥!

효마와 도요화가 빠르게 달려 숲을 벗어났다. 시야가 확 트였다. 검은색 독이 풀린 물결처럼 북쪽 시가지로 밀려드는 귀 검사의 군대가 보였다.

전황은 좋지 않았다. 아니, 좋지 않은 정도가 아니라 최악이 었다.

"죽여도 다시 일어난다! 바로 물러나!"

"그쪽은 안 돼! 후퇴해라!"

"각주께선 어디 간 거야?"

"우리 각주는 앞에서 요마들을 막고 있다! 청천각주께서도 마찬가지야!"

"우리만으로 못 막는다! 물러나야 해!"

"약한 소리 하지 마라! 하나라도 더 죽여!"

발도각과 청천각이 합심하여 북쪽 진입로를 막았다.

마천용음도와 청천신검을 익힌 무인들이었지만, 그들 무공으로는 검도천신의 합일을 이룰 수가 없었다.

그저 용맹으로 막아설 뿐이다.

발도각 무인들이 거세게 저항하다가 하나둘 쓰러졌다. 숨 쉬는 동안 언제나 검을 쥐고 있던 청천각 검사들이 손에서 검을 놓쳤다.

귀검사들이 좁은 길로 들이닥쳤다. 담장 위로 번쩍 올라가 달리고, 지붕 위를 뛰어 넘으며 하늘을 날았다.

영검대 자체로 무공에서 우위다.

고통과 죽음에서 벗어난 육체도 무섭다.

힘겹게 막아서는 의협비룡회 무인들 위로, 악의와 살기가 까맣게 쏟아져 내렸다.

"비켜!"

소리치며 질주했다.

절망 같은 귀신 검사들 앞에서, 광표의 기파가 마침내 진가를 드러냈다.

콰직! 우지끈!

검은색 흑창이 무서운 기세로 휘어 쳐 꿰뚫는다.

귀검사 검은 군대 한가운데, 움푹 구멍이 뚫렸다.

차차창! 쩌정!

무쌍금표창의 창격이 송곳처럼 꽂혀들었다. 귀검사의 머리와 심장이 터져 나갔다. 독을 풀지 않고, 오롯이 창술로 나아갔다.

효마가 적들의 한가운데에 파묻혔다.

"와아아아아!"

"흑표가 왔다!"

"광표왕이 오셨다!"

오원 전사들이 먼저 함성을 질렀다.

효마는 뒤가 없는 사람처럼 적진을 헤집었다. 검날이 부러지고, 육편이 날았다. 찌르고 찌르고 또 찔렀다. 미칠 광(狂) 자가 십분 이해되는 무공이었다.

포위당하는 것은 순식간이다.

그러나 적들에게 둘러싸이고도 기세는 여전했다. 일부러 그 자신을 죽음 속에 밀어 넣은 것 같다. 귀검사들의 검날이 그에게로 집중되었다.

그리고 그때.

쫘아아아아아앙!

폭탄이 터졌다.

화탄이 아니라, 음파의 폭탄이다.

귀검사 십여 구가 일격에 땅바닥을 나뒹굴었다.

도요화가 적벽북로에 섰다.

그녀가 북을 쳤다. 땅바닥에 쓰러졌던 귀검사들이 비척비척 다시 일어났다. 사람이라면 내장이 터지고 뼈와 살이 부서질 공진파였지만, 귀검사들은 일어나서 검을 들었다. 도요화의 두 눈에서 보랏빛 광망이 솟구쳤다.

"몇 번이라도 부숴주마."

그녀가 말했다.

북소리가 울려 퍼졌다. 개전이다.

그 소리가 온 적벽을 떨쳐 울리고, 장강 위에 푸른빛 파랑을 일으켰다.

＊　　　　＊　　　　＊

후웅! 콰콰콰콰콰콰콰!

철선녀가 파초선을 휘둘러 막야혼과 엽단평을 밀어냈다.

막야혼과 엽단평의 도검 합격은 대인 전투에 압도적인 위용을 보여줬지만, 대 술법 전투에 있어서는 아직 숙련도가 떨어졌다.

접근부터가 쉽지 않았다.

황풍괴의 삼매진풍을 끌어다가 파초선의 위력을 배가시키는데, 방어만으로도 이삼 장씩 밀려나야 했다. 그나마도 엽단평이 쥔 사보검이 있어서다. 막야혼에겐 홀로 풍술을 뚫고 나갈만한 공부가 없었다. 그것은 엽단평도 마찬가지였다.

"음마요신!!"

한 번 더 광풍기를 몰아친 철선녀가 북쪽 시가지 쪽을 보며 경호성을 냈다.

그녀는 격렬하게 술법을 펼치는 와중에도 상황을 온전히 파악하고 있었다. 그녀가 파초선을 더 거칠게 휘둘렀다. 칼날 같은 바람이 대지를 갈랐다.

"가면 없이도 음마(音魔)를 완전 각성하다니!"

철선녀가 앙칼지게 말을 이었다.

"사타왕은 어디 간 거죠? 저걸 날뛰게 둬선 안 되잖아요?"

철선녀는 음마요신과 관련된 은원을 이미 알고 있었다.

그녀의 음성(音聲)이 바람을 탔다.

광중이 도져서 역정을 내는 것이 아니라, 실제로 들으라 한 소리였다. 북쪽 시가지 한쪽에서, 화답하듯 사자후 소리가 들렸다.

둥둥둥둥!

웅장하게 들려오던 북소리가 한순간 흐트러졌다.

수 싸움이었다.

음마요신의 대량 살상력은 건달바 가면의 신통력과도 궤를

같이 했다. 철선녀는 사타왕을 내세워 음마요신의 정신을 공격하고자 했다.

그리고 그 수는 상당히 날카로웠다.

도요화는 시야에 들어오지도 않은 사타왕이 사자후를 뿜어내는 게 그녀를 유인하기 위함임을 직감했다. 이번엔 무시하지 못했다. 원수 앞에서 냉정을 유지하는 것은 결코 쉬운 일이 아니거니와, 거리까지 지척이었다.

소리가 이동하기 시작했다. 사자후가 들린 곳을 향해서였다.

"거기 있으면 죽는답니다! 이쪽으로 끌고 오세요!"

철선녀의 목소리가 다시금 바람에 실렸다.

전음 입밀과는 또 다른 주술적 비기(秘技)였다. 전달 범위가 놀라울 정도로 넓었다.

으허어어엉!

사타왕의 사자후가 다시 한 번 울려 퍼졌다.

거리가 가까워져 있었다. 그러나 도요화의 북소리는 금방 따라오지 못했다.

사타왕이 그녀를 귀검사의 밀집지로 유인했기 때문이었다.

그녀는 순식간에 포위되었다.

계략임을 알면서도 당해줬다. 몇 번이라도 부숴주겠다 선언한 것처럼, 그녀는 황제전고의 타고공진에 절대적인 자신이 있었다.

두웅! 꽈아아아아아앙!

공진파 일격에 열 구가 넘는 귀검사가 땅바닥을 굴렀다.

그녀가 땅을 박차고 몸을 돌렸다.

쓰러진 만큼의 귀검사가 순식간에 다시 몸을 일으켰다. 시가지 입구에서 싸울 때보다 더 빨랐다. 초재생에 준하는 내구도였다.

도요화는 뭐가 달라졌는가 생각했다.

소리가 달랐다. 그녀를 두고 누군가는 음마(音魔)라 했고, 누군가는 음선(音仙)이라 했다. 마든 선이든, 음(音)을 다루는 이능은 넘치도록 타고 났다.

금속성을 지닌 울림이 느껴졌다. 주술적 음성이었다. 그녀가 고개를 돌렸다. 저쪽 언덕 위로 방울 달린 철장을 흔드는 술사들이 보였다. 그들이 주(呪)를 일으키면 귀검사의 기운이 강해졌다. 빨리 일으키는 것도 그들 술법의 조화였다.

쾅!

음신(音神)의 힘을 최대로 일으켜 공진격을 터뜨렸다. 닿지 않았다. 거리가 너무 멀었다.

북채를 짧게 쥐고, 빠르게 북을 쳤다.

음파가 사위를 채웠다. 술사들의 주술력을 방해하기 위함이었다. 허나, 술사들의 주력(呪力)이 없어도 귀검사들은 충분히 강했다. 쓰러졌다가 일어나는 속도가 다소 느려졌을 뿐, 공진파에 휩쓸려 육체가 찢기고 터지면서도 비틀비틀 잘만 일어났다.

그러니 막힐 수밖에 없다.

도요화의 움직임이 느려졌다.

일 대 다 전투에서 경이로운 위용을 자랑하는 도요화일지라도 불멸의 검사 대군을 돌파하는 것은 결코 쉬운 일이 아니었다.

쫘아아앙!

의협비룡회 고수 한 명이 묶일 때마다, 시가지 백성들은 그만큼 위험해졌다. 금각 은각은 이미 안쪽으로 침투하여 발도각 무인들과 전투를 벌이고 있었다.

요 장군이 분노하여 이끄는 기마병들도 북쪽 시가지 측면을 짓밟기 시작했다. 효마가 표범처럼 적들을 물리치고, 라고족 전사들이 뛰쳐나와 독술을 펼쳐도 저지선을 지킬 수가 없었다. 범람하는 물처럼 적들의 수가 너무 많았다.

"후퇴! 후퇴!!"

우목의 목소리가 나빠지는 전황을 고스란히 드러냈다.

설상가상이었다.

엽단평의 사보검마저 힘을 잃어갔다.

"샌님! 정신 차려!"

정신 문제가 아니었다.

파초선 삼매진풍 광풍기를 막을 때마다 공력이 뭉텅이로 흩어졌다. 엽단평의 의지와 별개로 사보검이 그의 진기를 빼앗아갔다. 강력한 대술법 방어력의 대가였다.

그리고, 밀리는 그들 앞에 최악의 상대가 나타났다.

쐐애애액!

같은 파공음이라도 무게감이 달랐다.

엽단평이 온 힘을 사보검에 불어넣었다. 공력이 모래알처럼 사라져도 목숨이 날아가는 것보다는 나았다.

쩌어어어엉!

사보검이 부러질 듯 흔들렸다.

단 일검이었지만 전해지는 공력이 무지막지했다. 엽단평의 몸이 사보검과 함께 그대로 튕겨나갔다.

영검존이었다.

몸체 위에 진 검령은 깜깜한 밤하늘 아래서도 선명했다. 희 끄무레한 형체는 그 자체로 은은한 빛까지 내는 것 같았다.

그가 땅을 박차고 튕겨나간 엽단평을 따라잡았다.

가볍게 일검을 내친다.

허리가 잘려나갈 섬광 앞에서 아슬아슬하게 몸을 뒤집고 사보검을 들어 막았다.

쩌어엉!

사보검이 훅 밀렸다. 그대로 그어내면 눈을 가린 천에 검날 이 박힌다. 순간 측면에서 굉음과 함께 칼 한 자루가 끼어들 었다.

콰아아아! 까앙!

사보검에 비스듬히 걸쳐 용음도로 막았다.

"씨이… 벌……"

영검존의 검이 막야혼의 철도와 사보검을 한꺼번에 짓눌렀다. 막야혼이 욕을 하며 힘을 더했다. 칼날이 부들부들 떨렸다. 한순간만 흐트러져도 상체가 날아간다. 엽단평이 무너진 자세를 수습하고 사보검에 공력을 불어넣었다.

엽단평이 가세하자 칼날의 흔들림이 멎었다.

밀리지 않는다. 그러나 밀어내지도 못했다. 영검존의 완력은 실로 엄청났다. 엽단평의 공력 소모가 내상 수준임을 감안하더라도, 이 대 일 힘 대결을 한 손으로 버틴다. 역발산기개세의 거인 같았다. 검령을 등에 졌기에 체구도 엄청나게 커보였다.

챙! 좌아아앙!

불꽃이 튀고, 세 줄기 날붙이가 흩어졌다.

"공야천성에 이르기엔 아직 멀었구나."

영검존이 말했다.

기대 이하다. 실망감이 묻어났다.

"미친놈이. 돌았나. 공야 늙은이와 같은 선에 두겠다고? 우린 이제 한창이야."

막야혼은 거침없었다.

비교할 대상이 아니라는 말은 맞다.

영검존은 욕지거리에 불쾌해하지도 않았다.

"그 나이면 애송이도 아니다. 꺾을 생각조차 안 하니 거기까지인 거다."

영검존이 검날을 치켜들었다.

격차가 자명했다.

공야천성의 그림자에 괜한 투지를 일으켰다. 몇 년 더 지난 후에 싸웠으면 쓸 만했겠지만, 그렇다고 살려둬 기다려 줄 이유 따윈 없다. 싸울 의지가 삽시간에 식었다. 그 대신 죽이고자 하는 마음만 남았다. 누가 아나. 처참히 베어 놓으면 공야천성이 분노하여 찾아올지. 차라리 그게 더 기대될 지경이었다.

"죽어라. 네 놈들 목을 공야천성에 대한 도전장으로 삼겠다."

꼬리를 문 생각이 목소리가 되어 나왔다.

영검존이 검을 내려쳤다.

피할 수 없는 일검이었다. 막야혼의 눈이 번쩍 빛났다.

쩌어어어엉!

완만히 휜 철도가 영검존의 검을 정면으로 막았다. 강렬한 금속성과 함께 막야혼의 칼이 반 토막으로 부러져 나갔다.

꽈아앙!

영검존의 검날이 막야혼의 생명선을 비껴나가 땅바닥에 깊은 고랑을 만들었다. 깨진 칼날이 회전하며 하늘을 날아 저 멀리 건물 기둥에 박혔다.

"씨발. 좆나 쎄네."

막야혼이 도망치듯 뒤로 물러났다.

영검존이 고개를 들고 막야혼을 보았다.

"이걸 막아?"

살기가 더 짙어졌다.

"죽지 않으려면 막아야지. 뭔 개소리를."

막야흔에겐 이게 있다. 그는 어떤 적에게도 위축되지 않고 자기 할 말을 한다. 또한 기량 이상의 생존력을 지녔다.

영검존이 검을 들어 올렸다. 분노가 그의 얼굴을 얼음처럼 굳혔다.

헌데, 등에 진 검령이 웃고 있었다.

희끄무레한 얼굴 형체에 떠오른 것은 틀림없는 미소였다. 올라간 입꼬리엔 살기가 어려 있었다. 두 얼굴의 괴리가 그를 더욱더 공포스럽게 만들었다.

영검존이 일보를 내디디며 무자비한 살검을 겨누었다.

화르르르르륵! 꽈앙!

난데없는 폭음이 사위를 흔들었다.

"어딜!!"

쐐액! 쩌어어엉!

불길을 뚫고 온 한 줄기 파공음이 금속성 충격파로 이어졌다.

영검존의 검날을 밀어낸 것은, 딱딱한 강철 다리였다.

"창창한 젊은 것들 놔두고, 아까 못다 한 승부나 다시 내자."

남이 있는 불꽃이 그의 몸체에서 빛을 냈다.

오기룡이었다.

그의 등 뒤로 불덩이 두 개가 더 날아왔다.

꽈앙! 꽈아아아앙!

휘돌려 차내고, 다시 영검존을 본다.

그 홀로 홍해아와 영검존까지 다 상대할 기세다. 영웅기가 하늘을 찔렀다. 그는 무모할 때 더 멋있어진다. 불패신룡이 산처럼 영검존 앞에 섰다.

그때였다.

우우우우우우웅!

장강 쪽으로부터 엄청난 기파가 파도처럼 밀어 닥쳤다. 그 기도는 그야말로 해일 같았다. 넘치는 분노도, 무모한 호기도 한순간에 휩쓸려 사라졌다.

고수 된 자, 누구라도 눈을 돌릴 수밖에 없다.

영검존이 강을 보았다.

멀어서 보이지 않을 거리인데도, 두 개의 눈동자가 보였다.

철갑의 전선 위에서 청안의 악마가 말한다. 그는, 그의 검령은 환청을 들었다.

"오라."

영검존이 시야에서 공야천성의 후예들과 불패신룡 오기륭이 사라졌다.

북쪽 바람의 마수(魔獸)만 눈앞에 가득하다.

영검존이 발길을 돌렸다.

진짜 목숨을 걸 만한 상대다. 게다가 검사(劍士)였다.

다른 모든 것이 의미 없었다.

그가 홀린 듯이 달렸다. 강쪽으로.

마검(魔劍)이 오고 있었다.

　　　　　*　　　　　*　　　　　*

　날아오던 포탄이 하늘에서 멈추는 광경은, 그야말로 비현실적이었다.

　마령선의 포격은 아무 소용이 없었다. 포물선을 그리며 빗나간 포탄이 물보라를 일으켰다. 직격 궤도로 날아온 것은 셋이었다. 속도가 줄어들어 허공에 멎었다.

　그가 손을 비틀었다.

　콰과과광!

　포탄들이 우그러들더니 그대로 폭발했다. 하늘에서 일어난 불꽃의 향연이 철금강의 진격을 밝혔다.

　"계속 전진해!"

　쏴아아아아아아!

　장강주유의 독려에 철금강이 물살을 갈랐다.

　콰앙! 콰아아앙!

　비검맹 소선들이 철금강 충각에 부딪쳐 산산조각으로 부서졌다.

　"배들이 사슬로 묶여 있습니다!"

　"적선들로 가로막혀 육지에 배를 대지 못합니다!"

　장강주유 강청천이 선수에서 아래쪽을 보았다. 셀 수 없이 많은 비검맹 전선들이 사슬로 얽혀 수면 위를 덮고 있었다.

"방통의 연환계가 왜 지금!"

삼국전설 그 유명한 적벽대전의 화공(火攻)은, 조조군이 배와 배를 묶도록 유도한 방통의 연환계로부터 비롯되었다.

그것은 승리의 상징이었지만, 지금은 도강의 장애물이 되었다. 배들이 빽빽하게 철금강 앞을 막고 있었다.

난감했다. 철금강으로 돌진하면 배들을 파괴하며 깊이 들어갈 수 있겠지만, 문제는 그 다음이었다. 다시 돌아 나올 수 있으리라는 보장이 없다. 쇠사슬과 적선 잔해들에 잘못 얽히면 기동 자체가 불가능해질 수도 있었다.

그때였다.

촤아악! 촤악! 쏴아아아아아!

얽혀 있는 배들 사이에서 부글부글 물살이 치솟더니 보기에도 진저리 쳐지는 어괴들이 배 위로 솟구쳐 오르기 시작했다. 요괴들은 아주 사납고 흉악한 기운을 뿜고 있는 것이 한눈에도 그동안 싸워왔던 요괴들과 달라 보였다.

"이 이상 못 갑니다!"

"소선들을 내릴까요?"

수로맹 무인들이 분주히 앞을 경계하며 장강주유를 돌아보았다. 그리고 장강주유가 다시 뒤를 보았다.

푸르르륵!

넓은 갑판 위에, 투레질 소리가 울려 퍼졌다.

검은색 흑마는 그 위용이 실로 장대했다. 한 마리 기마가 콧김을 뿜는데, 그것만으로도 정적이 만들어졌다.

"여기까지입니다."

장강주유, 강청천이 말했다. 아쉬운 감정이 순수하게 전해졌다.

"충분합니다."

차분한 목소리가 그의 말을 받았다. 그의 목소리는 맑고 곧았다.

"여기는 제가 지키고 있겠습니다. 사숙."

그리 말하며 눈처럼 하얀 기마에서 내렸다.

허리춤에 백홍검, 눈빛에는 문사의 총기가 담겨 있었다.

이름은 석조경이라 했다. 비천검, 문무겸전, 북풍모사라는 호칭들이 그를 따라다녔다.

이전 전투로 입은 부상에 오른팔을 부목과 붕대로 감아 목에 걸고 있었지만, 한손으로 펼치는 비천십이검이라도 든든함에는 변함이 없었다. 그가 수로맹 철금강의 방어를 맡았다. 그러면 철금강은 백무한 없이도 다른 의미에서 금강의 힘을 지니게 될 것이다.

그리고, 그의 앞에, 그가 사숙이라 부른 남자가 있었다.

또각, 또각.

검은색 흑마가 석조경 옆을 지나쳐 선수로 나아갔다.

내력마 흑풍에 탄 그는, 청록빛 눈동자를 지니고 있었다.

짙은 갈색 머리를 귀 뒤로 넘겼고, 장포에는 아름다운 푸른

빛이 머물렀다.

북풍의 깃발을 올린 기병 삼십 기가 갑판을 가로질러 그 뒤를 따랐다.

"북풍단."

그가 입을 열었다.

기병들이 우렁차게 답했다.

푸른 바람의 군기(軍氣)가 기병들의 전신에서 일어났다.

"가자."

터엉!

흑풍이 선수를 박차고 날아올랐다.

기마의 신체에 주인의 내공이 흐른다. 기마들이 날개 달린 신수(神獸)처럼, 철금강 선체에서 강물을 넘고 연환계 비검맹 전선들 위로 쏟아져 내렸다.

꽈앙! 터어엉!

북풍단 기병들이 전선 위에 내려와 다시 한 번 군기를 뿜었다. 요괴들의 떼가 연결된 전선 위에 넘실거렸다.

"모두 죽여라."

그가 명했다.

두두두두두두두.

어떤 곳도 그들 앞에는 북방의 초원과 같다. 물 위를 날고 배 위를 대지처럼 달린다. 푸른 바람이 불었다. 선두에서 달리는 푸른 눈의 마검은 이미 전설이 되어 있다.

무당마검, 그의 이름은 명경이었다.

우우우웅!

명부마도 명왕지검 흑암이 황정경 검집에서 뽑혀 나왔다.

흑암의 검날은 칠흑처럼 검은색이었다.

명경이 흑풍을 내달리며 배와 배를 뛰어넘었다. 그의 검이 하늘과 땅과 물을 갈랐다.

콰아앙! 쏴아아아아아!

전선 하나가 통째로 잘려나가며 그 위의 요괴들까지 단숨에 터져 나갔다.

무당산에서 검을 닦았다는 그는, 유검(柔劍)이 아니라 강검을 썼다. 두 자 반 검신(劍身)은 참마도처럼 두껍지도, 언월도처럼 크지도 않았다. 일반적인 규격의 장검으로 전장 기마를 반 토막 내는 검공을 구사했다.

터어엉!

내력마 흑풍이 하늘을 날았다.

콰아아아아아아아앙! 우지끈! 콰드드드드드득!

기마와 함께 내려치는 검격이 어마어마했다.

쇠사슬에 연결된 전선 세 척이 한꺼번에 반으로 쪼개졌다. 끝없이 강해진 그는 이제 인외(人外)의 무력을 보유하고 있었다.

두두두두! 콰과과광!

강한 것은 그뿐이 아니었다.

뒤따르는 북풍단 기마무인들의 무공도 대단했다.

선두의 명경이 지나치게 강했기 때문에 빛이 바랠 뿐이다.

명경이 전면을 파괴하며 뚫고 나간 측면으로 요괴들이 기어올랐다. 북풍단 무인들은 거침이 없었다. 장백산에서 이미 숱하게 많은 대요괴전을 치렀다. 그게 벌써 칠 년 전이다. 아무리 사납고 흉측해도 베어서 조각 내면 죽는다. 살인(殺人)이든, 살요(殺妖)든, 구분 없이 완전하다. 북풍단은 사마(邪魔) 무리의 공포다. 전대미문의 살육부대였다.

콰직! 콰직! 콰아앙!

요괴들이 무참히 갈려 나갔다.

셀 수 없이 많은 괴물들이 올라오고 있었지만, 명경과 북풍단은 조금도 느려지지 않았다. 그저 돌파하는 대로 길이었다.

순식간에 전선과 전선들을 뛰어넘었다.

이제 저 앞이 뭍이다.

우지끈! 콰아아앙! 쏴아아아!

배 하나가 터지듯 박살 나며 물살이 치솟았다. 물 속에서 붉은색 인어대괴 한 마리가 올라왔다. 덩치가 대단히 크고, 생긴 것도 더 흉악했다. 일그러진 대가리엔 뿔까지 달려 있다. 흑풍은 거대한 괴물을 보고도 질주를 멈추지 않았다. 기마(騎馬)라는 이름을 초월한 지 오래였다.

"크아아아아!"

인어대괴가 괴성을 지르며 뾰족뾰족한 이빨을 드러냈다. 집채만 한 몸체에, 휘두르는 팔뚝이 아름드리나무보다 두터웠다.

명경의 눈은 무심했다.

청록색 눈동자엔 산짐승 하나 만난 것마냥 아무런 변화가 없었다.

흑암이 휘둘러졌다. 바람을 가르는 소리조차 나지 않았다.

푸른 검기(劍氣)가 잔상으로 남았다.

쩌어억!

인어대괴의 거대한 몸체가 사선으로 쪼개져 넘어갔다. 그때서야 피 뿌려지는 소리가 요란하게 사위를 울렸다.

좌악! 좌아아아아악!

터어엉!

흑풍이 달리던 속도 그대로 인어대괴의 몸뚱이를 뛰어넘었다.

이게 당연하다. 저런 괴물은 전혀 장애물이 되지 못한다.

신마(神馬)의 검은 눈에는 사람 같은 오연함이 비친다. 등에 태운 주인 없이도 이 정도 요괴는 짓밟을 수 있다고 말하는 듯했다.

꾸웅!

흑풍의 네 다리가 마침내 육지에 닿았다.

푸르르륵!

고삐를 잡아당겨 주위를 본다.

명경의 푸른 눈이 땅과 강을 압도했다.

적들은 분주하다.

명경은 기파를 전혀 갈무리하지 않았다. 북풍단의 기세를 등에 진 그는 군신(軍神)의 위엄을 뿜어내고 있었다.

신마맹도, 비검맹도, 단심맹도, 흑림도, 이 순간 오로지 그만을 본다.

철선녀가 경악하여 소리를 질렀다. 비검맹 영검존이 도시를 질주했다. 북쪽 시가지로 쳐들어가던 기병들이 말머리를 돌렸다. 흑림 도사들이 미친 듯 주문을 외웠다.

귀검사들이 먼저 검은 물결처럼 밀려들었다.

흑풍이 다시 질주를 시작했다.

막을 수 있을 것이라 생각했는가.

무당의 마검은 돌진과 함께 펼친 일검으로 그와 같은 질문을 던졌다.

콰직! 콰드드드득!

귀검사가 비검맹 정예에서 비롯된 축생수라 귀병들이라 해도, 명경은 이와 같은 전장에서 범접불가의 신(神)과 같았다.

검(劍)의 힘이 흑풍의 전면을 둘러쳤다.

귀검사들이 박살 났다. 흑풍의 말발굽이 조각난 몸을 밟아서 터뜨렸다. 대저 무림의 싸움에서, 기병의 돌진이란 애초에 보기 드문 일이기도 하거니와 효과적이지도 못했다. 그런 상리(常理)가 마검의 위용 앞에 완전히 무너져 내렸다.

스르릉! 콰직!

단기 필마로 백 단위 천 단위 대군을 휘젓던 그였다. 흑암이라는 신병이기가 없을 때도 그러했다.

높은 곳에서 내려치는 검날에 귀검사들의 몸이 반쪽으로 쪼개졌다. 내려갔다 올라오는 검의 궤적이 아름다울 만큼 부드러웠다. 그러면서 쏟아지는 공력은 천 길 낭떠러지 폭포마냥 무지막지했다.

유중강, 유극강이다. 법칙을 섞고, 넘어서서 무당검으로 전쟁검을 벼렸다.

명경이 귀검사들을 직선으로 돌파했다.

북풍단 무인들이 그를 따르며 박살 났다 일어나는 귀병들을 다시 한 번 쳐부쉈다.

삼십이 삼천 대군 같았다.

검은 군대 한가운데, 푸른 바람의 길이 생겼다.

뚫고 나가는 명경 앞에 영검존이 나타났다. 등에 진 검령의 기운이 불길처럼 이글거리고 있었다.

명경은 흑풍을 멈추지 않았다. 기마에서 내리지도 않았다.

오롯이 강하다.

다른 귀검사들을 내려칠 때처럼 검을 휘둘렀다.

영검존이 땅에서 하늘로 검을 그어 올렸다. 두 자루 강검이 강렬하게 부딪쳤다.

쩌어어어엉!

영검존의 몸이 그대로 뒤쪽으로 튕겨나갔다.

충격파가 폭발처럼 번져나가는 중에도 흑풍은 주춤하지 않왔다. 뒤로 날아간 영검존을 향해 여전한 속도로 달려 나갔다.

터엉!

영검존이 땅에 발을 박았다.

검령의 기운이 더더욱 거세졌다. 희끄무레한 머리카락이 사방으로 뻗쳤다. 얼굴은 분노한 귀신의 형상이 되었다.

두두두! 쩌저엉!

명경의 검이 수직으로 내려왔다.

영검존의 몸이 이번엔 옆으로 튕겨 나갔다. 가공한 위력이다. 완전방어태세로 마음먹고 버텼는데도 제자리에서는 검력을 해소할 수가 없었다.

포탄처럼 날아가던 그가 공중에서 몸을 틀었다.

파라라라락!

비껴낸 검파(劍波)가 지나치게 강했다. 비틀어 흩어내는 것만으로도 옷자락이 찢어질 파공성을 냈다.

터텅!

부서져 기울어진 담벼락을 두 번 차고서야 몸을 세울 수있었다.

푸른 눈의 악마는 그를 돌아보지도 않았다.

그저 돌진하는 데 끼어든 장애물을 치운 듯했다.

'감히……!'

굴욕이었다.

이 상황을 믿을 수 없었다.

분노와 불신의 빛이 만면에 감돌았다.

'죽인다.'

이글거리면서 넘실대던 검령의 기운이 꿈틀 변화를 일으켰다. 까만 밤에서 선명하던 영기(靈氣)가 그의 등으로 스며들었다.

영검존의 두 눈에 핏발이 섰다.

까맣던 동공에 흰빛이 깃들었다. 시체처럼, 또는 병자처럼 변한 눈이 실로 기괴했다.

쫘앙!

영검존이 땅을 박차고 몸을 날렸다.

흑풍이 신마(神馬)라 해도, 검존의 경신보다 빠를 수는 없었다. 영검존이 순식간에 흑풍을 따라잡았다. 하얀 영기의 잔영을 뿌리며 흑풍을 앞지르더니 그대로 공중으로 떠올라 명경에게 검을 내려쳤다.

위아래가 바뀌었다. 영검존의 검이 수직으로 내려왔다. 명경은 그저 지수(止水)와 같은 눈으로 내려치는 검을 보았다.

쩡!

흑청색의 검영과 함께 영검존의 몸이 하늘 위로 솟구쳤다.

흑풍의 속도가 처음으로 느려졌다.

땅바닥으로 검력의 파장이 일어났다. 태극혜, 금파, 십단금으로 이어진 무당 무공의 정수가 기마를 보호하고, 영검존 필살의 검격을 분산시켰다.

푸르르르륵!

흑풍이 투레질과 함께 빙글 돌았다.

텅!

영검존이 땅 위에 내려섰다.

그가 명경에게 검을 겨누며 말했다.

"기마에서 내려와라."

영검존은 이 엄청난 상대가 상상초월의 검기(劍技)로 기마까지 보호하며 싸우는 것을 알았다. 이 정도 경지의 싸움에서는 말을 타고 싸우는 것 자체가 부담이다. 손해를 안고 싸우는 셈이었다. 그러나 명경은 그리 생각하지 않았다.

"나는……."

그의 목소리가 묵직하게 사위를 울렸다.

"그 검에 그만한 경의를 느끼지 못한다."

흑풍을 멈춰 대화하게 만든 것까지는 인정한다.

하지만 흑풍에서 내릴 이유가 없었다.

명경의 눈에는 투지가 담겨 있지 않았다.

전장에 나섰으니 적군들과 적장을 물리칠 뿐이다.

명경에게 투혼(鬪魂)을 끌어낼 수 있는 이는, 이제 천하를 통틀어도 그리 많지 않았다.

"내가 누군지 아는가? 나는 비검맹의 영검존이다! 내게 너와 싸울 자격이 없다고 생각하느냐?"

"이름은 중요하지 않다. 검으로 말하라."

영검존은 그 어느 때보다도 분노했다.

명경은 단 몇 마디 언어로 그가 장강에서 쌓아 올린 명성을 와르르 무너뜨렸다.

"네가 옳다. 너의 전력을 끌어내, 검존(劍尊)을 증명하겠다!"

영검존이 몸을 날렸다. 검날에 허연 영기(靈氣)가 실렸다.

쩌정!

명경의 검이 원을 그렸다. 영검존의 검이 단숨에 튕겨나갔다.

또각!

흑풍이 한 발 뒤로 물러났다.

명경이 몸을 틀고 검을 내려쳤다. 그의 움직임은 태극이다. 영검존이 힘겹게 그의 검을 받았다. 인마일체로 빙글 돌아섰다. 명경의 검이 다시 원을 그렸다.

쩌정!

영검존의 발밑이 움푹 패였다.

명경과 흑풍이 전진했다. 흔들리는 안장 위에서, 혼돈, 태극, 무극의 모든 것이 펼쳐졌다. 그 모습을 본 자, 무공에 문외한이라도 감탄이 절로 나올 것이다. 마검(魔劍)의 화신으로 알려졌으면서 신화 같은 검공의 그림을 그렸다. 우아하고 아름다웠다.

쨍!

명경의 검이 물결처럼 흘러들어 영검존의 검을 때렸다.

청동방울처럼 맑은 소리가 났다.

태극의 무당검은 상대방의 위치마저 제어한다. 들어 올려지듯 영검존의 몸이 공중에 떴다.

흑암이 허공에 흑선(黑線)을 새겼다. 영검존이 다급하게 검을 들어 막았다.

쩡!

영검존의 몸이 화살처럼 쏘아졌다.

꽈앙!

영기를 두른 그의 몸이 담벼락을 부수고 돌먼지를 일으켰다.

"쿨럭."

그의 입에서 피가 토해졌다.

명경이 말머리를 돌렸다. 이럇, 한 마디로 흑풍을 움직였다. 마치 목적지가 따로 있는 듯했다.

그것을 본 영검존이 절규하듯 소리쳤다.

"거기 서!"

영검존이 등을 튕기며 일어났다.

담벼락 잔해가 한 번 더 깨지며 사방으로 흩어졌다. 그가 땅을 박차고 몸을 날렸다.

명경은 뒤도 돌아보지 않았다. 그가 등 뒤로 검을 돌렸다.

흑암의 검날이 영검존의 검을 밀어냈다.

쩌정!

명경이 부드럽게 몸을 돌렸다. 검을 쥐지 않은 빈손이 활짝 펴져 그의 몸을 가리켰다.

우우우웅! 후욱!

보이지 않는 파동이 영검존의 몸을 사로잡았다.

그러고는 그대로 땅으로 찍어 내렸다.

꾸우웅!

영검존의 두 발이 땅바닥을 부수고 발목까지 박혀 들었다.

"염… 력……!"

명경은 그 와중에도 다른 곳을 보고 있었다.

영검존의 하얀 동공이 치욕으로 흔들렸다.

전쟁터에 선 명경은, 항상 가장 강한 자를 찾았다. 북방 초원에서도 그랬다. 그의 상대는 언제나 적 지휘관이 아니라, 최강의 무력을 지닌 적장일 뿐이었다.

그래서 영검존을 보지 않는 것이다.

명경은 지금껏 한 방향을 향해 흑풍을 달려왔다.

그의 상대는 따로 있다.

바로 저기다.

꽈과과광!

저 멀리 정면에서, 도시를 내려다보는 야산 중턱이 굉음과 함께 무너져 내렸다. 화포가 터진 것처럼, 불꽃이 일고, 검은 연기가 치솟았다. 쏟아지는 바위 사이로, 붉은색 야수 같은 존재가 머리를 내밀었다.

그것은 일견, 짐승처럼 보였으나 몸체는 사람 같았다. 인간을 두 배로 키운 듯한 거체가 두 발로 섰다. 옷도 입었다. 비단처럼 보이는 옷에는 번쩍이는 광택이 흘렀다. 금사(金絲) 적포(赤布)에 금은보화 장신구를 주렁주렁 매달았다.

머리가 길쭉하고 뿔이 달렸다. 뱀같이 동그란 눈에 눈동자가 위아래로 가늘었다. 찢어진 입에는 이빨들이 하나같이 뾰족뾰족했다.

용두(龍頭), 용형(龍形)의 거인이다.

용이라는 짐승은 비와 구름을 몰고 물과 함께 나타난다 하였다. 그렇지 않은 악룡(惡龍)도 있다.

비늘이 붉은 적색 용이 땅을 가르고 나타났다.

홍룡(紅龍)이었다.

명경의 푸른 눈이 처음으로 선명한 빛을 발했다.

우우웅!

콰드드드득!

영검존의 무릎이 꺾였다. 그의 몸이 허벅지까지 땅바닥에 박혔다.

콰아아아아아아!

그것이 포효했다.

마천용음도가 뿌리는 용음(龍吟)처럼 들렸다.

터엉!

영검존을 땅에 박아둔 채, 흑풍이 땅을 박찼다.

산을 부수며 도시로 내려오는 괴룡에 맞서 신마(神馬) 흑풍을 탄 청안의 명왕공이 대지를 질주했다.

그렇게 서막이 오른다.

대무후회전 인간들의 싸움이, 신(神)과 마(魔)를 칭하는 궁극의 격전으로 이행하는 순간이었다.

*　　　　*　　　　*

홍룡은 홀로 나타나지 않았다.

뚫고 나온 산 중턱 구멍으로부터 땅과 산의 요괴들이 쏟아져 나왔다.

일그러진 짐승들처럼 생긴 산 귀물들은 몸체에서 불같은 열기를 뿜고 있었다. 홍룡의 마기에 영향을 받은 것 같았다.

수십 마리 산요괴들은 하나하나가 덩치가 크고 사나워 보였다. 그것들이 무너지는 산을 따라 산사태처럼 내려왔다. 홍룡이 그 선두에 있었다.

콰아아아아아!

용음과 함께, 홍룡이 땅 위를 달렸다.

쿵쾅거리며 묵직하게 움직이는데, 속도가 대단히 빨랐다.

악룡이 이끄는 괴물 떼가 시가지를 덮쳐왔다. 비현실적이고 공포스러운 광경이었다. 그러나 그에 맞서는 기마검사의 뒷모습은 웬일인지 조금도 부족해 보이지가 않았다.

누구보다 든든한 등이다.

명경이 흑암을 비껴들고 흑풍에 박차를 가했다.

쿠오오오오오오!

가까워진 홍룡의 위용은 실로 대단했다.

거대한 몸에 용의 머리를 지니고 고대 괴물의 악기(惡氣)를 유감없이 퍼뜨렸다.

명경은 끄떡없었다. 흑풍도 마찬가지였다.

두두두두! 터엉!

흑풍이 땅을 박차고 하늘을 갈랐다.

기마의 도약이 건물 지붕 높이에 이른다.

명경이 머리 위로 흑암을 들었다. 흑암과 함께 쏟아져 내리는 마마(魔馬) 일체의 검은, 이미 깜깜한 세상마저 더 검게 물들이는 것 같았다.

그의 명성에 마(魔)란 글자가 괜히 붙은 것이 아니다.

마왕(魔王)과 괴룡(怪龍)의 격돌이다.

홍룡이 두 눈에서 붉은빛을 뿜었다.

쩌어어어엉!

홍룡이 아래에서 위로 팔을 휘둘러 마검의 일격을 막아냈다. 사람과 사람이 비무를 하듯, 전초나 탐색 같은 것은 없다. 처음부터 전력이다. 홍룡의 팔에 팔찌처럼 달려있던 금빛 장신구들이 마구 깨져나갔다.

터어엉!

충돌과 함께 튕겨나간 인마(人馬)는 바로 옆 건물 지붕 위로 떨어졌다.

푸르륵!

흑풍이 투레질을 한 번 하고 기울어진 건물 위에서 균형을 잡았다. 말발굽 밑에서 기왓장이 깨져나갔다.

콰직! 콰직! 꽈아앙!

흑풍은 용맹했다.

무릇 용(龍)이라 함은, 자연이 가진 신통력의 상징이자 모든 영수(靈獸)들의 제왕이라 하였다. 금수로 태어난 모든 것들은 용이 뿜는 기운을 감당하지 못한다. 전설이 그러했고, 실제로도 그러했다.

하지만, 흑풍은 불처럼 타오르는 홍룡의 기세에도 돌진을 주저치 않았다.

마검이 원하면 달려서 뛴다.

명경과 흑풍이 지붕을 박차고 허공을 달렸다.

꽈아아앙!

검과 말과 사람이 하나 된 공격이었다. 홍룡이 두터운 붉은 손으로 명경의 검을 막았다.

폭음이 터졌다. 피가 튀었다.

후두둑!

홍룡의 손바닥에 붉은 비늘보다 더 붉은 선이 그어졌다. 검은색에 가까운 진한 피가 쏟아졌다.

홍룡은 크게 놀란 듯했다. 귀까지 찢어져 있던 입모양에 변형이 일어났다. 용형의 주둥이가 조금 더 뭉툭해졌다. 입도 더 작아졌다.

홍룡이 입을 열었다.

"너는 무엇이냐?"

명경과 흑풍은 이제 땅에 내려와 괴물의 목소리를 들었다.

오래된 억양으로 뱉어낸 질문에는 존재에 대한 총체적인 의문이 담겨 있었다.

고대의 명왕검을 어떻게 들고 있는가.

어찌하여 불괴의 용체에 손상을 입히는가.

마정(魔精)을 품고 마기를 뿜으면서 광기 없이 그리도 맑은 정신을 유지하고 있는가.

그것들이 가능한 자는 인간인가, 신인가, 반인반요, 반인반신인가.

홍룡은 그것이 알고자 했다.

"북풍단주, 명경이다."

명경은 대답은 그러했다.

선문답 같은 고대 악룡의 물음에 사람의 언어로 답했다.

그는 더 이상 자신을 무당 제자로 말하지 않았다.

홍룡은 그 내면의 의미까지 알아들었다.

"너는 그저 오랫동안 싸워 온 인간이로구나."

홍룡의 말투는 고풍스러웠다.

사람을 해치려 도시에 들이닥친 악룡 같지 않았다.

그러나 이내, 괴물은 다시 괴물이 되었다.

"섭리에 분노한 얼룡이 나를 깨웠으나 나는 그와 다르다. 나는 하늘이 내린 천명(天命)을 수행하리라. 너를 짓밟고 사람을 죽일 것이다. 어둠의 무리가 조장하는 혼돈과 파괴를 먹으며 기어코 암천(暗天)에 닿을 것이다."

악룡의 선언에는 인간의 논리가 없었다.

이번에는 명경이 물었다.

"그와 같은 일이 하늘의 명이라는 뜻인가?"

"나와 같은 악신(惡神)과 내 뒤의 요마(妖魔)들에게 달리 주어진 천명이란 게 있겠느냐?"

홍룡이 반문으로 답했다.

그리고 주먹을 휘둘렀다.

위에서 아래로 내리찍는 괴수의 주먹은 그야말로 하늘이 내린 악의(惡意)가 사람에게 내려치는 핏빛 철퇴 같았다.

명경이 흑풍의 말고삐를 잡아당기며, 흑암을 위쪽으로 그어 올렸다.

우-우-우-우-웅!

거대하게 짓누르는 압력을 무당비기 사량발천근의 묘리로 감싸 안았다. 흑암이 부드럽게 반원을 그렸다. 홍룡의 공격 궤도가 휘어졌다. 붉은 주먹이 땅바닥에 내리꽂혔다.

쫘아아아아아아앙!

태극을 구현한 명경의 공력과 용형인의 괴력이 한꺼번에 땅을 부쉈다.

지진이라도 난 듯 대지가 흔들렸다. 이미 망가져 가던 건물들과 담벼락들이 무더기로 주저앉았다.

사람들을 미리 대피시키지 않았더라면, 크나큰 인명 피해가 났을 싸움이었다. 명경은 고삐를 늦추지 않았다. 흑풍이 기울어지는 대지를 박차고 홍룡에게 돌진했다.

꽈앙! 쩌정!

전장의 강검을 구사했다.

힘 대 힘으로 겨루는 마검와 용체의 충돌이 주위를 초토화시켰다. 중심 시가지에서 동쪽으로 조금 벗어난 저잣거리가 무자비하게 부서져 나갔다. 이어, 홍룡이 이끌고 온 괴물들이 시가지 사이로 파고들었다.

맞서는 것은 북풍단 무인들이었다.

두두두두두두!

바람처럼 말을 달려 장쾌하게 돌격한다.

보도를 든 선두의 남자가 소리쳤다.

"비호! 왼쪽으로!"

동북쪽 황량한 대지를 사는 사람처럼 억양이 거칠었다.

"진표! 오른쪽을!"

보도 구망이 북방의 바람을 머금었다.

"내가 가운데를 맡는다!"

그의 이름은 적봉이다.

대전장을 넘어 온 역전의 용사들이 산요괴들을 쓰러뜨렸다. 도시의 대로와 골목에서 괴물들이 날뛰고, 담벼락과 지붕을 넘는 괴력 신마(神馬)들의 기병들이 각자의 천명을 품고서 백전의 무용을 뽐냈다.

콰직! 우지끈!

보기만 해도 무서운 괴물들이 고작 삼십 기의 기마무인에게 속절없이 부서져 나갔다.

장관이었다.

그리고 그 엄청난 격전의 백미는, 역시나 용과 인간의 싸움이었다.

꽝!!

폭발이 일고, 명경과 홍룡 사이에 공간이 생겼다.

홍룡의 몸에는 금방 지워질 두 개의 검상이 새겨져 있었다. 흐르는 피에서 허연 연기가 났다. 열(熱)과 함께 피가 멎고 새 비늘이 차올랐다.

"신력(神力)을 쓰지 않으면서, 오직 인간의 힘으로 마정(魔精)을 제어하다니!"

홍룡이 끓어오르는 듯한 목소리로 소리쳤다.

그것은 하늘을 올려보며 섭리에 토로하던 얼룡의 절규와 비슷했다. 이치를 벗어난 힘이 출현하면, 섭리는 항상 그 힘에 맞설 대적자를 내려보냈다. 홍룡이 두 눈에 불길을 담으며 말을 이었다.

"이제야 나는 깨닫는다! 얼룡이 틀렸다! 내가 이 시대에 눈을 떴으므로 하늘이 너를 내린 것이 아니라, 인간의 힘이 과분하여 나를 깨어나게 한 것이었구나!"

악룡이 느낀 섭리는 그러했다.

그가 용의 뜻으로 섭리를 읽고 용의 눈으로 명경을 보았다.

명경은 사람의 화신이었다.

우주(宇宙)가 일찍이 그를 향해 열려 있었지만, 명경은 어디까지나 사람의 길을 질주하며 싸우고 또 싸워왔다.

신(神)에 이르려 하지 않았다.

그저 오롯하게 사람이 이룬 무의 전당(武堂)에 거한다.

명경이 다시 검을 거두었다.

세상을 구축한 섭리와 섭리를 섭리답게 하는 의지들이 충돌한다. 균형을 이룬 자들이 죽어나가면 결국 이치(理致)가 일그러질 것이요, 대적할 이가 없는 무(武)는 폭주하여 세계의 균형을 망가뜨릴 것이다.

명경의 몸에서 위대한 무당의 기(氣)가 흘러나왔다.

홍룡이 전신에서 뜨거운 열(熱)을 뿜었다.

그때였다.

콰드득! 콰광!

후방과 측면, 두 곳에서 폭음이 들렸다.

명경의 뒤쪽으로, 끔찍한 치욕과 들끓는 분노로 한 남자가 달려들었다.

다름 아닌 영검존이었다.

더불어, 중심 시가지를 가로지른 철선녀와 홍해아가 바람과 불꽃을 품고서 명경 앞에 섰다.

뒤집어진 품(品) 자 형태로 고대의 악룡과 신마맹, 비검맹의 괴물들이 명경을 에워쌌다.

"흑풍."

푸르르륵!

신력의 흑마는 명경의 말을 온전히 알아들었다.

"지금은 나 홀로 싸워야겠다."

마침내.

명경이 흑풍에서 내려섰다.

흑풍이 땅을 박찼다.

"미물이 어딜 마음대로!"

철선녀가 요악스럽게 소리치며 파초선을 쳐들었다.

명경의 푸른 눈이 그녀에게 닿았다.

"흡!"

철선녀가 컥, 하고 대경하여 숨을 들이켰다.

명경은 전장의 지배자였다.

그는 살기만으로 일만 대군의 사기를 꺾을 수 있는 남자였다. 흑풍이 유유히 거리 저편으로 달려가는 것을 보면서도 철선녀는 기어이 파초선을 내려칠 수 없었다.

"악… 마……!"

그녀같이 비틀린 요마가 더 큰 마(魔)에 압도당했다.

발악하듯, 그녀가 소리쳤다.

"지금 죽여야 해요! 더 강해지면 맹회의 수좌들마저 위협할 겁니다!"

홍룡은 본디 그녀가 말하는 사람의 싸움에 관심이 없었다.

허나, 요마에 잠식된 하찮은 인간 마귀의 말이 이 순간 악룡에게 또 하나의 진실을 일깨웠다.

악룡들이 깨어나는 것은 인간 난세의 도래와 관련이 있으며, 이는 이들의 싸움에서 기인한, 악독한 섭리의 조화다.

청안의 명왕공을 죽여야 할 이유가 분명해졌다.

즉, 그녀의 말은 홍룡이 받은 천명과도 정확하게 일치하는 일이었다.

쫘아아앙!

홍룡이 사명을 느낀 것처럼, 명경에게 달려들었다.

막강한 상대들의 합공을 눈앞에 두고, 명경의 왼손과 흑암이 가슴 앞에서 교차했다.

교검(交劍).

생명과 생명이 교차하는 이치를 담으며, 십단금 첫 번째 초식이 숨 막히도록 혼란스러운 세계를 찢었다.

우·우·우·우웅! 촤아아악!

비단처럼 펼쳐진 검력이 홍룡의 몸을 밀어냈다.

뒤로부터 날카로운 검기(劍技)가 짓쳐들었다.

건원(乾元).

명경의 검이 휘돌아 하나의 원을 그렸다.

교검으로 싸움을 열고, 진정한 무당의 무공을 보여준다.

힘의 근원이 그 원 안에 있다.

배후로 들어온 영검존의 검날이 하늘의 힘에 휘말려 땅에 박혔다.

홍룡과 영검존의 합공으로 압박에서 풀려난 철선녀가 파초선을 휘둘렀다. 칼날 같은 바람이 명경의 머리 위로 쏟아졌다.

양의(兩意).

아래와 위, 흑암이 둘로 나눠 진 것 같은 검영을 만들었다.

그것이 심단금 연환검의 시작을 알렸다.

좌아아아아악! 콰콰콰콰!

쪼개고 뭉개는 검력을 동시에 일으킨다.

파초선 풍격이 단숨에 무산되었다.

홍룡의 손이 창처럼 곧게 쇄도했다. 합공으로 명경의 힘이 분산되는 만큼, 홍룡의 일격은 전에 없이 강력했다.

사상(四象).

일월성신, 비단폭 같은 검력이 네 줄기로 뻗어나갔다. 흑암의 검날이 푸른 기운을 품고, 홍룡의 손을 막아내며 베어내고 밀쳐내서 튕겨냈다.

영검존이 땅에 박힌 검을 뽑아 다시금 명경의 목덜미를 노려왔다.

명경의 움직임은 부드럽다.

팔괘(八卦).

양의가 사상을 일으켰고, 사상이 팔괘를 이끌었다. 여덟 줄기 비단폭은 사나운 파도 같았다. 영검존의 검이 튕겨나갔다. 그의 어깨와 가슴에서 피가 튀었다.

파초선 풍격이 헛되게 밀려나가 흩어졌다. 먼 거리의 철선녀가 으악 하고 물러났다. 그녀의 팔뚝에 긴 검상이 생겨났다.

다시 달려든 홍룡의 몸에도 두 줄기 검상이 그려졌다.

철선녀가 악독하게 소리쳤다.

"홍룡은 불에 강하다! 그냥 뿜어내!"

그때까지도 덤벼들지 않았던 홍해아가, 결국 최악의 화염술을 펼쳤다. 홍해아의 입에서 거대한 불길이 터졌다.

삼매진화다.

도시 구획을 잿더미로 만드는 격렬한 화염이 홍룡과 명경을 한꺼번에 휩쓸었다.

십단금 팔괘 연환검의 비단폭은 화염을 온전히 갈라내지 못했다.

명경의 전신이 불길에 휩싸였다.

백화(白火)에 가까운 신력의 화술을 직격으로 맞았다. 어떤 무공의 고수라도, 이 불길을 내공만으로 완전히 방어하는 것은 불가능했다.

"쿠오오오오!"

홍룡은 그러한 방어가 필요 없었다.

붉은색 용은 강력한 불길 안에서 오히려 더 큰 힘을 얻은 듯했다. 홍룡이 포효하며 주먹을 내려쳤다.

진무(眞武).

타오르는 불꽃 속에서, 푸른빛이 일어났다.

그 빛 무리는 십단금 여섯 번째 초식을 일으키는 흑암에만 머물지 않았다.

명경의 전신에 어린 푸른빛이 불길을 빨아들였다.

웅웅웅웅웅웅!

무당무공과 다른 파동이 그의 몸을 감싸고돌았다.

카가가가가각!

푸른빛 비단검기가 홍룡의 주먹을 수직으로 쪼갰다.

솟구치는 피마저 기화되는 화기의 작렬 속에서 명경이 무당무공의 정수를 발휘한다.

가능케 하는 것은 그가 입은 옷이었다.

양무의가 수로맹의 배를 타고, 명경에게 전해 준 선물이다.

푸른빛 천잠보의가, 홍해아의 삼매진화를 상쇄하고 있었다. 그러므로 그는 불과 바람 속에서도 자유롭다. 의협비룡회의 보의가 북풍단주의 전신을 방어하는 순간, 무당의 마검은 지금 무적(無敵)을 논한다.

명경의 검이 십단금 혼원(混元)의 일격을 터뜨렸다.

혼원(混元).

우주, 천지, 도(道)를 일컫는다.

단운룡과 제천대성이 들어선 곳을 또한 혼원이라 부를 수 있다.

두 줄기, 네 줄기, 여덟 줄기, 비단폭을 뿜어내던 그의 검이 일순간 고요해졌다. 화염이 몰아치고 악룡이 포효하는 대혼돈의 한가운데에서 하나의 검은색 점이 생겨났다.

흑색의 찌르기가 공허를 만들었다.

무극의 허(虛)가 혼란의 실(實)을 빨아들였다.

마구잡이로 치닫던 힘을 잡아먹으며, 혼원의 십단금이 홍룡의 몸과 홍해아의 불을 꿰뚫었다.

퀴웅!

홍룡의 몸체에 사람의 머리통만 한 구멍이 뚫렸다.

퍼억!

이어 홍해아의 어깨가 터져나갔다.

이글거리는 불길이 청색 보의를 누볐다.

삼매진화의 화력이 지나치게 센 나머지 천잠보의조차도 완전 흡수가 불가능해 보였다. 그러나 명경은 여전히 자유로웠다. 허공노사의 깨달음이 집약된 무극진기는 그야말로 막강한 신공이었다. 보의에서 흘러넘치는 열기도 염력과 함께 둘러친 신공의 방패는 태울 수가 없었다.

"저게 사람이라고?"

홍해아는 큰 충격을 받은 듯했다.

어깨의 근육이 한 움큼 떨어져나가 뼈가 보일 지경인데도, 망연자실하여 지혈조차 하지 못했다.

홍해아가 도움을 청하듯 철선녀를 돌아보았다.

철선녀는 홍해아 이상으로 놀랐다.

이런 자들 때문에 신마맹이 수십 년 동안 출도하지 못한 것이다. 이 전력이라면 연수합격으로 충분히 싸워 이길 줄 알았건만, 드러나는 대적의 무력은 그녀의 계산을 훌쩍 뛰어넘고 있었다.

순수한 무(武)를 무서워해야 하는 이유가 이것이다.

이런 걸 상대하려면 위타천이 와야 한다. 어쩌면 맹주가 직접 강림해야 할지 몰랐다.

홍해아가 철선녀를 돌아본 것처럼, 철선녀가 적산 위를 올려다보았다.

제천대성이 필요했다.

무적의 원숭이가 아니면, 이 괴물을 막을 수 없었다.

그녀가 당황하는 것 이상으로 명경은 강했다. 그리고 초를 거듭할수록 십단금은 더욱더 강해졌다.

진혼(眞魂).

혼의 힘이 검에 실렸다.

우주를 열었으나 범접하지 못할 곳에 뜻을 두지 않았다.

번뜩이는 깨달음 대신 몸으로 연마한 검기(劍技)로 그의 영혼(靈魂)을 굳건히 했다.

밥알을 한 톨 한 톨 정성스레 눌러 담듯, 든든하게 채워지지 않은 영혼은 각성의 허무에 취약하기 마련이었다. 머나먼 경지에 대한 갈구는 채워지지 않은 허기(虛飢) 같아서, 마음을 곧게 닦지 않은 자가 함부로 열어 볼 문이 아니었다.

그 문 안에 진수성찬이 있음을 안다.

무극의 무공과 천하제일검의 오의가 넘쳐나는 것을 알고 있었다.

그것을 억지로 구하지 않으며, 무의 길을 정진한다.

그러면 문을 열고 들어서지 않아도 어느새 그 안에 들어가 있을 것이다.

푸른 검기(劍氣)가 흑암을 감싸 안았다.

쩡!

마치 쇠가 깨지는 소리 같았다.

홍룡의 팔이 하늘을 날았다. 장신구 금붙이가 깨져나가 삼매진화의 불길에 녹아내렸다.

악룡이 생사의 기로를 느꼈다.

이렇게 죽으면 다시 살아나지 못한다. 잠들어 다시 깨는 것이 아니라 완전한 영면(永眠)에 들 수도 있었다.

홍룡이 숨을 들이켰다.

단순한 흡기(吸氣)가 아니었다.

홍해아가 일으킨 삼매진화의 화기(火氣)를 무한정으로 빨아들였다.

화르르르륵!

홍룡의 몸에서 불길이 일어났다.

비로소 진정한 화룡(火龍)이다. 홍룡이 입은 용법의(龍法衣)

는 삼매진화의 불길에도, 화룡의 염화에도 불타지 않았다. 다만 보석과 장신구들은 아깝게 녹아서 빛과 함께 흘러내렸다.

보물이 문제가 아니었다.

이제 진신(眞身)이다.

머리에 불꽃의 뿔이 돋아났다. 잘려나간 어깨 죽지에서 화염으로 이루어진 팔과 손이 돋아났다. 등 뒤에도 불길의 날개가 펼쳐졌다.

신화가 현신했다.

반만 깨어났던 홍룡은 요마와 화술로 말미암아 일시적이지만 완전한 용신이 되었다.

화르르륵! 콰아아아아아아아!

불길이 너무 거센 나머지 하늘 위로 소용돌이가 일었다.

엄청난 화력이었다.

"파초선!"

홍해아가 다급히 소리쳤다.

철선녀가 파초선을 휘저으며 열기를 막았다. 출수가 늦었으면 순식간에 잿더미가 되었을 불길이었다. 홍해아도 두 팔을 올려 가면을 가렸다. 화염술 이상으로 뛰어난 방화력(防火力)을 지닌 불의 요마마저도 뒷걸음질을 쳐야 했다.

법력과 법구를 지닌 요마들이 그러할진대 영검존은 당연히 버틸 수 없었다. 그는 경신술을 써서 뒤로 물러나야 했다. 무지막지한 열기에 숨조차 쉬지 못했다. 관아가 있는 중심 시가

지까지 물러나서야 호흡이 가능해졌다. 내공과 영력으로 몸을 보호하고 있음에도 피부가 붉게 달아올라 있었다.

인간 신체로 견딜 수 있는 열이 아니었다.

명경마저도 뜨거움을 느꼈다. 화기(火氣)가 천잠보의를 넘어 신체까지 달궜다. 무극진기를 극성으로 끌어올렸다.

꽈아아앙!

홍룡이 손톱을 내리찍었다.

화염용신(火焰龍神)의 용조였다.

화포를 쏜 것처럼, 홍룡의 어깨와 팔꿈치에서 불꽃이 터졌다. 초고수의 무공처럼 빠르고 강력했다.

명경의 눈이 거울처럼 빛났다. 거울이 불길을 담았다. 눈에 담긴 의지가 검을 움직였다.

태극(太極).

명경의 검이 두 개의 원을 그렸다.

첫 번째 원이 홍룡의 용조(龍爪)를 막았다. 원이 부서졌다. 십단금의 아홉 번째 초식을 펼치는데, 태극의 원이 망가지고 있었다.

신(神)의 힘이다.

우주가 세계에 허락한 가장 큰 권능이었다. 그 강대한 위력에 인간 무공의 정화가 일그러졌다.

명경은 당황하지 않았다.

두 번째 원이 용조에 얽혀들었다.

콰지직! 콰아아앙!

명경의 몸이 처음으로 흔들렸다. 찍어 누르는 용조에서 네 줄기 불길이 쏟아져 내렸다. 네 개의 화염의 손톱은 하나하나가 뾰족한 기둥 같았다. 그것들이 명경의 몸으로 틀어박혔다.

쩌엉! 쩌정!

일그러졌던 첫 번째 태극의 원이 홍룡의 화염조(火焰爪) 두 개를 막았다. 하나는 무극보를 밟으며 피했다. 나머지 하나가 머리로 떨어져 내렸다.

명경이 측면으로 몸을 숙였다.

콰드드드득!

천잠보의가 찢겨 나갔다. 바위 부서지는 소리가 났다.

왼쪽 어깨부터 등으로 꽉 짜여진 근육이 뭉텅이로 터져나갔다. 피와 살이 순식간에 재가 되었다.

텅.

명경은 휘청거리지도 쓰러지지도 않았다.

북방 초원에서 군신(軍神)의 참마도를 받을 때도 이랬다.

강적과 만나 부상을 입는 것은 결코 놀랄 일이 아니었다. 십단금 진혼으로 벼린 그의 영혼은 싸우지 않을 때처럼 고요했기만 했다.

화염용신의 손톱이 다시 내려왔다.

그의 검이 또 한 번 원을 그렸다.

돌고.

돈다.

진리처럼 되뇌었다.

돌고 돌아 태극이다.

쩌엉! 쩌어엉! 쩌어어어엉!

명경의 전면에서 푸른빛 태극의 방패가 생겨났다.

유형화된 아름다운 청색 태극이 화염의 손톱들을 마구 부 쉈다.

이것이 십단금 구초 태극이다.

화염용신이 포효했다.

어린아이들에게 들려주는 옛날이야기처럼, 불의 용이 입에 서 불을 뿜었다.

쿠아아아아아아아아아!

태극을 그리는 푸른 검기(劍氣)가 불길을 빨아들였다. 한쪽 에서 빨아들여 다른 쪽으로 토해낸다. 그 원은 시작도 끝도 없었다. 극한 화기(火氣)가 폭발했지만, 그것을 막아내는 것은 천잠보의 보물의 조화가 아니라, 오래 연마한 인간 무공의 궁 극이었다.

콰과과광! 화르르르르륵!

마구 흩뿌려지는 불길에 동쪽 시가지 전체가 불길에 휩싸 였다.

천외천의 싸움이었다.

단연코 없었다.

요마도, 비검도, 단심도, 흑림도, 누구도 이러한 광경을 본 경험이 전무했다.

철선녀가 말했다.

"이건 우리의 싸움이 아니다! 아들, 가자! 사람이나 죽이자!"

홍해아도 그리 생각했다.

겁을 먹고 도망친다 해도, 변명거리가 있다. 무릇 요괴라는 것이 그러하다. 나약한 자들을 꾀어내 죽이는 것이 당승전설의 요괴들이었다. 건드리지 말아야 할 이들을 건드린 요괴들은 하나같이 죽음의 이르는 고통을 받으며 태초의 미미한 존재로 돌아가야만 했다.

철선녀가 뒷걸음을 치더니 아예 몸을 돌려 땅을 박차고 날았다. 홍해아가 말 잘 듣는 아이처럼 그녀 뒤를 따랐다.

비검맹 영검존도 생각했다.

만혼도에서 수로맹주 백무한은 검존 둘을 상대했다. 심지어 수로맹주는 계속 이어진 격전으로 몸 상태조차 정상이 아니라고 하였다.

믿지 않았다. 같잖은 수로맹 졸개들이 퍼뜨린, 날조된 소문이라 생각했다.

이 자를 보니 알겠다. 검존 둘과 싸워 이기는 자가 있을 수 있겠다. 영검존 자신 또한 낮부터 지금까지 싸우고 있었지만, 공력과 체력 소모로 이 격차를 합리화하기엔, 상대의 무공이 너무나도 고강했다.

대법의 완성은 그저 검 자루에 겨우 손을 올린 것에 불과할 뿐, 진정한 영검(靈劍)을 휘두르기엔 한참 부족함을 절감했다.

꽈아아아아앙! 화르르륵!

불길이 치솟았다.

건물들이 불과 함께 무너지는 것을 보았다. 푸른색 검광이 용의 몸부림을 막아내고 있었다.

파검존이 저 자를 이길 수 있을까.

알 수 없다.

파검존에게 허무(虛無)가 없다면, 누를 수 있을지도 모른다. 저걸 이기려면 비검맹주가 와야 한다. 비검맹주는 저렇게 요란하지 않다. 경천동지 없이도 상대를 벤다. 파검존의 검도 그렇게 부러졌었다.

지고한 검사(劍士)들의 과거의 현재를 떠올리자, 자신의 경지가 더 뚜렷하게 보였다.

영검존의 눈이 흔들렸다.

검을 검집에 넣었다. 그러면서 평정을 되찾았다.

"완패다."

영검존이 대격전의 불길 앞에 포권을 취했다.

명경은 그런 그를 보지 못할 것이다. 아니, 보지 않을 것이다. 경의 없는 언행에 수치심을 느낀 자신을 반성했다.

반성과 함께 되짚었다. 죽일 수 있었는데 왜 죽이지 않았을까. 아량인가. 무시인가.

아니다.

명경은 그를 죽이려고 했다. 분명 전장의 살검을 휘둘렀다. 그가 잘 버틴 것이다. 거기서 검존(劍尊)의 이름 한 조각을 좌절스럽게 건져냈다.

포권을 풀고 몸을 돌려 박살 난 귀검사들을 보았다.

되살아나 멀쩡해진 검사들도 있었지만, 다시 일어나지 못할 만큼 파괴당한 시체도 많았다.

다음에는 무시당하지 않을 것이다. 검으로 그것을 입증할 것이다. 그 혼자의 검으로 안 된다면, 이들 귀검사들과 함께 강호의 어떤 무력도 내려 볼 수 없는 막강한 검대(劍隊)를 구축해 낼 것이다.

재기(再起)를 결심했다.

비검맹의 후퇴 결정과 동시였다.

*   *   *

콰광!

의협비룡회가 세워진 적산 중턱에서 작은 폭음이 터져 나왔다.

바위벽에 동굴이 생겨났다. 까만 구멍 속에서 까만 밤으로 원숭이의 머리가 튀어나왔다.

"웃챠!"

원숭이가 바위 중턱 튀어나온 곳으로 몸을 날렸다. 몰골이 말이 아니었다. 옷소매가 다 찢어져 맨살이 드러났고, 등판의 옷은 아예 녹아내려 몇 가닥 실오라기만 살갗에 늘어붙어 있었다.

"어이쿠. 이거야 원!"

혼잣말도 자연스럽다.

누가 듣는 것처럼 주위를 둘러보았다.

"으랏챠!"

훌쩍 바위를 넘었다.

끙끙대는 이유가 있다. 제천대성은 두 팔이 자유롭지 않았다. 한쪽 팔에는 거구, 한쪽 팔에는 조금 더 작고 호리호리한 남자가 매달려 있었다.

쫘아아아아아아앙!

"이크!"

제천대성이 시가지 쪽에서 들려오는 폭음에 화들짝 놀란 척을 했다. 괜히 뒤를 돌아보았다. 또 뭐가 따라오나 했다. 그러나 그가 뚫고 나온 구멍은 조용했다. 아무 일도 일어나지 않는데도 고개를 기웃거리며 몇 번이나 다시 확인했다.

아주 지독한 놈들이었다.

자신 있게 난입한 지하에는 별천지가 펼쳐져 있었다.

기문둔갑의 악독한 진식이었다.

환상과 실재가 어찌나 뒤죽박죽이 되어 있는지, 귀도 눈도

믿을 수가 없었다. 바깥에서 뭔 일이 벌어지는지도 몰랐다. 시간이 얼마나 흘렀는지도 알 수 없었다.

우마군신과 이빙을 빼 온 게 용했다. 스스로에게 백 번 기고만장하여 칭찬해 줘야 할 공로였다.

"으얏! 웃챠챠!"

바위를 넘고 나무 위로 올라갔다. 두 남자를 들고서 가느다란 가지 위에 오르는데 나뭇가지는 휘어지지도 부러지지도 않았다.

제천대성이 적산 중턱에서 도시를 내려다보았다.

"우왓! 저게 뭐람?"

어마어마한 싸움이 벌어지고 있었다.

깜깜해진 밤의 거리가 대낮처럼 훤했다.

그 한가운데 붉은 용이 보였다.

중양절 대축제에서 보는 저잣거리 가짜 용신이 아니었다. 집채만 한 괴물이 불꽃의 뿔을 달고, 용의 입으로 화염을 뿜었다.

말도 안 되는 것을 한 남자가 막고 있었다. 여기서 보기엔 검은색 꼬챙이 같은 장검 한 자루로 막상막하 대격전을 펼치는 중이었다.

"이야……! 너무하잖아!"

제천대성이 흥분했다.

화안금정의 두 눈이 휘황하게 빛났다.

마치 양팔에 있는 우마왕과 이빙을 내동댕이치고서라도 끼어들고 싶어 하는 눈빛이었다. 그러나 이 제천대성은 그럴 수 없음을 잘 알았다. 맡은 일이 있기도 하거니와, 저기에서 함께 난장을 벌이기엔 이미 잔뜩 소모한 금정(金精)이 너무나도 부족했다.

"그런데… 왜 이렇게 멀리 있지?"

제천대성이 나무에서 뛰어 내려 바위를 탔다. 너른 바위 위에 요마 천신의 몸을 내려놓고, 한 손을 들어 눈썹 위에 올렸다.

"왜 거기까지 가 있어?"

듣고 있는 이에게 문득 의아한 어투로 질문을 던졌다.

까마득히 먼 곳에서 대답처럼 금빛 광채가 솟아났다.

"얼른 오라구! 여기 난리 났어!"

금빛 광채가 한 번 크게 깜빡였다.

이제 온다.

공허에서 튕겨나간 진짜 제천대성이 근두운 신법을 펼치며 여의봉을 들었다.

＊   ＊   ＊

콰아아아앙!

사방에서 불길이 치솟고 있었다.

화룡(火龍)이 되어 버린 홍룡은 짓밟는 모든 곳을 불바다로
만들었다.

두두두두!

"그쪽 몰아!"

"여기는 다 정리했다!"

그 대재해의 한가운데에서도, 북풍단 무인들은 전혀 당황
치 않은 채 해야 하는 전투를 수행했다. 산요괴들 대부분이
북풍단 무인들의 창날 아래 땅바닥을 굴렀다. 몇몇은 이미 상
대해 본 귀물들이었고, 몇몇은 처음 보는 요괴들이었다. 북풍
단은 거침없었다. 치솟아 쏟아지는 불벼락을 태연히 피하면서
달려드는 요괴들을 능숙하게 처치했다.

콰직!

"쿠에에엑!"

웅웅거리는 칼 울음과 함께, 적봉의 보도가 곰처럼 생긴 괴
물의 등허리를 쪼갰다. 괴성을 지르며 넘어지는 요괴 뒤로, 기
마 무인들의 음영(陰影)이 그림처럼 비쳐들었다.

"귀병들이 후퇴한다!"

"봐주지 마! 목을 날려!"

"끝낼 수 있는 것들은 여기서 끝내야 해!"

북풍단 무인들은 그들의 퇴각을 기뻐하지 않았다.

그들은 초원의 전쟁부터 중원의 난세에 이르기까지 오랫동
안 싸워온 이들이었다.

지금 죽여야 했다.

주술 기동으로 싸우는 귀검사들은 요괴들에 준하는 재생력과 내구력을 갖고 있었다. 물러가게 놔두면 언제라도 강호에 해악을 끼칠 수 있는 괴물들이란 사실을 본능적으로 알고있었다. 그처럼 북풍단 무인들은 적 말살에 특화된 전투 부대의 표본과 같았다.

콰직! 스가가각!

"물러나! 혼자 싸우지 마라!"

"뭉쳐서 잡아!"

하지만 적들의 저항이 만만치 않았다.

쏟아지는 불덩이들에 흩어졌던 북풍단 무인들이 삼삼오오기병 대열을 만들어갔다. 명경을 필두로 한 기병 돌진의 힘이지나치게 강했을 뿐, 귀검사들의 무력은 결코 약한 것이 아니었다. 개별 기병으로 싸우다가는 도리어 당할 수 있을 정도였고, 실제로도 길지 않은 교전 중에 부상을 입은 무군(武軍)들이 넷이나 나왔다. 그중 하나는 검상이 꽤 깊어 동료의 도움을 받아야 했다.

"그쪽은 놔줘! 중앙만 확실히 정리한다!"

수의 열세도 문제였다.

생과 사는 한순간에 갈리기 마련이었다.

명경이라는 희대의 무인과 함께 돌진하여 노도와 같은 흐름을 탔지만, 명경이 홍룡을 단숨에 참하지 못한 지금, 사기의 고조는 정체 국면에 접어들 수밖에 없었다.

지극히 민감하고 중요한 순간이었다.

여기서 조금만 판단을 잘못하면 적 기세에 잡아먹힌다. 게다가 북풍단 무인들이 죽어 나가면 명경의 마음 또한 분산될 것이다.

그러므로 무리해서 싸우지 않는다.

욕금고종(欲擒故縱)이다.

어떤 전쟁에서건 상대를 지나치게 궁지에 몰아붙이면 죽자고 달려들기 마련이었다. 허나 도망칠 길을 열어주면 도망치려고 하지 대항하려 들지 않는다. 그게 병법의 기본이었다.

목과 몸통을 완전히 분리하여 토막 낼 수 있는 것들만 다시 살아나지 못하도록 확실히 죽여 넘겼다. 이미 무리를 이뤄 퇴각하는 귀병들을 내버려 두었다. 또한 기병들이 고립되어 반격의 여지를 주지 않도록 동료의 간격을 세심히 조절했다.

후퇴를 감행하는 귀검사들은, 그들이 지닌 무력만큼이나 이동도 빨랐다. 당황한 것은 관군 장비를 갖춘 병사들이었다. 악룡이 포효하고 불덩이가 날아다니는 광경에 병사들은 이미 제정신이 아니었지만, 아군에 해당했던 귀검사들이 물러나자 사기가 더욱 급감했다. 천부장 요 장군이 다급하게 호통을 쳤다.

"물러나지 마라! 저 반역자 도적들을 앞에 두고 물러나는 이유가 무엇이냐!!"

내공 실린 목소리가 제법 쩌렁쩌렁했다.

그러나 귀검사들이 그의 명령을 들을 리 만무했다. 많지는 않았지만 귀검사 귀병들 중에는 죽은 진명군으로부터 부활한 병사들도 여럿 있었다. 그들조차도 요 장군의 명을 듣지 않았다. 요 장군의 얼굴이 분노로 일그러졌다.

"이것들이⋯⋯!"

요 장군이 두 눈을 치뜨고 병사들을 돌아보았다.

천부장 셋, 삼천 병사를 동원했건만, 남은 것은 수백 명에 불과했다.

"으아아악!"

저 멀리서 불길에 휩싸여 허우적거리는 보병들이 보였다. 그 옆으로는 늑대도 범도 아닌 괴물들이 병사들을 물어뜯고 있었다. 어느 하나 개죽음이 아닌 게 없었다.

"설마⋯⋯!"

불과 바람이 미친 듯 몰아쳤다. 신마맹 요마들의 술법이었다. 피아 식별조차 안 되는 요괴들이 땅 위를 누볐다. 지옥도가 따로 없었다.

요 장군은 갈등했다.

선택의 기로가 눈앞에 있었다.

위에서 이곳에 그를 보낸 이유를 생각했다. 여기는 사지(死地)다. 그것도 극한의 사지였다.

삼천 정병 중에 무공을 익힌 기병들이 있다고는 하나, 잘 쳐줘봐야 중견 문파의 일선 무인 수준이었다. 헌데 비검맹에서는 검존이 나왔고, 신마맹에서는 무려 제천대성을 보냈다. 심지어 흑림에서는 불을 뿜는 악룡까지 불러냈다.

군단장이 직접 왔으면 모를까, 이것으로는 전력 불균형이 명백했다.

삼개 맹회에서 주력을 동원했으니 무난한 압살을 예상했다? 그래서 일반병 위주의 병대를 출군시킨 거라면 이해할 수 있다.

헌데, 이제 막 이름을 알리기 시작한 신생 무림 도당이 팔황의 연합전력을 철벽처럼 막아내는 중이다. 그 틈바구니에서 군사들만 속절없이 죽어나갔다. 지략이라면 타의 추종을 불허하는 맹회의 지낭들이 이 상황을 예측하지 못했을 리 만무했다.

그뿐인가.

병사들을 되살려 주술병대를 만들기 위해서라는 것도 이제 보니 말이 안 된다.

귀병들은 영검존이 지닌 귀검(鬼劍)에만 반응했다. 생전 지휘관이 요 장군이었다는 것도 그것들의 움직임엔 아무런 영향을 끼치지 못했다. 검맹과 흑림에 힘을 보태주었을 뿐이다. 약조한 것 뒤에 또 다른 약조가 있다. 붉은 심장은 언제나 그렇듯 절대로 있는 그대로의 이야기를 온전히 하는 법이 없었다.

"죽으라는 거였군."

요 장군은 깨달았다.

영락제의 포악함에 진실(眞)로 정화(靜)된 명군(明軍)으로 일어나려던 그들, 믿는 자들의 의지가 그들만의 꿈이었다는 것을 알았다.

"전군! 들어라!!"

요 장군이 소리쳤다.

어디에도 생로(生路)가 보이지 않았다. 그래도 살아나야 했다. 이렇게 이용만 당하고 죽을 수는 없었다.

"북동쪽으로 길을 연다! 역도들을 죽이고 도시 끝까지 돌파하라!"

요 장군의 명령에 따라 군사들이 달렸다.

동쪽 시가지는 이미 불길에 휩싸여 있었고, 북쪽 시가지에서는 난전이 한창이었다. 그 사이로 빠져나갈 심산이었다.

상황이 심상치 않게 돌아가고 있음은 병사들도 이미 알았다. 요괴들은 살아 움직이는 모든 사람들에게 뛰어들었고, 신마맹이 일으키는 바람과 불은 그들을 피해 가지 않았다.

"피해라! 무너진다!"

"모래바람 때문에 시야가 좋지 않습니다!"

스스로 살아남아야 했다. 수백 명 기병과 보병들이 생존의 일념하에 대오를 갖췄다. 요 장군과 몇몇 백부장들이 군사들을 이끌었다.

"측면에 적 기병이 옵니다!"

"으악!"

"으아아악!"

"막을 수가 없습니다! 너무 강합니다!!"

"우회! 우회! 옆길로 돌아가!"

콰직! 우지끈!

같은 기병이라도, 저쪽은 하늘을 날았다.

적 기병 돌격이 측면을 휩쓸고 지나가자 스물이 넘는 병사들이 땅바닥을 굴렀다.

화르르르르륵!

뒤쪽에서 뜨거운 열기가 훅 하고 끼쳐들었다.

아이 가면을 쓴 남자와 큰 부채를 든 여자가 후방을 지나쳐 갔다.

콰꽈과꽝!

폭음이 마구 터졌다. 뒤쪽에서 화탄이라도 터진 것처럼 시체가 날고, 비명 소리가 들려왔다.

"정면에 교전!"

"돌아갈 수 없습니다!"

백부장들이 소리쳤다.

요 장군이 호통을 쳤다.

"뚫고 나가!"

앞에서 요란하게 창칼이 부딪치는 소리가 났다. 앞이 잘 보이지 않았다. 깜깜한 밤하늘에 사방에는 모래바람이요, 여기저기서 불길이 번쩍번쩍했다.

"여기만 돌파하면 된다! 다 쓸어버려라!!"

병사들을 독려하며 장군검을 뽑아 들었다. 황색 운무를 뚫고 얼굴이 시커먼 남자 하나가 칼을 내쳐왔다.

쩡!

비껴 막는데 상체가 휘청 밀렸다. 말고삐를 휘어잡으며 다시 장군검을 휘둘렀다. 그를 노렸던 남자는 벌써 그를 지나쳐가 뒤쪽에 있는 병사와 얽혀들고 있었다. 그야말로 정신없는 난전이었다.

"으허허허헝!"

겨우 몸을 가눴더니, 머리를 뒤흔드는 괴성이 측면을 휩쓸어 왔다. 사타왕의 사자후였다. 모래 바람까지 흩어질 정도로 강력한 음파가 주위를 가득 채웠다.

히히히히히힝!

기마들이 미쳐 날뛰었다.

요 장군은 공력을 일으켜 말고삐를 틀어잡고 노련하게 기마를 진정시켰다. 앞쪽 기마 여럿이 쓰러져 있는 게 보였다. 그나마 명마(名馬)라고 버틴 것이지 그가 탄 기마도 휘청휘청 몸을 가누는 게 위태로웠다.

"아군 기병들이 지근거리에 있다! 음공을 자제하라!!"

요 장군이 소리쳤다.

바람을 끌고, 사자탈의 무인이 나타났다. 그가 강렬한 목소리를 내지르며 몸을 날려 왔다.

"누가 이 어르신에게 함부로 명령을 내리느냐!"

사타왕의 몰골은 말이 아니었다.

갑옷은 여러 곳이 부서져 피투성이가 되어 있었고, 우수의 철권은 어디론가 날아가 맨주먹을 쥐고 있었다.

"흥! 단심의 잡졸 주제에!"

"대명군의 천부장이다! 당신의 사자후에 기병들이……!"

두웅! 꽈아아아앙!

요 장군은 더 말을 잇지 못했다.

폭음처럼 휩쓸어 온 음파(音波)에 의식이 아득해졌다.

눈앞이 깜깜해지고 세상이 기울어졌다.

푸르륵! 꾸우웅!

기마가 먼저 땅바닥을 나뒹굴었다.

육중한 말의 몸체에 허리와 다리가 깔리는 순간, 퍼뜩 정신을 차리고 말안장에서 빠져나왔다. 손으로 땅을 짚고, 머리를 흔들며 고개를 들었다.

두웅!

바로 이 소리다. 이 소리 직후에 무지막지한 충격이 의식을 뒤흔들었다.

내공을 있는 대로 끌어올려 귀와 머리를 방어했다.

꽈아아아아아앙!

군사용 화탄이 바로 옆에서 터진 것 같았다. 병사들이 칠공에서 피를 쏟으며 무더기로 쓰러지는 것을 보았다.

"음마정! 이 계집이!!"

사타왕이 버럭 호통을 쳤다.

요 장군이 사타왕의 시선을 따라 고개를 돌렸다.

한 여인이 다가오고 있었다.

두 눈에서는 보랏빛 광망이 이글거렸다.

"참으로 길었네요."

그녀가 말했다.

목소리가 아련했다. 사타왕에게 건네는 말이 아니었다.

"아버지, 오라버니. 소녀는 이제 한(恨) 하나를 풉니다."

소천(召天).

그녀는 하늘을 불러 말하고 있었다.

아이가 타고난 그것은 사람의 재능이 아니어서 가족은 그 재능을 두려워하였다. 아이는 북을 빼앗은 아버지를 원망했으나 미움 받는 아버지는 아이를 위해 세상을 다 뒤져서 영물의 내단을 구해 왔더라.

마고(魔鼓).

무참히 가족을 잃고, 시련을 이겨낸 그녀는 마침내 재능이 만개한 여제(女帝)가 되었음이니. 고작 사자의 왕(王)으로는 음 공여제의 분노를 감당할 수가 없음이라.

퉁.

도요화가 가볍게 북을 쳤다.

툭 건드리듯, 내려친 북소리에 하늘이 울었다.

꽈릉!

사타왕의 몸이 하늘을 날았다.

가면이 깨져나가고 얼굴이 드러났다. 사타왕이 마지막 남은 힘으로 입을 쩍 벌렸다. 어차피 그녀에겐 통하지 않는다. 사자후 일갈로 또 힘없는 누군가를 해치려 함이겠으나, 도요화는 그것을 두고 보지 않았다.

꽝!

그녀가 북채를 짧고 강하게 휘둘렀다.

극도로 집중된 타고공진격이 허공을 격하고 폭발했다.

퍼억!

사타왕의 머리가 통째로 사라졌다. 허연 뇌수와 함께 선연한 피보라가 일었다.

둥둥둥둥!

북소리가 오래 기다린 넋을 위로했다.

도고악당의 참사 당시 그녀는 죽어간 혈육에게 마지막 작별 인사조차 제대로 하지 못했었다. 이제야 당당히 하늘에 말한다. 그녀는 극복하고 있노라고.

이글거리던 보랏빛 광망이 따뜻함을 띠기 시작했다.

더 이상 그녀의 눈빛은 요사롭지 않았다.

그 깊은 자색빛은 아름답고, 화려했다. 그녀가 몸을 돌렸다. 하늘 끝에 한(恨)을 던지고, 다시 협(俠)을 들었다. 그녀가 진격의 북소리와 함께 적벽을 짓밟은 적들을 향해서 땅을 박찼다.

"헉! 헉!"

요 장군은 사타왕이 그녀를 향해 소리치는 순간 바로 몸을 날려 도망쳤다.

병사들이 마구 쓰러지는 것을 똑똑히 목도했다.

등 뒤에서 들려오는 북소리 몇 번에 만만치 않은 내상을 입었다. 숨이 제대로 이어지지 않았다.

땅바닥에 깔려 있었던 녹색 연기를 흡입한 후부터는 호흡이 더 어려워졌다. 눈앞이 어질어질하고 다리가 천근만근 무거워졌다.

"장군!!"

기어코 도시 외곽까지 왔을 때였다.

누군가가 소리쳐 그를 불렀다.

가물거리는 눈을 뜨고 뒤를 보니 피투성이가 된 천부장 하나가 달려오고 있었다.

"이 역적 무리들이 아주 단단히 미쳤습니다! 이런 놈들은 군단장께 보고하여 쓸어버려야 합니다!"

천부장이 분통을 터뜨리며 말을 이었다.

"감히 제국군을 건드리다니! 무림인(武林人)들은 모조리 말살시켜야 합니다! 쳐 죽여야 함부로 기어오르질 않겠지요!"

천부장이 씩씩 대면서 앞장섰다.

요 장군이 멈춰 섰다.

"왜 그러십니까? 어서 가셔야지요! 장군! 후일을 도모합시다!"

요 장군은 말이 없었다.

천부장은 그때서야 요 장군의 표정을 읽었다. 그가 다시 몸을 홱 돌렸다. 주위에는 어느새 칼을 든 무인들이 나타나 있었다.

"죽여야겠지?"

형욱이 물었다.

"네."

이전이 답했다. 그의 얼굴은 창백하기가 횟가루를 뒤집어쓴 것 같았다. 왼쪽 눈이 시뻘겋게 충혈되어 있었고, 왼쪽 귀 주변에도 말라붙은 핏자국이 가득했다. 서서 돌아다니는 게 용할 몰골이었다.

"둘 다?"

"아니요."

"이 자는 말이 안 통할 겁니다. 아는 것도 없을 거고요. 저 자는 조금 달라 보이네요."

"그래."

스각!

형욱의 손에서 칼날이 번뜩였다.

"끄르륵."

순식간이었다.

천부장 하나가 목에서 피를 뿜고 쓰러졌다. 이전은 말 몇 마디로 일천 병사 지휘관의 생사를 결정하고도 눈 하나 깜짝하지 않았다.

"이 역도의 무리들아! 제국 장수의 목을 그리 베고도 무사할 줄 알았더냐?"

요 장군은 천부장의 허무한 죽음을 경악으로 보면서도 끝까지 큰소리를 쳤다.

형욱이 다시금 칼을 들었다.

"그러는 네 놈은 무고한 백성의 목을 그리 베고도 무사할 줄 알았느냐?"

그는 적벽에서 자란 소쾌협도였다. 단칼에 죽이고 싶은 마음은 적벽을 휩쓸고 있는 불길만큼이나 거셌다.

"이 놈은 끌고 갑시다. 물어볼 게 많습니다."

죽이고 싶은 것은 이전도 마찬가지였다.

놈의 어깨 너머로 보이는 적벽의 광경이 생경했다. 그들이 나고 자란 거리는 하루 만에 다른 세상이 되어 있었다.

형욱이 이를 드러냈다. 턱에 들어간 힘이 들끓는 분노를 고스란히 드러냈다.

빠악!

요 장군이 칼자루에 얻어맞고 땅을 굴렀다.

이전이 고개를 들었다.

멀리서 불기둥이 치솟고 있었다. 고막이 터져 한쪽 귀가 아에 들리지 않았다. 당장 쓰러질 지경이었지만, 아직 그럴 수 없었다.

싸움이 종국을 향해 질주하고 있음을 알았다. 비구를 장비하고, 남아 있는 비도 개수를 확인했다. 그가 지붕 위로 몸을 날렸다. 주위를 둘러보았다. 높다란 지붕 여러 곳에 여의각 요원들이 올라와 있었다. 그들 중에는 이복도 있었다. 하나같이 지쳐 있었지만, 눈빛만큼은 형형했다.

모든 것이 정보였다. 문서에 글자로 박힌 과거가 아니라, 살아 움직이는 현재를 기록하며 그들이 적벽 담벼락을 달렸다. 감당할 수 없는 경천동지 앞에서, 그들은 그들이 할 수 있는 싸움을 했다. 밤하늘이 번쩍번쩍 빛나고 있었다.

*   *   *

암천을 밝히는 것은 홍룡의 화염만이 아니었다.

어둠 저편으로부터 금빛이 솟아났다.

"야하하하하!"

웃음소리와 함께 제천대성이 나타났다.

발밑에는 금정(金精)으로 일으킨 기운이 뭉클뭉클 일어나 있었다. 마치 구름을 탄 것처럼 보였다.

"아주 제정신이 아니구나!!"

제천대성이 웃으며 소리쳤다.

누굴 향한 이야기인지는 알 수 없었다. 웃음소리만 듣고 보자면 자기 자신을 향한 말처럼 들리기도 했다.

터엉! 휘류류류류류류!

제천대성이 지붕을 박차고 하늘을 날았다.

금빛 구름에서 휘파람 소리처럼 바람이 몰아쳤다. 속도가 엄청나게 빨랐다.

치솟는 불길을 타 넘고서 전장에 난입했다.

붉은 용이 건물 잔해를 짓밟고 비늘 달린 손을 휘둘렀다. 무공초식처럼 움직임이 정교했다. 명경이 무극보를 밟으며 양수로 흑암을 휘둘렀다. 태극의 원이 그려졌다. 무한하게 이어지는 순환의 원이었다.

쩌저정!

홍룡의 손이 튕겨나가 땅에 박혔다.

홍룡은 그 손으로 땅을 밀어내며 어깨로 명경을 들이받았다. 흑암의 검면이 부드럽게 움직였다. 면을 따라 비단 같은 검기가 흘렀다. 또한 그 안에 태극의 묘리가 있다. 흑룡의 거구가 옆으로 밀려 나갔다.

"쿠아아아아!"

홍룡이 불을 뿜었다.

명경의 몸을 두른 천잠보의가 불길을 빨아들였다. 한 움큼 찢어졌던 등 뒤의 보의는 이미 온전하게 수복되어 있었다. 명경의 검이 불길을 갈랐다.

찌억!

홍룡이 몸을 틀었다. 불길이 회오리처럼 일어날 만큼 움직임이 빨랐다. 명경의 검격이 홍룡의 어깨를 스치고 무너진 건물 잔해를 쪼갰다.

그 거구로 명경의 검을 피하는 홍룡이나, 화염을 뚫고 태극의 십단금을 전개하는 명경이나 인외(人外)의 경지임엔 동일했다.

이곳에 또 하나 인외(人外)의 난신이 떨어져 내린다.

"야하하! 이얍!!"

제천대성이 금빛 여의봉을 휘두르며 미친 웃음소리와 함께 기합성을 내질렀다.

찌어어엉!

금빛 충격파가 푸른 검기를 깨뜨렸다.

홍룡에 모든 정신을 집중하고 있던 명경이 뒤쪽으로 덜컥 튕겨 나갔다.

"앗, 뜨거!"

제천대성은 땅바닥에 착지함과 동시에 펄쩍 뛰어 지붕 위로 올라갔다. 땅 전체에 열기가 이글거리고 있었다. 발밑의 금빛 구름이 증발하듯 흩어졌다. 이 땅은 그 자체로 화염지대와 같았다. 불이 난 집 안에서 싸우는 것과 진배없었다.

명경이 흑암을 휘돌리며 고개를 들었다.

그의 검에서는 영원한 태극의 기가 풀려나오고 있었다. 그 힘이 천잠보의와 함께 들끓는 열기를 상쇄했다.

그가 제천대성을 보았다. 원숭이 가면을 확인한 그가 묵직한 목소리로 물었다.

"신마맹인가?"

제천대성이 피식 웃었다. 고개를 한 번 꺾고 상체를 흔들거리며 명경의 말투를 따라 했다.

"신마맹인가아? 목소리 까는 것 좀 보게. 이거 안 보여? 가면을 썼는데 당연히 신마맹이지!"

"요마로군."

명경은 말을 길게 하지 않았다.

"베어주마."

텅!

한마디 덧붙이며 그대로 땅을 박차고 제천대성을 향해 뛰어올랐다.

"뭐? 뭐야? 통성명도 안 해?"

제천대성이 허겁지겁 여의봉을 휘둘렀다. 명경의 검이 제천대성의 머리 위로 내리꽂혔다.

쩌엉!

금광과 청광의 광파가 사위를 채웠다. 놀란 척 말 한 마디도 찰나의 틈이다. 제천대성의 몸이 무서운 속도로 튕겨나갔다.

"크아아아!"

홍룡도 있다.

양팔에 불길을 두른 채 짓밟을 기세로 짓쳐들었다. 제천대성과의 합은 아무리 가벼워 보여도 그 자체로 총력이 필요한 격돌이었다.

홍룡도 마찬가지다.

십단금 태극을 펼치고 있음에도 제압하지 못하는 괴물이었다. 그런 괴물이 제천대성과 부딪친 직후에 덮쳐들었다. 기습적인 합공과 같다. 게다가 여유 순간이 있었던 만큼 위력도 무지막지했다. 직격당하면 명경이라도 죽는다. 누구라도 무사할 수 없었다.

무적(無敵).

그렇기에.

명경은 주저 없이 마지막 초식을 전개했다.

태극과 무적은 정형화된 투로나 초식이 아니었다. 그것은 하나의 경지이며 깨달음이었다.

그 안엔 무당의 정갈함이 있고, 전장의 격렬함이 있었다.

태극은 이치의 순환을 뜻하므로 그 자체로 자연이며 우주였다.

하지만 무적이라는 것은 사람의 언어다. 오직 사람만이 나와 너를 가르고, 친구와 적을 구분한다.

무적은 적이 없음이다.

싸워 이김으로 적이 없고, 싸우지 않음으로 적이 없다.

혹자는 명경의 십단금을 일컬어, 최강 최악의 살상무공이라 평했지만, 그가 지닌 무공의 오의는 오직 살육에만 있지 않았다.

꽈광!

홍룡의 몸이 치솟는 불길과 함께 명경의 전신을 휩쓸었다.

명경은 피하지 않았다. 그는 그 검으로 상대를 꿰뚫을 수도 있지만, 맞서 싸우지 않을 수도 있었다.

검이 움직였다. 그 안엔 양의도 있고, 사상도, 있고 팔괘도 있었다. 우주가 열리니 혼원이 있고 혼원이 있으니 태극이 일어났다.

그는 그곳에 있으며 또한 그곳에 없다.

이기지 않고 물리친다.

무중생유라, 아래에서 위로, 깃털처럼 가벼운 기운이 올라갔다. 그것은 그야말로 하늘하늘 흔들리는 곱고 고운 비단 같았다.

후우우욱!

홍룡의 거구가 공중으로 떠올랐다.

장관이었다.

무릇, 상대방의 힘을 그대로 이용하여 흘려낸다는 것은, 천하 만류 무공의 기본 중 기본이었다. 그러나 홍룡의 화염 돌진이 지닌 위력은 치받아 넘길 수 있는 크기가 아니었다. 게다가 그저 몸체만 던져 올린 것이 아니라 타오르는 불과 열기까지 통째로 휘감아 올렸다.

"우와!"

홍룡이 집어 던져지는 것을 보며 제천대성이 탄성을 내뱉었다. 그저 감탄만 한 것이 아니라, 무당무공의 극의가 구현되는 틈새로 몸을 넣어 명경에게 여의금고봉을 내질러 왔다.

무(武)와 공(功)의 법칙을 파괴하는 순간들이었다.

홍룡을 집어 던진 것은 한 자루 검으로 산을 옮긴 것에 비견 될 수 있다. 말이 안 된다. 그 엄청난 역장 사이를 단숨에 비집고 들어온 제천대성도 그렇다. 그 또한 무공의 상리에서 벗어난 일이었다.

더 엄청난 것은 이어진 순간의 결과였다.

명경의 검이 여의봉마저 비껴냈다.

제천대성이 처음으로 균형을 잃었다. 제천대성은 크게 놀란 듯했다. 그가 여의봉에 막대한 진기를 밀어 넣었다.

"이래도?"

금빛 진기가 여의금고봉을 나선형을 감고 돌았다. 제천대성이 무서운 속도로 몸을 휘돌리며 황금빛 여의봉을 내쳤다.

금색의 소용돌이가 일어났다.

명경의 검이 푸른색 진기를 머금었다. 검이 일직선으로 나아갔다. 거울처럼 투명하게 곧고 바른 검이었다.

치잉!

스치는 소리만 났다. 강렬한 금색 폭발도, 귀를 울리는 폭음도 들리지 않았다. 여의봉이 밀려 나갔다. 제천대성의 몸이 홍룡처럼 던져졌다.

꽈앙! 우지끈!

충격파는 그 다음에 터졌다.

날아간 제천대성의 몸이 건물 벽을 부수는 소리였다.

콰아아아아!

붉은 거체가 눈 앞을 가렸다. 그 사이에 홍룡 급습이다. 강대한 힘 두 개를 번갈아 맞상대하면서도 명경은 그저 명경이었다.

이번엔 홍룡의 몸이 훅 아래로 끌어 내려졌다. 명경은 검이 닿는 반경 이내의 모든 기(氣)를 지배하고 있었다. 흑암이 홍룡의 심장을 파고 들었다.

쩡! 쩌정!

그때서야 충돌음이 터졌다.

카가가각!

홍룡의 손톱이 흑암을 가로막으며 쇠 긁히는 소리를 냈다.

차력미기라 했다. 사량발천근이라고도 했다.

무적(無敵)은 그저 작은 힘이 큰 힘을 이기는 묘리만을 말하지 않았다. 강으로 강에 맞선다. 명경은 힘에 있어서도 누구 못지않았다.

"이 정도라니! 너는… 섭리를 넘보는……!"

홍룡의 괴물 같은 입에서 불길과 목소리가 함께 흘러 나왔다.

카각! 카가각! 꾸웅!

기둥처럼 두터워 사람 다리처럼 보이지 않는 홍룡의 한쪽

다리가 땅으로 꺾였다.

십단금 무적 초식의 지배력, 흑암에 실린 마정의 내력, 천근
으로 짓누르는 염력이 그것을 가능케 했다.

"그러니까 말야."

옆에서 경박하지 않은 원숭이의 목소리가 홍룡의 말을 받
았다. 제천대성이 풀려나오던 금정의 기운을 몸 안에 가두기
시작했다. 금빛 진기가 그의 몸을 빨려들었다.

"아주 곤란하게 됐어!"

제천대성 금신(金身)이다. 휘황하게 번져 나오던 금기가 금속
성의 단단한 광택으로 변해갔다.

쾅!

휘두르는 여의봉에서 금빛 잔영이 남았다.

명경은 한치 한치 홍룡의 심장을 향해 파고들던 흑암을 급
하게 회수해야 했다. 무극보 이보 물러나며 여의봉을 피했다.
땅에 스친 여의봉이 폭음을 냈다.

이 대 일이다.

둘 다 최종전력급의 괴수였다.

명경이 홀로 섰다.

아주 위험하다. 하지만 물러나지 않는다.

비로소 십익의 시대가 열렸다. 세계에 드러낸 첫 날개의 위
용은 그와 같았다.

　　　　　*　　　　　*　　　　　*

　번쩍!

　빛이 있었다.

　폐허가 되어 가는 시가지에서 금광과 화광이 요동칠 때, 명
멸하는 빛 무리가 장강의 파랑을 갈랐다.

　우우우웅!

　그가 흔들리는 물 위에 섰다.

　하늘을 떨쳐 울리는 폭음들이 부서지는 물살 위를 가득 채
우고 있었다.

　콰아아앙! 쏴아아아!

　적은 전함과 큰 전함이 서로를 향해 불을 뿜고 있었다.

　철갑으로 무장된 작은 전함은 기동력이 놀라웠다. 제멋대로
흔들리는 물 위를 단단한 대지 위의 기마 전차처럼 누볐다.

　꽝! 우지끈! 콰아아아앙!

　사방에 적함, 적함, 적함뿐이었다.

　큰 전함은 화력이 엄청났다.

　비검맹 최강전함 중 하나라는 마령선의 위력이 그러했다.

　철갑선 철금강은 움직임이 실로 절묘했다.

　마치 마령선의 모든 공격과 선회 방향을 미리 읽고 있는 듯
했다. 또한 그것은 적 기함인 마령선에만 해당하지 않았다. 사
방에 가득한 비검맹 적선들 모두를 공중에서 내려다보듯 훤

히 보고 있었다. 파고들고 빠져나가며 몰고 타격하는 전술들이 신의 경지를 논할 정도였다.

콰과과광!

또 한 척 비검맹 적함이 폭음과 함께 침몰했다.

충분히 그럴 법한 일이었다.

철금강엔 양무의가 타고 있었다. 장강의 주유라 불리는 강천청과 무당파 최고의 책사로 불리는 석조경까지 함께했다.

삼대 모사의 눈은 천기를 가늠했다.

일반 전선들이 철금강을 위협할 수 있을 리 만무했다.

문제는 퇴각하는 영검존과 그 휘하의 귀검사들이었다.

군데군데 부서져 연결된 연환전선들 위로 영검존과 귀검사들이 당도했다. 그렇게 많이 부서지고 죽어 나갔지만, 귀검사들의 수는 아직도 백을 훌쩍 넘어 보였다. 뒤에서 꾸역꾸역 기어 나와 합류하는 것들까지 더해지면 이백까지도 채울 수 있을 것 같았다.

영검존이 질주하는 철금강을 보고, 이곳저곳 포격으로 부서진 마령선을 보았다.

"이런 치욕이 다시 없도다."

영검존의 목소리는 지극히 침통했다.

영(靈)의 힘을 쓰면서도 이토록 흐름을 읽지 못했다. 의아할 지경이었다.

"전선을 준비하라! 수전(水戰)에 돌입한다!"

그가 소리 높여 명령했다.

귀검사들이 달려나갔다.

영검존이 배 위에 올랐다.

귀검사들이 산 사람일 때처럼 일사불란하게 제 위치를 찾았다. 더불어 수십 귀검사들이 본능처럼 물속으로 뛰어들었다.

영검존도, 귀검사들 자신들도 몰랐다.

물에 뛰어드는 순간, 축생수라 융합술법의 진가를 깨달았다. 신법이라도 펼친 것처럼 이동속도가 놀라웠다. 물고기 요괴들의 능력을 고스란히 지니고 있었던 것이다.

본디 비검맹의 주축 무인들은, 대부분 검술 수련에 무공 기반을 둔 검사들로 이루어져 있었다. 정통 검법 수련자들인 만큼, 장강에 걸쳐 대전쟁을 벌이고 있는 수로맹 무인들에 비해 전반적인 무공 수위가 크게 앞서 있었다.

다만, 비검맹 검사들은 실제로 잠수를 동반한 수중전에 한하여 수로맹 무인들에게 확실한 열세를 보였다. 이는 무공 불균형에도 불구하고 오랫동안 맞싸움이 가능했던 중대한 이유이기도 했다.

바로 그 차이가 역전된 셈이었다.

수로맹 수적들이 평생을 물과 함께 살아온 어민(漁民)들이라면, 지금의 귀검사들은 물에서 태어난 요괴들과 같았다.

귀검사들이 괴어(怪魚)들처럼 헤엄쳐 항행 가능한 배들을 장악했다. 영검존을 태운 전선도 빠르게 물살을 갈랐다.

철금강은 즉각 반응했다.

간헐적으로 화포를 쏘면서 뭍과 거리를 벌렸다. 비검맹 검존이 온다. 세 명의 모사들은 각자의 방식으로 민감하게 검존의 접근을 감지했다.

"검존도 검존이지만, 귀병검사들의 접근 속도가 대단히 빠릅니다."

"걱정 마십시오."

장강주유의 말에 무당파 석조경이 검을 들며 말했다.

비천검(飛天劍)이라고 했다. 팔 하나를 못 쓴다 해도, 무공 전개에 전혀 문제가 없어 보였다.

"가화."

양무의의 말에 백가화도 백룡신창을 들었다.

석조경과 백가화가 갑판 양측을 지켰다. 백색과 청색의 철벽이 올려진 것 같았다.

철금강이 선회했다. 영검존이 탄 전선이 철금강에게로 직진하고 있었다. 퇴각 중이라도 숙적인 수로맹 전선 하나는 가라앉히고 가겠다는 의지가 저절로 전해졌다.

"경계! 경계!"

"빠릅니다! 선미에 붙었습니다."

"에워싸입니다!"

시시각각 다급한 목소리가 갑판을 울렸다.

귀검사들은 영검존이 탄 전선을 가볍게 앞질러 헤엄쳤고,

그들의 영속(泳速)은 철금강 전함의 항행보다도 더 빨랐다.

귀검사들이 선체 밑에 붙었다. 물에 젖은 채 귀기를 흘리는 그들은 그야말로 쇠붙이를 든 물귀신 같았다. 그들이 귀신의 형상으로 물속에서 솟구쳐 사나운 검날을 흩뿌렸다.

까강! 채애앵!

쇳소리가 요란하게 울려 퍼졌다.

검과 노가 부딪치며 나는 소리였다.

쇠로 만든 철노(鐵櫓)가 아니라 일반적인 나무 목도(木棹)였으면, 이 공격만으로도 기동력을 잃을 수 있었다. 두터운 강철 노봉(櫓棒)은 귀검사들의 검격을 잘도 버텨냈다. 노를 잡은 노수들 하나하나가 장강수류공을 제대로 익힌 수로맹 정예들이었다. 노를 부수지 못한 귀검사들이 이번에는 선체를 타고 올랐다. 강철 철갑 틈새에 검게 변한 손가락을 걸고 요괴들처럼 기괴하게 철금강을 타고 올랐다.

쉬이익! 스각!

경쾌한 파공성이 올라온 귀검사의 목을 시원하게 날려버렸다.

쾌검(快劍)이었다.

내력마 백령에서 내려 하늘을 나는 듯한 신법과 검법을 구사했다. 진무신법으로 펼치는 비천십이검이 올라오는 귀검사들의 머리 위로 짓쳐들었다.

쉬익! 쩌어억! 촤아아악!

머리가 쪼개지고 피가 튀었다.

일격 일격이 치명적인 살검이었다.

석조경은 손속에 사정을 두지 않았다. 무당파 본산 제자라 기보다는 백전을 겪은 살귀(殺鬼)처럼 보일 정도였다.

콰직! 퍼억! 콰드득!

반대편에서 들리는 소리도 그에 못지않았다.

백가화의 백룡신창이 무서운 기세로 내리꽂혔다.

철갑선체를 기어오르는 위치적인 불리함에 더해 그 이상의 무력이 쏟아져 내렸다.

귀검사의 무위가 일반적인 요괴들을 월등히 상회한다 하여 도 갑판 위까지 올라오기가 쉽지 않았다. 머리가 날아가고 몸 통이 꿰뚫린 귀검사들이 마구 떨어져 내렸다. 장쾌하면서도 기괴한 광경이었다.

"후방에 영검존! 따라 붙습니다!"

영검존이 탄 배는 노의 수도 적고, 선체도 크지 않았지만 항속이 대단했다.

추락하는 귀검사들을 보며 영검존이 선수에 몸을 세웠다.

치욕과 분노로 점철된 영검존의 기세는 전신을 한 자루 검 처럼 보이게 만들 정도로 무시무시했다.

장강주유 강청천이 몸을 돌려 물었다.

"검존과 싸울 수 있겠습니까?"

쏴아! 촤악!

물소리와 함께 귀검사 하나가 선측 난간을 뛰어넘었다. 슬슬 하나둘씩 갑판에 올라오기 시작한다. 수가 너무 많았다.

쐐애액! 콰직!

비천검 석조경의 검날이 귀검사의 상체를 사선으로 갈랐다.

퍼덕 하고, 귀검사의 몸체가 갑판 위에 나뒹굴었다.

석조경이 검날을 회수하며 답했다.

"해 봐야지요!"

그는 검존의 명성에도 전혀 위축되지 않았다.

붕대로 묶어 놓은 팔이 덜렁거리는데도, 저 후미에서 저만한 기파가 넘실대는데도, 두 눈에는 냉정한 투지뿐이었다.

강청천은 감탄과 함께 그를 보며, 이런 인물이 수로맹에 하나만 더 있었어도, 이만큼 밀리지는 않았을 거란 생각을 했다.

물론 불안감은 줄어들지 않았다. 이 남자는 검존을 몰랐다. 저토록 성치 않은 몸으로 검존과 맞선다는 것은 강청천의 기준으로 불가능한 일임에 명백했다. 특히나 영검존은 몹시도 강력한 괴수였다. 목격할 때마다 점점 강해져 있는, 아주 위험한 검존이었다.

"혼자서는 어려울 거요!"

강청천이 백가화 쪽으로 고개를 돌렸다.

콰드득! 콰앙!

요란한 소리와 함께 갑판 위로 올라온 귀검사가 무너져 내리는 것을 보았다.

백가화는 아무 말 없이 창만 휘둘렀다.

강한 줄은 알았지만, 이 정도일 줄은 몰랐다. 대저 장강의
물 위를 살아가는 남자들에게 있어 여인이라 함은 간헐적인
육지 생활의 휴식처일 뿐이었다. 싸우는 여수적(女水賊)은 희귀
했고, 중원 대지의 여협(女俠)들은 그녀들이 도강할 때나 우연
히 볼 수 있을 뿐, 건드리지 말아야 할 기피 대상에 가까웠다.

따라서 백가화의 무용은 경험 많은 강천청에게도 흔치 않
은 놀라움에 해당했다. 게다가 백가화는 중원 무가(武家)의 날
렵한 여류공부를 구사하는 것이 아니라, 수로맹의 작살 무공
처럼 거칠고 강렬한 창술을 선보였다.

게다가 그녀는 검존의 기세가 이토록 충천하는데도, 아무
런 위기감이 없는 것 같았다. 강청천은 그녀를 보며, 강철로
빚은 여인이 철금강처럼 단단한 창을 휘두르는구나 생각했다.
그녀의 창이 또 하나 귀검사의 몸통을 꿰뚫었다. 척추 뼈가
등 뒤로 터져 나오며 백룡창 창날에 걸쳐졌다. 잔혹할 정도로
강력한 전장의 창이었다.

'그럼에도……!'

강청천은 여전히 안심할 수 없었다.

그뿐만이 아니었다. 수로맹 무인들 모두가 그러했다.

"뒤에 붙었습니다!"

"전원 경계! 검존이 온다!"

그들은 백가화와 석조경처럼 태연할 수 없었다. 교전이 임

박한 그들은, 밧줄을 잡고, 포신을 움직이며 온 정신을 곤두세웠다.

꾸웅! 콰드득!

마침내 충돌이다.

영검존이 탄 전선의 충각이 철금강의 후미를 강타했다. 철금강의 묵직한 선체가 제법 격하게 요동쳤다.

귀검사들이 노수들 대신 영검존 전선의 노를 잡고 있었다. 그래서 이만한 위력이 나는 것이다.

이윽고 영검존이 철금강을 올려보았다.

"대비해라!"

"검존! 검존이다!!"

체면을 구길 대로 구긴 검존이라도, 수로맹에겐 여전한 공포의 상징이었다.

강청천이 선수 쪽 난간을 붙들고 앞으로 벌어질 일을 가늠했다. 후방 좌측면, 비검맹 전선의 충각이 선체 사면을 긁고 있는 것을 두 발로 느꼈다. 영검존의 도약 위치, 공격 지점을 예상하며 눈을 돌렸다.

선원들 둘이 그쪽에 있었다. 막 경고하려는데, 문득 시야 한쪽으로 철운거에 앉아 있는 양무의의 모습이 비쳐들었다.

"수로맹 군사께선, 그토록 우려하지 않아도 됩니다."

양무의가 차분한 목소리로 말했다.

격전의 혼란 가운데, 양무의의 주위만 고요해 보였다.

묘한 일이었다.

그의 눈은 하늘 위에 깜빡이는 별빛 같았고 그의 기도는 물결 없이 청명한 가을날의 호수 같았다.

"자랑은 아니오만, 이 배엔 우리 맹 고수가 없소이다."

"무슨 말씀입니까? 군사께서 이렇게 계십니다만."

"나요? 내 무공은 일천하여 저 검존의 일초지적도 되지 않습니다. 물론 이것도 겸양이 아니외다."

"겸양이 맞지요. 저는 이 자리에서 일어서지도 못합니다."

양무의는 엷은 미소까지 띠고 있었다.

누가 더 약한가를 언쟁할 상황이 아니었다.

강청천은 양무의의 어조에서, 그에게 이유 있는 여유가 있음을 알았다.

"…다른 고수가 있군요."

"이 배에는 없지요."

"허면?"

"보십시오. 선미 아래쪽이 조금 밝아진 것 같지 않습니까?"

양무의가 물었다.

강청천이 다시 뒤쪽을 바라보았다. 아닌 게 아니라, 불을 밝힌 것처럼 강물 위에 빛이 어른거리고 있었다.

"저것은?"

"검존은 이 배에 오르지도 못할 겁니다."

양무의가 말했다. 그 말이 채 다 끝나기도 전에 번쩍이는

광파가 터지고, 폭음이 들렸다

쬐릉!

쏴아아아아아아아!

물보라가 치솟았다. 화탄이라도 터진 것 같았다.

파괴된 전선의 잔해가 선미 위까지 튀어 올랐다.

쬐아앙! 쬐쾅!

무지막지한 충돌음이 뒤따랐다.

강청천의 눈동자가 놀라움으로 흔들렸다.

"누굽니까?"

"제가 모시는 회주입니다."

양무의가 담담하게 말했다. 조금씩 예상이 틀어졌지만, 싸움은 계산대로만 이뤄지라는 법이 없었다.

대신, 그는 믿었다. 책략의 오차는 그 믿음이 바로잡아 올바르게 채워줄 것이다.

빛이 어둠을 부수고 있었다.

단운룡이 돌아온 것이다.

*   *   *

쩌엉!

검날이 튕겨나갔다. 검자루를 잡은 손에서 피가 튀었다.

영검존이 검을 놓쳤다. 오늘 밤, 있을 수 없는 일의 연속이다.

이유는 충분했다.

장시간 전투, 심리적 좌절, 치욕적 후퇴, 상상할 수 있는 모든 최악이 중첩되고 또 중첩되었다. 천지인, 정기신, 검아일체, 검사는 여러 가지 언어로 만전의 태세를 말했다.

전부 무너졌다.

심(心), 신(身)에 영(靈)까지 타격을 입었다. 영검존은 자존심이 아니라 오기를 부리는 상태였다. 지금 그의 기량은 정상의 검존과 큰 차이가 있었다.

그래도 이건 아니다.

일격에 검이 날아간 것은 지나쳤다. 만혼도에서 검을 잃어버리고 온 사검존을 보며, 검을 놓을 바엔 팔을 내줘야 했다 수치스럽게 여겼었다. 그 수모를 그가 당했다.

쏴아아아!

전선의 갑판 파편들이 눈앞을 어지럽히고 있었다.

훅!

상대를 시야에서 놓쳤다.

물 위를 달려와 고법처럼 보이는 몸통 일격으로 선체 측면에 집채만 한 구멍을 뚫었다.

그대로 노창을 부수고 선실 안에 들어와 눈에 보이는 귀검사들을 죽였다. 갑판을 박살 내며 영검존의 앞으로 솟아올랐다.

내리긋는 빛줄기 수도(手刀)에 영검(靈劍)이 날아갔다.

검사가 검 없이 싸울 수는 없는 일이라, 허리춤에 묶어 놓은 귀명검(鬼命劍)을 뽑으려 했다. 날도 제대로 안 서 있고 낡아 빠진 주술검이라 합을 견뎌낼지 알 수 없었다. 하지만 단운룡은 그 찰나의 망설임도 허용하지 않았다.

번쩍!

단운룡의 손이 휘황한 빛을 머금었다.

뒤늦게 그의 위치를 잡은 영검존이 다급하게 몸을 돌렸다.

내리꽂는다.

극광추가 영검존의 가슴에 작렬했다.

쫘아아앙! 퍼어엉!

마신의 힘이 한껏 실린 일격이었다. 영검존의 현재 공력 상태를 감안하면 육신이 그대로 꿰뚫려야 옳았다.

순간 몸에서 일어난 희끄무레한 기운이 그 일격을 대신 맞았다.

영검존의 몸 대신 검령의 상체 절반이 뒤쪽으로 터져나가 흩어졌다. 검령의 안면이 악귀처럼 일그러졌다. 고통까지 느끼는 것 같았다.

즉사는 면했지만, 몸을 뒤흔든 충격파만으로 영검존은 반격 불가의 상태에 빠졌다. 의식마저 흐릿해지고 있었다. 올라가 내리찍는 각법 일격을 보았다. 무의식적으로 귀명검을 들어올렸다.

쩌엉! 우지끈!

그의 몸이 갑판을 부수고 무섭게 아래쪽으로 내리 꺼졌다.

이번엔 귀명검 검자루를 놓치지 않았다. 허연 영기(靈氣)가 한 번 더 연기처럼 흩어졌다.

난장판이 된 선실의 어둠 속에서 뻥 뚫린 하늘을 보았다. 의식이 흐릿해졌다. 하늘에서 내려온 빛이 눈앞을 채웠다.

쩌릉!

선실 바닥이 박살 났다.

영검존은 흐릿해지는 의식과 함께 등부터 닿는 차가운 강물을 느꼈다.

퍼엉! 쏴아아아아아!

어느 순간 모든 것이 사라졌다.

아무것도 보이지 않았다.

폭발하는 물소리가 먹먹한 고요로 채워졌다.

선체 바닥을 부수고 물에 빠진 것이다. 온몸이 가라앉고 있음을 알았다.

전신을 감싼 물은 죽음처럼 차갑기만 했다. 무저갱 같은 지옥으로 하강(下降)하는 자신을 느꼈다. 그렇게 영검존은 눈을 감았다.

어둠으로 침잠하는 그의 손에서, 놓지 않은 귀명검(鬼命劍)에서 듣지 못하는 울림이 일어났다.

그렇게 흩어지고도 완전히 스러지지 않은 영(靈)이 그의 몸을 휘감고 있었다.

*   *   *

단운룡이 강철전함의 갑판 위에 올랐다.

영검존이 장강 깊은 물로 가라앉자, 철금강을 오르던 귀검사들도 철금강 선체에서 떨어져 나갔다. 호시탐탐 전면에서 화포각을 재던 마령선이 대강으로 물러나기 시작했다.

천잠비룡포의 위용이 먼저 눈에 들어왔다.

비상하는 비룡의 자수에서 금빛이 넘실댔다. 구름과 바람, 새겨진 모든 무늬가 살아 움직이는 것 같았다.

제천대성과의 일전으로 망가졌던 천잠비룡포는 금상주의 천하제일 침선 그대로 완전하게 수복되어 있었다.

천잠보의에는 베어지고 뭉개진 상처마저 회복시키는 공능이 있었다.

인간의 육체란 본디 자수 놓은 비단보다 더 복잡한 구조를 지녔다. 파괴된 사람의 신체를 고치는 영물인데, 하물며 찢어진 비단을 잇지 못할 리 만무했다.

비단이란 잠사로 잦는 것이요, 천잠보의의 천잠사 역시도 잠사의 일종일 뿐이었다.

완전히 뜯어져서 사라진 비단사는 천잠사로 대체했고, 끊어진 잠사는 수복 능력으로 연결했다. 그렇게 인혼력이 깃든 대작은 천잠보의의 표면에 완전히 섞여 들었다. 빙장어른의 선물이 전투 중에 손상될 것을 걱정한 것은, 그처럼 기우에 불과했다.

"의협비룡회, 단운룡이다."

비로소 제왕(帝王)의 기도가 드러난다.

그토록 화려한 용포조차도, 왕(王)의 목소리를 내는 단운룡의 기파에는 빛이 바랬다.

그가 석조경과 강청천에게 포권했다. 그러더니, 일언반구도 덧붙이지 않고 그대로 몸을 날렸다. 그의 몸이 빛 무리와 함께 장강 수면을 가로질렀다. 신기(神技)의 신법으로 물을 달려 지체 없이 적벽으로 향했다.

"의협비룡회의 회주로서, 적벽에 와 주신 협의에 진심으로 감사드린다 하십니다."

양무의가 쓴웃음을 지으며 마치 단운룡의 포권을 해석하듯 말했다.

석조경과 강청천은 이해한다는 듯한 눈빛으로, 단운룡 대신 양무의에게 포권을 취했다. 그들의 얼굴에도 양무의와 똑같은 쓴웃음이 떠올라 있었다.

"그럴 수 있습니다. 급하실 테니까요."

"사숙이 계시긴 하나, 전황이 만만치 않아 보입니다."

그들이 모사라고는 하나, 사람으로 느끼는 것은 비슷비슷했다. 더구나, 사숙 된 이가 명경이오, 맹주 된 자가 백무한이다.

배분 높은 자가 배려 없이 강호를 활보하며 일으킬 수 있는 사건에 대해서는 그들도 익히 경험했다.

"자, 그럼 마무리를 해봅시다!"

강청천이 손뼉을 짝, 치며 난데없는 동질감을 흩어냈다.

"철금강! 사선으로 전진! 포각을 만들어라!"

선원들은 빠르게 움직였다.

철금강 선체가 사선으로 선회했다.

"발사!!"

철금강 화포가 불을 뿜었다. 영검존이 타고 온 적함을 향해서였다. 어차피 전투 능력을 상실한 전선이었다. 영검존이 단운룡의 압도적인 무공에 갑판 바닥을 뚫고 그 밑까지 처박히는 것을 두 눈으로 똑똑히 목도했다.

콰앙! 쫘과과과광!

포탄을 쏟아부었다. 괜한 화력 낭비였다. 산술적으로는 틀림없이 그러했다.

하지만, 이것은 반드시 필요한 일이기도 했다.

수로맹 남자들에겐 그들만의 방식이 있었다. 그들의 삶은 딱딱 떨어지는 산술과 일치하지 않았다. 열혈과 낭만의 표상인 장강 남자들의 삶은 다분히 즉흥적이었으며 지극히 감성적이었다.

영검존의 배가 철금강 화포에 맞아 침몰하는 장면은, 승전의 기억으로 상징되어야 했다. 그것은 단운룡이 이룬 일이었지만, 같은 배를 탄 남자가 이룬 업적이라면, 누가 한 일이냐는 것이 중요치 않았다. 흔들리는 파랑 위를 흘러가는 남자들에겐 그런 구분이 어디까지나 하찮은 일에 불과했다. 사해는 동도라는 말이 그들에겐 결코 환상이 아니었다.

꽈아앙! 쏴아아아아아!

"와아아아아아!"

부글거리는 포말을 남기고 침몰하는 전선을 보며 철금강 선원들이 장강을 떨쳐 울리는 함성을 내질렀다.

물속을 누비는 검은 그림자들이 장강 저편으로 멀어졌다. 마령선도 물러가 대강 줄기를 탔다. 마령선까지 침몰시켰다면 더할 나위 없었겠지만, 여기서 다시 장거리 돌격을 감행하기에는 병력도 화력도 충분치 않았다. 게다가 백병전이 벌어지면 석조경과 백가화의 무위에 의지해야 했고, 적지 않은 사상자의 발생 또한 담보해야 했다.

훌륭한 모사는 멈출 줄도 알아야 했다. 이 정도로도 위대한 승리였다. 강청천도 주먹을 불끈 쥐고, 다른 선원들처럼 소리를 질렀다. 그는 냉정함을 잃을 줄 아는 책사다. 강물에 몸을 실은 한 명의 남자일 뿐이었다.

*　　　　　*　　　　　*

그가 파괴된 적벽을 가로질렀다.

하늘에 이른 지략과, 장강을 가르는 안배로도 막을 수 없었던 재난이 그들의 도시를 불태우고 무너뜨렸다. 참혹하게 부서졌고, 지금도 부서지는 중이었다.

절제된 분노가 명멸하는 빛으로 비룡포 위를 누볐다.

광극진기가 절로 일어났다.

꺼져 가는 불길에, 매캐한 연기가 코를 찔렀다. 흙더미 위에 돌덩이가, 돌덩이 위에 기와 더미가 난장으로 쌓여 있었다. 전쟁터도 이렇지는 않다. 어떤 전장에서 본 것보다도 더 험악한 파괴 현장이 그의 눈을 어지럽혔다.

꽈아아아앙! 꽈광!

폭음과 폭발이 땅과 하늘을 뒤흔들고 있었다.

힘의 격돌이 어마어마했다.

충천하는 화광 사이로 번쩍이는 금빛이 보였다.

제천대성이었다.

거리는 아주 멀었다. 단운룡은 다시 광도를 열었다.

공허를 뛰어넘었다.

순간의 어둠 뒤로, 화염과 금광이 눈앞을 가득 채웠다.

두 명의 초고수와 고대의 악룡이 만들어내는 역장과 열기는 인간이 버틸 수 있는 한계를 아득히 넘어서 있었다.

"나와라."

단운룡은 도약과 동시에 곧바로 광검을 뽑아 들었다. 뒤는 생각하지 않았다. 그럴 필요가 없었다. 그의 뒤에는 또 다른 날개, 명경이 있었다.

쩌어어어어엉!

금광을 휘감은 여의봉에 광검이 꽂혀 들었다.

색이 다른 빛의 충격파가 강력한 역장을 뒤흔들었다. 기(氣)의 소용돌이가 엄청났다. 마신 진기를 극성으로 끌어올렸다. 아니, 끌어올려졌다. 천잠비룡포가 홍룡의 화염기를 흡수하며 열기를 상쇄했다. 꿈틀거리는 비룡이 더욱더 화려하게 빛났다.

"이야! 너까지 와 버린 거냐!"

제천대성이 소리치며 튕겨나가는 여의봉을 휘어잡았다. 옆에서는 태극의 푸른빛이 화룡의 불벼락을 막아내고 있었다.

제천대성이 두 손으로 잡은 여의봉을 머리 위로 치켜올리고 단운룡을 향해 뛰어들었다. 단운룡이 광검을 앞으로 내질렀다. 공허에서 배운 소연신의 검기(劍氣)가 잠에서 깨어난 것처럼 올올이 풀려나왔다.

쩌저정! 퍼엉! 퍼어엉!

광파가 지축을 뒤흔들었다.

흔들리는 대지 위에서 화염이 깃든 용의 체술이 명경의 정면으로 몰아쳤다. 명경이 무적의 십단금을 펼쳤다.

어깨에 검을 박고 밀어내다가, 염력으로 반대편 화염날개를 봉쇄했다. 땅이 퍽퍽 꺼지고, 하늘에서 소용돌이가 휘몰아쳤다. 흑암을 휘두르는 명경의 눈이 선연한 푸른빛으로 빛났다.

그가 입은 천잠보의에서도 영롱한 청광(靑光)이 일었다.

쫘광!

무시무시한 폭발이 일어났다. 형형색색 빛과 불길이 주위의 건물들을 부쉈다.

꾸웅! 터엉!

단운룡과 명경이 폭발에서 튕겨 나와 박살 난 저자의 잔해 위에 내려앉았다.

두 사람이 몸을 일으켰다.

빛의 검을 비껴 든 단운룡이 비룡황제의 기파를 펼치고, 어둠의 검을 늘어뜨린 명경이 명부제왕의 기도를 내뿜었다.

나란히 선 두 영웅의 기세는 손오공과 화염룡의 전설 앞이기에 더욱 압도적이었다.

그야말로 신화(神話)에 필적하는 힘이었다.

"야하아아아아! 이러면 안 된다구!"

제천대성은 감탄과 웃음이 섞인 괴성을 냈다. 또한 안 된다 말하면서도 대단히 즐거워 보였다.

"가자."

단운룡이 말했다.

통성명 같은 것은 의미가 없었다.

이미 서로가 누구인지 알았다.

꽝!

먼저 간다 말하지 않았다.

마신의 파동기가 화염과 금광의 역장 안에 길을 냈다. 명경의 염력이 파동에 공명하며 그 길을 넓혔다.

둘 다 선봉장이다. 명경은 단운룡의 뒤를 따르는 것이 아니라, 그의 옆에 있었다.

번쩍! 꽈아앙!

돌진을 주저하지 않으며 최전선에서 싸운다.

단운룡의 광검이 제천대성의 목으로 뻗어나갔다. 제천대성이 상체를 뒤로 젖히며 황금빛 여의봉을 휘둘렀다.

쩌저정!

광검과 여의봉이 충돌했다.

터지는 충격파가 장풍처럼 사방을 휩쓸었다.

명경이 흑암을 휘둘렀다.

촤아아아악!

청흑의 검영이 금정과 광극진기의 충파를 반으로 쪼갰다. 그것만으로도 천군 군세를 돌파하는 것 같다. 명경이 그대로 나아갔다. 홍룡의 손톱이 용조수 무공처럼 명경의 머리 위로 떨어져 내렸다.

명경의 내공이 흑암의 검날을 가득 채웠다. 흑암의 검자루를 양수로 잡아 아래에서 위로 대검처럼 휘둘렀다. 무적의 구결은 무적이라, 십단금의 비단폭이 유형화된 청색으로 화염룡의 불손톱을 깨부쉈다.

쩡! 꽈르릉!

명경의 발밑에서 푸른 진기의 폭발이 일었다. 화룡의 손톱 조각이 고열과 함께 사방으로 튀었다. 이어, 꽝! 하는 폭음과 함께 제천대성의 몸이 명경 측면으로 튕겨 나왔다. 제천대성

이 금빛 광영을 흩뿌리며 찰나간에 몸을 뒤집었다. 여의금고
봉이 파도처럼, 부처님의 소매자랑처럼 팔랑거리는 금빛 파장
을 흩뿌렸다.

촤악! 쩌저저저저정!

이번에는 명경의 흑암과 제천대성의 여의봉이 얽혀들었다.
홍룡의 몸이 날랜 뱀처럼 명경의 후방으로 돌아갔다. 악룡의
입에서 창날 같은 화염이 쏟아졌다.

키이잉! 쩌엉! 쩌엉!

순간.

명경의 등 뒤에서 열 개의 빛기둥이 솟아올랐다.

창살처럼 솟구친 찬란한 빛줄기가 악룡의 화염을 봉쇄했다.
빛기둥과 빛기둥 사이엔 텅 빈 공간이 있었지만, 화염은 그 사
이를 통과하지 못했다. 마치 가둬진 것처럼 불길이 빛기둥을
타고 하늘로 치솟았다.

콰아아아! 화르르르르륵!

흩어지는 불길 속에서, 단운룡의 광검이 홍룡의 머리 위로
떨어져 내렸다. 홍룡이 머리를 비틀고 솟아난 뿔에서 불줄기
를 흩뿌리며 광검의 일격을 비껴냈다.

쩌엉!

명경과 합을 교환하던 제천대성이 단운룡의 옆으로 밀려나
왔다. 누가 먼저랄 것도 없이 그어 내린 광검과 올려친 여의봉
이 광파를 일으켰다. 흑암이 그들 위를 가로질러 홍룡의 불길

을 막았다.

꽈광!

빛이 교차했다. 단운룡과 명경이 등을 지고 섰다.

광검과 흑암이 태극처럼 돌아가기 시작했다.

태극의 혼돈을 가운데 두고, 찬연히 빛나는 날개와 까맣게 치솟는 날개가 양쪽으로 돋아난 것 같았다.

초고수의 대난전이 점입가경을 향해 치달아 올랐다.

제천대성의 금빛이 더욱 눈부셔졌다.

홍룡의 화염이 더욱더 뜨거워졌다.

빛과 어둠, 신화와 전설이 어우러졌다.

그리고 그 장엄한 순간이 섭리가 정한 세계의 한계를 무너뜨렸다.

우르르르릉!

새까만 하늘이 더 새까매졌다. 먹구름도 없는 하늘에서 천둥소리 같은 울림이 퍼져나갔다.

쩡! 쿼융!

단운룡의 광검이 제천대성의 여의봉을 튕겨내고 가면을 스쳤다.

쩌적!

제천대성의 가면에 금이 갔다.

꽝! 콰직!

명경의 검이 홍룡의 어깨를 부수고 가슴 깊은 곳까지 박혀

들었다.

치이이이익!

검붉은 피가 열기에 기화되어 날아갔다.

"잠깐!"

제천대성이 훌쩍 물러나며 소리쳤다.

장난기 같은 것은 없었다. 진심으로 당황한 것 같았다.

"크르르르르르."

홍룡은 짐승 같은 소리를 냈다.

치명상이 분명했건만, 몸에서 뿜어지는 열기는 더 강력해지기만 했다.

달궈지는 쇠처럼, 붉은 신체 곳곳에서 허연 백화(白火)가 일었다. 이젠 그저 타오르는 불이 아니었다. 새까맣던 흑암의 검신마저 붉게 변했다. 홍룡의 전신이 용광로가 되고 있었다.

쩌엉!

계속 치고 들어간 광검이 여의봉에 막혔다.

제천대성이 거칠게, 그러면서도 정교한 일격으로 단운룡과 광검을 튕겨냈다. 제천대성이 버럭 고함을 내질렀다.

"멈춰! 잠깐 좀 멈춰 보라고!!"

치솟는 고열에 명경의 천잠보의에서도 불꽃이 일었다. 천잠사도 못 견디는 백열(白熱)이었다. 명경은 전신에 화상(火傷)이 생겨나고 있음을 느끼며 흑암을 뽑고 뒤로 물러났다.

"앗 뜨거!"

제천대성이 한 발 더 물러났다.

단운룡은 하늘을 보았다.

우주(宇宙)가 그에게 속삭이고 있었다.

더 올라오지 마라. 더 넘보지 마라.

"봤지? 내가 곤란하다고 했잖아!"

제천대성이 말했다.

손가락을 하늘로 올린 채.

명경은 그럼에도 하늘을 보지 않았다.

가혹한 천명(天命)을 살았다. 눈앞의 적을 섬멸하는 것이 그의 삶이었다.

그가 다시 흑암을 겨누었다.

"무기를 들어라."

그것이 명경이었다.

제천대성이 역정을 냈다.

"아! 노사는 어떻게 저런 걸 키웠지!"

제천대성이 발을 꽝! 굴렀다. 분통을 터뜨리는 원숭이처럼 보였지만, 위력은 그렇지 않았다. 흔들리는 진파(震波)가 명경이 선 땅까지 닿았다.

"너희들 잘 들으라구! 오늘 싸움은 여기까지야!"

제천대성이 소리쳤다.

말투가 또 달라졌다.

금이 간 가면에서 금빛이 흘러내리고 있었다. 그것은 마치 녹아내린 금처럼 보였다. 액체 같은 금기(金氣)는 턱밑에 이르러 아래로 떨어지지 않고 다시 가면 밑으로 스며들었다.

제천대성의 입에서 천둥 같은 목소리가 흘러나왔다.

"세계에는 섭리가 허락한 힘이 있고, 그렇지 못한 힘이 있어! 그걸 넘어서면 공허 깊은 곳 심연(深淵)에서 암제가 내다볼 거야. 암제(暗帝)는 섭리가 인정치 않은 모든 불균형의 집합이며 망가진 법칙을 무(無)로 되돌리는 세계의 두 얼굴이지! 그것이 흥미를 느끼면 안 돼! 끔찍한 일이 벌어질 거야!"

그것은 제천대성이면서 제천대성 같지 않았다.

겁먹은 듯하면서 겁먹은 것을 즐기는 것 같았다.

무슨 말인지 알 수 없으면서도 알 수 있었다.

하지만, 단운룡은 동의하지 않았다.

"누구 마음대로 여기까지래."

이 땅의 파괴를 보라.

우주가 원치 않는다 해도, 간단히 참아줄 수 없다.

단운룡이 광검에 광력을 더했다.

"패배를 인정하고 힘껏 도망을 치려면 쳐 봐. 그냥은 안 보내 줄 테니까."

그가 말했다.

단운룡만이 아니었다.

"가자."

이번엔 명경이 말했다.

그가 검을 들고 작열하는 홍룡에게 뛰어들었다.

단운룡이 그와 어깨를 나란히 하고 달렸다.

제천대성이 기가 막힌다는 표정을 지었다. 흘러내린 금정(金精)으로 뒤덮인 가면은 실제 얼굴처럼 움직이며 원숭이가 느끼는 감정을 온전하게 드러내고 있었다.

쩡! 콰아아아아!

단운룡의 광검과 여의봉이 막대한 빛을 터뜨렸다.

제천대성은 질린 얼굴이 되어 있었다.

그 옆에서 명경의 검이 불을 갈랐다.

열기가 엄청났다.

돌과 흙에서도 불길이 피어났다.

용암이 끓는 대화구에 떨어진 것 같았다.

천잠보의가 없이는 접근조차 불가능할 열기였다. 섭리가 무너지고 있다는 말도 이해할 수 있었다. 불똥이 흩날리고 빛과 빛이 폭발했다. 밤이지만 땅 위는 낮처럼 밝으면서 또 눈을 올려 보면 칠흑 같은 어둠만이 하늘 위에 아득했다. 인세의 광경을 한참 초월해 있었다.

제천대성의 말 때문이 아니더라도, 종지부를 찍어야 하는 상황임은 분명했다.

이 땅에 앞으로 사람이 살 수 있을지 모르겠다.

이 이상 오래 끌어서 좋을 싸움이 아니었다.

쩌어엉!

쇄도하여 광검을 내려쳤다. 나선의 금빛 광채를 여의봉에 휘감고, 돌리고 돌려 반격을 가해왔다.

명경은 홍룡에게 전진했다.

검격이 제대로 닫지 않았다. 흑암은 붉게 달궈졌고, 천잠보의도 곳곳이 손상된 상태였다.

꽈아앙!

여의봉을 튕겨내고 단운룡이 명경을 보았다.

명경은 완성된 무공을 지니고 있었다.

이런 제천대성과 저런 홍룡에 맞서 이 대 일로 싸웠다는 것 자체로 막강한 무를 여지없이 증명했다.

하지만, 살상력이 극에 이른 무공으로도 홍룡을 죽이지 못했다. 저렇게 백열화 하는 괴수를 죽이기 위해서는 더 큰 것이 필요했다. 이를테면, 백무한이 전개했던 권격 같은 대파괴 무공 말이다.

미래시와 과거시가 동시에 발동했다. 기억에서 방법을 끄집어내고, 예지가 일어날 결과들을 보았다.

결론을 얻었다.

그 홀로는 못 한다.

결국 그는 이런 싸움을 하는 자다.

규모가 엄청나게 커졌을 뿐, 살아날 길을, 이길 길을 힘이 아니라 두뇌로 찾았다.

이 길은 그 홀로 걷는 길이 아니다.

명경이 있기에 주파가 가능한 길이었다.

'내가 한다.'

단운룡이 홍룡을 죽여야 했다.

광극진기를 극성으로 끌어올렸다. 공허의 어딘가에서 얻었던 구결이 뇌리로 치달았다.

이 일을 가능케 하려면 제천대성을 먼저 배제할 필요가 있었다. 그러나 제천대성과 홍룡이 명경을 죽이지 못했듯, 단운룡과 명경이 함께 공격한다 하여도 단숨에 제천대성을 제압하진 못할 것이다.

그래서 필요한 것이 이것이다.

'십검.'

광검이 열 줄기로 갈라졌다.

"또! 이 놈이!!"

제천대성이 분노에 찬 고성을 질렀다.

꽝! 꽈광!

빛기둥이 제천대성을 에워쌌다. 금빛 여의봉을 거세게 휘둘러도, 십검 봉쇄의 기둥은 쉽사리 흔들리지 않았다.

꽝!

광파가 일었다.

오래 버티진 못한다.

제천대성은 벌써 한 번 십검에 갇혀 보았고, 그걸 한 번 부수고 나온 적도 있다.

그러니 주어진 시간은 짧다.

단운룡이 소리쳤다.

"잡아!"

명경이 그의 말을 들었다.

파지지지직! 치직! 치지직!

단운룡의 손에 빛이 모여들고 있었다. 광력의 힘이 어마어마했다. 명경은 그것으로 단운룡의 뜻까지 읽었다.

두 날개, 합공이다.

우우우우웅!

명경이 염력을 전개했다. 홍룡의 몸체가 그 자리에 멈춰 섰다.

쿠구구구구구! 화르르륵!

홍룡의 눈에서 불길이 일었다.

은유가 아니라 실제였다.

눈동자가 사라지고, 뻥 뚫린 안와에 불꽃만 넘실거렸다.

화염이 피어오르는 안구로 사물을 식별하는 게 어찌 가능한 일인지 모르겠지만, 이미 상식적 법칙이란 게 무너져 버린 전장이었다.

그 상태로 홍룡이 명경을 보았다.

쿠쿵!

염력과 화기가 싸웠다.

홍룡이 막강한 역장 안에서 꿈틀 몸부림을 쳤다.

명경의 몸도 덜컥 흔들렸다.

검을 거두었다.

염력에 전력을 다한다.

손을 펴고 홍룡을 겨누었다. 손가락 마디마디에 힘이 들어갔다. 눈동자의 청록색이 점점 더 짙어졌다. 관자놀이에 혈관이 돋았다.

크아아아아!

홍룡이 포효했다.

어깨를 비틀고 팔을 들어 올렸다.

팔뚝의 붉은 비늘이 가시처럼 일어났다.

명경이 이를 악물었다.

우우웅! 꾸구구구국!

족쇄를 뜯어내듯 홍룡이 한 팔을 거세게 들어 올렸다.

꽝!

홍룡이 자유로워진 손과 손톱을 땅바닥에 박아 넣었다. 땅을 긁듯 몸을 잡아당긴다.

차락, 차라라라라락!

붉은 비늘이 달깍거리며 곤두섰다 내려가길 반복했다. 불꽃이 몸통을 휘감고 돌았다.

전신을 다 묶을 수가 없었다.

순간.

명경은 묶는다는 생각이 그 자신의 상상력을 붙잡고 있었음을 깨달았다.

염력이란 말 그대로 의념(意念)의 힘이었다.

뜻이 곧 생각이 되고, 생각이 곧 현실이 된다.

언젠가 무너져 쏟아지는 바윗덩이들을 멈췄을 때는 이러지 않았다.

바위를 연상하자 명경의 염력은 만근의 바윗덩이가 되었다.

쿠웅!

영검존을 땅에 꽂을 때와 비슷했지만 달랐다.

홍룡의 머리와 어깨가 거대한 바위에 눌린 것처럼 훅 밑으로 꺼졌다.

명경의 염력이 산처럼 거대해졌다.

그렇게 도해(圖解)가 열렸다.

정신이 무한하게 확장되었다.

바위처럼 무겁게.

비단처럼 가볍게.

명경의 염력이 천변만화의 만상을 품기 시작했다.

홍룡이 땅을 긁으면, 그 힘에 순응하여 전면의 역장을 거둬들였다.

악룡의 거체가 앞으로 기울어졌다.

홍룡이 다리를 움직였다. 비어 있는 역장이 채워지며 괴수의 발목을 걸었다.

꾸웅!

거체가 땅바닥에 무너졌다.

머리를 들고 포효했다. 두 손으로 땅을 짚고 일어나는 홍룡은 이제 아무 저항을 받지 않는 것 같았다.

하지만, 홍룡은 팔다리를 움직이면서도 그 자리에서 한 발도 벗어나지 못했다.

염력으로 태극의 극의를 구현했다. 일찍이 무의 완성을 넘보았던 명경은 이제 와 술에 있어서도 범접치 못할 경지에 이른 것이다.

깨달음의 시간은 천년의 세월을 보낸 것처럼 길었지만, 결코 길지 않았다. 실제로는 숨 몇 번 쉴 정도의 시간만 흘렀을 뿐이었다.

쫘아앙! 쫘앙!

폭음이 연이어 들려왔다.

금빛 광파가 빛기둥을 부수고 있었다.

제천대성이 십검 안에서 미친 듯이 여의봉을 휘둘렀다.

빛의 파편이 깨진 유리처럼 터져 나왔다.

유지가 어려웠다. 단운룡이 명경처럼 이를 악물었다.

단운룡의 손에 들린 광검은 일그러진 타원이 되어 있었다. 파직거리는 광파가 타원형 광구를 밝혔다. 빛의 밀도가 높아질수록 십검의 빛기둥은 흐릿해져 갔다.

파지지지직!

마치 뇌정광구를 손에 든 것 같았다.

스칸다가 구사하던 바샤비 샤크티와 거의 같은 형태였다.

꽈아아앙!

십검의 기둥들이 반파되었다.

한계였다. 제천대성이 곧 뛰쳐나온다.

위력까지 비슷할지는 미지수였지만, 이만큼이나 압축한 힘이라면 파괴력은 충분할 것이다.

명경이 단운룡을 돌아보았다. 단운룡은 고개를 끄덕이지도, 명경과 눈을 마주치지도 않았다.

그래도 서로는 알았다.

단운룡의 손에서 광구(光球)가 날았다.

명경이 마지막으로 염력에 힘을 더했다.

홍룡의 몸이 굳어졌다.

광구는 빠르지 않았다. 명경이 신에 이른 염력으로 제압하지 않았더라면 맞아주지도 않았을 것이다.

파캉! 꽈광!

광구의 발출과 동시에 십검의 유지력도 바닥을 찍었다.

십검의 기둥들이 깨져나갔다.

제천대성이 풀려나왔다.

휘웅! 콰아아아아아아아아아아아! 파지지지지직!

순간, 광구가 홍룡의 몸에 파고들었다.

빛이 불길을 빨아들였다. 힘이 극한을 향해 수렴했다. 전격이 세계를 찢었다.

명경이 검을 들었다.

쩌어어엉!

단운룡의 광구가 홍룡을 부수고 있을 때, 제천대성의 여의봉이 그들 머리 위로 떨어져 내렸다. 펼쳐진 금빛 바다를 흑암의 태극이 막았다.

이어 무적의 검이 솟구쳤다. 여의봉이 밀려 나갔다. 제천대성의 좌측면에 공간이 생겼다.

승부다.

단운룡의 눈이 번쩍 빛났다.

훅! 하고 단운룡의 몸이 제천대성의 왼편에 나타났다.

꽈릉!

마침내 직격이다.

마신파황고가 제천대성의 몸통에 작렬했다.

제천대성이 폭발과 함께 튕겨 나갔다. 금빛 액체가 피처럼 터졌다.

꽈아앙!

제천대성의 몸이 땅을 부수고 두 번이나 튕긴 후에야 멈췄다. 제천대성이 대(大) 자로 뻗었다. 여의봉이 땅바닥을 나뒹굴었다.

쿠궁! 쿠궁! 꽈아아아아아앙!

그때 홍룡 쪽에서 눈부신 폭발이 일어나 그들의 시야를 가득 채웠다.

잔여 화염과 전격이 어지럽게 얽혀들었다.

마침내 모습을 드러낸 홍룡의 신체는 상체 대부분이 사라진 상태였다. 팔 한쪽과 가슴 복부가 모조리 날아갔고, 허벅지 일부도 터져나가 있었다.

백열로 달궈진 신체가 이글거렸다.

전격을 머금은 빛이 남은 신체를 누볐다. 빛을 따라 몸이 갈라졌다. 하나 남은 팔이 퍽! 하고 불과 함께 쏟아져 내렸다.

빛의 균열이 목을 거쳐 머리까지 이어졌다.

홍룡은 그의 육신을 파괴한 단운룡을 보지 않았다. 그를 땅에 박아 둔 명경도 시야에 없었다. 홍룡은 불 뿜는 안구로 하늘을 올려 보았다.

"보고 있는가……."

홍룡의 목소리는 꺼져가는 불꽃처럼 균일하지 않았다.

하늘이 유독 새까맸다.

별도 보이지 않았다.

무언가에 가려진 것처럼 달도 찾을 수가 없었다.

까만 하늘의 한가운데서, 검은 균열이 보였다. 그 균열은 격자와 같이 구획이 나뉜 것처럼 보였다. 마치, 물고기나 뱀의 비늘 같았다. 하지만 어(魚)와 사(蛇)를 말하기엔 그 크기가 너무나도 거대했다. 용(龍)이라면 그럴 수도 있겠다. 아니, 용이라 해도 지나쳤다.

"역시 이것은… 있을 수 없는… 일일지니."

홍룡의 불길이 사그러들기 시작했다.

퍼석, 퍼석.

홍룡의 몸이 허물어졌다.

용의 머리마저도 조각조각 부서져 사방으로 흩어져 버렸다.

백열 대신 붉은빛만 그 잔해에 가득했다.

그리고.

홍룡처럼, 단운룡이 무너졌다.

모든 공력을 다 소모했다.

정신마저 아득해지는 고통이 그의 전신을 가득 채웠다.

그것이 섭리다.

서 있는 것은 명경뿐이었다. 그마저도 지쳤다. 그가 마지막
으로 하늘을 올려 보았다.

검은 균열이 희미해졌다. 세계가 응당 그래야 할 모습을 찾
아갔다. 불빛이 잦아들었지만, 주위 경물들은 도리어 또렷하
게 보였다.

그리고.

"아, 죽을 뻔했네."

제천대성이 일어났다.

제천대성은 멀쩡하지 않았다. 단운룡의 일격에 상반신 옷
이 다 찢어졌다. 질기고 탄탄한 근육으로 짜여 진 맨몸은 온
통 피투성이가 되어 있었다. 그가 휘청거리며 몸을 세웠다. 왼
팔은 부러져 비틀린 상태였다.

그가 몸을 세울 때, 단운룡은 한쪽 무릎을 꿇고, 기울어진

채 땅에 짚은 손으로 상체를 버티고 있었다. 단운룡이 제천대성을 보았다. 둘 다 엉망진창이었다.

울컥. 쿨럭.

단운룡이 입에서 피를 쏟았다.

제천대성의 가면에서도 금색의 액체가 피처럼 넘쳐흘렀다. 파열되어 엉망이 된 육체에 금정(金精)이 스며들었다.

명경은 검을 거두지 않고 경계했다.

제천대성의 시선은 단운룡에게 꽂혀 있었다. 명경이 한 발 움직여 단운룡의 전면을 가로막았다. 지금 제천대성을 공격하면, 제천대성이 단운룡을 공격할 것이다. 명경은 경동할 수 없었다. 단운룡은 어인 일인지 주화입마에 빠져들고 있었다. 작은 타격으로도 생명이 위험할 수 있는 상황이었다.

그뿐이 아니었다. 바스라진 홍룡의 몸체에서 느껴지는 기운도 심상치 않았다.

천잠보의까지 침투해 들어올 정도의 백열은 이제 없었지만, 화기(火氣)가 완전히 소멸한 것은 아니었다.

은은한 붉은빛이 밝아졌다가 줄어들길 반복했다. 홍염(紅炎)이 살아 있는 것처럼 맥동하고 있었다.

언제 터질지 모르는 화탄처럼 느껴졌다.

그러니 어쩔 수 없었다.

명경은 단운룡의 앞에서 검기(劍氣)와 염력(念力)의 철벽을 쳤다.

단운룡과 함께 싸우며 느꼈다. 단운룡은 긴 싸움을 같이 할 자였다. 제천대성의 급습이든, 홍염의 폭발이든, 그가 막아 줘야 했다.

그 사이 금빛 광채가 제천대성의 전신 근육을 덮었다. 제천대성은 말 그대로 금신(金身)이 되어 갔다. 번쩍이는 금강동인(金剛銅人)이 살아 움직이는 것처럼, 제천대성이 땅바닥에 나뒹구는 여의봉을 주워 들었다.

제천대성은 정상이 아니었다. 괴이한 술수를 쓰지 않고서는 거동조차 불가능한 상태다. 그만큼의 타격을 입었다.

명경은 더 기다리지 않았다. 힘을 확장하며 한 발 앞으로 나아갔다.

저벅.

제천대성이 움찔했다.

무극보(無極步)였다. 명경의 일보에는 무당무공의 정수가 담겨 있었다.

"후, 이 퍼런 눈깔 괴물을 어떻게 물리칠까……."

제천대성이 단운룡을 향하여 경고하듯 여의봉을 겨눈 채 고개를 갸웃거렸다.

명경이 검을 들었다. 제천대성의 화안금정 금빛 눈에 번뜩이는 기광이 감돌았다.

"오!"

제천대성이 입을 둥글게 하고 탄성을 냈다.

"왔구나!"

이번엔 명경이 움찔했다. 천라지망처럼 펼쳐진 염력과 태극도해의 감각에 작은 움직임이 포착되었다.

홍룡의 몸체 쪽이었다.

무너진 건물 사이로 작고 날렵한 그것이 빠르게 접근했다. 그것은 제천대성의 금정과 똑같은 성질의 기(氣)를 지니고 있었다.

명경은 시선을 돌릴 수 없었다.

제천대성은 금빛 살기를 뿜어내며 명경의 눈을 사로잡았다. 작은 그것은 사람이 아닌 짐승 같았다. 같은 것이 아니라 짐승이 맞았다.

"우끽!"

그것이 괴성을 냈다.

금빛 털을 지닌 원숭이였다. 원숭이가 얼굴에 가면을 썼다. 다름 아닌 손오공 가면이었다.

원숭이 가면을 쓴 원숭이가 매캐한 연기 사이를 뛰어 무너진 홍룡의 잔해를 파고들었다.

"어허! 냅두시라구."

제천대성이 슬금슬금 측면으로 보법을 밟으며 노도와 같이 밀려드는 압력을 비껴냈다. 그러면서도 제천대성의 여의봉 봉첨은 전투 불능이 된 단운룡만을 가리키고 있었다.

아주 교활한 수작이었다.

당승전설에서도 손오공은 힘이 아니라 꾀로 싸울 때가 많았다. 명경은 금빛 원숭이가 홍룡의 사체를 뒤적거리는 것을 알면서도 놔둘 수밖에 없었다.

"끼이이익!"

원숭이가 환호성 같은 괴성을 내질렀다.

금색 원숭이가 부서진 홍룡의 머리에서 노랗고 붉게 빛나는 구슬 같은 것을 들어 올렸다. 그것은 원숭이의 머리만큼이나 컸다. 안에서 불꽃이 이글거리는 것처럼 오묘한 빛을 내고 있었다.

"찾았구나! 이리 온!"

제천대성이 의기양양하게 소리쳤다.

원숭이는 제천대성에게 바로 날아들지 않았다. 명경을 두려워하기라도 하듯, 한참 뒤로 물러나 멀리 우회해 움직였다.

염력 저지를 시도했다.

"어허! 안 되지!"

황금신(黃金身)이 된 제천대성이 금빛 기운을 일으켰다. 명경의 염력과 제천대성의 금정이 물결치듯 허공에 얽혀들었다. 명경의 염력이 더 강했지만, 제천대성의 금정도 만만치 않았다. 명경의 염력이 천변만화하며 제천대성의 금정을 압도했다. 겨루는 사이에 원숭이가 홀쩍 달려와 제천대성에게 화염의 구(球)를 건넸다.

"홍룡(紅龍)의 화정(火精)을 얻었다! 야하하!"

제천대성이 연극처럼 소리쳤다.

누구도 이 상황에서 그렇게 말하진 않을 것이다.

더 이상 두고 봐 줄 수 없었다.

명경이 땅을 박찼다.

제천대성이 그리했듯, 명경도 있는 대로 힘을 전개하여 제천대성의 시선을 묶었다.

쩌엉! 쩌정!

흑암과 여의봉이 맹렬하게 부딪쳤다. 제천대성의 몸이 쾅쾅 밀려나갔다. 명경의 무력은 압도적이었다. 금빛 액체 같은 기운이 제천대성의 몸에서 피처럼 터져 나왔다.

"으악! 너무 세다!"

고수들의 무공은 종이 한 장 차이에서도 승부가 갈린다 하였다.

제천대성의 금신(金身)은 이미 무리수의 중첩이었다. 명경은 지쳤어도 제천대성과 같은 내상은 입지 않았다.

명경의 검은 여전히 치열하면서 부드러웠고, 아름다워서 강력했다.

쫘앙!

제천대성이 반탄력을 이용하여 훌쩍 뒤로 물러났다.

"우씨!"

제천대성이 이를 갈았다. 이대로는 죽겠다. 양손으로 여의봉을 들고 명경의 검을 막아냈다.

쩌어엉!

제천대성의 양손과 팔에서 금색 기운의 정수가 마구 흩뿌
려졌다.

그때였다.

명경은 태극도해 저편에서 작은 기운이 슬금슬금 단운룡에
게 다가가고 있음을 감지했다.

우우우우웅!

명경이 그쪽으로 왼손을 폈다. 금빛 털의 원숭이가 덜컥 멈
춰 섰다. 비틀어 죽여 버릴 기세로 염력을 끌어올렸다.

그것으로 제천대성이 기회를 잡았다.

"한눈팔면 안 된다구!"

제천대성의 몸에서 일순간 금빛이 사라졌다. 금광(金光)이
없어지자, 주위가 새까매졌다. 빛이 없어 어두워진 것이 아니
었다.

명경은 비틀린 우주(宇宙)를 느꼈다.

공허(空虛)가 실체화되었다.

명경은 그 안에 완전히 들어선 것이 아니라, 경계에 걸쳐진
상태가 되었다. 감각이 이상해졌다. 염력이 조절이 제대로 되
지 않았다.

후욱!

깜깜한 어둠 속에서 여의봉이 솟아올랐다. 세계에서 색(色)이
사라졌다. 광택 없는 그것은 금색처럼 보였으나 목봉처럼 보이

기도 했다.

쩌엉!

궤적을 알 수 없었다. 막을 수 없는 일격을 막아낼 수 있었던 것은, 오직 휘두르고 휘둘러서 만검지련자(萬劍之戀者)가 된 고련의 결과였다.

쩌정! 꽈앙!

여의봉이 다시 날아들었다.

바깥에서는 명경이 제천대성을 압도했지만, 여기서는 아니었다. 여의봉을 흑암으로 완전히 비껴내지 못했다. 등 쪽에 일격을 허용했다. 진짜 같지 않은 충격이 전신을 치달렸다. 이어, 공력이 진탕되는 것을 느꼈다. 허상이 아니었다.

갑작스레 전세가 역전된 기이(奇異) 속에서, 명경은 정신을 가다듬었다. 이것은 처음 단운룡과 제천대성의 존재를 느꼈던 바로 그 세계였다. 여의봉이 다시 그의 머리 위로 떨어져 내렸다.

카앙!

만근의 압력이 느껴졌다. 발밑이 푹 꺼진다 생각했다. 그러자 그의 몸이 무저갱에 떨어진 것처럼 추락하기 시작했다.

실제가 아님을 알았다. 의념의 통제가 쉽지 않았다. 제천대성과 홍룡에 맞서 이 대 일로 싸울 때도 느끼지 못했던 위기감을 강제 당했다.

모든 힘을 거둬들이고 검기를 벼려 십단금을 전개했다. 그는 검아일체(劍我一體)로, 흑암의 화신이 되었다. 추락이 멈추었다. 하지만 여전히 제천대성은 위치조차 잡을 수가 없었다.

더불어 또 하나의 위기가 찾아왔다.

"끼이이익!"

명경이 힘이 공허로 빨려들면서, 금빛 원숭이가 염력에서 풀려난 것이다. 원숭이가 쏜살처럼 단운룡에게 달려들었다. 대재해가 닥쳤던 폐허 속에 단운룡을 구해줄 이는 아무도 없었다. 명경의 모습은 고강한 주술 진식(陣式)에 갇힌 유령처럼 보였다. 공허(空虛)의 경계에 묶여 있기 때문이었다.

금빛 털의 원숭이는 무공 고수처럼 빨랐다. 작게 축소한 제천대성처럼 사납고 강맹한 힘을 품고 있었다.

죽음이 다가온 그때에.

단운룡이 눈을 떴다.

그의 눈동자에 우주(宇宙)가 담겼다.

꽈아앙!

원숭이가 벽에 부딪친 것처럼 튕겨나갔다.

단운룡은 움직이지 않았다. 움직일 수 없었다. 한 손으로 땅을 짚고서 입에서 피를 쏟는 그 모습 그대로였다.

"또! 또! 따라 들어온 거냐!"

제천대성이 공허에서 소리쳤다.

어둠 속에서 찬란한 광휘가 용솟음쳤다.

콰아아아아!

광파가 까만 공허를 휩쓸었다.

터엉!

명경이 튕겨나듯 공허에서 빠져나왔다. 그의 전신이 선명해
졌다.

단운룡이 공허에서 광신(光神)의 빛을 뿜었다.

육체가 부서지고 있어도, 정신은 그것을 넘어설 수 있다.

꽉 찬 빛이 비어 있는 어둠을 갈랐다.

쫘아아아아아앙!

폭음과 함께 광력의 파도가 일었다.

콰직! 우지끈!

금으로 만든 조각상이 깨진 것처럼, 제천대성의 어깨가 부
서져 나갔다.

"우아악! 아프잖아!!"

제천대성이 버럭 소리쳤다.

단운룡이 빈 허공에 진각을 밟고 빛의 포격을 터뜨렸다. 광
포한 빛의 포효가 있었다. 껍질이 벗겨지듯 제천대성의 몸에
서 금색의 파편이 연이어 흩뿌려졌다.

"이이익!"

제천대성이 억눌린 괴성을 냈다. 금빛이 그물처럼 풀려나왔
다. 박살 나 흩어졌던 어깨가 다시 생겨났다.

금색과 광휘의 향연 속에서, 한 줄기 불꽃이 일어났다

화르르륵!

제천대성의 품속에서 빠져 나온 그것은 이글거리는 화정(火

精)이었다. 제천대성이 그것을 다시 쥐려 했다.

"어딜."

제천대성은 난해한 요마요, 최악의 적이었다.

제멋대로 쳐들어와 마음껏 날뛰었다.

적벽은 그래도 되는 곳이 아니었다.

확실히 가르쳐 주리라.

단운룡이 제천대성의 전면으로 파고들었다.

꽈앙!

광검결을 일으킨 단운룡의 손이 제천대성의 심장을 꿰뚫었다. 금빛 폭발이 공허를 채웠다.

콰과과과과과과과과!

금색 빛줄기가 공허 곳곳으로 빨려 들어갔다.

화르르륵!

그렇게 날아가는 것들 중에는 홍룡의 화정(火精)도 있었다. 단운룡이 광도 저편으로 튕겨나가 악양 외곽에 떨어졌듯, 날아간 화정이 광도를 뚫고 알 수 없는 곳으로 사라져 버렸다.

우우우우우웅! 화악!

공허가 깨졌다.

아무것도 없는 어둠이 무너진 도시의 어둠으로 치환되었다.

단운룡의 몸이 풀썩 꼬꾸라졌다.

명경의 앞에 제천대성이 나타났다. 그의 몸에서 금빛 기운이 마구 흘러내렸다. 가슴 중앙이 특히 심했다. 구멍이라도 뚫린 것처럼, 금정의 누출이 계속되었다.

명경이 다시 흑암을 들었다.

"이 미친놈들······!"

제천대성이 진저리를 쳤다.

쏟아지는 금정에서 불쑥 하나의 몸체가 솟아났다.

그것이 사람 형체를 갖추더니 번쩍 뛰어올라 단운룡에게로 짓쳐들었다. 언젠가 구룡보에서 펼쳤던 분신술이다. 원영신으로 급하게 만든 그것은 불완전했지만, 쓰러진 단운룡에겐 충분한 위협이 되었다.

명경은 망설이지 않았다.

적을 참하는 것보다, 인명을 구하는 것이 먼저다. 사부가 그의 마음에 새긴 말씀이다.

파문당하여 북풍단주가 된 이후엔 더더욱 강조했던 가르침이었다.

꽈앙! 쩌억!

명경의 검에 제천대성의 분신이 반으로 쪼개졌다.

"으악! 내 다시는 근처에도 오나 봐라! 영원히 보지 말자! 이 악마 같은 놈들아!"

제천대성이 멀어지며 비명처럼 소리쳤다.

단운룡의 말처럼, 있는 힘껏 도망친다. 제천대성의 신형이 순식간에 까마득히 멀어졌다.

명경은 제천대성을 쫓지 않았다. 그럴 수 없었다.

단운룡의 진기가 너무 불안정했다. 파직거리는 광력이 보의
와 그 땅을 태우고 있었다. 곧 죽어도 이상하지 않을 상태였
다. 명경이 단운룡의 앞에 주저앉았다. 명문혈에 손을 대고 공
력을 불어넣었다.

명경이 강력한 내공으로 단운룡의 상세를 진정시켰다.

적벽의 누구도 불가능한 일이었다.

오직 그만이 단운룡을 주화입마에서 되돌릴 수 있었다.

들끓던 광력이 서서히 안정되어 갔다.

그렇게.

하늘마저 거스르던 제천의 싸움이 끝났다.

그러나, 적벽의 싸움은 아직이었다.

폐허의 두 날개 뒤로, 병장기 소리만 아련하게 들려오고 있
었다.

*   *   *

감당할 수 없는 적들을 물리쳤다.

남아 있는 적들도 감당이 쉬운 것은 아니었다.

홍해아의 화술은 여전히 위협적이었다.

북쪽 대로 외측면의 주거지역으로 홍해아의 불이 옮겨붙었
다. 의협비룡회 무인들 수십 명이 불을 막기 위해 결전을 벌이
는 듯 뛰어다녔다. 그 역시 생사가 갈리는 싸움이었다. 건물

을 부수고 물과 흙을 뿌렸다. 무인들뿐 아니라 기운 쓰는 장정들이 기꺼이 뛰어나와 불을 막았다. 적침을 허용하지 않았던 북쪽 시가지가 삽시간에 아수라장이 되었다.

"적 들어간다!"

"막아!"

방어진이 흐트러지는 틈을 타 금각과 은각이 시가지 깊은 곳으로 파고들었다. 더불어 시야를 가리는 황색 바람이 스멀스멀 북로(北路)를 덮었다.

"크윽! 백성들부터 보호해!"

"무인이 아닌 자는 후방으로 물러나시오!"

"적 고수가 암습을 가해온다!"

"경계! 경계! 도검을 놓지 마라!"

적벽에 쳐들어온 괴수들의 면면을 볼 때, 금각과 은각은 최상위 고수라기엔 무리가 있었다. 그렇다 해도, 개인 기량 자체는 분명 의협비룡회 무인들보다 우위에 있음이 명백했다. 무엇보다, 일찍이 거리에서의 첫 충돌에서 낭패를 본 적이 있었던 금각은 더 이상 의협비룡회 무인들을 경시하지 않았다. 물동이를 들고 뛰는 발도각 무인을 기습했다. 흩날리는 불꽃 속에서 날래게 달리는 여의각 요원을 잡아채 다리를 분질렀다.

"저쪽이다!"

"적 포착! 발도각, 청천각 추격하라!"

피해가 대난전에서만큼 빠르게 늘어갔다.

금각과 은각은 신출귀몰하게 골목길을 누볐다. 황색 운무와 더불어 검은 연기가 매캐하게 치솟는 건물들은 난감한 은폐물이 되었다.

기습 공격에 십 수 명의 무인들이 쓰러졌다.

비겁한 술수가 아니라 효과적 전술이다. 이 상황에서는 그들처럼 싸우는 것이 맞았다. 금각과 은각은 기울어져 가는 전황에 대해 분풀이라도 하듯, 철저하게 몸을 숨기면서 이길 수 있을 때만 싸움을 걸었다. 아주 고약한 요괴들이었다.

"적은 둘입니다!"

"하나는 북종로다! 다른 하나는 그 옆 포목가로 들어갔어!"

여의각 무인들이 지붕 위를 달리며 그들의 위치를 소리쳐 알렸다.

흑망을 비롯한 아창족 발도각 무인 여섯 명이 무서운 속도로 길 위를 내달렸다. 북종로에 접어든 그들이 은빛 가면을 확인하고 무섭게 땅을 박찼다.

까가가강!

은빛 수투와 휘어진 호철도가 거센 금속성을 울렸다.

퍼억!

"으윽! 이쪽에도 있다!"

골목길 저편에서도 신음성과 경호성이 들려왔다.

"금각이다! 포목가를 벗어난다!"

"을성로로 밀어내!"

급박한 목소리가 텁텁한 황사를 갈랐다. 발소리가 밤거리를 울렸다.

"청천각이다. 우리가 맡겠다!"

차앙!

청천각 무인들의 검광이 저 멀리 타오르는 불빛을 반사시켰다. 의협비룡회는 조직적으로 대응했다.

북쪽 시가 깊이 들어왔던 금각이 다시 남쪽으로 쫓겨 나왔다.

"좆같네! 이 개새끼들!"

금각이 기어코 욕지거리를 내뱉었다.

타다다닥! 텅!

금각이 달리다가 몸을 돌리고, 쫓아오던 청천각 무인을 향하여 사납게 짓쳐들었다.

쩡!

청천각 무인의 장검이 반 토막으로 뚝 부러졌다.

금빛 수투 일장이 청천각 무인의 가슴을 쳤다.

퍼엉!

마지막 순간에 몸을 틀어 직격을 면했다. 청천각 무인이 뒤로 튕겨나가 땅을 굴렀다. 흙먼지를 뒤집어썼지만, 곧바로 땅을 짚고 재빨리 몸을 일으켰다. 머리에 쓴 죽립이 날아가 있었다. 맨얼굴의 절반이 푸른 천으로 가려진 상태였다. 엽단평처럼 폐안 수련을 하던 이였다.

"씨발!"

기가 막혀 절로 욕이 나왔다.

쫓아가 후려쳐 죽여 버리고 싶었지만, 금각은 후속 공격을 가한 채 다시 몸을 날려야 했다. 그 뒤에서 죽립을 쓴 청천각 무인들 다섯 명이 빠르게 달려오고 있었기 때문이었다.

금각이 뭉클, 짙어지는 황사 안개로 몸을 날렸다.

청천각 무인들은 아랑곳하지 않고 안개를 향해 뛰어들었다.

금각이 먼지 속에서 은폐물을 찾아 이리저리 움직였다. 청천각 무인들은 어렵지 않게 그의 뒤를 쫓았다. 그들은 감각 연마를 오랫동안 해 왔다. 폐안 수련을 해 온 자만도 절반이 넘었다.

"좌측!"

"그대로 유지해!"

청천각 무인들의 목소리가 금각에게 더 큰 압박을 가했다.

하나하나 싸우면 쳐 죽일 수 있는 것들에게 개처럼 쫓기자니 절로 분노가 치밀어 올랐다.

"이런 개같은!!"

생각이 말로 터져 나왔다.

금각이 모래바람을 헤치고 건물 사이로 뛰어올랐다.

그때였다.

"그래, 개 같지."

쉬익!

요란한 용음(龍吟) 없이 철도가 바람을 갈랐다.

"큭!"

금각이 몸을 뒤집으며 칼날을 피해냈다.

콰직! 우지끈!

얼마나 다급하게 피했는지, 지붕 위 기왓장을 몇 개나 부수고야 겨우 자세를 바로 잡을 수 있었다.

"너! 이 씨발놈!"

금각은 상대를 알았다.

다시 보기 싫은 놈이었다. 그가 칼을 휘돌리며 지붕 위에 뛰어올라 금각 앞을 가로막았다. 그는 지쳐 보였지만, 금각 역시도 지쳐 있긴 매한가지였다.

"아주 개 같아. 오늘 내가 느낀 바가 참 많다."

막야흔은 욕으로 응수하지 않았다. 말투도 그답지 않았다.

영검존의 검을 막으며 이가 나간 철도를 가볍게 비껴들었다.

막야흔의 눈은 형형하게 빛나고 있었다. 거칠지 않고 맑아 보였다.

눈이 마주친 금각이 움찔했다.

기도가 심상치 않았다. 그래서 금각은 욕을 했다.

"개새끼야. 무게 잡아봐야 안 무섭다. 개작살난 도시를 봐라. 이 싸움은 우리가 이긴 거다."

"건물은 다시 지으면 돼."

"말은 쉽지. 씨발."

"넌 내 칼을 맞으면 되고."

막야흔은 더 말하지 않았다. 그가 아래에서 위로 칼을 그었다. 거리가 있음에도 금각이 다급하게 몸을 피했다. 스각, 하고 옷자락이 잘려나갔다. 등줄기가 서늘했다.

막야흔이 다가왔다.

뭔가 달랐다.

저번에 싸울 때도 만만치 않았지만, 이번엔 죽음이 혓바닥을 낼름거리며 언제든 그를 삼키려는 듯한 기분이 들었다.

쉬이익!

막야흔의 칼이 위에서 아래로 쏟아졌다.

'잘린다.'

수투로 막으려다가 황급히 손을 뺐다. 손만 뺀 게 아니라 몸까지 굴려야 했다.

쩌적! 콰드드득!

내려친 도격에 지붕 모서리가 그대로 무너져 내렸다.

막야흔이 그를 향해 돌아섰다.

순간, 금각은 생소하기 짝이 없는 공포를 느꼈다. 막야흔이 그 사이에 무공이 늘어봐야 얼마나 늘었겠는가. 이것은 기량 문제가 아니라 기질 문제였다.

무슨 이유에서든, 막야흔은 그때와 다른 사람이었다.

막야흔의 칼이 다시금 그를 향해 쏟아져 내렸다.

콰아아앙! 콰지지직!

금각은 꼬리를 만 개처럼 피했다.

지붕이 푹 꺼졌다.

튀어 오르는 기와 파편 사이에서, 금각은 품속에 손을 집어넣었다.

법기를 들었다.

승산을 올리기 위해서가 아니라, 도주를 위해서였다.

휘류류류류류!

자금홍호로에서, 강렬한 흡인력이 일어났다.

막야혼은 서늘한 눈으로 금각을 노려보았다. 공격에 앞서 욕도 하지 않았다. 그의 칼이 지붕을 내려쳤다. 날카로운 바람 소리 대신 용음이 일어났다.

콰콰콰콰! 우지끈! 꽈과과과과과광!

금각의 신형이 크게 흔들렸다.

홍호로의 법술은 그저 뚜껑만 연다고 상대방 내공을 빨아들일 수 있는 것이 아니었다. 법술에 따른 술력 제어가 필요했고, 그것은 또한 고도의 집중 상태를 요구했다.

금각이 신법을 써 자세를 고쳐 잡고 다급하게 끊긴 주(呪)를 이어갔다. 하지만, 이미 그것으로 빈틈은 충분했다. 이미 막야혼의 신형은 금각의 측면으로 휘어져 들어가고 있었다.

"씨……!"

콰직! 촤아아악!

막야혼의 칼이 금각의 옆구리에서 어깨를 가르며 피보라를 일으켰다. 금각의 신형이 터지는 피와 함께 지붕 밑으로 떨어져 내렸다.

꿍!

금각의 몸이 땅바닥에 널브러졌다.

삽시간에 피로 된 웅덩이가 생겼다. 막야흔이 고개를 들었
다. 금각의 위기를 감지한 것처럼 황색 운무와 세찬 바람이 빠
르게 다가오고 있었다.

콰콰콰콰콰!

거센 풍압과 함께 칼날 같은 풍술이 짓쳐들었다.

막야흔은 정면으로 맞서 싸우지 않았다.

그대로 뒤로 몸을 빼, 지붕 밑으로 떨어져 내렸다.

콰직! 콰직! 콰과광!

지붕이 마구 부서지고 기왓장이 하늘을 날았다. 포탄이 터
진 것 같았다. 막야흔은 무너져가는 건물 안으로 들어갔다.
부서지는 집기들 사이를 꿰뚫고, 건물 반대편으로 나왔다. 순
간적으로 막야흔을 놓친 철선녀와 황풍괴가 뒤늦게 그의 위
치를 알았다. 막야흔이 쇄도했다.

"더 빨리!"

철선녀가 앙칼지게 소리쳤다.

황풍괴의 반응이 미세하게 늦었다.

막야흔이 담벼락을 박차고, 황풍괴에게 칼을 휘둘렀다. 황
풍괴는 철선녀가 원하는 대로 풍술을 만들지 못한 채, 급히
몸을 피했다.

"그쪽은 아니지."

막야혼이 말했다.

그때였다.

번쩍! 후웅!

황풍괴가 피한 방향으로부터 반월의 검광이 솟구쳐 올랐다.

파라라락!

피할 수 없는 궤도였다.

휘이잉! 파라락!

사선으로 쪼개오는 검격 앞에서 한 줄기 바람이 일어났다. 요마들에게도 동료 의식이 없지는 않다. 철선녀의 파초선으로 부터 홀연히 일어난 풍술이 황풍괴의 몸을 밀어낸 것이다.

콰득!

그래도 완전히 피할 수는 없었다.

황풍괴의 어깨에서 끔찍한 소리가 터졌다. 꿍 하고, 황풍괴 가 땅을 굴렀다. 핏물이 사방으로 튀었다. 이어, 툭 하고 저 멀 리에 길쭉한 무언가가 떨어졌다. 어깨부터 뜯겨나간 황풍괴의 팔이었다.

터벅. 콰악!

엽단평이었다. 사보검을 땅에 박고 기대듯 몸을 세웠다. 그 의 얼굴은 백지장처럼 창백했다. 진기고갈이 극심해 보였다.

"이 사악한 것들이!! 두고 보자!"

콰아아아아아아!

철선녀는 이 상황에서도 극적인 언사를 멈추지 않았다. 사악을 말하기엔 지나치게 요악스런 그녀가, 미친 듯이 파초선을 휘두르며 뒤로 물러났다. 거센 바람이 엽단평을 향해 밀려들었다.

콰콰콰!

막야흔이 엽단평의 앞을 가로막고 마천용음도 일격으로 바람을 상쇄했다. 그 사이에 황풍괴가 비척비척 일어나 피를 뿌리며 몸을 날렸다. 철선녀와 함께 도주할 셈이었다. 막야흔이 그들을 쫓으려 했다. 그때, 황사 걷힌 길거리로부터 산짐승 요괴들이 달려들었다. 시기의 절묘함이 기가 막혔다. 아직 철수하지 않은 흑림 도사들이 철선녀와 황풍괴의 위기를 보고 요괴들을 움직인 것이다.

"쳐 죽일."

막야흔은 욕처럼 한 마디 하며, 엽단평을 뒤에 두고 빠르게 칼날을 휘돌렸다. 요괴들이 마구 베어져 땅을 굴렀다. 막야흔은 그답지 않게 지키는 싸움을 했다. 어떤 뾰족한 이빨도, 제아무리 날카로운 발톱이라도 엽단평의 옷깃 하나 긁어내질 못했다.

철선녀와 황풍괴가 황급히 도시 바깥으로 빠져나가고 있을 때, 북종로 발도각의 추격을 따돌린 은각은 가망 없이 쓰러진 금각 앞에 이르러 있었다.

금각은 이미 숨이 끊긴 듯 보였지만, 은각은 망설임 없이 그의 몸을 들쳐 멨다. 피가 그의 옷을 흠뻑 적셨다. 은각이 땅에 나뒹군 홍호로를 집어 들어 품에 넣고 빠르게 어둠 속으로 스며들었다.

북쪽 시가지의 불은 진화가 쉽지 않았다.

화르르르르르륵!

불길 위로, 꽈릉! 하고, 폭음이 터졌다.

두웅! 꽈아아아아아앙!

번져나가는 경로 앞의 건물들이 연이어 무너졌다. 그 방법밖에 없었다. 밀집된 건물 중엔 목조 가옥이 많았다. 자칫하면 백성들이 대피한 곳까지 번질 수도 있었다. 도심에 남아 있는 적들을 무차별적으로 깨부수던 도요화가 여의각의 요청을 받고 북쪽 대로로 올라왔다. 그녀의 북소리가 목책과 건물들을 무너뜨렸다.

진로가 끊긴 불길이 이미 무너진 건물 잔해에 가로막혔다. 태울 것이 없어진 불은 그 자리에 머물러, 의협비룡회 무인들이 들고 온 모래와 물을 맞았다. 화염이 점차 기세를 잃어갔다.

마지막으로 남은 것은 바로 그 불을 일으킨 자였다.

오기룡이 쏟아지는 불줄기를 뚫고, 홍해아에게 뛰어들었다. 홍해아는 화술(火術) 외에도, 화기(火氣)를 이용한 강력한 체술을 보유하고 있었다.

오기룡의 단파각이 홍해아의 술격에 막혔다.

영검존과 장시간의 접전 끝에, 제천대성의 공격까지 받아

내야 했던 오기룡이다. 공력 저하가 뚜렷했다.

게다가 철신갑은 술법 파훼와 흡수 능력에 있어, 천잠보의 만큼의 공능을 지니고 있지 못했다. 홍룡(紅龍)이 보여준 압도적인 화력에는 미치지 못해도, 홍해아의 화염술은 인간이 펼칠 수 있는 화술로는 최고위 수준임이 분명했다. 그와 같은 화염술에 지속적으로 노출된 철신갑은 술법방어능의 내구도가 한계치에 이르러 있었다.

넘치는 화기(火氣)가 오기룡을 괴롭혔다.

불길을 넘어 접근해도 유효타를 내기가 쉽지 않았다.

"뜨거운 모양이네! 그만 타 죽지 그래?"

홍해아가 천진난만하게 소리쳤다.

오기룡이 이를 악물었다.

화르르르르륵!

불길이 오기룡의 눈앞을 가득 채웠다.

홍해아는 재빠르게 움직였다.

담벼락을 박차고 재주를 넘으며 불덩이를 던지는 움직임이 몹시도 경쾌했다.

오기룡은 체력의 부족을 실감했다.

홍해아는 어렸다. 젊었다.

지난밤 홍해아가 삼매진화를 펼쳤을 때도, 오기룡은 홍해아를 제압하지 못했다. 홍해아는 잘 뛰어다녔고, 신법이 매우 뛰어났다.

그 부분이 오기룡의 약점이었다.

순간적인 투로의 구사야 한쪽 다리에 의족이 달려 있어도 어떻게든 균형을 맞출 수 있었다. 장거리 경공은 이야기가 달랐다. 작정하고 도망치는 적을 잡는 것은, 그것도 사람 있는 집에 불을 지르며 뛰어가는 신법의 고수를 따라 붙는 것은 쉬운 일이 아니었다.

핑계다. 수련 부족이다.

홍해아가 도망친 후에도 오기룡은 해 뜰 때까지 화마와 싸웠다. 오래 쉬지 못한 채로 낮에는 연속적인 격전까지 치렀다. 홍해아는 적벽의 시가전이 한창일 때 나타났다. 공력과 무공이 지난밤과 대동소이했다. 그만큼 회복했다는 뜻이다.

그것도 마찬가지다.

오기룡은 각고의 수련과 멀어져 있었다. 아니, 수련만의 문제가 아니었다.

구룡보와 치열하게 싸울 때는 이렇지 않았다. 부상과 고갈은 다반사였다. 반나절만 운공해도 만전의 상태까지 끌어올릴 수 있을 만큼 육체와 정신이 살아 있었다.

화르르륵! 콰아앙!

발치에서 불덩이가 터졌다.

오기룡의 몸이 덜컥 옆으로 튕겨나갔다. 반만 남은 담벼락에 옆구리를 갖다 박았다.

통증이 밀려들었다.

싸우는 와중에 아픔을 느끼는 게 웬 말인가.

각법을 쓴다는 무인이 다리가 잘려 나가도 눈 하나 깜짝하지 않았건만.

"허."

내뱉는 숨소리가 거칠었다.

불, 연기, 들이쉬는 숨마다 탁기(濁氣)가 가득했다.

염왕이라는 괴인과 싸울 때도 이랬다.

그때 좀 살아났나 했더니, 또 이 모양이다. 하필이면 이놈도 불을 쓴다. 설마하니, 남위 위원홍마저 화검(火劍)을 들진 않겠지. 해남(海南) 검사들은 바다에서 검을 닦는다 들었다만, 위원홍은 축축한 음검(陰劍)이 아니라 따뜻한 양검(陽劍)을 휘둘렀다. 불길했다.

콰광!

날아오는 불덩이를 발로 차서 터뜨렸다.

폭발의 충격이 전신을 휩쓸었다.

철신갑뿐 아니라, 철신각도 한계다. 의족과 다리의 이음새가 뜨거웠다.

또 이 감각을 생각해 보니, 한빙요선은 빙술(氷術)을 썼다.

얼음에 이어 불이다. 또 불이니 규칙 같은 것은 무시해도 좋겠다. 다음에 싸울 놈은 그냥 술법 같은 것이 없는 무인이길 바란다.

"키히히히힉! 따라오지도 못하는구나! 할배!"

깜빡했다.

불 다음엔 영(靈)이었다. 싸웠다고 하기엔 애매하지만, 금빛 번쩍이는 손오공도 있었다.

기억력도 문제가 생겼나 보다. 오기륭은 그렇게 생각하며 영검존과 싸우던 순간을 떠올렸다.

나쁘지 않았다.

일 합, 일 합이 충실했다.

적벽을 이 모양으로 만든 것은 괘씸하지만, 무공을 전개하며 흡족함을 느꼈다.

영검존은, 훌륭한 적수였다.

화르르르륵!

"할배! 힘 좀 내봐!"

홍해아가 소리쳤다.

짓쳐드는 불줄기를 피했다.

바로 몇 시진 전에 싸운 적을 떠올리며 훌륭함을 논하자니, 옛일을 추억하는 늙은이가 된 기분이었다.

나이가 들면서 작은 일에 의미를 부여하기 시작했다.

옛날에는 이랬는데.

따지고 보면 구룡보 격전이 그리 오래전도 아니다. 몇 년이나 되었다고 그때, 그때 거리는가.

지금은 이렇구나.

당연한 일이다. 하루 만에도 상황은 변한다.

예전에 뭐였는지가 중요한 게 아니다. 앞으로 뭐가 되느냐가 중요한 거다.

"죽어라! 할배!"

홍해아가 조롱 섞인 고함성과 함께 가면의 입으로 불을 뿜었다.

삼매진화 불길은 아니었지만, 충분히 강력했다. 사람 하나를 쉽게 숯덩이로 만들 수 있는 화력이었다. 기계술도, 술법도 배움은 얕았으나 철신갑으로 막을 수 없는 상황이란 것을 알았다. 철신갑은 이미 뜨겁게 달궈진 상태였다.

"세 번."

오기륭이 나직하게 말했다.

화르륵! 콰아아아아!

화염이 오기륭의 전면을 뒤덮어갔다. 화기(火氣)가 어마어마한 데다가 범위도 넓었다. 옆으로는 회피가 불가능했다. 있는 힘껏 뒤로 뛰는 것밖에는 방법이 없을 것 같았다.

"뭐라고?"

불을 다 뿜어낸 홍해아가 뒤늦게 되물었다.

오기륭은 말없이 의족을 땅에 박았다.

"후읍."

오기륭이 숨을 한껏 들이켰다.

그의 발이 허공을 갈랐다.

검존의 검을 맨다리로 막았던 족도 참격이다. 대검을 올려친 것과 같은 막강한 참격 경파가 바람을 가르고 불을 쪼갰다.

콰과과과과과!

불길 속에 길이 생겼다.

오기룡이 그 길을 달렸다. 홍해아가 흠칫 놀라 다시 불을 뿜었다.

텅!

땅을 박찼다. 오기룡의 몸이 하늘을 날았다.

화르르르륵!

내리찍는 발끝에서 불꽃이 갈라졌다. 둘로 쏟아지는 폭포처럼 불길이 땅으로 내려와 사방을 휩쓸었다.

콰아아아아아!

불바람 소리가 요란하게 울려 퍼졌다.

집중하여 임했다. 예전으로 돌아간 것이 아니라, 앞으로 나아갈 길을 열었다. 남위만을 보지 않았다. 먼 훗날에 되돌아보리라.

지지 않는 불패신룡으로, 그는 스스로 만족한 일생을 살아갈 것이다.

오기룡의 발이 땅을 찍었다.

꽈아아아앙!

황급히 피하는 홍해아의 옆으로, 오기룡의 진각이 연이어 땅을 터뜨렸다.

꽝! 꽝! 꽈앙!

홍해아가 황급히 땅을 박찼다.

오기륭의 발이 허공을 격하고 남아 있는 담벼락과 건물벽을 부쉈다.

홍해아가 머리를 감싸쥐고 몸을 틀었다. 홍해아는 반격하지 못했다. 잘못을 저지르고 어른에게 쫓기는 아이처럼 다급히 도망칠 뿐이었다.

텅!

오기륭의 신형이 순간적으로 쭉 뻗어나갔다. 그는 각법수련자다. 원래 그는 빨랐다. 다리 하나가 가짜라는 생각이 그의 몸을 묶었다. 마음을 옭아매던 사슬을 끊고, 그 어느 때보다 빠르게 움직였다.

빠악!

홍해아의 옆구리에서 무지막지한 타격음이 터졌다.

"커어······!"

홍해아의 입에서 터져 나온 신음성은, 아이의 그것이 아니었다. 고통은 모두에게 평등하다. 홍해아가 나이에 맞는 숨소리로 헛바람을 들이켰다.

꽈앙!

오기륭의 발이 허공을 갈랐다.

죽겠다 싶은 순간, 홍해아가 땅을 굴렀다.

살기를 담아 진심으로 찍어 찬 일격에 땅거죽이 뒤집혔다. 가면 속 홍해아의 두 눈에 두려움이 떠올랐다.

"뭐야! 뭐야?"

홍해아는 즐거운 놀이를 하다가 이게 놀이가 아닌 것을 깨달은 것처럼 반응했다.

오기룡은 아랑곳하지 않았다.

빡! 우직!

단파각이 홍해아의 어깨를 부쉈다.

"끄아아악!"

홍해아가 어깨를 감싸며 몸부림쳤다. 비척비척 뒤로 물러나며 물었다.

"뭔데? 뭐가 세 번이란 건데?"

오기룡은 대답하지 않았다.

텅!

진각을 밟고, 공간을 압축했다.

콰직!

오기룡의 발이 화살처럼 뻗어나가 홍해아의 가슴을 짓이겼다. 가슴 일부가 움푹 들어갔다.

홍해아의 가면 밑에서 불 대신 피가 뿜어졌다.

"쿨럭."

홍해아가 땅바닥에 엎어졌다.

두 손으로 땅을 짚고 상체를 일으키려는데, 한쪽 어깨가 무너져 균형을 잃고 휘청 다시 땅을 굴렀다.

"쿨럭, 쿨럭!"

가면으로 이마를 땅에 박고 피거품을 토해냈다.

"이이이이이이익! 너어어어어!"

불 뿜는 요괴가 주먹으로 땅을 짚고, 화가 잔뜩 난 아이처럼 소리를 질렀다.

땅에 흐른 피가래에서 화륵, 하고 불꽃이 일어났다.

피는 본디, 불이 붙는 액체가 아니었다. 그처럼 술법이란 오묘하고도 기괴했다. 생명을 담은 선혈이 삼매진화처럼 강력한 화염이 되었다.

피가 묻은 홍해아의 손에서 불이 일어났다.

움푹 들어간 가슴에서도, 망가져 늘어진 어깨에서도 불꽃이 피어올랐다.

콰과과과과!

요괴가 폭주했다.

퍼억!

홍해아가 벌떡 일어났다. 피로 얼룩진 손이 터져나갔다. 무지막지한 불길이 쏟아져 흘렀다.

오기륭은 그때서야 뒤로 물러섰다. 놀라지 않았다.

그저 일심으로, 발끝에 공력을 모았다.

"합!"

오기륭이 기합성과 함께, 발을 내찼다.

피로 일으킨 혈화(血火)는 참격에도 갈라지지 않았다. 하지만 각격의 경파는 거침없이 뻗어나갔다.

퍼억!

홍해아의 몸이 덜컥 뒤로 튀어 올랐다.

전신에서 폭발하듯, 화염이 튀었다. 뭉클 솟아나온 화염과 이글거리는 열기에 쓰러지는 모습조차 제대로 보이질 않았다.

꽈앙! 퍼어어엉!

화탄이 폭발하는 것 같은 폭음이 연이어서 터져 나왔다. 오기륭은 더 물러났다. 불길이 삼매진화처럼 계속 퍼져나갔다. 태울 것이 없는 땅에서 불기둥이 솟았다.

화기를 스스로 감당치 못하고 폭발하여 죽어간다.

청년임을 알면서도, 아이처럼 지껄였으니, 정말 소년이 타 죽는 것처럼 씁쓸했다.

"그래도."

오기륭이 중얼거렸다.

이어질 마지막 말은 생각만으로 삼켰다.

세 번이다.

누가 듣지도 않을 말이었다. 들어봐야 좋을 말도 아니었다.

'할배는 아니지.'

오기륭은 더 물러났다.

반경 십 장 정도가 타오르는 화염으로 가득 찼다. 열기가 철신갑을 침투하여 몸을 달궜다.

퍼엉!

한 번 더 폭음을 들었다. 애도 아닌 애도를 하던 오기륭의 미간이 한순간 확 좁아졌다.

불덩이 하나가 검은 연기를 끌고, 저 멀리로 튀어 나가는 것이 보였다. 사람 형체를 하고 있었다.

질긴 놈이었다.

몸 전체가 폭발한 줄 알았더니, 기어코 도망을 친다.

쫓아가려고 했더니 불이 계속 번진다. 우회해서 쫓는다 해도 따라잡기 어려울 것 같았다.

오기룡은 따라서 달리는 대신, 몸부터 살폈다.

울컥 하고, 목구멍 깊은 곳에서부터 탁기가 올라왔다.

철신갑이 막아준다 했으나, 내장에 화상이라도 입은 것처럼 배 속이 뜨거웠다.

그래, 할배는 아니다만, 곯긴 곯았다.

잘 싸운 거다. 낡아가는 몸으로. 앞으로 힘써 가꿀 몸으로.

오기룡은 허리를 굽히려다가 등을 똑바로 세웠다.

아직은 구부정해질 때가 아니다.

그는 이제 부러지지도, 구부러지지도 않을 것이다.

불패신룡이 몸을 돌렸다. 불꽃이 그의 앞에 그림자를 만들었다. 땅에 드리워진 그림자가 그의 마음에는 없다. 열혈(熱血)이 다시금 가슴을 채웠다. 피 끓는 마음의 불은, 등 뒤에서 타오르는 화염에 견주어도 못지않을 만큼 밝기만 했다.

*　　　　*　　　　*

불덩이가 빛을 잃었다.

"으어어어어."

가면 밑 벌린 입으로부터 신음과 연기가 함께 흘러나왔다.

피부는 일그러져 성한 곳이 없었다.

옷가지는 군데군데 불에 타서 살갗에 엉겨 붙었고, 어깨부터 덜렁거리는 팔은 팔꿈치까지만 남아 있었다.

터텅! 터벅, 터벅.

속도가 줄었다. 뛰어올라 땅에 착지하며 휘청거린 다음부터는 발을 끌며 걸어야 했다.

몸 전체에서 줄기줄기 연기가 피어올랐다.

홍해아는 그렇게 온몸이 불탄 상태로 적벽 외곽의 산길을 올랐다.

바스락.

나뭇잎 부서지는 소리가 들렸다.

홍해아가 화들짝 놀라 고개를 들고 주위를 두리번거렸다. 눈조차 제대로 보이지 않는지, 허둥대는 기색이 완연했다.

"누, 누구냐!"

목소리가 탁했다. 성대까지 손상을 입어 바람 빠지는 소리가 났다.

사냥감을 뒤쫓던 사냥꾼은 말이 없었다.

대신, 무서운 속도로 달려들었다.

퍼억!

창날이 홍해아의 배를 꿰뚫었다.

픽! 픽!

그것으로 끝내지 않았다.

홍해아는 이 적벽에 가장 많은 피해를 입혔다.

게다가, 이 모양이 된 몸으로 이만큼 도망칠 수 있을 만큼, 명줄도 길었다. 그러므로 방심하지 않는다. 배에 이어 가슴에 두개의 구멍이 뚫렸다.

"끄어어어. 엄마……."

홍해아가 비틀거리며 피를 쏟았다. 이번엔 불꽃이 일어나지 않았다. 그럴 만한 생명력과 주력(呪力), 둘 다 없었다.

털썩.

"끄으으."

홍해아가 땅바닥을 기었다.

효마가 홍해아를 내려다보았다. 홍해아가 그의 발치에서 꿈틀거렸다. 홍해아가 두 눈이 공포로 물들었다. 효마는 그 눈빛을 피하지 않았다. 홍해아의 눈에 죽음이 차오를수록 효마의 두 눈에 서려 있던 분노가 줄어들었다.

쫓아가 죽인다. 그러면 된 거다.

마을에 들어와 사람을 죽이고 도망친 짐승은 응당 이렇게 최후를 맞았다.

악수(惡獸)는 올바르지 않은 사냥감이었다.

사람을 잡아먹은 짐승은 사냥해도 고기를 먹지 않았다. 다른 짐승이 뜯어먹게도 두지 않았다. 악수(惡獸)는 땅에 묻고, 분노도 함께 묻었다.

다만, 이것은 보통 짐승이 아니었다.

묻어주는 대신, 해야 할 일이 있었다.

쩍! 퍼어억!

효마의 창이 홍해아의 가면을 쪼개고 이마를 꿰뚫었다.

고통에 찬 목소리가 사라졌다. 얼굴을 잃은 홍해아의 입에서는 연기만 흘러나왔다.

효마가 빠르게 산을 내려갔다.

산길 따라 움직이며 산요괴 몇 마리를 죽였다.

그가 적벽으로 돌아간 뒤 한참 후, 널브러진 홍해아가 내려다보이는 나무에서 금빛 원숭이 한 마리가 떨어져 내렸다.

"우끽."

금빛 원숭이는 가면을 쓰고 있었다. 움직임이 비척비척 멀쩡해 보이지 않았다. 원숭이가 홍해아의 머리맡에 이르렀다.

"우끼이이이이익!

이게 웬일이냐 화들짝 놀란 것처럼, 원숭이가 허둥지둥 팔과 손을 휘저었다. 꽥꽥 대며 박살 난 머리를 뒤적이더니 피와 뇌수로 범벅이 된 가면 조각들을 하나씩 주워 들었다. 가면은 다섯 조각으로 깨져 있었다. 원숭이가 머리를 한 번 벅벅 긁고는, 다 타버린 홍해아의 옷가지 중에서 그나마 멀쩡하게 남아 있는 부분을 뜯어냈다. 원숭이는 사람처럼 손을 썼다. 가면 조각들을 천 조각 위에 올려 한꺼번에 둘러뗐다.

원숭이가 뛰어올라 나무 사이로 사라졌다.

가면을 잃고, 성년이 된 홍해아는 뛰어난 무공을 연성하고 강력한 화술을 지녔음에도, 강호에 본명조차 알리지 못한 채, 그렇게 야산에서 불탄 시체가 되었다.

그리고, 바로 그 산 중턱에서 파괴된 적벽을 바라보는 남자가 있었다.

비단 관복을 입은 그의 가슴에 박혀 있는 것은 금의위의 표식이었다.

그의 이름은, 원태였다.

*   *   *

'자, 이걸 어떻게 보고한다……'

원태는 생각했다.

그는 늦게 당도했다. 적벽 전체가 대전장이 되어 있을 때 왔기 때문에 피아식별을 하는 것만으로도 한참을 들여다봐야 했다.

수많은 일을 겪으며 강호를 누볐건만, 이와 같은 싸움은 일찍이 본 적이 없었다.

용(龍)이 날뛰었다.

도시가 박살 나는 것을 보았다.

참전할 엄두가 나지 않았다.

원태는 황실이 주최한 어전무술대회를 통해 금의위 위사가 되었다. 그 대회 때 북풍단주를 처음 보았다. 끝 모르고 강해지는 북풍단주의 무공에 경악했다.

그래도 북풍단주는 피아 중에 아(我) 쪽이다.

북풍단은 황실에서 어느 정도 제어가 가능하다.

광록훈암행북중랑장 조홍이 그들의 전우다. 아예 그들 중 하나라고 봐도 무방하다. 대무림정책을 수행함에 있어 가장 강력한 칼 중 하나다. 아무 때나 뽑아 쓸 수 없고, 황실의 이익보다는 무림의 대의(大義)를 우선시해야 하지만, 적어도 말이 통하는 집단이다. 더 윗선이라고 할 수 있는 무당파 자체가 친황실 무파(武派)이기도 했다.

문제는 단운룡이었다.

그는 난해한 자다.

금의위 보고가 몹시 다채로웠다.

행태는 정과 사 어느 한쪽으로 규정할 수 없어 보이나, 근래에는 정도(正道)의 범주 안에 들어가는 행보를 보이고 있다.

황실대무림정책에 준하여 위험도 특급의 절대 위험인물에 해당한다.

선별 이유는 본디 그가 무공을 사사했던 사부에 있었으나, 현재는 사부인 소연신을 차치하고서라도 충분히 위험하다.

위험도 일급의 운거모사와 함께 사천대란의 전황을 휘저어 예측 불가능한 사태를 수차례 야기했으나, 도강언 대수해(大水害)를 막아낸 것만큼은 공적(功績)으로 인정할 수 있다고 본다.

장악한 운남 소도시의 병력은 관아의 군력을 가볍게 상회하고 있다. 단운룡 휘하 오원의 군벌은 철저하게 사병화가 이루어져 있으며, 영향력은 운남 남부 전역을 아우른다. 황군 토벌이 적극 고려되는 이유다.

대월(大月)이 변수다.

안남(安南)에 설치한 관아가 기능을 상실하여 제국의 지배력 저하가 명백해졌다. 대월(大月)의 반군 세력이 준동하고 있다.

문제는 오원 군벌이 이를 억제 중이라는 사실이다. 따라서, 황군을 동원한 선제공격은 우연히 발생한 이이제이(以夷制夷)의 이점을 상실케 할 수 있다. 토벌 작전에는 보류 결정이 내려졌으나, 만일의 사태에 대비하여 황군은 운남 경계에 상시 동원 가능한 상태로 주둔을 유지한다.

원태는 그런 보고서들이 재미없었다.

하지만 세세히 기억한다.

읽다가 내던지는 때는 지난 것이다. 꼼꼼히 확인하고 사태를 분석할 정도가 되었다. 무인(武人)의 사고가 아니라는 것을 안다. 그만큼 그는 강호인에서 관인이 되어 갔다.

'위험한 것은 확실한데.'

명경도 명경이지만, 단운룡의 성장폭은 불가해라 할 수 있었다.

경악이 아니라, 이해가 안 되는 수준이었다.

원태는 단운룡이 소신풍이라 불릴 때 보았다. 눈치 없는 그조차도 연정(戀情)에 의한 것임을 알 수 있는 싸움을 목전에서 보았다.

물론 그 상대가 다른 사패인 철위강의 제자라는 사실이, 단순한 치정극 이상임을 의미하기는 했다. 그럼에도, 사사로운 감정에 휘둘려 기루를 부수고 여인과 무공으로 싸운 것은 썩 보기 좋은 광경은 아니었다.

이후, 오원 탈환 과정에서 원태는 단운룡의 영웅적 잠재력을 충분히 보았다. 젊은 패주로 성장할 능력이 차고도 넘친다고 생각했다.

그러나 이 정도는 아니었다.

단운룡은 손에서 빛을 던져 용을 죽였다. 그의 무공으로 천외천의 강자들을 어찌 평가할 수 있겠냐만은, 단운룡의 무공은 저 전장의 마검인 명경에 견주어도 전혀 뒤지지 않아 보였다.

그런 자가 중원 한복판의 고도(古都)를 지배하고 있다.

이것은 저 변방의 오원을 틀어쥔 것과는 아예 다른 이야기였다.

도시의 이권을 좌지우지하는 대문파야 중원 천지에 한둘이 아니었지만, 단운룡은 운남 변방에 국가급의 기반을 소유하고 있었다.

그런 힘을 지닌 자가 장강 줄기 적벽에 있는데, 도시 전체가 전란(戰亂)이 휩쓸렸고, 유례없는 대파괴가 자행되었다.

대사건이었다.

쳐들어온 자들도, 맞서 싸운 자들도, 어느 하나 만만한 자들이 없었다.

관병 무장을 갖춘 제국 기병이 땅을 구르고, 기괴한 요괴들에 불 뿜는 악룡까지 출현했다.

보고가 쉬울 리 만무했다.

특히나 이것이 단운룡이란 한 인물에 의해 일어난 일이라면, 그는 아(我)가 될 수 없었다.

민초들 발길이 닿지 않는 산야에서야 무림인 백 명이 죽든 천 명이 죽든 그들 사정이다.

도시가 무너졌다. 화마와 요괴가 저토록 거리를 휩쓸었으면, 백성들이 얼마나 죽어 나갔을까 상상조차 되지 않았다.

머리가 복잡해졌다.

누가 선이고 누가 악인가.

황실대무림정책을 논할 때마다, 강호인 말살을 주장하는 과격분자들이 있음을 알았다.

엄청난 피해 상황을 보고 있으려니, 그들이 왜 그리 말하는

지도 알 것 같았다.

그 역시 강호 출신이지만 도산검림 무력 충돌에 헛되이 사라져 갈 민초들의 삶을 생각하면, 무림의 가치가 어디에 있는지 의문이 들 때가 있었다.

존속의 여부에 관한 문제다.

원태는 황실직속 금의위다. 그는 이제 정치적 쟁점에 대해서도 고민하는 사람이 되어 있었다.

'직접 만나보자.'

불길이 잦아드는 것을 보았다.

강호인이 아닌 백성들이 거리로 하나둘 뛰어나오는 것도 보았다.

원태는 그 자리에서 판단을 내리는 것이 불가능함을 깨달았다.

그가 산을 내려갔다.

그리고.

다시 만난 양무의는 그에게 일을 시켰다.

*   *   *

동이 텄다.

승리와 패배가 공존하는 시간이었다.

도요화는 사타왕을 죽인 뒤, 북로 전면을 완전하게 방어했다. 그녀 홀로 수많은 귀검사, 군인, 요괴, 흑림 도사들을 쓰러 뜨렸다.

백성들이 그녀의 활약을 목도했다.

암무회전을 통해서 무인들의 싸움에 익숙해져 있던 적벽 백성들은, 그녀의 무공을 신격화하여 증언했다. 민초들에겐 직접 두 눈으로 본 것이 중요했다. 여제(女帝)라는 말이 나왔다. 만부부당은 당연한 수식어가 되었다.

산에서 홍해아를 죽이고 돌아온 효마가 방어에 가세한 뒤로부터는, 백성들이 대피해 있던 북쪽 시가지엔 적에 해당하는 어떤 것들도 침범해 들어올 수가 없었다.

그 사이에 북풍단이 적벽 중앙과 남쪽을 휩쓸어 요괴들을 박살 냈다.

마지막으로 흑림 도사들이 퇴각했다.

수로맹 철금강은 안전하게 정박했고, 양무의가 백가화와 함께 뭍에 올랐다.

적벽에서 대격전이 벌어지는 사이에, 의협비룡회 본진도 요괴들의 습격을 받았다. 흑림의 별동대가 기습을 가했으나, 총단에는 도강언의 부상에서 완전히 회복하지 못한 장익과 더불어, 비룡번 칠대기수가 배치되어 있었다.

장익은 사모를 들다 말았다.

칠대기수만으로도 충분했다.

요괴들을 위시한 적들의 기습 부대는 규모가 크지 않았다.

일반적인 문파라면 산짐승 요괴들이 담을 넘어 달려드는 것만으로도 적지 않은 피해를 입었겠지만, 칠대기수의 비룡번은 큰 요괴라도 단숨에 짓이길 수 있는 중병이었다. 저거 잡고 이거 잡어 장익이 고함을 지르는 사이에 싸움이 끝나 버렸다.

의협비룡회 총단을 무사히 방어했고, 적벽에서는 적들이 철수했다.

전후 정리가 시작되었다.

"고마웠습니다."

양무의가 말했다.

문주 대리 자격이었다. 단운룡은 의협비룡회 총단으로 옮겨졌다. 명경이 그의 주화입마를 막았으나, 거동은 불가능했다.

긴 시간 운공이 필요했다. 언제 회복될지 알 수 없었다.

양무의가 철운거에 앉아 당당히 포권을 취했다.

다시 흑풍에 오른 명경과, 각자의 내력마에 오른 북풍단 무인들이 그의 포권을 받았다. 앉아 있는 그와 기마에 오른 북풍단의 시선은 높이 차이가 상당했지만, 아무도 그를 가벼이 내려다보지 않았다.

"보의(寶衣)는 가져가십시오."

"과한 호의다."

"결코 과하지 않습니다."

"그렇다면 사양치 않겠다."

명경은 두 번 거절하지 않았다.

보의의 공능을 몸으로 실감하고 있었다. 천잠보의가 없었으면, 그도 무사하지 못했다. 괴수들 앞에서 지닌 기량을 마음껏 펼칠 수 있었던 것에는 천잠보의가 지닌 피화(避火)의 능이 큰 몫을 했다. 그의 내공이 제아무리 무궁해도, 홍룡의 화력(火力)은 맨몸으로 견딜 수 있는 수준이 아니었다.

명경은 앞으로도 이런 괴수가 대지를 활보하게 되리라는 것을 직감했다.

그러니, 필요에 의해 보의를 받았다.

그는 허례를 숭상하는 남자가 아니었다. 의협비룡회는 북풍단 없이 대적들을 막을 수 없었을 것이고, 그 또한 단운룡 없이는 제천대성과 홍룡을 물리치지 못했을 것이다.

북풍단은 수가 적은 소규모 정병이었다.

험난했고, 더 험난해질 난세를 돌파하려면, 개개인의 무력이 중요했다. 그것은 비단 무공의 갈고닦음만을 이야기하지 않았다. 모두가 더 좋은 장비를 갖춰야 했다. 보검, 보도, 마갑(馬甲), 갑옷 무엇이든 상관없었다. 그리고 그것은 또한 명경 본인에게도 해당되는 이야기였다.

"무운을 빕니다."

"무운을."

명경이 짤막하게 말하고 흑풍의 머리를 돌렸다.

북풍단이 그의 뒤를 따랐다.

마지막으로, 석조경이 남았다.

그가 엷은 미소를 띠고 포권을 취했다.

"또 봅시다."

그들은 배 위에서 많은 대화를 나누었다. 무림정세와, 진행되고 있고 진행될 환란에 대해 지략으로 공감했다.

말한 것과 말하지 않은 것이 있었다.

도요화와 노사에 관한 사연, 내력마와 보의운용의 연관성에 대한 이야기는 표면 위로 끌어내지 않았다.

문제가 된다 하여도, 대적들 앞에서는 사소한 일이었다. 평지가 되다시피 한 적벽의 전경이 그 사실을 증명했다.

훗날 무슨 일이 어떻게 닥쳐오더라도, 지금은 같은 곳을 바라보고 있었다. 부디 이 우호적인 관계가 지속되기를 바랄 뿐이었다.

명경 일행이 떠나고, 철금강이 장강 줄기를 탔다.

장강주유 강청천과는 나루에서 인사를 나눴다. 장강주유는 단운룡을 만나보고 싶어 했다. 하나, 수로맹은 이곳에 오래 머무를 수 없다며 뜨는 해와 함께 돛을 올렸다. 모두가 급히 해야 할 일이 있었다. 강호는 그만큼 혼란스러웠다.

"준비한 대로 실행합시다."

양무의는 공대로 문도들을 독려했다.

적산 협곡의 창고에서, 수십 대의 수레가 석재와 목재를 싣고 나왔다.

엄청나게 많은 양이었다.

"목재가 부족합니다."

"조달 가능한 산지 목록을 작성하고, 최대한 빨리 확보해."

"의원도 필요합니다. 약재도요. 대부분의 약재상이 동쪽 시가에 있었는데, 그쪽은……."

"다 타버렸지."

"예상했던 것보다 피해가 너무 컸습니다."

여의각 요원들이 분주하게 움직였다.

해가 중천에 뜨기 전에, 최종적인 피해 보고가 올라왔다.

의협비룡회 사상자의 수는 백 명이 넘었다.

신생 문파로는 이만저만한 손실이 아니었다. 양무의는 양호한 수준이라 보았다. 사천당문은 신마맹의 총공격으로 천 단위 사상자가 나왔다. 민간 피해도 엄청났다.

적벽 민간인 피해는 이백을 넘지 않았다.

부상자 포함이다. 더 늘어날 여지가 있었지만, 사망자 수가 육십여 명으로 집계되었다. 물론 적은 수가 아니다. 하지만 도시의 피해 규모를 감안하면 그야말로 기적에 가까운 일이었다.

적벽 백성들은 폐허를 보며 기뻐할 수 없었으나, 절망하지도 않았다.

암무회전도 격한 날은 하룻밤에도 시체를 열 구씩 치워야 했다. 밤새도록 전투가 있었음에도 죽고 다친 자가 이백이 안 된다는 것은, 거친 뒷골목을 보며 살아가는 적벽 백성들에게 감당 가능한 충격에 해당했다.

더구나, 대로를 통해, 새 집을 지을 목재가 기다렸다는 듯 옮겨지고 있었다. 침울한 가운데, 난데없는 활력이 돌았다.

"이게 뭡니까?"

원태는 인사조차 나누기 전에 질문부터 했다.

"오셨습니까?"

양무의는 기다렸다는 듯, 원태를 보고도 놀라지 않았다.

"다 예상하고 준비했다는 거요?"

"마침 일손이 부족하던 차였습니다. 힘 센 사람이 더 필요합니다."

"뭐요?"

"저기, 사람들이 다치겠습니다. 얼른 가서 도와주십시오."

양무의가 손을 들어 한쪽을 가리켰다.

아닌 게 아니라 바퀴가 걸려 기울어진 수레에서 두꺼운 목재가 쏟아지려 하고 있었다. 눈을 휘둥그레 뜬 원태가 본능적으로 몸을 날렸다.

꿍! 터엉!

원태가 발을 들어 넘어지려는 수레를 버티고 대들보로 쓸 기둥 목재를 한 손으로 받아 들었다. 그의 얼굴에 이유 모를 억울함이 떠올랐다.

그렇게, 원태는 적벽 재건의 역꾼이 되었다.

쿵!

장정 다섯이 들어도 들지 못할 석재를 손쉽게 들고 옮겼다.

더 들라면 더 들 수 있다. 그 이상은 배가(背架:지게)와 밧줄이 버티질 못했다.

"아! 거 살살 좀 내려놓으쇼!"

"뭐라 하지 말어! 세 명분을 거뜬히 하는구만! 아이고, 힘도 세셔라!"

"요령만 좀 익히면 되겠소!"

한쪽에서 면박을 주고 한쪽에선 칭찬하며 달래더니 또 한쪽에선 충고를 한다.

원태는 이 상황이 기가 막혔다.

비단 관복은 진즉에 벗어 놨다. 이런 일 하면 망가질 옷이기도 했다. 헐렁한 무명옷을 얻어 입고 물건을 날랐다.

"거기, 협객님! 이것 좀 들어 주십쇼!"

협객이란 말엔 가줘야지 별 수 있나.

막상 뛰어 가보니, 힘 잘 쓰는 놈들이 여기저기 널렸다. 의협비룡회 무인들은 죄다 창칼을 놓고, 짐짝을 들고 있었다.

"아니, 일손이 이렇게 많은데."

푸념을 해봤다.

"협객께서 힘이 최고로 세시지 않소! 이건 아무나 못 드오!"

아닌 게 아니라 수레에 실린 것은 아예 쇳덩어리다. 세네

층 건물을 올리려면 이런 게 필요할 만도 했다. 내공을 끌어 올려 철심 한 다발을 들어 올렸다. 일꾼들이 감탄을 했다.

"오오오! 역시!"

"대협객이시오!"

이 사람들 목소리가 과장된 것처럼 들리는 것은 그의 착각 일 뿐일까.

협객도 대협객이라는데, 듣기 싫은 말은 아니었다.

싫기보다는, 기분이 썩 괜찮았다. 들어본 지 오래된 말이라 서 더 그런 것 같았다.

금의위 제복을 입은 뒤로 그는 강호인이면서 또 강호인이 아닌 이상한 사람이 되어 있었다. 뭘 좀 아는 강호인들은 겁 을 먹거나, 뭘 좀 모르는 놈들은 칼을 뽑았다.

어쨌든, 곁에 두고 친하게 지내려 하지 않았다.

금의위는, 무림인의 경계 대상이었다.

익숙해졌다 생각했다. 익숙해져 가는 자신이 싫었다.

문제는 또 있었다.

"우와! 대단하셔요!"

"어머나, 어쩜 저렇게 멋지실까?"

"혼인은 하셨대요? 얼굴도 남자답고, 저 몸집 좀 봐!"

"북평에서 오셨대나 봐. 달라요 역시."

"야! 너희들, 구경났어? 일 안 해? 할 일이 태산이야!"

귀는 또 괜히 밝아서 여인들의 목소리가 자꾸만 귓전을 간

지럽혔다. 그건 또 싫지 않았다. 대단하고 남자답고 몸도 좋고 역시 다른 멋진 대협객이라 함은, 남아로 태어나 하늘에서 부여받은 천명에 해당했다.

힘껏 쇳덩이를 들고 부르는 곳으로 달려가 내려놓았다.

사람들이 입이 마르도록 칭찬했다.

"여기 이것 좀 드시고 하십시다!"

공력이 심후하여 벽곡단만 먹고도 달포를 견딜 수 있었지만, 그도 사람인지라 먹는 것을 마다할 수는 없었다.

"덕분에 많이 수월합니다."

"귀빈이시요. 아주."

사람들은 격의 없이 그를 좋아해 줬다. 의협비룡회 무인들도 똑같이 어울려 젓가락을 들었다. 그들의 얼굴엔 백성과 무인의 표정이 다 있었다. 이것이 양무의의 여우 같은 계략인지는 모르겠다만, 그랬다면 보통 효과적인 것이 아니었다. 마음이 절로 움직였다.

"더 없소?"

순식간에 그릇을 비우고, 목소리 높여 물었다.

"먹성도 좋으셔!"

"남자가 잘 먹어야 힘을 내지! 여기 더 있소이다, 얼마든지 드시오!"

찬도 얼마 없는 식사가 남경의 산해진미처럼 맛있었다.

건물들이 뚝딱뚝딱 올라갔다.

적벽 전체가 일사불란하게 움직였다.

연무장 공터에 건물 자재가 쌓이고, 어디서 튀어나왔는지 모를 기마와 수레들이 도로를 빠르게 누볐다.

오히려 도시가 정비되고 있는 느낌이었다. 도로가 곧아졌고, 대지 활용에 짜임새가 생겨났다. 원태는 이것조차도 계획된 일이라는 생각을 지울 수 없었다.

며칠이 순식간에 흘렀다.

여기저기서 그를 많이도 불러댔다. 하다 보니 손에 익었다. 순수한 노동에는 미처 경험해 보지 못한 기꺼움이 있었다. 출도하기 전, 원공권을 연마하며 느꼈었던 충실함을 뜻밖의 나날에서 되찾았다.

'어?'

산더미같이 짐을 올린 수레를 그 홀로 끌고 가는데, 눈에 익은 남자의 얼굴이 눈앞을 스쳤다.

남자는 얼굴이 다소 창백해 보였고, 그처럼 허름한 무명옷을 입고 있었다. 다른 일꾼들과 똑같이 일을 했다. 날렵하게 지붕 위로 올라가 지붕 위에 기왓장을 심었다. 속도가 엄청나게 빨랐다.

"길 막지 말고 계속 가쇼!"

뒤에서 재촉하여 멈출 수가 없었다.

목적지에 수레를 기울여 대놓고, 길을 달렸다.

있다.

그가 지붕 위에서 막 내려오고 있었다.

"오랜만이오."

"그렇군."

단운룡의 말투는 변한 것이 없었다.

이마에 땀이 맺혀 있었다. 용살(龍殺)의 고수가 땀을 흘린다는 것은, 몸 상태가 정상이 아니라는 뜻이었다. 헌데, 이 전장의 원흉으로 지목하기에 손색이 없는 문주라는 작자가, 성치 않은 몸으로 직접 건물을 올리고 있었다. 원태는 예전에도 지금에도 이들의 사고를 제대로 이해할 수가 없었다.

"할 말은?"

단운룡이 물었다.

막상 그리 질문을 받자 말문이 턱 막혔다.

원태는 머릿속이 복잡해졌다.

책임론? 위선? 합리화?

몇 가지 단어들이 입 밖으로 나오지 못한 채 흩어져 버렸다. 원태는 자신도 모르게 대화를 뒤로 미루고 말았다.

"나중에 이야기합시다. 바빠서."

도망치듯 자리를 떴다.

단운룡이 어떤 표정을 짓는지도 확인하지 못했다.

바쁘다는 말이 우습다.

실제로 그가 할 일이 당장 몇 개 더 있는 것은 사실이나, 그는 애초에 여기 일을 하러 온 사람이 아니었다. 게다가 이젠 그 없이도 산더미를 옮길 사람이 여럿 생겼다.

운장대도 관승, 위왕호위 왕호저가 동쪽과 남쪽에 가세했다. 그들은 원태 이상으로 힘이 센 장사들이었다.

반갑게 인사한 도요화가 장정 열 사람 몫을 했고, 막야흔을 비롯한 이족의 칼잡이들은 칼등을 삽처럼 써서 땅을 팠다.

엽단평이란 검객은 진(津)과 둑 주변을 정리했다. 물요괴들이 잊을 만하면 한 마리씩 올라와 난동을 부렸다. 검객들이 요괴들을 정리하고 소선에 올라 물 위를 날렵하게 돌아다니며 망가진 비검맹 전선들의 잔해를 건져냈다.

나루는 물과 뭍을 막론하고 아수라장이 되어 있었다. 배들이 드나들 만한 상태가 아니었다. 비축해 놓았던 자원이 동나면, 새로이 물자들을 들여와야 했다. 수로가 열려야 한결 쉬워질 일이었다.

보면 볼수록 놀라웠다.

의협비룡회 무인들은 하나같이 열심이었다.

농땡이 피우는 놈들이 없다. 새로 지은 건물들은 모조리 잘 곳 없는 백성들에게 내준 채로, 지네들은 밤늦게까지 일하다가 찬 땅에 누워 거적을 깔고 쪽잠을 잤다.

"후우······!"

웬일인지 한숨이 나왔다.

"아이고, 협객께서 웬 한숨이시요? 많이 힘들면 좀 쉬었다

하오!"

사람들은 필요 이상으로 친근하기까지 하다. 아니, 친근할
만도 하다.

도시가 개작살이 났는데도, 무림인들과 어울리며 한숨 소리
에도 쉬었다 하라 되려 걱정을 한다.

문주, 아니, 회주까지 저러고 있으니, 그럴 수 있다.

좋은 일이다.

나쁜 일이다.

민간의 전투로 도시가 궤멸된 사건이란, 대명 제국 지역 통
치에 있어 더할 나위 없이 심각한 일이요, 민간 도당의 힘으
로 시가지가 재건되는 것 또한 절대 가벼이 볼 일이 아니었다.

"아, 오늘 동로(東路) 이 대가 집 아들내미 장 지낸다는데, 가
실 텨?"

"가야지. 이것만 끝내고 가십시다."

"자넨?"

"난 저 밑에 집 가봐야 혀. 사 부인 댁도 둘이나 죽었잖여."

"그랬고만. 잘 가봐, 들려 보낼 건 없어도 말이나 좀 잘 해
줘."

이것도 그렇다.

원태는 쉴 때 듣는 이야기들에 고개를 절레절레 저은 적이
한두 번이 아니었다.

사람이 많이 죽었다.

칼부림 정도가 아니라 불덩이들이 날아다녔으니, 재난도 이런 재난이 없다.

그런데, 죽은 사람들 장을 지낸다면서 의협비룡회를 원망하는 소리를 단 한 번도 듣지 못했다.

유심히 살폈다. 정말 원망이 없는 것인지. 의협비룡회 무인들이 저들과 섞여 일을 하고 있기에 무서워서 아무 말 못 하는 것인지.

"아! 그걸 거기다 내려놓으면 어찌하오?"

"정신 좀 차리시오! 칼 밥 먹는다고 사람 구실을 못 해서야 쓰겠소?"

"어휴, 죄송합니다. 어디로 옮길까요."

"이미 망가지지 않았소! 이건 못 써! 새로 좀 가져오시오!"

적벽 백성들은 일 못 하는 무인들에게 대놓고 화를 냈다.

즉, 백성들은 무인들을 두려워하지 않았다.

너희가 망가뜨린 건물이니 너희가 지어라. 배짱을 부리는 것 같기도 했다.

'그러니까 결론적으로……'

민심의 이반이 없다.

빠른 뒷수습이 문제가 아니다. 재건이 느긋하게 진행되더라도, 백성들은 의협비룡회 무인들을 욕하지 않았을 것이다. 이미 백성들은 한 문파의 문도라도 된 것처럼 행동했다.

그래서 물었다.

석양이 진 저녁, 언덕배기에 둘러앉아 아낙들이 내온 식사를 하며 원태는 품고 있던 의문을 있는 그대로 쏟아냈다.

"하루아침에 살 곳이 없어진 것 아니오. 고생스럽지 않으시오?"

"고생이지. 말이라 하오?"

"강호인들이 일으킨 싸움인데 화는 안 나셨소? 강호인들이 무섭고 밉지 않으시냔 말이오."

"대협도 강호인이고, 여기도, 여어어기도. 강호인 천지 아뇨?"

지저분한 마의의 젊은이가 젓가락을 들어 원태와 저쪽에 앉아 밥 먹는 무인들을 차례로 가리키며 반문했다.

"그야 그렇지만."

"그리고, 우리도 강호인이오."

옆에 있던 다른 남자가 쩝쩝거리며 원태의 말을 끊었다. 남자가 칼이라고는 한 번도 잡아 본 적 없는 손으로 그릇의 음식을 입안에 쏟아부었다.

"강호고, 무림이고, 구분이 어딨소. 그냥 다 사람 사는 세상인데."

조금 늙은 남자가 마치 원태의 속내를 들여다 본 것처럼 말했다.

원태가 얼굴을 찌푸렸다.

틀린 말이 아니었다. 그래서인지 더 바보가 된 기분이었다.

그래도 물었다. 확실히 해야 할 것은 해야 했다.

"혹시, 이리될 줄 알았던 거요?"

"뭐가 말요?"

"이거 말입니다."

원태가 도시 전경을 가리키며 말했다.

초토화가 되었던 도시에 여기저기 건물 뼈대가 올라가고 있었다. 새로 지어지고는 있다 하나 아직은 엉망진창이었다. 파괴된 흔적이 그대로 남은 곳도 많았고, 잿더미를 치우지 못해 새까만 집터도 한둘이 아니었다.

"몰랐겠소?"

누군가가 되묻듯 말했다.

원태가 그쪽을 돌아보았다.

얼굴이 시커멓지만 이족(異族)은 아니었다. 적벽 토박이 어민(漁民)이었다. 그가 별일 아니라는 듯 말을 이었다.

"윗동네 마을 중엔 사람들이 몰살당한 것만 셋이오. 요괸가 짐승인가가 덮쳤다 하더이다. 저 위에 도시 하나는 물에서 올라온 괴물을 방어하지 못한 데다가 역병까지 돌아서 비검맹 전함이 나루에서 폭격을 퍼부었다는 소문도 들었소. 다들 시체 밭에 사람이 거리로 들어가지조차 못한다 했소. 나쁜 놈들이 쳐들어올 거라는 이야기야 진즉에 들었다만, 이게 어디요? 먹을 것도 있고, 잘 곳도 생길 거요. 그럼 된 거 아뇨?"

"옳지. 그럼, 그럼."

옆에서 사람들이 고개를 주억거렸다.

원태는 이것이 양무의의 세뇌 공작에 의한 것이 아닐까 잠시 생각했다.

허나, 민심이란 것은 그리 쉽게 조작되는 것이 아니었다. 약간의 선동과, 선별적인 정보전달이 있기야 했겠지만, 토박이 어민이 말한 것은 모두 가감 없는 진실이었다.

누군가가 말했다.

"시절이 그런 거요. 시절이."

원태는 그 말에서 충격 같은 깨달음을 얻었다.

그보다 백성들이 세상을 더 잘 안다.

그들은 난세의 한가운데를 살고 있다. 제 한 몸 지키는 것은 무공 익힌 원태가 나아 보일지 몰라도, 이들은 자기 방식대로 제 몸을 지키는 거다. 그리고, 그들이 취한 방법은 의협비룡회와 함께 살아가는 것이었다.

대란 중에 죽은 자가 나온 집안에는 의협비룡회과 곡식과 은자를 두둑하게 챙겨주었다는 이야기를 들었다. 더불어 다친 자들 또한 의협비룡회가 온전히 책임지고 의원들을 붙여 줬다고 했다. 아까 거리에서도 남쪽 도시에서 의원들을 모셔 왔다는 마차 행렬을 지나쳤다. 어느 하나 간과할 일이 아니었다.

원태는, 이런 도시들을 이미 몇 개 알고 있었다.

무당파가 있는 균현이 이러했고, 소림사가 있는 등봉현이 이러했다.

시절이 그러하단다.

난세가 맞다.

새로이 세워지는 도시가 달리 보였다.

대무림정책의 향방보다 앞서, 의협비룡회는 이 난세를 관통할 길을 이미 찾아냈다.

부서져도 다시 일어난다.

일어날 준비가 다 되어 있다.

그렇기에.

단운룡이, 양무의가 조금 무서워졌다. 또한 조금 더 대단하게 보였다.

원태는 생각했다. 금의위 위사로서 이 사태를 황실에 어떻게 보고하냐는 것은 둘째 문제였다.

그는 그가 살아갈 길을 찾아야 했다. 이런 시절에, 그는 어떤 삶을 택해야 하나. 어차피 불안한 난세에, 백성들 살 만한 터전을 만드는 효용을 보았다.

도시에 전쟁을 불러온 사람이라 성토해야 할까, 아니면 민초에 희망을 주는 영웅이라 칭송해야 할까.

원태는 고민했다.

그래서, 배속에 음식을 욱여넣고, 일을 했다.

내공무인의 이마에 단운룡처럼 땀방울이 솟을 때까지.

그날은 밤을 샜다. 밤새서 의협비룡회 무인들과 땅을 파고 기둥을 세웠다.

동트는 것을 보고, 단잠을 잤다.

꿈도 꾸지 않고 잘 잤다.

오랜만이었다.

*   *   *

"결국은 돈이오."

북풍단 단원 주전(周錢)은 수완이 좋았다.

원태가 도시 반대편에서 열심히 집을 짓고 있을 때, 동쪽 시가지의 폐허에는 주박(呪搏) 결계와 경계가 삼엄한 창고 건물이 세워졌다.

"이건 처음 보는 놈이오. 생긴 건 갈저 같은데 좀 달라요. 이렇게 생긴 건 마정(魔精)을 지닌 대요괴 주변에서나 나오는 겁니다만."

"그래서……."

"네. 비싸다는 이야기외다."

주전이 산요괴들을 뒤적거렸다. 창고 건물 곳곳에 귀기를 억누르는 부적들이 붙어 있었고, 바닥에는 요괴들의 사체가 하나 가득 깔려 있었다.

주전이 주저앉아 요괴의 뿔 하나를 이리저리 살폈다. 말을 하지 않고 있어도 셈하는 소리가 들리는 것 같았다.

"이런 걸 구하는 사람이 많습니까?"

이전이 물었다.

두 사람의 이름은 발음이 같았지만, 자(字)가 달랐다. 주전은 그것도 인연이라며 별것 아닌 공통점으로 친근감을 쌓으려 했다.

"초짜인 척하지 마오. 얼굴만 봐도 다 알아요. 이런 물건들본 적 있잖습니까."

주전이 빙글빙글 웃었다.

옳은 이야기였다.

이전은 밀수 관련 일을 하며 이상한 것들을 많이 보았다. 금은보화가 아닌데도, 귀금속보다 더 비싼 물건들이었다. 말라붙은 가죽 같은 것도 있고, 칙칙한 색깔의 이빨 같은 것도 있었다.

무엇인지 깊이 알려고 하지 않았다. 그런 것들은 대체로 출처가 불분명한 곳에서 흘러 들어와 정체가 불명확한 자들에게 팔려갔다.

"직접 거래를 해 본 적은 없습니다."

"솔직도 하시오. 그러다가 눈탱이 맞아요."

오랜만에 듣는 뒷골목 언어였다. 이전은 당혹감과 즐거움을 동시에 느꼈다.

주전은 재미있는 남자였다. 북풍단이란 괴력의 무력집단이 전 중원에 걸쳐 질주할 수 있는 자금줄이라 했다. 더 음험하고 위험한 자를 상상했다. 의외로 소탈하고 밝았다. 물론, 무력은 이전이 감당할 수 있는 수준이 아니었다. 사람을 많이 죽여 본 자가 분명했고, 전장의 경험도 충만해 보였다.

"전언해 주신 대로 일단은 다 회수하여 모아뒀습니다. 보관과 운반, 상행에 필요한 호위 무력은 이쪽에서 다 책임지겠습니다. 또 필요하신 게 있으십니까?"

"그 정도면 충분하오. 그것도 원래는 이쪽에서 해야 하는 일이다만, 뭐, 아시다시피 우린 항상 숫자가 부족해서 말이외다."

주전의 말에 이전이 고개를 끄덕였다.

북풍단은 상상 초월의 무력을 보유했지만, 소수정예로 움직이며 병대를 늘리지 않는 것으로 알려져 있었다. 중원 전역에 걸쳐 그들만의 작전을 수행하고 있는 지금, 북풍단에겐 귀물 사체를 직접 다룰 만한 여력이 없었다.

의협비룡회와의 거래는 그래서 북풍단에게도 중요했다.

무력집단을 유지하는 데에는 돈이 든다. 북풍단 무인들은 대체로 그런 관념 자체가 없었다. 은자가 없으면 없는 대로 말안장에서 잠을 잤지만, 은자가 있으면 흥정 같은 것도 없이 마음껏 써버렸다.

주전이 어떻게 뭐라 해도 소용없었다. 그래서 그는 일찍이 북풍단 무인들에게 뭔가를 가르치길 포기하고 군자금이란 명목하에 열심히 돈을 벌었다. 주전은 귀물들의 사체와 부산물이 돈이 된다는 사실을 아주 오래전 장백산의 요괴대란 때부터 경험으로 알고 있었다.

그런 면에서 이 적벽의 싸움은 큰돈을 벌 수 있는 대목에 해당했다.

무엇보다 저 앞에 있는 뻘겋고 검은 것이 엄청났다.

백토진인이라는 고명한 법사가 세 겹의 술법진을 쳐놨는데도 요요로운 기운이 스멀스멀 흘러나오고 있었다.

"저건 어떻게 하면 좋겠습니까?"

이전은 눈치가 빤했다.

아무것도 모르는 척 말하지만, 주전은 알았다. 이 젊은이는 아주 영리했다. 이런 놈에게 필요한 것은 그저 경험일 뿐이다. 문파가 커지면 커질수록 살림살이엔 이런 놈이 있어야만 한다. 이 놈이나, 저 앞에 동생이라는 이복이란 놈 둘 중의 하나만 북풍단에 있었어도, 주전이 이 고생은 안 했을 것이 분명했다.

"가치야 매길 수 없을 만큼 높은 게 확실한데, 저런 건 어떻게 처리해야 할지 나도 잘 모르겠소."

주전은 조각조각 부서진 홍룡(紅龍)의 사체를 보며, 이전처럼 솔직하게 말했다.

포효하던 형상 그대로 무너져 내린 화룡의 잔해는 얼핏 숯덩이가 흩어져 있는 것 같았지만, 위에서 내려 보면 한 폭의 화룡도(火龍圖)가 펼쳐져 있는 것처럼 보였다.

길이는 이 장여에 불과하여 전설 속의 용이라고 하기엔 분명히 작은 크기였다. 그래도 망가지지 않고 멀쩡한 비늘들이 많았다. 화광이 흐르는 발톱도 그러했고, 형태를 유지하고 있는 단단한 용골(龍骨)도 여럿 있었다.

"백토진인께서는 사람이 값을 매겨 사고팔 물건이라 아니라 말씀하시긴 했습니다."

"사람이 사고팔지 못할 물건이 어디 있겠소?"

"못 할 게 없다는 것은 잘 알지요."

"피독(避毒) 효과가 있다는 알유의 등뼈만 해도 이만한 거한 마디에 은자 백 냥을 받소."

주전이 손을 펴서 한 뼘 길이를 만들어 냈다. 그만큼에 그 가격이란다. 그가 흥분한 어조로 말을 이었다.

"하물며 진짜 화룡의 용골(龍骨)이면? 단위가 은자가 아니요. 금자도 아니지. 금괴로, 그것도 궤짝 단위가 나올 거요."

이전은 크게 놀라면서도 그럴 만하다는 생각을 했다.

홍룡이 날뛰는 위용을 두 눈으로 직접 보았다.

문득 양무의의 지시가 떠올랐다.

도시 재건에 비축된 자금과 자원을 아끼지 말고 쏟아부어라. 돈은 다시 벌면 된다.

다시 벌면 된다는 말을 가벼이 넘겼다. 하지만, 양무의는 어떤 말도 허투로 하지 않았다.

귀물은 돈이 된다. 양무의는 여의각에서 올라가는 모든 보고를 다 읽는다. 적벽에서 올라가는 정보뿐 아니라, 중원 전역에서 모이는 정보를 다 검토했다.

양무의는 전투 직후, 땅에 남은 열기가 식기도 전에 창고 건설부터 지시했다.

알고 있었던 것이다. 이것들의 가치에 대해서.

"반반. 동의하오?"

"반반. 동의합니다."

양무의는 이전에게 주전과의 대화를 일임했다. 무엇이든 합의할 것이 있다면 알아서 하라, 결정권도 주었다.

주전은 귀물의 처리 과정에서 나오는 수익의 절반을 이야기했다. 북풍단은 적벽 방어에 있어 엄청난 활약을 했으므로, 그 이상을 요구해도 이상하지 않았다.

주전은 거래가 가능한 상인들에 대한 주선과, 감정가(鑑定價)의 투명한 공개를 약속했다.

상호 신뢰에 기반한 제안이다. 그런 면에서 합리적인 거래이기도 했다.

결국은 돈이오.

주전은 처음부터 말했다.

맞다.

도시를 지키는 데에도, 도시를 일으키는 데에도 돈이 든다.

요괴가 출몰하며, 새로운 시장(市場)이 나타났다. 이전은 처음 의협비룡회가 적벽에 자리를 잡을 때처럼, 돈의 흐름을 통하여 변화의 바람을 감지했다.

많은 것이 달라질 것이다. 그리고 의협비룡회는 이 바람을 타야 했다. 이전의 머릿속에서 양무의가 뿌린 씨앗이 싹을 틔웠다. 구체화되기 시작한 그 계획은 의협비룡회 대요괴 부대의 창설과 먼 훗날 용린각이 이루어낸 항구한 활약에 맞닿아 있었다. 그것은 의협비룡회가 오랜 세월의 항쟁에도 무너지지 않을 수 있었던, 탄탄한 자금력의 반석이기도 했다.

*　　　　　*　　　　　*

중원 곳곳에서 요괴들이 출몰했고 전에 없던 괴사들이 빈발했다.

사도 무리들이 도처에서 싸움을 일으켰다.

신마맹이 일으킨 사천대란부터, 장강의 요괴대란, 적벽의 화룡출현은 전 중원을 동서로 가로지르는 대전란의 진원지가 되었다.

누군가가 대무후회전이라는 단어를 썼다.

삼국전설 적벽대전의 무대에서 제갈공명이 재림했다는 소문이 돌았다.

대무후, 제갈량을 자처하는 자가 싸움을 주도하여 구파에 대항하는 맹회들의 싸움을 평정했다고 하였다.

진실과 비슷하면서도 조금 다른 그 이야기에 사람들은 열광했다.

그보다 더 강렬했던 영웅과 괴수들의 싸움이 있었지만, 강호인들은 이해 범주를 아득히 넘어가는 풍문까지 좋아하지는 않았다.

불 뿜는 용과, 구름 탄 손오공의 도시 침공은, 장난 같은 헛소문으로 들렸다.

제갈공명이 천 수백 년의 세월을 넘어 다시 세상에 나왔다는 것 또한 허황되긴 매한가지였으나, 적어도 가면을 쓴 제갈량이란 사천 땅에서부터 실제 목격자가 수도 없이 많은 인물이었다.

적벽의 이야기도 그러했다.

뭔가 또 기상천외한 책략을 보여 줬구나.

사람들은 쉽게 그리 믿었다.

진실이 현실이 되기까지는 시일이 걸렸다.

그와 같은 대사건이 몇 번 더 일어날 때까지, 적벽의 대격전은 그 땅에서 일찍이 있었던 고대의 전쟁마냥 과장과 기만이 섞여 있는 소문으로만 회자되었다.

그 사이에, 파괴된 도시는 빠른 속도로 재건되었다.

양무의는 그동안 축적했던 막대한 재원을 모조리 동원하여 도시를 요새화했다. 도로 정리를 새로 하고, 백성들 거주지 주위엔 방벽을 쌓았다.

건물은 민간이 지을 수 있었지만, 개도(開道)와 축성(築城)이라 함은, 엄연히도 관의 영역이었다.

양무의는 계획하에 건물을 올림으로써 자연스럽게 도로를 다졌다. 벽의 높이와 망루 건물들의 크기를 조절하여 군사시설이 아닌 것처럼 보이도록 세심하게 설계했다.

이는 어차피 문제가 될 것이면 이보다 더 간소해도 관화(官禍)가 될 수 있으며, 또한 뇌물만 제대로 먹히면 이보다 더 노골적이어도 눈감아 줄 사안이었다. 물론 현재로서는 후자가 될 가능성이 훨씬 더 높은 것이 사실이었다.

나중 일은 나중 일이었다.

적벽은 그렇게 전쟁도시로 변모했다. 백성들은 이미 그렇게 훈련되어 있었고, 이제는 터전과 장비가 그에 맞춰졌다. 대지 전체를 갈아엎은 것 같았다.

"의도한 거요?"

"그랬겠습니까?"

원태는 마지막으로 물었다.

금의위 관복을 다시 입고 있었다.

"보고를 올려야 하오. 황실에."

"알고 있습니다."

"있는 그대로 쓰겠소이다."

"그리하십시오."

양무의는 여전했다. 원태가 처음 보았던 양무의는 관아의 수배자였다. 선한 자라 생각하지 않았다. 하지만 악인도 아니었다.

"감당하실 수 있겠소?"

마지막 질문은 단운룡에게 했다.

"물론."

예상 그대로의 답이었다.

원태는 변함없는 그가 마음에 들었다.

"한 가지만 말하겠소."

원태가 단운룡에게 말했다. 단운룡은 고개를 들고 그를 보며 다음 말을 재촉했다.

"군산대혈전 이후, 호광의 지역관제는 그야말로 엉망진창이 되었으나, 그렇다고 이곳의 사태를 좌시하진 않을 것이오. 그저 시찰로 끝나는 것이 아니라 책임을 물으러 올 소지가 크다고 보오. 그러니 내 진심으로 충고하건대, 그 용포는 입지 마시오."

단운룡이 웃었다.

원태는 놀랐다.

이건 예상 밖이었다.

그가 웃는 걸 본 적이 있나 싶었다.

"그리하지."

단운룡의 대답도 그랬다.

원태는 조금 변한 그가 조금 더 마음에 들었다.

그는 금의위였다. 이미 저 옷을 입고 있는 것만으로도 압송감이었다. 그저 능력이 되지 못함이 첫 번째 문제요, 그러고 싶지 않음이 더 큰 문제였다.

"가겠소. 단 회주, 바라건대, 다시 보지 맙시다."

눈 감고 안 보는 것이 답이다.

원태는 단운룡의 무운을 빌지 않았다. 또 보지 말자는 사람만 이렇게 하나가 더 늘었다. 그는 그렇게 적벽을 떠났다.

헤어짐은 또 다른 시작이라 했다.

아직도 많은 일들이 의협비룡회를 기다리고 있었다.

＊　　　　＊　　　　＊

관(官)에 앞서, 특별한 인물이 방문했다.

"오랜만에 뵙습니다."

양무의는 한발 먼저 보고를 받았고, 이례적으로 직접 정문까지 나가 손님을 맞이했다.

"반갑게 웃으며 인사할 수가 없군. 마음에 여유가 안 생겨."

"이해합니다."

양무의가 정중히 포권했다. 철운거를 밀고 있는 백가화도 공손히 고개를 숙였다.

"그래, 바퀴는 잘 돌아가고?"

노인은 거두절미하고, 질문부터 했다.

"물론입니다."

양무의가 쓰게 웃었다. 노인과는 오랜 친분이 있어 보였다.

"보여줄 게 있다면서."

"그렇습니다."

노인은 얼굴이 벌겋게 그을려 있었고, 수염이 지저분했다. 눈에는 혈관이 돋았고, 의관도 엉망이었다. 심신이 피폐해진 모습이었다.

양무의는 금지(禁地)가 된 건물로 노인을 이끌었다.

노인은 재건되고 있는 도시의 전경을 혼 없는 눈으로 보았다. 무엇을 보고 들어도 아무런 의욕이 없어 보였다.

"이쪽입니다."

백가화 부드럽게 철운거의 방향을 틀었다.

노인이 불쑥 물었다.

"왜 거짓말을 하는 게지?"

"제가 노사께 거짓말이 웬 말입니까."

"축이 안 맞잖아. 일 푼, 기울어져. 톱니가 일부 나갔어."

"불편함은 없습니다."

"그러다가 어느 순간 망가지는 거다. 그거 타고 싸움터를 전전하는 네가 미친놈이지. 볼 거 보고 조정해 주마."

"감사합니다."

양무의는 순수하게 감사를 표했다. 백가화도 다시 한 번 다소곳이 고개를 숙였다.

요괴들의 사체들이 널려 있던 창고에는 구획마다 벽이 세워져 있었고, 중심 공간의 입구엔 술법 결계와 더불어 철문까지 달려 있었다.

양무의가 부적을 꺼내 결계를 열었다.

노인이 처음으로 두 눈에 이채를 담았다.

"술법까지 익힌 것이냐?"

"일천한 부적술에 불과합니다."

노인이 눈썹을 치켜올렸다. 쓸데없는 겸양이라 생각했다. 그가 아는 양무의는 무언가를 얕게 손댈 자가 결코 아니었다.

"들어오십시오."

양무의가 먼저 들어가 노인을 불렀다.

안쪽에는 술법 결계가 몇 겹 더 쳐져 있었다.

"이것은……!"

노인의 눈빛이 이채에서 경악으로 바뀌었다.

가치를 아는 자들은 눈이 돌아가고도 남을, 보고(寶庫)였다.

중앙의 단상 위엔 홍룡(紅龍)의 잔해가 가지런히 정돈되어 있었다.

"헛소문이 아니었다니!"

"홍룡의 용골과 이빨입니다. 발톱과 비늘도 있지요. 손을 놓으셨다는 마장(魔匠)께서도 흥미로워하실 줄 알았습니다."

양무의에게 철운거를 만들어 준 자, 사천당문의 파문장인(破門匠人) 마장(魔匠) 당철민이 놀라움을 지우지 못한 눈으로 양무의를 내려 보았다.

"너… 뭐 하는 놈이야?"

당철민은 장인 공방(工房)에서나 뱉을 만한 질문을 했다.

양무의는 웃지도 않고 대답했다.

"들으신 대로입니다."

당철민은 허탈한 표정이 되었다.

"그 지략으로 당가타가 그리 당할 건 예상하지 못했단 말이냐?"

"저는 경고 드렸습니다."

"막을 생각은 없었고?"

"이곳에서도 제대로 못 막았습니다만."

당철민이 푹 한숨을 내쉬었다. 늙은이의 심술이다. 양무의를 탓할 게 아니다. 아직도 이 삐딱한 마음을 고치지 못했다.

당가가 그리될 줄 누가 알았겠는가. 재주가 하늘에 닿아도, 가능한 것이 있고, 불가능한 것이 있다.

원래 그런 것이다. 어쩌다 타고난 천부의 재능으로, 조금만 솜씨를 부려도 신병이기가 나왔다. 자그마한 암기들을 다듬다가, 더 강한 것, 더 묵직한 것에 욕심이 생겼다. 그러다가 화기(火器)에까지 손을 대고 말았다.

금기의 병장(兵匠)이 된 대가는 파문이었다.

가문에서 어떻게든 덮어주려 하였지만, 세간의 눈을 가리기엔 당철민의 재능이 너무 뛰어났다. 그 하나 때문에 당가는 관군의 감시를 받고, 황실과 협상까지 해야 했다.

가문에 폐만 끼친 것이 수십 년이다. 수많은 천재들처럼 아집과 독선으로 젊은 시절을 지나 보냈다.

이제 와 세상을 제대로 본다. 마장(魔匠) 당철민은 불과 쇠를 귀신처럼 다룬다. 관아의 체제로 더 이상 당씨 문중이 아니게 되었지만, 당철민이 개발한 독문병기들이 암암리에 당문으로 흘러가고 있다.

강호인들은 그렇게 공공연한 비밀처럼 사천당문과 당철민을 묶어서 이야기했다.

그게 좋은 건 줄 알았다.

그 같은 천재가 있다는 사실에, 누구도 당문을 가벼이 여길 수 없을 거라 생각했다.

그러나, 정작 당문은 그가 개발한 화기(火器)들을 마음껏 쓸 수조차 없었다.

당문은 당철민이 태어나기 전부터 뭇 군웅들이 두려워하던 패자(覇者)였다. 그는 당문의 기술을 한 단계 끌어 올린 자가 아니라, 황실이 당문의 기술에 제동을 걸게 만든 원흉이었다. 문중에서 얼마나 골칫거리였을지, 당철민은 한참 나이가 든 뒤에야 깨달았다.

그러고도 정신을 못차린 채, 하고 싶은 대로만 살았다. 한을 풀듯 기상천외한 신병기들을 제작하여 대량 살상의 주범이 되었다.

그 결과, 당문의 괴멸을 수로맹 뱃전에서 들었다.

당가는 당철민의 파문을 공표했지만, 단 한순간도 진정으로 그를 내친 적이 없었다.

당가타가 무너진 것은 그의 한(恨)이고 죄였다. 겸손으로 스스로를 억누르고, 어릴 때부터 인성을 닦아 가문에 힘을 보탰으면, 당문이 그토록 당할 리가 없었을 것이라고 생각했다.

그는 무공 없는 수적 떼와 부서져 가는 배 세 척으로 비검 맹 전함의 총공격을 막아낸 병장기의 신(神)이었다. 고작 황천룡 여덟 기를 안겨 주고 가문에 필생의 역작으로 보답을 한 다며 생색을 냈었다. 그래 놓고 당가타의 혈육들이 죽어갈 땐 아무것도 못 했다. 나이만 헛먹은 가짜 천재였다.

"그래서, 이거로 나보고 뭘 하라는 게야."

"알고 계시지 않습니까. 전쟁에 앞서, 무기를 준비해야지요."

"나는 망치를 놨어. 더 휘두를 생각 없다."

"다시 드시게 될 겁니다."

"어째서?"

양무의는 대답 대신, 단상 너머를 보며 사람을 찾았다.

"진인, 계십니까?"

홍룡의 잔해가 놓은 단상 뒤쪽에는 지하로 내려가는 작은 구멍이 뚫려 있었다.

"내 여기 있네. 어딜 가겠는가."

"그 안에서도 홀쩍 사라지시곤 하시니까요."

"내가 그랬었나?"

맑은 목소리와 함께, 땅 밑에서 한 노인이 불쑥 올라왔다.

백발이 섞인 갈색 머리에는 보드라운 윤기가 흘렀고, 하얀 수염은 가슴까지 내려왔다.

큰 키에, 유쾌해 보이는 얼굴, 청수한 인상이다. 피폐한 당철 민과 정 반대의 분위기를 지닌 노인이었다.

"이야기 많이 들었네. 백토일세."

백토진인이 웃으며 당철민에게 대뜸 자신의 이름을 밝혔다.

하대가 익숙지 않은 당철민이 눈썹을 치켜올렸다. 그 표정을 본 백토진인은 아무렇지 않게 말을 더했다.

"내 배분이 더 높네. 나이도 훨씬 많지. 그러니 맘 편히 듣게."

마음을 읽은 것 같았다. 당철민은 상대가 술사라는 사실을 어렵지 않게 알아챘다. 당철민이 마지못해 대답했다.

"당철민이외다."

당철민은 포권도 취하지 않았다. 당가의 이름을 말하지 않게 된 것이 오래요, 망치를 놓았으니 마장(魔匠)이라 별호를 말하는 것도 마땅치 않았다. 무엇보다, 이 술사는 양무의와 함께 있다. 그가 스스로를 길게 밝히지 않아도 그에 대해 많은 것을 알고 있을 터였다.

"자네는 참으로 놀라운 창조안(創造眼)을 지녔군. 이 봉효가 왜 그토록 귀히 이야기했는지 알겠네. 내 이 인연 소중히 여겨 선물 하나를 줌세."

백토진인은 거두절미하고, 품 안에서 하나의 옥갑을 꺼냈다.

진인이 옥갑을 한 번 튕겼다.

옥갑이 훨훨 깃털처럼 천천히 날아 당철민에게 다가왔다. 신묘한 공부였다. 엉겁결에 받아 든 당철민이 이게 뭐냐는 질문으로 백토진인을 보았다.

"사룡(死龍)에 남아 있던 잔여 화기(火氣)를 정제해서 단약으로 만들었지. 당문주의 용태가 과히 좋지 않다 들었네. 당문주가 사선에 선 것은 독공의 폭주 때문일진저, 독력을 제어하기 위한 영물(靈物)이 필요할 걸세. 그거면 될 거야. 만상요술서를 보아하건대, 자네 혈육은 아직은 죽을 때가 아닌 것 같거든."

당철민이 손에 든 옥갑을 내려다보았다. 온기(溫氣)가 느껴졌다. 그것이 단약의 불기운인지, 아니면 인연의 따뜻함인지 선뜻 분간할 수가 없었다.

"고, 고맙소이다."

당철민은 어색하게 감사를 표했다.

백토진인이 밝게 웃었다.

"고마울 일이 아닐세. 자네는 걷기 힘든 봉효에게 새 다리를 주었고, 봉효는 만상을 갈구했던 나에게 흥미진진한 말년을 선사했지. 그리고 내가 자네에게 그것을 주었네. 요술은 그처럼 돌고 도는 것이네. 이제 자네가 비룡의 약속을 받았으니, 또다시 돌고 도는 요술을 시작해보게나. 자네가 사룡의 유해로 무언가를 만들면, 그것이 비룡과 봉효에게 선물이 되고, 자네 작품은 원수의 팔을 자를 것일세. 나는 예언하는 이가 아니지만, 어떤 것들은 요술서에 이미 적혀 있는 것들도 있지. 뛰어난 법보는 가진 자에게 무언가를 요구하기 마련이지만, 자네는 이미 그 대가를 치렀네. 다 함께 만상의 이야기를 써

내려가 보세."

백토진인의 목소리엔 아득한 현기가 담겨 있었다.

당철민은 궁금한 것이 많았지만, 캐내어 묻지 않았다. 강호를 살아오며 맞닥뜨리는 의문들은 어차피 모두 다 풀 수 있는 것이 아니라는 사실을 충분히 잘 알고 있었기 때문이었다.

"진인이 나에게 호의로 은혜를 베풀었음을 잘 알겠소. 고마워할 필요 없다 해도 감사하오. 받은 은(恩)은 꼭 헛되지 않게 쓰겠소이다."

당철민이 옥갑을 품속에 넣었다.

당천표는 훌륭한 가주다.

가문의 이단아를 끝끝내 보듬어, 당가타가 아닌 곳에서나마 당철민이 타고난 재능을 마음껏 펼칠 수 있게 해줬다. 갚아야 할 빚이 하해와 같았다.

당철민이 이번엔 양무의를 돌아보았다.

"그럼, 이것들을 내 뜻대로 다뤄도 된다는 겐가?"

"그렇습니다."

"목적은?"

"염라마신을 죽이는 것입니다."

"망치만 다시 들 뿐 아니라, 혼(魂)을 갈아넣어야겠구만."

"그래 주셔야지요."

양무의가 담담하게 대답했다.

당철민의 눈빛이 되살아났다. 사신검(四神劍)의 검집을 만들

때도 이런 마음이 일지는 않았다. 그때도 열정은 충만했으되, 즐거움에 가까운 열정이었다.

지금은 사활(死活)을 걸겠다는 심정이다.

염라마신은 불공대천지수였다. 의협비룡회와 공통의 원수였다.

장인 혼이 끓어올랐다. 화룡의 불길보다 뜨거웠다.

＊   ＊   ＊

쩌어엉!

막야흔의 몸이 튕겨나갔다.

칼이 부러졌다.

내공도 진탕되었다.

또 졌다. 져 놓고 욕도 내뱉지 않았다.

그는 만신창이가 되어 있었다.

막야흔은 낮에 다른 발도각 무인들처럼 나무를 지고 땅을 팠다. 재건에 속도가 붙으면서 여유 시간이 생겼다.

자연스럽게 엽단평을 찾았다. 칼을 겨누고, 비무를 했다.

"수련을 더 해."

엽단평이 그리 말하고 돌아섰다. 친구가 다 된 엽단평의 말투는 더 이상 샌님처럼 들리지 않았다.

근래 들어 한 번도 이기지 못했다.

보검 때문일 수도 있겠지만, 자존심에 검 핑계를 댈 수도 없었다.

엽단평이 먼저 사보검을 놓고 흔해 빠진 청강검을 들었다. 그래도 졌다. 굴욕적이었다.

약해졌음을 실감했다.

적벽 시가전에서는 대적들을 맞이하여 평상시를 훌쩍 뛰어넘는 기량을 발휘했다.

역시 그는 실전파가 맞다.

전 같으면 그리 말하며 큰소리를 쳤을 것이다.

이번에는 그렇게 안주할 수 없었다.

신병을 얻었기 때문이든, 정진한 검기에 대한 깨달음 덕분이든, 엽단평은 소리 없이 지속적으로 강해지고 있었다. 차근차근 한 발 한 발 쌓아가는 무공이었다. 그는 오늘 조금 더 강해질 것이고, 내일은 또 더 정교해질 것이다. 막야혼은 엽단평의 등을 보며 다음엔 내가 이길 거다 더 이상 자신 있게 내뱉을 수 없게 되었다.

막야혼이라고 놀고 있었던 것은 아니다.

적벽 바로 이 거리에서 칼을 들고 쾌협도 연전연승의 전적을 쌓았다.

도시가 개박살 난 게 언제라고, 벌써부터 강 쪽 공터에서는 소암무회전 자그마한 도박판이 벌어지고 있었다. 이 도시엔 역시나 미친놈들이 한가득이다. 그러니까 화룡을 죽이고 손오공을 때려잡는 문파에도 거부감이 없는 거다. 애초에 호전성이 남다른 동네였다.

적벽은 막야혼을 만든 도시였다.

그런 곳에서 큰 그가 내일의 패배를 먼저 예감했다.

서서히 망가졌다.

그는 점점 더 예전의 그를 잃어버렸다.

적벽은 파괴되고 다시 일어나도 여전히 똑같았다.

그는 아니었다.

그는 더 이상 호쾌하지도 않고, 시원하지도 않았다.

막야혼 세 글자면 충분했던 그는 이제 없었다.

부러진 철도를 내던졌다. 엽단평 검력에 뒤틀려 쩔뚝거리는 발을 질질 끌고, 의협비룡회 내원을 가로질렀다.

도요화를 마주쳤다. 그녀가 혀를 찼다. 막야혼은 쓴웃음도 짓지 못했다. 그가 고개만 까닥이고 지나가자 도요화가 홱 돌아섰다.

그녀도 아는 거다. 그가 엉망이란 것을.

발도각 거처로 돌아왔다. 그는 발도각 다른 녀석들과 똑같이 생긴 방을 썼다. 문을 열자 심란함이 밀려들었다. 방 안이 돼지우리 같았다.

샌님이 말하길, 삶의 터가 곧 심신의 반영이라 하였다. 잡소리로 흘려들었다. 정작 샌님의 거처도 정돈 상태가 완벽하진 않았다. 하는 짓거리로 봐서는 의자가 놓인 각이나 침구의 높이까지도 딱 떨어지게 맞춰놓을 것 같았지만, 신발도 구겨 벗었고 옷도 대충 걸어 놓았다.

네 놈도 깔끔하진 않다며 핀잔을 주자, 창천에는 구름이 있어야 더 푸르러 보인다는 개소리를 했다. 지금 와서는 그 말도 그럴듯하게 들렸다. 적어도 지금 이 방은 아니었다. 그의 마음 생김과 똑 닮아 있었다.

막야혼은 피 묻은 옷가지를 모조리 내다 버렸다.

그러자 거처에 옷 한 벌 남지 않았다. 헛웃음이 나왔다. 돌아보니 쾌협도 시절엔 옷맵시도 나름 신경을 썼었던 것 같다. 융중상회 비무상황이 그렇게 관리했다. 칼을 휘두를 땐 휘두르고, 상대를 도발할 땐 도발했다. 저자에서 칼 밥을 먹어도 나름의 멋이 있었다. 지금 그 자신을 돌아보니 멋이라고는 조금도 찾아볼 수 없었다. 그냥 욕 잘하고 칼 좀 쓰는 병신 같았다.

누구나 인생의 어떠한 변곡점에 올라, 스스로의 못남을 깨닫는 순간이 있다지만, 평생 그런 것 모르고 살 것 같았던 남자의 때늦은 자각은 자못 만만치 않은 충격이었다.

지금도 뒷골목 칼잡이는 지저분한 그를 보고 멋있다 하는 이가 있을 것이다. 그는 비검맹의 무시무시한 검존과도 칼을 맞댔으니까. 그들의 거리에 쳐들어온 괴력의 난적들 앞에서 검도천신마의 재림을 보여줬으니까.

힘 좀 세면 멋있어 보이는 것을, 그도 잘 알았다.

하지만 막야흔은 스스로가 멋이 없었다.

그는 초인(超人)의 힘을 가진 범인(凡人)이었다. 그나마 그 초월적 힘도 운처럼 썼다. 어쩌다 터지는 도박적 강함이란, 개죽음을 약속하는 악운에 불과했다. 그걸 이 거리의 피투성이 도박판에서 일찍이 깨달았으면서도, 여전히 닥쳐서야 꾸역꾸역 살아남았다.

막야흔은 아예 짐을 쌌다.

더 강한 놈과 붙여 달라 징징 댔던 자신이 창피했다. 염라마신 앞에서 개새끼라 욕했던 때를 떠올렸다. 그땐 차라리 나았다. 패기가 하늘을 찔렀다. 지금도 물론 욕은 해줄 수 있다. 그래 놓고 어이쿠 이걸 어떻게 베냐 개처럼 꼬리를 말겠지.

패기는 패악이 되었다.

무공이 문제가 아니었다.

정신이 안 컸다. 아니, 퇴보했다. 그는 엄청 힘이 센 파락호에 불과했다.

행낭이라 해도 별 게 없었다.

발도각 무기고에서 호철도 하나를 만지작거리다가 그냥 맨손으로 걸어 나왔다. 웬일인지 혀를 찼던 도요화가 발도각 앞을 서성이고 있었다. 설마하니 그를 걱정한 것은 아닐 테다. 예전의 그는 도요화가 아니라 도요화 할머니라도 꼬실 수 있었겠지만, 지금 그는 그녀의 관심을 받을 가치가 동전 한 닢만큼도 없었다.

"뭐야?"

도요화가 물었다. 이 여자는 왜 이러는지 모르겠다. 막야혼이 그녀를 지나쳤다. 막야혼은 뭐라 대답해야 할지 몰라서 뒤돌아보지 않았다.

"뭐냐고!"

그녀가 목소리를 높였다. 꼭 그에게만 쉽게 성질을 낸다. 또 그렇게 대하는 사람이 있나 찾아봐야겠다고 생각했다. 막야혼이 멈춰 섰다. 사람을 찾자. 그러자, 뭘 해야 할지 알 거 같았다.

"추군마는?"

"뭐?"

"아니다. 여의각에 물어보면 되는걸."

막야혼이 내원 저편으로 건너갔다.

"왜 저래."

도요화는 더 이상 그를 잡지 않았다. 평상시 같지 않은 막야혼이 이상했다. 신경 쓰였다. 즉각 그 생각을 지웠다.

'오래 알아서 그래.'

그녀가 외원 쪽으로 발을 옮겼다. 용부저가 말하길, 근래 들어 이상한 놈들이 많아졌다 했다. 북을 배우겠다는 것이다. 악당(樂堂)에나 찾아갈 것이지 별 놈들이 다 있다. 심지어 용부저는 가르쳐 보지 그러시오, 라며 객쩍은 소리를 했다.

쓸데없는 일이다 잊으려는데, 계속 머릿속을 떠돌았다. 사

람 많던 도고악당의 옛 모습이 눈앞을 스쳤다. 그때를 떠올리
자, 그곳의 소리가 들리는 것 같다. 음도 박자도 못 맞추던 불
협화음이 그립다.

싸움이 잦아들면 그 시절처럼 누군가와 음률을 나누는 것
도 나쁘지 않겠다.

문득 스친 그리움은 이내, 모호한 기대로 변해갔다. 언제까
지 전고(戰鼓)만 잡을 것인가. 북은 싸움을 알리는 도구이기
이전에 하나의 악기(樂器)였다. 심지어 그녀는 그것을 무기(武
器)로 쓰고 있었다.

사타왕을 죽이면서, 막연했던 복수가 현실이 되었다. 원한
을 갚는 데 썼던 무기를, 이젠 다른 마음으로 대하고 싶었다.

긴 여정의 종막(終幕)이 구체화되었다. 언젠가 이 전쟁도시
에 안온함이 찾아오면, 악사(樂士)의 선율에 부드러운 고성으
로 화답할 날이 있을지도 모른다.

그럼, 그 옆에서 막야흔은 고아한 음율을 알아듣지도 못하
면서 흥얼거리고 술을 먹겠지.

그녀는 여전히 그가 신경 쓰였다. 다시 머리를 흔들어, 못
볼 것을 본 것처럼, 마지막 장면을 지워냈다.

"추군마는 어디 있지?"

막야흔은 여의각 전각 앞에서 이복을 마주쳤다. 대뜸 들어
온 질문에 이복이 고개를 흔들며 답했다.

"모릅니다."

"모를 리가 있나."

막야혼의 말에도 이복은 전혀 당황한 기색이 없었다.

"정말입니다."

막야혼은 훌쩍 이복을 지나쳐 내각 안으로 들어섰다. 성큼성큼 들어가는 그를 아무도 막지 않았다. 그는 명실공히 회주의 최측근인사였다.

"추군마 어르신은 왜 찾으시오?"

양무의가 직접 물었다.

"찾을 사람이 있어서 찾소."

"누구?"

"누구겠소?"

막야혼은 양무의에게 나름의 예의란 것을 차렸다. 말투부터가 그랬다. 양무의는 두 눈에 모처럼의 흥미로움을 떠올리며 막야혼을 보았다.

"공야 어르신의 소재는 우리도 파악되지 않소."

"거짓말."

"내가 발도각주께 거짓말을 해서 뭐 하겠소. 그분은 이제 신마맹뿐 아니라 팔황 모두의 표적이 되셨소. 그분의 위치를 파악하기 위해선 여의각의 역량을 총동원해야 하오. 그나마도 숨고자 하신다면, 우리도 찾기 어려울 것이오. 그리고 무엇보다, 추군마 어르신께서 여기 안 계시오."

"어디 간 거요?"

"제천대성을 쫓고 계시오."

양무의는 아무것도 감추지 않았다. 그 중대한 이야기를 하면서 단 한순간의 망설임도 없었다.

막야흔은 한 번도 느끼지 못했던, 아니, 느끼려고 하지 않았던 사실을 비로소 날카롭게 깨달았다.

양무의는 막야흔을 진정으로 중히 여긴다.

단운룡도 다르지 않다. 그는 약속을 지키고 있다. 바로 이 적벽에서 한 약속이다.

적벽은 좁다. 내 밑으로 들어와.

그 말부터 시작된 여정이 그를 이만큼 이끌었다. 단운룡은 그에게 천하를 보여줬다. 마천의 도를 들고 신마(神魔)의 싸움에 임하도록 하였다.

상상이나 했던가.

과분한 하늘이었다.

마음에 든다는 단순한 이유가 남아의 일생을 바꿨다.

시종일관 진지한 양무의의 눈빛 너머로, 단운룡의 존재를 다시 보았다. 그는 언제나 단운룡이 들고 있는 첫 번째 칼이었다. 단운룡은 막야흔이라는 칼이 무뎌져도, 녹슬어도, 기꺼이 그 칼을 쓸 것이 분명했다.

"무공을, 제대로 배우고 싶소."

막야흔이 말했다. 단순한 말이었지만, 태어나서 처음이라

할 만큼 진심이었다.

무언가가 그의 안에서 자라나 꽃봉오리를 만들었다.

칼잡이가 무인이 되고, 무인이 칼잡이가 된다.

사람은 넘어지고 일어나며 방황하고 바로 선다.

한 가지 올바른 삶은 없다. 누구나 틀리고, 누구나 옳았다.

그렇듯 고수가 되는 길은 하나가 아니요, 어떤 이는 좋은 무기를 얻어 강해지고, 어떤 이는 열심으로 수련하여 강해진다.

또 누군가는 사람이 되어 가며 멋있어진다.

양무의가 희미하게 웃었다.

"각주는 이미, 배우고 있소."

그가 말했다.

양무의도, 막야혼만큼 진심이었다.

*　　　　*　　　　*

막야혼은 그날 의협비룡회를 나섰다.

공야천성 밑에서 다시 무공을 닦으려 했지만, 양무의는 찾기 힘든 분을 찾으려 애쓸 것이 아니라, 다른 방법을 택하는 것이 어떻겠느냐 제안을 했다.

그리고 막야혼은 양무의가 이어 말한 대안이 마음에 들었다.

막야혼은 여기저기 난세로 돌입한 중원 천하를 여유롭게

걸었다. 관도와 산길을 따라서 북상을 거듭했다. 목적지는 하북이었다.

서두르지 않고, 쉴 때는 어김없이 운공을 했다. 마천진기를 중심에 두고, 장강수류공을 스며들게 했다.

금각과 첫 일전 이후, 단운룡은 틈이 날 때마다 직접 그의 무공을 손봐 주었다. 뜸해진 것은 사천대란이 본격적으로 터진 이후부터였다.

그리고 막야흔은 다시 흐트러졌다.

그의 거처가 어수선해졌던 것처럼, 그의 무공을 갈 길을 잃었다.

이제 보니 무공만 길을 잃은 게 아니라 정신과 마음도 길에서 벗어나 있었던 같다.

하루하루를 충실히 썼다.

중원의 대지가 전화에 활활 타올라도, 싸움 없는 자연은 여전히 풍요로웠다.

맨손으로 산을 타고 칼을 들지 않았다. 칼자루 대신 마음을 붙들고, 정신의 날을 벼렸다.

맑은 계곡을 만나면 옷을 빨고 몸을 씻었다. 육체가 깨끗해지는 만큼 마음에 낀 때도 같이 떨어져 나갔다.

기운 좋은 산에서는 천천히 이동하며 단전을 채웠다.

이런 적이 있었나 싶었다.

산중 도사들의 헛짓거리는 심신을 정결케 했다. 막야흔은 평생 익힌 무공을 새롭게 마주했다. 칼바람이 깨끗해졌다. 용음(龍吟)도 맑아졌다.

하북에 당도한 그의 얼굴은 전과 달랐다.

애초에 수려한 용모는 아니었지만, 남자다움이 돋보였다.

막야혼은 품속에서 양무의가 준 서신 한 장을 펴 들었다.

중광.

상세하게 적힌 지명(地名) 위에는 두 글자 한 사람의 이름이 박혀 있었다.

그를 찾아가 비무를 청하시오.

양무의에게 들은 이야기였다.

처음 보고, 처음 듣는 이름이었다.

하북의 산야 초목에서 중광을 만났다.

그의 거처는 어수선함이 막야혼의 거처와 다를 바가 없었고, 몸과 마음은 거처보다 더 피폐해 보였다.

막야혼이 건넨 서신에 중광이 자조 어린 웃음을 지었다.

"양무의, 백색 일 등급. 아는 이름이군."

서신을 끝까지 읽은 중광이 고개를 설레설레 흔들었다.

"할까?"

그가 물었다.

"그러든지."

막야혼이 답했다.

중광은 칼을 썼다.

아주 강했다. 내리꽂는 도격이 일품이었다.

마음 길을 다잡았으니, 충분한 자신감이 있었다. 스스로도 강해졌음을 느꼈다.

그런데도 일도 종참격에 맞서며 엉망인 놈에게 밀렸다.

누구에게나 자기 길이 있다.

방황하는 자라고 약한 게 아니다. 막야혼 자신도 엉망진창이면서 검도천신마의 무공을 구현했고, 만용의 패기만으로 검존의 검을 막았다.

쩡!

반나절을 싸워 중광의 도를 분질렀다.

"누구라고?"

중광이 물었다. 술 냄새가 났다. 내공으로 주정(酒精)을 태우고 싸웠을 것이다. 입에서 나는 냄새가 아니라 옷에 찌든 냄새였다.

"막야혼이다."

"허. 하다하다 색적분류도 없는 무명소졸에게."

중광이 허탈하게 말했다.

막야혼은 욕하지 않았다.

중광이란 남자는 자결이라도 할 것 같은 얼굴을 하고 있었다. 그만큼 좌절이 심각해 보였다. 그가 말했다.

"술 좀 다오."

중광이 주저앉은 채 말했다. 손가락은 풀을 기워 만든 초옥 담장의 한구석을 가리키고 있었다. 막야혼이 고개를 돌려 그쪽으로 보았다. 술동이가 잔뜩 있었다.

막야혼은 술동이를 두 개 들고 왔다.

중광에겐 하나만 건넸다.

"마시려고?"

"네놈 술 끊는 날이니 같이 마셔주지."

막야혼이 대답했다. 중광은 쓰게 웃었다. 술이 써서 그런 것만은 아니었다.

둘은 밤새 술을 마셨다. 딱히 나눈 대화 없이도, 서로를 알아 갔다. 남은 술을 다 마셔 없앤 후에야 잠을 청했다.

매캐한 냄새에 막야혼이 눈을 떠 보니, 중광이 초옥에 불을 지르는 중이었다.

"미친."

막야혼이 일어나 중광을 보았다. 미친 것은 아니었다. 안구엔 핏발이 섰지만 눈동자는 맑았다.

의관도 그러했다. 중광은 깨끗한 비단옷을 입고 있었다. 어딘가에 잘 모셔뒀던 모양이었다. 막야혼은 정신을 차리고도 새 옷을 찾지 못했다. 중광은 술독에 빠져 살면서도, 재기(再起)를 기약해 둔 남자였다. 막야혼보다 나았다.

중광은 터벅터벅 앞장섰다.

막야혼은 그를 따라가 진짜 고수를 만났다.

사걸, 팽사야가 칼을 들었다.

이번엔 막야흔의 칼이 분질러졌다. 반나절은커녕, 십초도
버티지 못했다.

*　　　　　*　　　　　*

막야흔이 하북에 당도하기에 앞서, 관아가 움직였다.

이천 명의 병사가 적벽 앞에 진을 쳤다.

그들은 우호적이지 않았으나, 적대적이지도 않았다.

무너졌다가 보수되지 않은 성벽 바깥에 야전 진지를 구축
하고 아무런 움직임을 보이지 않았다.

사절도 없었다. 전언도 없었다.

의협비룡회 쪽에서 접촉을 시도했으나, 창병들이 돌아가라
는 말만 반복했다.

천부장 명령권자가 있을 터였다. 하지만, 그들은 누군가를
기다리기라도 하는 듯 추가적인 행동을 취하지 않았다.

도시는 술렁거렸지만, 두려움은 없었다.

이천 관병은 지난 침공 때보다도 적은 숫자였고, 귀검사 귀
신 병대나 요괴들보다 무서워 보이지 않았다.

충분히 겁을 먹어야 정상인 상황에서도, 적벽 백성들은 똑
같이 집을 짓고 밭을 일구며 배를 띄웠다.

그러던 와중에, 관선(官船) 한 척이 여유롭게 접근했다.

식별기(識別旗)가 따로 없었다.

화려하지는 않았지만 단단해 보였다. 함포창은 열리지 않았다. 크기는 철금강보다 컸지만 마령선보다는 작았다. 함전(艦戰)이 가능한 전함 같았으나, 형태 자체는 상선(商船)에 가까웠다.

관선은 어떠한 위력 행사 없이 자연스럽게 입항했다.

함저가 깊지 않았다. 비검맹이 진을 쳤던 적선들은 진즉에 해체되었고, 어민들은 청천각 검사들의 보호 아래 강저(江抵)까지 정돈했다.

관선이 나루까지 부드럽게 들어왔다.

누구 배인지는 알 수 없었다.

강변의 청천각 검사들에게 대기 명령이 하달되었다. 이어, 적의를 보이지 말라는 추가 지령이 내려왔다.

단운룡과 양무의가 동시에 전략회의실로 향했다. 단운룡은 감에 의해서, 양무의는 첩보에 의해서였다.

마침내, 배에서 한 무리의 사람들이 내려왔다.

어민들이 움찔했다.

갈기 없이 금빛 털을 지닌 암사자 한 마리가 일행의 앞에서 뭍을 밟았다. 면사로 얼굴을 가린 한 남자가 특히 돋보였다. 그는 화려하게 입지 않았으나, 저절로 시선이 갔다. 풍채가 좋고 기운이 남달랐다. 그가 앞으로 걸어 나왔다. 암사자가 그 남자의 걸음걸이에 발을 맞췄다.

"내려오라 전하라."

그가 말했다.

그리고 막 새로 지어 어제야 영업을 시작한 강변의 객잔으로 향했다. 이미 그곳에 새 객잔이 있음을 알고 있는 것처럼 걸음걸이에 거침이 없었다.

＊　　　　＊　　　　＊

"가져가십시오."

양무의가 양각 비룡이 화려하게 장식된 금갑 하나를 내밀었다. 금갑은 크기가 크지 않았다. 손바닥만 한 금갑에서 따뜻한 기운이 느껴졌다.

"이건?"

"지금 온 자는 짐작컨대, 우리가 반드시 우호적으로 대해야 할 인물입니다."

양무의의 짐작은, 철저한 계산에서 나온다.

단운룡은 동의를 유보했지만 결국에는 양무의와 공감하게 되리라는 것을 믿었다. 단운룡이 양무의가 내민 금갑을 받아 챙겼다.

즉각 의협비룡회 문을 나섰다.

관인 무리의 전령이 적산을 오르기도 전에 단운룡은 새로 지은 객잔의 입구에 와 있었다.

성큼 안으로 들어가자 관병들이 길을 막았다.

"열어 주시게."

계단 위쪽에서 누군가가 말했다.

부드러운 어조에서 재지(才地)가 느껴졌다.

계단을 오르자, 온화한 얼굴의 관리가 그를 맞이했다. 복식이 독특하여 품계를 알 수 없었다. 단운룡을 불러낸 자는 아니었다. 군사(軍師)에 해당하는 보좌역으로 여겨졌다. 젊었다.

"빨리 오셨군요. 기다리고 계십니다."

젊은 관리가 그를 안내했다.

그들은 객잔을 통째로 빌렸다. 다른 손님은 한 명도 보이지 않았다.

주렴을 걷고 연회용 객방 안으로 들어섰다. 기녀들을 줄 세울 수 있는 너른 방엔 풍악이 흐르지 않았다. 덩그마니 작은 주안상만 차려져 있어 말 없는 정적만 가득했다.

스스륵.

안쪽 방에서 암사자 한 마리가 부드럽게 모습을 드러냈다. 덩치가 제법 컸다. 젊은 관리는 태연하게 암사자를 보았다. 암사자가 주안상 뒤 쪽에 앉았다. 그러고는 머리를 들어 안쪽 방을 보고 그르릉거렸다.

"그럼."

젊은 관리가 물러나 주렴 바깥에 섰다. 움직임이 아주 정제되어 있었다. 군사(軍師)이자 무인(武人)이었다. 그것도 경지가 상당했다.

이어, 마침내 그가 나타났다.

외모가 특이했다. 얼굴색이 어두웠다. 볕에 그을려서가 아니라, 원래 그런 빛깔 같았다. 코는 높았고 이마가 반듯했다. 피부는 매끄러웠으며 수염이 없었다.

한족이 아니었다. 이족(異族) 피가 진했다. 천축 쪽은 아니었다. 그보다 더 서쪽이었다. 사막의 이족 상인들에 가까운 얼굴이었다.

그러나, 외모가 눈을 사로잡은 것은 아주 잠깐에 불과했다.

존재감이 달랐다. 놀라울 정도였다.

기(氣)가 아주 뚜렷하고, 선명했다.

처음 겪는 유형의 기(氣)였다.

진천이 떠올랐다.

비슷해서가 아니라 정반대여서였다.

진천은 초월자였기에, 기도마저도 모호했다. 단운룡은 그가 지닌 무공 수위를 온전히 가늠할 수 없었고, 그가 무슨 생각을 하는지, 그가 어떤 의지를 갖고 있는지 완전하게 간파할 수가 없었다. 그래서 그는 그 자체로 신화나 전설 같은 이야기 속 인물처럼 느껴졌다.

이 자는 아니다.

너무나도 완전한 인간이다.

겪어온 풍파만큼 눈빛이 깊었고, 감정선이 표정에 그대로 드러났다.

물론 보통 사람은 아니다. 무공도 익혔고, 기도도 남달랐다. 다만 이 사람에게서는 신마(神魔)나 요선(妖仙)의 이질적인 기운이 느껴지질 않는다.

그러면서도 특별했다.

아무도 이 자를 해할 수 없다.

시련을 넘고 혼신의 힘을 다하며 살아와 섭리와 운명을 자신의 편에 세웠다.

당혹스러울 정도로 생소한 느낌이었다.

단운룡이 그를 보듯, 그가 단운룡을 보았다.

그가 입을 열었다.

"그의 제자가 맞군. 헌데 얼굴에 보이는 것은 다른 사람이야."

단운룡은 그라는 사람을 보았지만, 그는 단운룡에게서 인연을 보았다.

그가 주안상 쪽으로 걸어가 그 앞에 앉았다. 그러자 암사자가 슬쩍 그의 옆으로 다가와 누웠다. 그가 암사자에게 몸을 기댔다. 눕듯이 기댄 자세가 그렇게 편안해 보일 수가 없었다.

그가 단운룡을 올려보며 물었다.

"자네, 이름이 무엇인가?"

"단운룡이오."

단운룡이 짧게 답했다.

그가 웃었다. 말투 때문인 것 같았다. 그러면서도 불쾌해하지 않았다. 그럴 줄 알았다는 표정이었다.

"대리 단씨?"

"그렇소."

문득 단운룡은 그가 운남 억양을 쓴다는 사실을 깨달았다. 고향의 말이었다. 이젠 잊어버리다시피 하여, 입 밖으로 뱉으려면 한 번 더 생각해야 하는 희미한 언어였다.

"이래서 세상은 재미있어. 신께서 일부러 그러시는 것 같기도 하고. 그 친구 이름이 어떻게 되었더라. 그래, 천생! 자네, 천생과는 어떤 관계지?"

단운룡의 눈빛이 가볍게 흔들렸다.

사람됨에 놀란 것으로도 이례적인 일인데, 이것은 더 놀라웠다. 단운룡이 되물었다.

"그 이름은 어떻게 아시오?"

"혈육인가?"

천생.

아버지의 이름이다.

그 이름을 기억하는 이는 이 세상에 그 하나인 줄 알았다. 아버지의 이름을 이렇게 다른 사람의 입을 통하여 듣는 일이 생길 것이라고는 상상조차 하지 못했다.

"아들이오."

단운룡이 답했다.

양무의는 아마도 이 대답을 말렸을 것이다.

상대가 어떤 의도로 여기에 왔는지 알 수 없으며, 상대가 과거에 아버지와 어떤 인연인지 알 수 없으므로, 출신에 대한 말은 아끼는 것이 전략적으로 옳은 일이었다.

하지만, 아버지의 아들임을 감출 수는 없다.

아버지의 존재는 치열했던 유년기의 몇 안 되는 안온한 기억이었다. 그런 단운룡의 마음을 읽기라도 한 것처럼, 그가 말했다.

"까마득한 옛날 일이 뭐 그리 중하겠나. 일단 이리 와서 앉아보게."

그는 단운룡을 앞에 두고도, 너무나도 당연한 것처럼 이야기를 주도했다.

흔치 않은 일이었다.

그는 큰 사람이었다.

무력의 강함에서 비롯된 것이 아니라, 그릇의 넓음에서 비롯된 여유와 배포가 있었다.

단운룡은 순순이 그의 맞은편에 앉았다.

암사자가 고개를 들고 단운룡을 돌아보았다. 보통 관리들은 그것만으로도 기를 못 펴겠구나 생각했다.

"자네 부친은 좋은 사람이었네. 재주도 많고, 인물도 좋았지. 자네처럼 건방지기도 했어. 그거야 운남 땅 단씨 핏줄이니까 그럴 법도 했지만."

그가 술병을 들었다.

술병은 처음 보는 형태였다. 꾸불거리는 서역 문자가 새겨져 있었다.

"들게."

단운룡은 마지못해 잔을 받았다.

아버지란 사람의 기억을 누군가와 공유한다는 것이 이상했다. 겪어본 적 없는 일이었다. 그뿐이 아니었다. 그는 아버지에 더해 사부까지 알았다.

"자네 사부도 그런 면에서는 예절이 좋은 사람은 아니지. 나는 도리어 즐거웠네. 어느 순간부터 내 주위엔 날 편히 대하는 사람이 없었거든."

"용건을 말씀하시오."

단운룡은 그가 편치 않았다.

한자리에 앉아 있을수록, 다른 세상의 사람이라는 느낌이 들었다.

그것은 아주 기묘한 느낌이었다.

분명, 단운룡의 아버지를, 사부를 말하면서도, 상대는 점점 그와 멀어졌다. 어떤 이유에서인지는 알 수 없었다.

"경계심이 드나 보군. 그래야 마땅한 일이지. 내가 자네의 부친과 사부를 좋은 인연으로 기억한다 해도, 자네와 나의 관계가 어떻게 될지는 모르는 일이니까. 나 또한 그러하네. 나의 부친은 건국황제에게 죽었고, 나는 궁형(宮刑)을 받아 진정 신을 모시는 사람(宦)이 되었어. 그러나 나는 나의 모든 것을 앗아간 황제와 그 아들에게 충성을 바쳐 이 자리에 올랐네. 나

는 옛 원수가 지금의 친구가 될 수 있고, 지금의 친구가 훗날
의 적이 될 수 있음을 잘 알고 있지. 그러므로 나는 언제나 그
래 왔듯, 자네를 자네의 부친이나 사부와 별개로 놓고 대할
생각일세."

그가 술을 한잔 들이켰다.

단운룡은 술을 마시지 않았다. 그가 다시 웃었다.

"마시지 않을 셈인가?"

"생각 중이오."

"내 그 결정을 내리는 데 도움을 줌세. 내 이름은 마화(馬
和)라고 하네. 다른 이름이 있지만, 나는 본디 지금 여기에 있
어서는 안 되는 사람이어서 말이지. 따라서 제국의 태감은 자
네를 만난 적이 없는 것이라 알게."

단운룡은 이미 그의 정체를 알았다.

괴리감의 이유가 눈에 보이기 시작했다.

그는 위대한 사람이다.

이 세상 영웅들의 모든 신화(神話)가 잊혀져도, 이 사람의
이야기는 살아남아 전해질 것이다. 단운룡은 사부가 보았던
세계의 단면을 비로소 어렴풋이 이해할 수 있을 것 같았다.

"내 결정이 중요한 게 아닌 것 같소. 태감이 어떻게 판단하
느냐에 걸린 것 아니오?"

"어허, 태감은 이 자리에 온 적이 없대도? 내 이야기는 충
분히 했으니, 자네 이야기를 해 봄세. 자넨 대리 단씨의 후예

로, 소연신의 제자가 되어, 중원에 이름을 알리기 시작했네. 자네가 앞으로 무엇을 하려는지 궁금할 수밖에 없을 거야. 그렇지 않은가?"

"그렇겠소."

단운룡이 독배(毒杯)처럼, 눈앞의 술잔을 내려다보았다.

진천이 꾸민 일일까.

아니다.

이 자는 진천이 좌지우지할 수 있는 이가 아니었다.

단운룡이 마음을 정하고, 품속에서 금갑을 꺼내 들었다.

"선물?"

"그렇소."

단운룡이 스스로를 마화라 칭한 그에게 금갑을 내밀었다. 그가 그것을 받았다. 그리고는 서슴없이 금갑을 열어젖혔다.

"오호라. 좋은 관계의 시작에 있어 귀한 선물은 언제나 옳지."

양무의는 옳다.

양무의가 옳다.

항상 그랬다.

강호인이 주는 물건을 저리도 태연히 받아 열었다.

그는 찰나도 망설이지 않았다.

스스로의 안목에 절대적인 자신감이 있는 것이다. 더불어 그만큼 그릇이 다르다. 이 자는 적대하면 안 된다.

제국은.

거스를 수 없다.

"용린(龍鱗)이오."

"그렇군. 비슷한 게 몇 개 더 있지."

마화는 대수롭지 않게 말했지만, 표정은 그렇지 않았다.

흡족함이 만면에 가득했다.

그가 손가락으로 금갑 안의 것을 집어 들었다. 그것은 화살촉처럼 생겼으나, 검붉은 빛을 띠고 있었다. 안쪽부터 은은한 빛이 새어 나왔다. 보석과는 다른 빛이었다. 따뜻한 기운을 동반했다.

"자네도 더 있나?"

"더 드리오?"

"그 말이 아닐세. 오해하지 말게. 나는 재화의 충족이 과하여, 재보를 탐하는 이가 아니라네. 다만 세계의 신비를 경외할 뿐이지. 자네가 용(龍)을 잡았다 들었네. 허나, 그리 알려진 자들 중에는 고작 이빨 하나, 비늘 한두 개를 캐내고서, 삿된 이야기를 퍼뜨리는 이들이 있거든. 자네가 그런 부류로 보이지는 않지만 말일세."

"물론 그렇지 않소."

"괘념치 말게. 나 역시도 소문의 진위 여부를 알고 싶었네. 직접 죽여 얻은 용린을 내게 줬으니, 자네에 대한 인상도 한결 나아지는군. 원정이라는 게 그렇다네. 충분한 호의는 말보다 주고받는 물건에 담기는 경우가 많지. 이런 건 드넓은 바다를 넘어서도 몇 번 받아보지 못했네. 그러니, 나도 조금 더 긍정적인 기대를 갖고 물을 수 있겠어. 무릇 강호인이란, 상황에 지배받은 족속들이지. 내 질문에 잘 생각하고 대답하게. 자네는 역모(逆謀)가 가능한 사람인가?"

"상상해 본 적 없소."

"가능은 하고?"

"그러지 않을 것이오."

"이 도시는 그렇지 않다 말하고 있다만."

"백성들의 집을 지은 것이 역모는 아니오."

"애초에 그 집이 부서질 필요가 있었던가?"

"없었소. 그래서 지은 것이오."

마화가 다시 웃었다.

술잔을 들이켜고 단운룡의 눈을 보았다. 그가 말했다.

"억지가 보인다만, 넘어감세. 받은 선물도 있으니."

잠시 고민하듯 말없이 한 손으로 암사자의 등을 쓰다듬었다. 암사자는 앞다리에 얼굴을 괴고 평온하게 누워 있었다.

이내, 마화가 다시 입을 열었다.

"황실의 눈으로 볼 때, 자네는 위험인물이 맞아."

"태감이 보기엔 어떠시오?"

"태감의 눈으로는 즉참 대상이지."

"내리신 결정이 그러하오?"

"이미 결정을 내렸으면 이 대화가 무슨 의미가 있겠나. 그저 마화의 눈으로 봤을 때는 좋은 인재라서 말이지."

말장난이다.

그가 곧 태감이오, 남해원정의 대제독이다.

생명이 오가는 말장난이었다.

"내가 무엇을 하면 되겠소?"

단운룡이 물었다.

마화가 되물었다.

"자네, 과거(科擧)에 응시할 수 있겠나?"

예상치 못한 질문이었다.

그러면서도 단운룡은 그 질문의 의미를 잘 알았다.

"어렵지 않겠소?"

"궁형(宮刑)에 처해지는 것보다는 쉬울 텐데."

마화의 말은 농담이 아니었다. 농담이 될 수 없었다. 단운룡은 그 사실도 잘 알았다.

"다른 방법은 없소?"

"대명률엔 없지. 자네는 사병으로 군벌을 일으켜 운남 일부를 복속시켰고, 호광 적벽이란 도시에서 같은 방식으로 대규모 살육전을 일으켰네. 그렇게 보면 자네가 지금 내 앞에서 살아 숨 쉬는 게 이상한 일 아니겠나?"

"보이는 것이 전부는 아니오."

"알고 있네. 하지만, 어쩔 때는 보이는 것이 전부지. 그럼에도 모든 일에는 항상 예외라는 것이 있기 마련이야. 내 부친은 명군을 많이 죽였지. 물론 그 끝은 처형이었어. 마하지의 아들인 어린 마화는 자네처럼 살아남았을 뿐 아니라, 알다시피 상당한 권세를 누리고 있네. 환관이 되어 일찍이 관에 투신했기 때문이야. 자네가 응시 없이 명률의 정식 관제 외에서 특무 관직에 오르려면, 환관이 되는 것이 가장 빠른 길일세."

단운룡이 마화의 눈을 직시했다.

마화는 즐거워 보였다.

무공 일격에 죽임을 당할 수 있는 단운룡을 상대로 농담이 아닌 농담을 했다. 그러면서 단운룡을 압박하고 있었다.

"원하는 것을 말하시오."

"자넨 단천생 그 친구처럼, 똑똑해서 좋군."

마화가 말을 이었다.

지금부터가 그가 진짜로 하고 싶어 했던 말이었다. 역사에 남지 않을 이야기였다.

"강호 도당 간의 무력 다툼이란 천 년 넘게 이어진 중원의 병폐라네. 그래, 나는 이것을 인간이라는 존재 자체가 지닌 원천적 문제라고 봐. 세상에는 폭력 말고도 당연한 상황을 해결할 수 있는 수많은 방법들이 있지. 과거에 응시하는 것이 그러하고, 궁형을 받는 것도 그러하지. 아, 궁형은 다소 폭력적인 방법이로군. 그건 취소하세. 아무튼, 당장 지금만 해도 그래. 자네와 나는 이 일을 대화로 풀고 있지 않나? 우리가 포문을 열고 입항하면서 성문 밖 주둔군이 성문을 깼으면, 자네는 어떻게 했겠는가? 자네도 나름의 명분과 체면이 있을 터이니, 그 고강한 무공으로 비살상 반격을 가하면서 무력시위를 하지 않았을까? 자네가 백기를 들고서 책임자를 만나자 먼저 엎드릴 거라고는 도무지 상상이 안 되거든."

"태감의 말이 틀렸다고 말하지 않겠소."

"태감이 아니라니까."

"그럼 뭐라고 불러드리면 되겠소이까?"

"선장이면 되네."

"태감이라는 것을 더 강조하는 것 아니오?"

"자넨 정말 자네 사부처럼 말하는군. 대인이라 부르게. 그 정도면 되겠어."

대인도 충분한 존칭이다. 그걸 겸손처럼 말했다. 사부는 이 사람을 마음에 들어 했겠다. 단운룡의 얼굴에 처음으로 엷은 미소가 감돌았다.

"알겠소, 마 대인."

"그 표정 괜찮아. 훨씬 낫네. 그래, 상황이란 이렇게 풀어가는 게 맞는 거야. 나는 새롭게 처음 보는 나라와 민족들을 만나며 무기부터 들지 않았네. 물론, 어쩔 수 없이 들어야 하는 경우도 있었지. 그러나 항상 폭력이란 차선의 삼선의 사선으로, 마지막에 고려해야 하는 해결책이며, 행여 택했다 하더라도 최대한 빨리 중단하는 것을 목적으로 해야 한다는 것이

나이 든 마화의 지론일세."

"젊을 때는 그러지 않았다는 말로 들리오."

"자네가 정곡을 찔렀네. 확실히 그러지 않았지. 나는 여러 선택을 내렸고, 그중엔 옳은 것도, 옳지 않은 것도, 아직 옳고 그름이 밝혀지지 않은 것들도 있네. 다시 처음으로 돌아가지. 지금, 중원은 마화의 지론이 통하는 세계가 아니라네. 병폐가 너무 깊어, 어떻게 고쳐야 할지 아무도 모를 정도야. 마화가 바다로 나선 이유 중엔 바로 그런 것들도 있네. 찾으면 눈에 가득할 아름다움이 저 밖에 있어. 맹목적인 미움이 아니라, 존귀한 호의로 대할 수 있는 사람들이 이 세상엔 너무나도 많이 있지. 피부색이 달라도, 믿음이 달라도, 글과 말이 달라도, 우리는 대화하며 서로를 알아갈 수 있네. 그런데, 강호인들은 검으로 이야기를 나누고, 피로 인연을 만들어. 뭔가가 잘못된 게야. 이 세상은."

마화의 말은 옳았다.

무림은 폭력으로 점철된 세계다.

단운룡의 우주가 깜깜한 것은 그래서인지도 모른다. 그렇게 폭력과 살인으로 치닫는 세계는 그 끝에 아무것도 남지 않을 것이다.

"동의하오. 전적으로."

단운룡이 입을 열어 느낀 바를 그대로 말했다.

마화가 껄껄 웃었다.

"하하하. 자네가 점점 더 마음에 들기 시작했어. 이럴 땐 내가 행했던 일들이 잘못된 선택처럼 느껴지지. 하지의 아들 마화는, 원래부터 한 가지 생각을 품고 살지 않았네. 인간은 본디 그런 존재지. 어릴 때는 이렇게 생각하고, 젊은 때는 저렇게 생각하며, 늙어서는 또 다르게 생각해. 태감은 달라. 태감은 하나의 뜻으로, 명률을 지키며 살아가야 하네. 그래서 나에겐 마화의 의지가 있고, 또한 태감의 법도가 있네. 마화는 강호인을 증오했어. 건국의 야망을 품은 무림인들이 인생을 짓밟았거든. 그 시절부터 우리의 고향 사람들은, 그저 살아만 남아라라는 말을 입에 달고 살았어. 고된 시절이었지. 천생의 아들이라면 자네도 한 번쯤은 들어봤을 거야. 헌데 그렇게 살아남다 보니, 증오의 대상이 바뀌고, 삶의 지표가 달라지더군. 마화는 강호인을 강호인답게 만드는 원천이 바로 폭력이고, 그 폭력을 강화하는 것이 무공이라 생각하기에 이르렀네. 결국 무공을 익힌 무인들이 문제라는 것일세. 그리고 그것은 태감의 법도에까지 영향을 미쳤지. 황실대무림정책을 논의할 때에도 무림말살에 해당하는 강경파의 주장에는 태감의 힘이 제법 실려 있었다네."

단운룡은 잠자코 들었다.

마화는 철혈황제 영락제의 최측근이다. 제국의 최고 권력자 중 하나가 무림말살을 말한다. 잠시 떠올랐던 미소가 삽시간에 지워졌다.

"태감의 시선은 어떨지 짐작해 봄세. 특히나 작금의 상황은, 황실에 있어서도 큰 우환이 아닐 수 없네. 천 년이 넘게 빈발해 온 강호 도당들의 다툼이 도를 넘어서고 있지. 신마맹이 일으킨 싸움은 단순한 백성들 간의 무력 충돌이 아니라, 민란(民亂)의 범주에 이르렀다네. 민간 피해와 살상 방식을 논하자면 제국 내 군란(軍亂)이라 부르기에도 부족함이 없지. 혹자는 넘친다고 할 것이야. 하지만, 황실 측에서는 이 사태를 민란으로 규정하기도, 군란으로 간주하여 제압하기에도 부담이 만만치 않다네. 그렇게 되면 실록 안의 역사가 돼. 황군이 직접 나서면, 토벌이야 가능하겠지. 추산되는 피해는? 북방의 원 잔당이나, 바닷길 외침(外侵), 그 이상의 병력 상실이 일어날 수 있네. 아직 북쪽은 완전히 평정되지 않았을 뿐 아니라, 제국 내 황권을 노리는 직접적 반란 세력도 언제든 봉기할 수 있어. 바로 여기서부터, 무림말살정책의 모순이 발생하지. 이를테면 이런 것일세. 무림말살이 지금 황실의 무력으로 가능한 일인가? 또한 신마맹을 위시한 불온적 강호도당들이 일제히 병란을 일으켰을 때, 황실은 제국병력만으로 그들을 모조리 제압할 수 있는가? 그들을 효과적으로 억누르기 위해서는 결국, 무림인들의 자체적 무력 개입을 유도할 수밖에 없지 않은가? 그리고 이왕이면, 관군 병력의 개입을 최소화함으로써, 황실과 관의 무력과 재원을 온존하는 것이 올바른 선택 아니겠는가? 태감은, 황실은 이런 것들을 고려하지 않을 수가 없는 것이네."

"……공멸을 바라는 것이오?"

"어쩌면 그것이 궁극적으로 가장 아름다운 결말일 수 있지."

"대인의 입장에서 말이오."

"태감의 입장에서 말일세."

"다시 묻소만, 같은 말 아니오?"

"태감은 그러하지. 마화는 아닐세."

"강호인을 중오한다 하지 않으셨소?"

"그랬었다고 하였지."

단운룡과 마화는 잠시 말이 없었다.

이내, 마화가 먼저 입을 열었다.

"나는, 행하고자 하는 일은 반드시 이루는 사람이었네. 무림말살이란, 꼭 황군의 기병타격으로만 이룰 수 있는 일이 아닐세. 자네와 내가 만나 행한 것이 대화가 아니라 폭력일 수 있었듯, 무림말살계 또한 다른 방법을 취할 수 있었다는 말일세."

이것이 핵심이다.

단운룡은 예지가 아니더라도, 마화가 중대한 이야기를 꺼낼 것이라는 사실을 알았다.

"그것이 무엇이오?"

"나의 항해에는 여러 가지 목적이 있었네. 가장 중요한 것은 명제국의 항구한 번영일세. 이 원정의 일차적인 목적은 대항행의 시대를 열고 세계의 부(富)를 흡수할 바닷길을 여는 것이었네. 다만, 여기에는 큰 위험성이 있지. 원정에는 실로 막대한 자금이 들어갔고 또 들어가고 있어. 이것은 내 세대에서 그칠 항업이 아니라, 천 년을 보고 시작한 일일세. 폐하와 태감이 시작한 일을 다음 세대가 이어가지 못한다면, 이 일은 결국 국가적 재정의 파탄으로 이어질 것이고, 마침내 제국의 멸망을 부르게 될 걸세. 반대로 우리가 열어놓은 바닷길을 온전히 활용하여 재화의 흐름을 통제할 수 있게 된다면, 발길 닿는 모든 곳이 중원의 대지가 되겠지. 폐하의 뜻은 그러했다네. 다만 태감에게는 또 다른 생각이 있었어. 그땐 마화와 태감의 의견이 같았지. 무림의 말살, 또는 제어, 또는 완전한 통제, 그것이 천년 중원을 이루는 또 하나의 길이라 보았던 거야. 그래, 당시의 태감은 꽤나 극단적이었지. 건문제를 폐하기 위한 일전에 기꺼이 거병을 할 만큼, 천하를 뒤집는 일도 주저치 않았어. 그런 눈으로 보지 말게. 지금 자네 앞에 앉은 것은 태감이 아니라고 몇 번을 말하나. 그냥 마 대인일세. 어쨌든 폭력이란 황제도 갈아치울 수 있는 거였어. 그래서 마화는 생각했지. 폭력을 잠재우기 위한 수단, 즉, 궁극적 폭력에는 어떤 것이 있을까……. 그때, 마화는 진천이라는 인물을 보았다네."

단운룡의 눈빛이 또 한 번 흔들렸다.

마화의 말은 장황했다.

또한 이상했다. 전혀 다른 이야기인데도, 진천의 뜻과 어딘지 모르게 통하는 것이 있는 것 같았다.

"그는 마화의 앞에서 폭력성을 보인 적이 없었으나, 그 누구보다도 폭력적인 인간으로 보였네. 아니, 애초에 인간처럼 보이지도 않았어. 그는 우리가 밟는 대지를 똑같이 밟고 있었지만, 동시에 다른 세계에 살고 있는 사람처럼 여겨졌네. 그는 내 이야기에 흥미를 보였지. 무림말살이라는 발상에 대하여 말일세."

이건 이상하지 않았다.

진천이라면 능히 그럴 수 있다.

그는 다른 크기의 상상을 하는 자다. 그는 강호 도당의 다툼을 자연스럽게 생각한다. 그의 의지가 어디에 닿아 있는지는 모른다. 단운룡이 아는 그는, 하늘과 싸우는 자였다.

"마화는 첫 원정에서부터 중원이 알지 못한 세계의 신비를 여럿 목도했지. 그리고 결국 진천이 있기에 중원 바깥에서 무엇이 흘러 들어와도, 통제가 가능할 것이라는 결론에 이르렀네. 그래도 백성을 다스리는 위정자로의 법도라는 것이 있기에 직접 명을 내리지는 않았으나, 불온한 무리들이 괴이한 사상으로 보선(寶船)에 오른 것을 묵인하고 말았지."

마화의, 태감의 이야기가 의외의 논리를 덮어썼다.

위대한 인물이 역사 밖에서 행한 일이다. 단운룡은 더 이상 그의 말을 태연히 듣기가 쉽지 않았다.

"칼키의 검, 바알의 금상, 아흐리만의 뿔이 중원으로 넘어왔네. 이번 원정에서는 아지다하카의 심장과 세트의 지팡이를 발견했다고 하였지. 이들은 모두 황폐와, 멸망, 재창조의 악신들을 상징하네. 태감의 보선에 탄 그들은 세계의 재앙을 중원에 풀어 놨지. 그것이 허황된 미신인지, 아니면 실제 파괴력이 있는지는 알 수 없네. 어쩌면 이미 그것들은 중원에서 파멸의 힘을 발휘하고 있는 건지도 모르지. 그러지 않고서야, 이 고도에 불 뿜는 악룡이 어찌 나타날 수 있었겠는가. 그런 생각도 했네."

"태감이란 분의 사상이 실로 놀랍소."

"그리하여 자네 같은 무림인을 찾아온 것이 아니겠나. 이것이 내 과오가 될지, 업적이 될지, 그것이 무림의 손에 달린 걸세."

"무림은, 팔황만으로도 버겁소."

"자네가 신마맹만으로도 버거운 거겠지."

"부인하지 않겠소."

"거기에 황실이 위압이 더해지면 어떻겠는가?"

"이겨내지 못할 것이오. 하지만."

"하지만?"

"살아는 남을 것이오."

"하하하하하."

마화가 다시 껄껄 웃었다.

궁형을 받았다면서 목소리가 단단했다. 호탕하고, 위엄 있었다. 방금 귀를 의심할 만한 이야기를 한 사람 같지 않았다.

"자네와 자네 사부가 신마맹을 비롯한 강호 도당들과 악연이 있음을 알고 있네."

"악연 정도가 아니오."

"신마맹을 물리치고 나면 무엇을 할 셈인가?"

"그것은 그 이후에 생각할 것이오."

"자신이 없는 자들만이 그렇게 말하지. 사람은 생을 영위하며 항상 그 다음을 생각해야 한다네. 그것이 생각대로 되든 아니든, 미래를 먼저 그리지 않는 자는 과거에 희생당하기 마련일세."

"이제, 가르침을 주시는 거요?"

"나처럼 훌륭하게 역경을 극복한 위인이라면 젊은이에게 인생의 교훈을 줄 만한 자격이 충분하겠지."

"중원에 다른 세상의 재앙을 들여온 분이 하실 말씀은 아니지 싶소."

"적벽에 재앙을 몰고 온 자네와 무엇이 다르겠는가?"

"그것은 꾸짖음이오?"

"해결 가능한 문제를 가져오는 것보다, 애초에 문제를 가져오지 않음이 옳지. 자네는 싸우지 않으면 되네. 신마맹과도, 황실과도."

"불가능함을 잘 알고 계시면서 그러지 마시오."

"마찬가지이네. 무공이 없어지고, 무인이 없어져서, 무림인이 사라지면, 백성은 한결 살기 편해질 걸세. 하지만, 내 시대에는 불가능한 일이겠지. 젊은 마화는 그것을 몰랐네."

"지금이라도 깨달으셔서 다행이오."

"내 깨달음을 이야기할 때가 아닐세. 자네가 앞으로 무엇을 해야 하는가, 그게 문제지."

"신마맹을 무너뜨린 다음 말이오?"

"그래. 그 이후에 말일세. 그리고 난 이미 다 말해주었네."

"그랬소? 그게 내가 생각하는 것은 아니길 바라오."

"자네가 생각하는 그것이 맞을 걸세."

"태감의 과오를 수습하라는 거요?"

"업적인지를 봐야 안다니까."

"충분히 과오 같소."

"자네가 이걸 모르는군. 자네가, 자네의 사부가 바로 섭리의 과오일세. 자네와 진천의 날개들이 이 세상에 생을 부여받은 이래, 천하에는 유례없는 환란이 닥쳤고, 나날이 사상자는 늘어가고 있네. 자네들이야말로 인류의 적이야. 자네가 신마맹을 물리치는 것? 좋네. 내 그것을 부디 바라고 기원할 걸세. 그렇게 자네가 중원의 대혼란을 일부나마 진정시키고, 훗날 자네를 비롯한 진천의 날개들이 서방의 파괴신과 또는 사막의 악신과 싸워 공멸하면, 그것이야말로 역사에 쓰이지 않을 무렵 '정화'의 업적이 될 걸세."

단운룡은 잠시 말을 잊었다.

"경이롭소. 대인."

이제는 감탄이 나왔다.

"그렇지. 내가 그렇다네. 나는 이미 이 아이와 중원의 역사가 되었어. 천년의 사가(史家)들이 날 기억할 걸세."

마화가 암사자의 등을 한 번 더 쓰다듬었다. 그가 키운 사자는 먼 바다 항해의 증거였다.

"아, 하나 다시 말함세."

마화가 술 한 잔을 더 들이켰다. 붉은 술 마시며 붉게 변한 입술로 그가 말했다.

"과거에 응시하게. 구색은 갖춰야지. 일단 검박하게 현령부터 시작해 보세나."

그가 껄껄 웃었다.

그 웃음은, 훗날 단운룡의 무력행사와 적벽방어에 있어 관아의 개입을 막아주겠다는 약속이기도 했다.

*　　　　*　　　　*

"발도각주는 실전형 무인입니다. 싸워서 강해지는 것이 가장 빠릅니다. 팽가의 현 상황을 고려하면 거기보다 좋은 곳이 없습니다. 타산이 맞기도 하고요. 마천용음도의 원형이 된 무

공 중에는 팽가도법도 있습니다. 구결 한 줄만 복원할 수 있어
도 그들은 만족할 것입니다."

"직접 가르치기로 했건만."

"다녀오면 가르치십시오. 그리고 이미 많이 배워 간 것으로
압니다."

"부족했어."

"해야 할 일이 많습니다."

"단평은?"

"백토진인께서 사보검을 연구하고 있습니다. 아주 오래된
물건이라 합니다."

"가면보다?"

"네, 가면보다요."

"가능하다는 이야기군."

"가면은 그 자체로 진술(陳術)의 힘을 증폭시키는 법보였던
것으로 여겨진다 하셨습니다. 통천교주가 구현했던 위력에는
못 미치겠지만, 네, 발동은 가능할 것으로 보입니다."

"좋아."

나쁘지 않다.

막야흔을 팽가에 보내는 건에 대해서는 단운룡조차도 몇
번이나 다시 생각해야 했다.

안위가 문제다.

팽사야는 십 년 전 강호무림록에도 조우를 피하길 권한다

기록이 되어 있었던 위험인물이었다. 막야혼이 죽을 수도 있다. 그래서 중광이라는 중간 중재자를 거치기는 했지만, 생사를 담보할 수 없기는 마찬가지였다.

비무 한 번을 해도 죽을 가능성이 있다는 것과 없다는 것에는 큰 차이가 있었다. 막야혼이 도박판에서도 강해질 수 있었던 것은, 암무회전 비무들이 목숨을 앗아갈 수 있는 실전이었기 때문이었다.

도약을 위해서라면 생사결의 결전을 반복하는 것이 좋은 방법인 것은 맞다. 다만 그러다가 막야혼을 잃으면 너무 큰 도박을 한 셈이 된다.

단운룡은 막야혼의 운을 믿기로 했다.

막야혼은 보국신승과 싸웠고, 통천교주를 죽였으며, 검존의 검을 막았다.

염라마신에게는 죽었다가 살아났다.

그에겐 죽음을 비껴가는 힘이 있다. 처음 단운룡을 만났을 때조차, 그는 살해당할 위기에 처해 있었다.

나름의 방식으로 하늘의 가호를 받은 남자다. 그러니 팽가에서 죽지는 않을 것이다.

단운룡은 어렴풋이 막야혼의 미래를 볼 수 있었다. 막야혼은 어떤 싸움에서도 자신의 칼을 거침없이 휘두를 것이다. 그 마지막 상대가 팽가 무인들은 아니었다.

단운룡은 막야혼이 자신의 무명(武名)을 중원 전역에 떨쳐 울릴 것을 알았다. 그가 약속했던 천하로의 약속이 지켜질 것임을 예지했다.

"포공사 건은?"

"신마맹의 표적이 된 것으로 짐작되는 적대행위가 벌써 세 번째입니다. 이대로라면 전면전 내지는 본파 습격이 뒤따를 가능성이 높습니다."

"단평과 관계있나?"

"청천각주와는 별개인 건으로 사료됩니다. 포공사는 관아의 수뢰 또는 자체적 수사로 강호악행에 대한 징치를 실행에 옮기는 정도 문파입니다. 신마맹 가면과 무림 침식에 대한 조사 과정에서 백면뢰와 몇몇 상급가면들과의 무력 충돌이 발생한 모양입니다. 물론, 청천각주의 출신 성분이 신마맹의 차후 행동에 영향을 미칠 가능성도 배제할 수는 없습니다."

"단평은 아나?"

"물론 이야기는 했습니다."

"뭐라고 해?"

"확실해질 때까지 검 수련에 전념하겠다고만 했습니다. 고민하는 기색을 읽을 수 있었습니다."

"당연히 고민되겠지."

"여의각 요원들을 안휘에 더 충원해 놨습니다. 상황 변화가 있으면 곧바로 보고가 들어올 겁니다."

"유인계일 가능성은?"

"높지는 않지만 제외하지 않았습니다. 우리가 개입한다면 총력전을 상정하고 넘어가야 한다 보았습니다."

안휘는 멀지 않았다.

그러나 전력을 온전히 투입하기에 가까운 곳도 아니었다. 적벽은 제천대성과 악룡의 습격을 물리친 도시였다. 이 도시 함락은 적들에게도 의미가 컸다. 함부로 도시를 비우기가 어려워진 이유였다.

"오원 무인들은 언제 도착하지?"

"무구고원 공성무인 이백에 남만 전투부대 백입니다. 열흘 안에 당도할 겁니다."

"부족해."

"당문 녹풍대에서 무인들이 온다고 하였습니다. 마장(魔匠)의 호위와 더불어 장비 운송을 위해서인 것으로 전달받았습니다."

마장 당철민은 난관에 부딪쳤다.

진정한 장인은 도구를 가리지 않는다 하였지만, 재료가 도구를 가렸다. 적벽의 설비만으로는 역부족이었다.

홍룡의 사체를 옮기는 것도 문제였다.

사천당문 당가타 자체가 안전하지 않았다. 모든 도구가 다 있었던 반강은 초토화가 된 데다가 너무 멀었다.

이동 경로 어디서든 분실, 또는 강탈의 가능성이 없지 않았다. 홍룡이 죽고 사체가 남았다는 것은, 신마맹, 비겸맹, 단심맹, 흑림 모두가 알았다.

처음엔 그렇기에 당철민을 통해서 당가타 등의 외지(外地)로 빼돌리려 했지만, 위험 부담이 너무 컸다. 결국 다시 적벽에서 작업을 진행하기로 변경했다. 부랴부랴 용광로와 장인 공방(工房)을 추가로 마련했지만, 한계가 분명했다.

　"이 사람도 불러주게."

　당철민은 조력자까지 불러들였다.

　그렇게 부른 이들이 우연처럼 하루 사이에 모두 당도했다.

　운남에서 온 무인들과 사천당문 무인들이 먼저 도착했다. 그리고 그날 밤 또 한 명 희대의 명장(名匠), 문철공이 적벽에 발을 들였다.

　"먼 길 고생했다. 오늘 내일은 푹 쉬어라."

　단운룡이 명했다.

　무인들이 제각각 자기식대로 답했다.

　하나로 통일되지 않았지만, 그럼에도 오합지졸 같지 않았다. 그들은 오원 여러 부족의 옷을 입었다. 중원 땅이 처음인 이들도 많았다.

　거처는 훌륭했다.

　모든 것이 풍족했다. 백성들은 피부색이 다른 이들도 호의로 맞이해 줬다. 사기가 절로 올랐다. 무구고원과 초림광산을 요새화했던 이들은, 적벽을 더욱더 단단하게 만들 것이다. 태감은 권력의 중추에 있었고, 민간 축성에 관허(官許)가 떨어졌다. 허무하리만큼 간단했다.

현령에 해당하는 기존 지현(知縣)은 위기를 겪었다. 함녕부로 불려 간 지현은 도시 파괴의 책임을 지고 구금과 형벌에 처할 뻔하였으나, 양무의가 함녕 지주(知州)와 동지(同知)를 매수하여 안전히 빼 오는 데 성공했다.

지현은 적벽으로 돌아오지 않았다. 돌아오고 싶어 하지도 않았다. 암무회전을 통해 축재한 거금을 들고 낙향한 후 안온한 삶을 기약했다.

단운룡과 양무의는 그 모든 일이 태감의 묵인 없이는 이루어질 수 없는 일임을 잘 알고 있었다. 관아가 박살이 난 데다가, 무단으로 출병한 병사들이라고는 하나 관군들이 죽어 나갔다. 금의위와 동창이 들이닥친 피바람이 불어도 이상하지 않을 일이었다.

헌데, 그간 협조적이었던 지현도 무사히 살렸고, 단운룡과 의협비룡회 또한 아무런 책임을 지지 않았다. 무림말살을 언급했던 황제의 측근치고는 융통성이 남달랐다. 이는 또한 어떤 일도 가능케 할 수 있는 무소불위의 권력을 엿볼 수 있는 대목이었다.

새로 지은 관아에는 구품의 주부(主簿)만 하나 부임했다.

정 칠품 새 지현(知縣)은 오지도 않았고, 지현이 공석인 관아는 젊은 실무자인 주부만으로도 원활하게 돌아갔다. 젊은 주부는 손호라는 이름을 지녔고, 몹시 영특했다. 그는 젊은 나이에 향시까지 붙은 인재로서 손수재라 불렸다. 또한 양무의가 첫날부터 눈여겨보았을 만큼 유능했다.

무엇보다 돋보인 것은 어떤 일에도 활짝 열려 있는 사고(思考)였다.

그는 의협비룡회과 적벽의 관계를 하루 만에 이해했고, 의협비룡회가 진행하는 모든 일에 자발적으로 협조했다. 심지어 그것이 일생일대의 기회라는 것을 알고 있는 것 같았다.

그렇기에 단운룡은 손수재에게서 태감의 그림자를 보았다.

"황실에서 보낸 건가?"

"그렇겠지요."

양무의는 전적으로 동의했다.

그런 인재가 아무 이유 없이 뚝 떨어질 리가 만무했다. 그는 적벽이 강호의 전쟁거점으로 기능케 하기 위한 관아의 상징이면서, 그들의 행보를 보고할 감시자이기도 했다.

양무의는 그를 회유하지 않았다.

여의각으로 끌어들이지 않은 채, 관(官)이 해야 할 일을 맡겼다. 손수재 쪽에서 오히려 양무의를 상관처럼 모셨다. 태감의 언질 여부는 알 수 없었으나, 스스로 그리하는 게 일처리가 원활하다 판단한 모양이었다. 그리고, 실제로도 그것이 효율적이었다.

그렇게 하나하나 갖춰가고 있을 때, 녹풍대가 왔다.

당가타 역시 재건이 한창이었다.

그들은 변모하고 있는 적벽을 놀라워했다. 당가타는 집성촌에 가까운, 오래된 땅이었다. 긴 세월 누적된 문규와 법도로 인하여 아무렇게나 변용하기 어려운 토지가 허다했다.

그러니 진척 속도도 더뎠다. 이를테면, 방어 망루보다 조상의 사당(祠堂)과 가묘(家廟)를 복원하는 것이 먼저라는 식이었다.

그들에겐 당가타를 되살리는 모든 것들이 너무나도 버겁기만 했다. 적벽처럼 뚝딱 요새도시가 올라가는 광경은, 녹풍대 무인들에게 신선한 충격이 되었다.

"대단하지? 와서 좀 배우라고 전하거라."

당철민이 녹풍대 젊은 무인들에게 말했다.

녹풍대는 먼저 나온 당철민을 만난 뒤, 단운룡을 찾아 정식으로 예를 취했다.

"가주의 구명지은에 감사드리며, 과거의 구원(舊怨)을 잊고 전란의 시대를 함께 걸어갈 동맹의 뜻으로 이 예물을 드립니다."

당문의 신성 당효기가 직접 포권을 취하며 말했다.

그가 들고 온 것은, 견고해 보이는 하나의 철궤였다. 철궤는 묵직해 보였지만 크기가 크지 않았다. 무엇이 들었는지는 그 자리에서 열지 않았다.

"구원이란 것이 어디까지인지는 모르겠으나, 내가 이끄는 의협비룡회는 사천당문의 위기를 좌시하지 않을 것이며, 함께 싸울 때 목숨을 아끼지 않을 것이다. 동맹을 약조한다."

단운룡이 포권을 취하며 말했다.

구원의 경계가 모호했다.

사부와 사천당문의 연까지 제자가 마음대로 논할 수는 없었다. 그들이 잊을 수 있는 것은, 구룡보와의 일전까지였다.

"그 말씀으로 충분합니다."

당효기는 총명했다.

그는 이제 단운룡이 협제 소연신의 제자임을 알았다. 단운룡의 뜻을 분명하게 알아들었고, 말한 것처럼 충분하다 생각했다. 그가 덧붙여 말했다.

"이 예물은 귀 문파에 객으로 계신 어르신께 전달하겠습니다. 어르신께서 귀파가 쓸 수 있는 물건으로 다시 만들어주실 겁니다."

단운룡은 그것이 무엇인지 묻지 않았다.

단운룡은 어린 시절 소연신의 제자가 된 뒤, 주로 사천에서 무공을 배웠다.

사천당문처럼 자존심 강한 문파가, 먼저 예물을 들고 온다는 것이 얼마나 이례적인 일인지 잘 알고 있었다.

내용물이 무엇이든 중요치 않았다.

그 사실 자체가 중요했다.

"이걸? 여기 갖다 주라 했다고?"

당철민은 그렇게 생각하지 않았다.

철궤 안에 든 것이 무엇인지는 아주 중요한 일이었다.

"네, 그렇습니다."

"아니, 마안(魔眼)에 신통력이라도 깃든 겐가?"

"네?"

"이게 갈 걸 알고 있진 않았을 테니 말이다."

당철민이 품에서 따뜻한 옥갑을 꺼냈다. 그가 그것을 당효
기에게 쥐어 주었다.

"이게 무엇입니까?"

"가주께 드리거라. 원래는 내가 직접 가려고 했었다만, 내
가 워낙 여러 놈들의 성미를 건드려 놓은지라, 불안해서 말이
지. 외인(外人)에게 부탁하여 보낼 물건도 아니요, 너희가 온다
기에 기다리고 있었다."

"저는 이곳에서 숙부님의 안위를 지키라 명받았습니다."

"다른 놈들은 몰라도 너만큼은 가주의 곁에 있어야 한다.
나의 안전은 이곳에도 지켜줄 사람들이 많다."

"숙부님. 가주의 명은 지엄합니다."

"그 명, 내가 한두 번 어겨봤을까. 이 안엔 대사천당가주의
수치스러운 중독사(中毒死)를 막아줄 화룡의 영단이 들어 있
다. 자, 네가 가주의 명을 받들어야겠느냐, 아니면 가주의 명
을 살려놔야겠느냐."

당효기의 말문이 막혔다.

그럴 법도 하다. 당가주 당천표는 문성 어르신의 의술(醫術)로도 겨우 목숨만을 붙들고 있을 만큼 용태가 좋지 않았다.

"이것이 효과가 있겠습니까?"

"평소엔 그토록 영민한 놈이, 이럴 땐 어찌 그런 질문을 할꼬."

당효기가 홍룡의 화정단(火精丹)을 품속에 넣었다.

"녹풍대 사십은 두고 가겠습니다."

"다 데려가라."

"지킬 명은 지켜야지요."

"너는 표적이 아닌 줄 아느냐?"

"저 당효기입니다. 가주의 명을 책임졌으니, 숨고 도망쳐서라도 무사히 가주께 당도할 겁니다."

"그래. 다 컸다, 이제."

"아직 멀었습니다."

"무공이야 그렇지."

당철민의 얼굴에 모처럼의 미소가 떠올랐다.

한때 이 어린 조카를 보며, 당문의 미래가 터지는 폭화(爆火)처럼 밝기만 하다 생각했었다. 이제 당문에겐 그러한 밝은 미래가 없다. 하지만, 적어도 암울하진 않았다. 당효기는 그때도 지금도, 빛나는 재능이 분명했다.

그날, 당효기는 당철민의 벗인 문철공을 보지도 못한 채, 엇갈린 관도로 적벽을 나섰다.

그리고 희대의 장인, 문철공이 도착했다.

"대체 뭐가 있기에 서신까지 그리 엉망이었나? 글씨를 알아보기조차 힘들더군."

"성철추(星鐵錐)는?"

"가져오란 게 그거였는데, 물론 가져왔네."

"무병이는?"

"괴산 지켜야지."

"불러와."

"왜?"

"둘이 못 해."

"뭐라?"

"들었잖는가? 둘이서만 못 한다구."

"이봐, 자네. 나 저번에도 말했잖나. 해천창 같은 건 이제 안 건든다니까."

"어디 해천창 따위를 들이밀어?"

문철공의 눈이 번쩍 빛났다.

"그럼, 사신검(四神劍) 같은 물건이 또 있단 말인가?"

"고작 검집 만들자고 내가 이러겠나?"

문철공은 굶주린 사람의 얼굴이 되었다. 당철민이 이렇게까지 말한다. 그 뒤에 뭐가 있을지 기대하지 아니할 수 없었다.

당철민이 문철공을 안내했다.

문철공은 기대했던 이상으로 보답받았다.

"이걸, 누가 쓴다던가?"

"무기만 못한 놈이라지."

"소질은 있고?"

"그런 거 같더군. 게다가 가끔, 들고 있는 것에 못 미치는 놈이 그것에 어울려지는 경우도 있으니까."

"하기야, 뭘 들어도 잘 싸우는 놈들한테 쥐여주는 것보다, 덜떨어진 놈이 내 물건 들고 고수 소리 듣는 게 더 재밌을 때도 있지."

눈 내리던 날.

먼저, 용도(龍刀)가 완성되었다.

                    *   *   *

그 해 겨울엔 많은 일이 있었다.

화산파의 젊은 신성이 비검맹의 초고수와 생사를 건 비무를 펼쳤다.

대사건이었다.

비무 신청을 고하는 방문이 각 지역 주요 도시들에 내걸렸다.

온 천하 강호인들이 들끓었다.

언제부터인가 뭇 군웅들 사이에서 일교(一敎) 오황(五荒)이라는 칭호가 언급되기 시작했다. 누가 처음 내뱉은 말인지는 몰라도, 세상을 어지럽힌 일교와 중원을 황폐(荒廢)하게 만든 다섯 무리를 일컫는 오칭이 되어 수많은 사람들이 두루 사용하기에 이르렀다.

일교 삼맹 일련 일림이라 하였는데, 이는 성혈교를 필두로 신마맹, 비검맹, 단심맹, 그리고 숭무련과 흑림을 의미했다.

성혈교는 난세의 시발점과 같은 역할을 했던 것으로 첫손에 꼽았다. 본디 철기맹이 먼저 그러한 역할을 수행했으나, 실질적인 주력은 성혈교였다는 평가가 우세했다. 무엇보다 철기맹은 이미 패망하여 흔적조차 찾기 힘든 상태였다. 반면 성혈교는 서서히 드러나는 교인 세력의 재기(再起) 조짐으로 말미암아, 무림맹의 총공세에서도 다시 살아나는 저력을 보여주고 있었다.

그래서 일교였다.

삼맹 중 신마맹은 사천대란을 일으켜 사천 삼대 세력에 회복 불가의 타격을 입히는 무지막지한 무력을 선보였다. 비검맹은 일찍부터 장강의 이권을 장악한 중도적 사도문파로 여겨졌으나, 부활한 수로맹과의 연이은 혈전으로 인해 장강의 공포가 되었다.

단심맹은 군산대혈전을 기점으로, 강호 각파를 잠식해 들어간 협잡과 모략의 맹회로 알려졌으며, 숭무련은 산서오강과 진주언가의 고수들을 파죽지세로 격파하고 육대세가의 하나인 하북팽가의 고수들을 연이어 패퇴시킴으로써 산서하북의 질서를 무참히 무너뜨렸다.

더불어 강호인들이 그 존재조차 몰랐던 흑림이란 좌도문파가 중원 전역의 요괴대란을 일으킨 주범으로 특정되면서 그 악명이 널리 퍼졌다.

그때까지 중원 무림의 실제적 정점이었던 구파일방 육대세가는 먼저 싸움을 걸지 못했다.

오황의 출현은 전격적이었고, 은연중에 조직화되어 있었다.

전 중원을 강타한 대환란은, 구파일방 육대세가의 연이은 패퇴, 간헐적 반격으로 아주 간략하게 요약할 수 있었다.

그래서, 화산이 취한 방법은 더 극적이었다.

구파명문 화산파가 지극히 정파다운 정공으로 비무를 신청했다.

마치 화산파의 선제공격 같았다.

하지만, 그 일전으로 고무된 명문정파의 사기도 잠시, 화답이라도 하듯 일교 오황 중 네 문파의 초고수들이 나섰다.

신마맹 제천대성, 성혈교 성혈교주, 비검맹 비검맹주, 숭무련 숭무련주가 태산북두 소림사를 급습했다.

신마맹을 제외하곤 팔황의 문주들이 직접 나서서 소림 정문을 돌파한 희대의 습격전은, 주지승방의 현판이 부서지고 천주전 앞 대불상이 무너지기에 이른 후, 네 고수의 유유자적한 퇴각으로 마무리되었다.

소림사는 정문의 상징이었다.

아미나 청성의 패배와는 또 달랐다.

유구한 구파일방의 역사에 있어, 더할 나위 없는 치욕의 날이었다.

소림은 일 년의 봉문(封門)을 선언했다.

봉문이라 함은, 소림승의 대외적인 모든 무력 활동을 중단하겠다는 뜻이었다.

봉문의 이유는 불명확했으나, 삼황일교의 최고수가 난입했음에도, 유명한 소림무인들의 입적 소식이 들리지 않았다는 사실과 관련이 있을 것으로 여겨졌다.

그래서 강호는 더 큰 충격을 받았다.

살육전이 벌어지지 않았음은, 무력의 차이가 극명했음을 의미했다. 온몸에 금광을 휘감은 제천대성이 분신술을 펼치며 백팔나한진을 홀로 돌파했다는 소문이 전 중원을 강타했다.

주지승방의 현판은 그저 나무 판때기일 뿐이며, 천주전 앞 대불상도 규모가 크긴 하나 나무골조 동철상에 금박 입힌 구조물에 불과했다.

내공 고수가 부수는 것이 어렵지 않다는 말이다.

그러나, 백팔나한진은 달랐다.

백팔나한진은 소림무공의 총화였다. 물론, 승방현판이 떨어졌다는 것은 방장 무허대사의 안위와 직결된 사안이며, 소림 대불상이 파괴되었다는 것은 그것을 지키던 무인들이 무너졌음을 뜻했다. 그래도 백팔나한진이 깨진 것은 그 이상의 의미를 지녔다.

천하공부출소림이라는, 강호사에 가장 유명한 어구가 부정된 것이다.

그러한 엄청난 이야기가 근두운을 탄 것마냥 강호를 누비는데도, 소림은 그 진위를 부인하지 않고 침묵으로 일관했다.

소림지치(少林之恥)라 했다.

봉문이 곧 그 인정이다. 라는 해석이 나왔다.

더구나, 그 엄청난 파장을 일으킨 자가, 신마맹주가 아니라는 사실이 더 큰 경악을 불렀다. 신마맹주 휘하의 요마가 불가능한 망상을 현실로 만들었다. 여파는 점입가경으로 치달았다. 신마맹이 곧 무림최강의 문파라는 말까지 나돌기에 이른 것이다.

그리고, 구파일방에 억눌려 있었던 수많은 사도문파들이 그 평가에 동조했다. 중원 전역에 걸쳐, 사천대란 때와 똑같은 사태가 일어났다. 온갖 사파무리들이 신마맹 산하로 복속되었다. 무력행사 없이도, 제 발로 기어 들어오는 행태까지 보였다. 또한 그것은 신마맹에만 국한되지 않았다. 좌도(左道)의 악인들와 사마(邪魔)의 거두들이 일교 오황을 가리지 않고, 달라붙었다.

바야흐로 대환란의 시대다.

명문정파들은 더 이상 무림의 지배자들이 아니었다.

암흑이 중원을 덮치고 있었다.

        *   *   *

호화롭지 않은 서재에서 객들을 맞이했다.

"이미 우리는 승리했다."

백란(伯瀾)이 말했다.

그는 청수한 노인이었다. 강물에 투신하여 물결(瀾)을 일으켰고, 으뜸(伯) 된 지략으로 천하를 휘저었다.

"이제 시작인 거 아닙니까?"

"누구에게는 그러하겠지."

백란은 우문(愚問)에도 열린 대답을 했다.

무인은 백란처럼 세상을 보지 않는다.

백란은 원하는 바를 이루었다. 같은 뜻을 지녔던 많은 이들을 잃었지만, 이제 세상은 그가 원하는 형상이 되었다.

파멸이 만연했다.

백란은 자신을 지배했던 복수심이 조금은 누그러지는 것을 느꼈다.

"이제 어찌하시렵니까?"

다른 무인이 물었다.

모두가 그에게 지혜를 구했다.

그는 별로 한 것이 없다. 강호인들은 무슨 이야기를 해주어도 결국 자기 꾀대로 행동했다. 강호인들뿐이 아니다. 관리들도, 민초들도 다 똑같았다.

"지켜봐야지."

백란이 말했다.

"추이를 보고 움직이시려는 거군요."

백홍(白紅) 무복의 무인도 그랬다.

그가 신뢰하는 자였다. 그럼에도, 백란의 말을 자기 마음대로 들었다.

문득 한 사람이 떠올랐다.

그 역시 좌절에 망가져 마음대로 행동하는 이였다. 포기하기 전의 모습이 그리웠다.

"그분은 아직인가?"

"요지부동이십니다."

"언제쯤 기운을 차리시려나."

"그걸 저희가 어찌 알겠습니까."

혜안이란 백란에게만 있는 것이 아니거늘, 이들은 모두 다 지나치게 그만을 의존했다. 백란은 그 부분이 마음에 들지 않았다.

"환관 놈은?"

"올해 다시 원정에 나선다 하옵니다."

이번엔 무인이 아니라, 관리가 대답했다.

"권력과 위업에 취해 분간이 없어졌구나. 그럴 만도 하지. 옹졸한 자들이 그의 업적을 모조리 지워버릴 터인데도."

"의도하신 것 아니었습니까?"

관리가 되물었다.

"스스로 그리된 것이지. 내가 무엇을 했겠는가."

백란이 자조 섞인 웃음을 지었다.

촛불이 흔들려, 그의 얼굴에 허망한 음영을 만들었다.

불빛 뒤로 아름답게 빛나는 옥새가 있었다. 옥룡이 올라가 앉은 네모진 그것은 두 손으로 들기에도 묵직해 보였다.

세상사가 그와 같았다.

천하에서 가장 귀한 물건이었던 그것도, 이제는 쓰임새를 잃은 채 누군가의 권위를 나타내는 장식품처럼 되어 버렸다.

객들은 항상 그를 본 뒤, 옥새에 눈길을 주었다. 형태가 가치를 만들고 가치는 지위가 되었다. 백란에겐 그만한 힘이 없음에도. 강호인들은 항상 보고 싶은 대로 상대를 보았다.

"환관이 소연신의 제자를 비호하고 있습니다. 이 건은 어찌 처리할까요."

관리가 다시 물었다.

이 질문도 그랬다.

그것은 그들이 감내해야 했던 숱한 실패 중 하나였다. 백란은 실패를 아쉬워하지 않았다. 어차피 강호인들은 통제가 불가능했다. 입안했던 수많은 책략들 중 완벽하게 뜻대로 흘러간 것이 드물었다.

"지켜보자했다만."

관리가 입을 다물었다.

스스로 좀 판단하고 행동하면 얼마나 좋을까.

적어도 이 관리는 눈치가 있었다. 백란이 불쾌해하고 있음을 알아챈 것이다.

"동태를 계속 파악하며 허점을 찾아보겠습니다."

그럴 필요가 없는데.

백란은 가타부타 제지하지 않았다.

어차피 소연신의 제자는 신마맹과 싸울 것이다.

제아무리 사패의 무공을 이었어도, 신마맹을 무너뜨릴 수는 없다. 무림최강 방파라는 말은 그가 개입한 허상이 아니었다.

염라와 옥황이 지난바 무력으로 입증한 무명(武名)이었다. 이들의 전성기는 개월이 아니라 최소 년 단위로 간다. 그들과 타 방파의 지원을 받으면 그 이상도 가능하다 보았다.

그런 신마맹을 상대로, 신생문파가 할 수 있는 것은 많지 않다.

무엇보다, 그가 아는 신마맹은 맹회의 궁극적인 이상이 무림 쟁패에 있지 않았다. 지금처럼 사도문파들을 흡수하여 대맹회가 되는 것도, 그저 궁극에 이룰 것을 위한 과정에 불과했다. 그런 면에서, 소림지치(少林之恥)는 제법 절묘했다. 그가 제안한 것을 이렇게 잘 실현시킬 줄은 그조차도 예상하지 못했다. 신마맹은 다음 단계로 나설 것이다. 어지간한 방파는 그들을 이길 수 없다. 대적하는 자들에겐 연전연패의 악몽만 남을 것이다.

'또 모르지.'

사실, 백란은 예측에 서툰 편이었다.

범인(凡人)들은 그와 너무나도 다르게 사고했다. 그래도 결과는 그가 뜻한 대로 되었다.

그는, 천하를 도탄에 빠뜨렸다.

승리의 감회가 새로웠다.

"포공사는 어찌하면 좋겠습니까?"

무인이 물었다.

감축을 드린다, 환호를 기대한 것은 아니었다.

헌데, 이리도 사소한 것까지 물을 줄은 몰랐다.

시작된 물결은 파도가 되어 강호를 뒤흔들 것이다. 여기까지가 그들의 뜻이었다. 주체만 북방으로 보내면 완성될 대계다. 게다가 후계도 찾았다. 여인이지만 사연(事緣)이 좋다. 백란은 더 이상, 소사(小事)에 귀한 지혜를 낭비하고 싶지 않았다.

"흘러가는 대로 두게."

백란이 말했다.

무인에게만을 향한 말이 아니었다. 모두들 이번에는 알아들었다.

"그리하겠습니다."

그들이 대답했다. 덧붙여 호칭을 말했다.

"맹주."

객들이 물러났다.

그들은 백란을 맹주라 불렀다.

*　　　　　*　　　　　*

"상제력에 대해서는 이해하였느냐?"

"부족합니다."

"잊지만 않아도 부족하지 않을 터인데."

"직접 가르쳐 주시면 될 일인데요."

"아직 안 돼."

"언제 되는 겁니까?"

"보채지 마."

"보챈 것 아닙니다."

"나는 한계야."

"한계란 말도 지겹습니다."

"한 번이다. 검을 한 번만 더 들면 나는 땅에 머물지 못하겠지."

"그토록 제약 당하는 이유가 뭡니까?"

"내가 너무 많이 알아버려서 그래."

"잊으세요."

"그러고 있어."

검을 들지 않았다.

처음 익히는 무공처럼, 극광추를 전개했다.

"이제야 자세가 나오는군."

"멀었습니다."

"그걸 아니까 자세가 나오는 거다."

"완성이 되긴 합니까?"

"완성하면 나처럼 되는 거지."

"섭리에 쫓기면서요?"

"네가 내 제자인데, 별 수 있겠느냐."

웃음이 나왔다.

"쫓아가면 쫓기고, 쫓기지 않으려 쫓아가고. 참 고단한 배움이겠습니다."

"사부를 잘못 둔 네 업이다."

"애초에 받아주지 마시든지요."

"받아줘도 안 따라오면 될 일이다."

"사부 발자취에는 그저 살아남는 것, 그 이상이 있습니다. 이 길이 기어코 죽음에 닿은 길이라도 따라서 안 밟을 수가 없더군요."

"시끄럽다. 다 큰 놈이 객쩍은 소리 하지 마라."

사부가 화를 냈다.

"이것도 잊으시든가요."

"너나 잊어라. 벌써 삼켜지기 딱 좋은 말을 하는구나. 도약을 계속 써서 그래. 네가 규칙을 깨면 깰수록, 그곳엔 부정(不正)이 쌓인다. 심연이 그것을 인식하면, 기이(奇異)가 네 빈 곳을 채울 거다."

"알아듣게 좀 말씀하십시오."

"귀문(鬼門)이 열린단 말이다. 그것도 아주 고약한 것이."

"좋게 들리지는 않는군요. 그럼, 쓰지 말까요?"

"결국은 써야 할 거야. 그것이 또 섭리의 심술이지."

"조심해서 열라는 말을 어렵게도 하십니다."

"그럴듯하잖아."

"아닙니다."

"시간이 얼마 없어. 남은 날엔 잘 좀 모시거라. 제자 덕 좀 보자."

"무공이나 함부로 쓰지 마십시오."

"안 써. 아직은 할 일이 있다."

"그래 봐야, 누구 하나 이기는 거겠죠."

"아냐. 그런 욕심은 진즉에 버렸어."

"그 욕심으로 여태 버틴 거 압니다. 제자에게 거짓말 좀 그만하세요."

"계속 기어오를래?"

"협객이라면서 속은 좁아가지고."

사부가 자리에서 일어났다.

협제검까지 들었다.

"어디 한번 해 보자."

"그러십시다."

사부와 제자는 기방에서 무공을 견주었다.

완성된 무공과, 그 발자취를 따라가는 무공이었다.

조화롭고, 편안했다.

아름다웠다.

『천잠비룡포』 21권에서 계속…